JONAS HASSEN KHEMIRI
DIE VATERKLAUSEL

Aus dem Schwedischen von Ursel Allenstein

ROMAN | ROWOHLT

Die Originalausgabe erschien 2018 unter dem Titel
«Pappaklausulen» bei Albert Bonniers Förlag, Stockholm.

Deutsche Erstausgabe
Veröffentlicht im Rowohlt Verlag, Hamburg, Mai 2020
Copyright © 2020 by Rowohlt Verlag GmbH, Hamburg
«Pappaklausulen» Copyright © 2018 by Jonas Hassen Khemiri
Satz aus der Dorian bei Pinkuin Satz und Datentechnik, Berlin
Druck und Bindung CPI books GmbH, Leck, Germany
ISBN 978-3-498-03583-9

*Ich habe mich dieser Nacht verschworen: Seit zwanzig
Jahren fühle ich, wie sie sanft mich ruft.*
       AIMÉ CÉSAIRE, UND DIE HUNDE SCHWIEGEN

*Frag eine Mutter, die ein Kind verloren hat, wie viele
Kinder sie hat. «Vier», wird sie sagen, «... drei.»
Und Jahre später wird sie «drei» sagen, «... vier.»*
       AMY HEMPEL, WAS UNS TREIBT

I.
MITTWOCH

Ein Großvater, der ein Vater ist, kommt zurück ins Land, das er nie verlassen hat. Er steht an der Passkontrolle. Wenn der Polizist hinter der Glasscheibe argwöhnische Fragen stellt, wird der Großvater ruhig bleiben. Er wird den Polizisten nicht als Schwein beschimpfen. Er wird nicht fragen, ob der Polizist seine Uniform im Katalog bestellt hat. Stattdessen wird er lächeln und seinen Pass vorzeigen und den Polizisten daran erinnern, dass er ein Bürger dieses Landes ist und nie länger als sechs Monate weg war. Warum? Weil seine Familie hier wohnt. Seine geliebten Kinder. Seine großartigen Enkel. Seine treulose Ehefrau. Er würde nie länger als sechs Monate wegbleiben. Sechs Monate sind das Maximum. Meist ist er fünf Monate und dreißig Tage weg. Manchmal auch fünf Monate und siebenundzwanzig Tage.

Die Schlange bewegt sich voran. Der Großvater, der ein Vater ist, hat zwei Kinder. Nicht drei. Einen Sohn. Eine Tochter. Er liebt sie beide. Besonders die Tochter. Die Leute sagen, die Kinder seien ihrem Vater ähnlich, aber er kann kaum Gemeinsamkeiten feststellen. Sie haben die Größe ihrer Mutter, die Sturheit ihrer Mutter, die Nase ihrer Mutter. Eigentlich sind beide kleine oder große Kopien der Mutter. Vor allem der Sohn. Der Sohn ist seiner Mutter so ähnlich, dass der Vater, der ein Großvater ist, manchmal oder eigentlich sogar ziemlich oft Lust hätte, ihm eine Kopfnuss zu verpassen. Aber er macht es nie. Natürlich nicht. Er beherrscht sich. Er hat lange genug in diesem Land gelebt, um zu wissen, dass Gefühle etwas Schlechtes sind. Gefühle sollten in kleine, mit Buchstaben versehene Schubladen gesperrt und nicht wieder herausgelassen werden, ehe man eine Gebrauchsanweisung zur Hand hat, ehe die Fachleute eintreffen, ehe ein staatlicher Prüfer die Verantwortung dafür übernimmt, was Gefühle anrichten können.

Die Schlange bewegt sich nicht. Niemand wird wütend. Niemand hebt die Stimme. Niemand drängelt. Die Leute verdrehen nur die Augen und seufzen. Der Großvater tut es ihnen gleich. Er erinnert sich daran, wie er ein Vater war. Kindergeburtstage und Sommerurlaube, Judostunden und Brechdurchfälle, Klavierstunden und Abifeiern. Er erinnert sich an den Topflappen, den seine Tochter oder vielleicht auch sein Sohn im Werkunterricht gebastelt hatte, bestickt mit dem Text: *Der beste Papa der Welt*. Er war ein fabelhafter Vater. Er ist ein fabelhafter Großvater. Wer etwas anderes behauptet, lügt.

Als der Vater, der ein Großvater ist, bei der Passkontrolle ankommt, dauert es nur wenige Sekunden, dann hat ihn die uniformierte Frau hinter der Glasscheibe angesehen, seinen Pass eingescannt und ihn durchgewunken.

)))

Ein Sohn, der ein Vater ist, fährt ins Büro, sobald die Kinder schlafen. Mit der einen Hand klaubt er die Post vom Boden hinter dem Briefschlitz auf, mit der anderen schließt er die Eingangstür. Er räumt die Lebensmittel ein und wirft seine Sportklamotten in einen Kleiderschrank. Bevor er den Staubsauger vorholt, dreht er eine Runde mit der Küchenrolle und dem Handfeger, um die Kakerlakenkadaver der vergangenen zwei Tage aus Küche, Bad und Flur zu beseitigen. Er wechselt das Bettlaken im Schlafbereich, die Handtücher im Badezimmer, lässt die Spüle mit Wasser volllaufen, damit die Tassen mit den eingetrockneten Kaffeeresten genug Zeit haben, um von allein sauber zu werden. Er öffnet die Balkontür und lüftet. Er füllt den Papierkorb in der Küche mit Werbeprospekten, verschrumpelten Kiwis, hockeyballharten Mandarinen, zerrissenen Fensterumschlägen und braunen Kerngehäusen. Er blickt auf die Uhr und realisiert, dass er es schaffen wird. Er muss sich nicht mal groß beeilen.

Er wischt den Boden im Flur und in der Küche. Er scheuert die Badewanne, das Waschbecken und die Toilette. Als er fertig ist, lässt er den Schwamm und das Putzmittel im Bad liegen. Er bildet sich ein, wenn sein Vater die Sachen sieht, ist die Chance größer, dass er das Büro nicht im gleichen Zustand hinterlässt wie letztes Mal. Und vorletztes Mal.

Der Sohn füllt die Kapseln für die Espressomaschine in eine Plastiktüte, legt die Plastiktüte in einen Karton und schiebt ihn in die hinterste Ecke des Küchenschranks. Die Duftkerze, die ihm seine Schwester zum Geburtstag geschenkt hat, packt er in eine andere Plastiktüte und versteckt sie hinter dem Werkzeugkasten. Die Konserven mit dem teuren Thunfisch und die Gläser mit den Pinienkernen und den Kürbiskernen und den Walnüssen legt er in den leeren Tonerkarton auf dem Kühlschrank. Das Wechselgeld in der Schale auf der Kommode im Flur leert er in seine Hosentasche. Die Sonnenbrille steckt er in seinen Rucksack. Er macht einen Kontrollgang. Alles erledigt. Das Büro ist für die Ankunft seines Vaters bereit. Er sieht auf die Uhr. Der Vater müsste jetzt hier sein. Er kommt sicher jeden Moment.

☽ ☽ ☽

Ein Vater, der ein Großvater ist, steht am Gepäckband. Alle Koffer sehen gleich aus. Sie glänzen wie Raumschiffe und haben Rollen wie Skateboards. Man sieht schon von weitem, dass sie von asiatischen Billigfirmen produziert wurden. Sein Koffer ist gediegen. Er wurde in Europa gefertigt. Er hat über dreißig Jahre gehalten und wird es noch mindestens weitere zwanzig tun. Er hat keine Rollen, die leicht kaputtgehen können. Er hat Aufkleber von Fluggesellschaften, die längst insolvent sind. Als er ihn vom Gepäckband hievt, fragt ein junges Mädchen mit Ringerarmen, ob er Hilfe bräuchte. Nein danke, antwortet der Großvater lächelnd. Er braucht keine Hilfe. Schon gar nicht von fremden Leuten, die einem nur helfen wollen, weil sie Geld dafür erwarten.

Er hebt den Koffer auf einen Trolley und schiebt ihn Richtung Ausgang. Angeblich hatte das Flugzeug technische Probleme. Die Passagiere mussten einsteigen, wieder aussteigen und noch mal einsteigen. Seine Kinder haben die Verspätung sicher im Internet gesehen, und der Sohn hat die Schwester mit seinem Auto abgeholt. Sie fahren auf der Autobahn Richtung Norden. Der Sohn parkt auf dem völlig überteuerten Kurzzeitparkplatz, und die Tochter holt den schicken Mantel des Vaters aus dem Kofferraum. In diesem Moment erwarten sie ihn auf der anderen Seite. Die Tochter mit ihrem strahlenden Lächeln. Der Sohn mit seinen Kopfhörern. Ein Begrüßungsgeschenk ist nicht nötig. Es reicht, dass sie da sind.

☽ ☽ ☽

Ein Sohn, der ein Vater ist, kann genauso gut noch etwas erledigen, während er auf die Ankunft des Vaters wartet. Nachdem er überprüft hat, dass im Wasserkocher keine Kakerlakenkadaver liegen, setzt er Teewasser auf. Er schaltet den Computer ein und geht den Jahresbericht der Baugenossenschaft Utsikten 9 durch. Er loggt sich beim Finanzamt ein und beantragt eine Fristverlängerung für einen freiberuflichen Journalisten und eine Konservatorin, die spät dran sind mit ihrer Steuererklärung. Er schreibt eine Liste mit Dingen, die für die Geburtstagsfeier der Tochter nächsten Sonntag erledigt werden müssen. Bei den Eltern nachhaken, die noch nicht zugesagt haben. Spiele vorbereiten. Ballons, Pappteller, Luftschlangen, Strohhalme, Saft und Kuchenzutaten kaufen. Und Paketschnur und Wäscheklammern fürs Fischeangeln. Er wirft einen Blick aus dem Fenster. Kein Grund zur Sorge. Es ist nichts passiert. Der Vater ist nur ein bisschen verspätet.

Früher hat sich der Sohn immer mit seiner Schwester am Cityterminal getroffen, wenn der Vater im Anflug war. Sie saßen hinter der Glasscheibe auf den Bänken gegenüber vom Busbahnhof, Rücken an Rücken oder Kopf an Schulter oder Kopf an Bein. Immer wieder blickte er zur Bahnhofsuhr und wunderte sich, wo der Vater blieb, die Schwester ging zum Kiosk und kam mit einem Himbeersmoothie, einem Sandwich und einen Latte to go wieder. Er nahm seine Kopfhörer ab und spielte seiner Schwester die neuen Songs von Royce da 5'9", Chino XL und Jadakiss vor. Sie nahm die Kopfhörer ab, gähnte und wendete sich wieder den Rentnern zu, die auf den Nachtbus in die Provinz warteten, um mit ihnen über Intimpflege zu plaudern. Der Sohn, der noch kein Vater war, stand von der Bank auf und ging zum Fenster. Die Schwester, die noch keine Mutter war, benutzte ihre Handtasche als Kopfkissen, streckte sich auf der Bank aus und schlief ein. Alle Viertelstunde ein neuer Flughafenbus. Immer noch kein Vater. Der Sohn setzte sich, stand auf, setzte sich wieder. Der Wachdienst weckte einen Obdachlosen. Zwei Taxifahrer spielten Schiffeversenken oder schlossen Pferdewetten ab. Ein paar orientierungslose Touristen stiegen aus dem Bus, gingen in die eine Richtung und kamen zurück, um in die andere Richtung zu gehen. Er betrachtete seine schlafende Schwester. Wie konnte sie so entspannt sein? Begriff sie nicht, was passiert war? Ihr Vater war verhaftet worden. Das Militär hatte ihn kurz vor dem Boarding angehalten und seinen Pass sehen wollen, sie warfen ihm vor, ein Geheimagent, Schmuggler oder Oppositioneller zu sein. Jetzt saß er in einer kargen Zelle und versuchte das Militär davon zu überzeugen, dass er nicht mit dem Typen verwandt war, der sich aus Protest gegen die Methoden des Regimes im Gefängnis selbst verbrannt hatte. Wir sind eine große Familie, sagte er. Unser Nachname ist verbreitet. Ich bin kein Politiker, ich bin Verkäufer, und dann lächelte er sein gewinnendes Lächeln. Wenn sich jemand aus einer Zelle herausreden kann, dann er. Hock dich hin und mach dich locker, sagte seine Schwester, als sie aufwachte. Atme. Alles ist gut. Neunzig Minuten, sagte der Sohn kopfschüttelnd. Irgendwie schon komisch, dass er neunzig Minuten nach der Landung immer noch nicht hier ist. Entspann dich, sagte die Schwester und drückte ihn wieder auf die Bank. Das ist überhaupt nicht komisch. Erst muss er warten, bis alle anderen ausgestiegen sind, um die liegengelassenen Zeitungen und nicht ausgetrunkenen Weinflaschen einzusammeln. Dann muss er auf sein Lieblingsklo gehen, sein Gepäck holen und es inspizieren. Und wenn sein Koffer auch nur die kleinste Schramme hat, was immer der Fall ist, stellt er sich am Serviceschalter an, hab ich recht? Der Sohn nickte. Er reklamiert den Schaden an seinem Koffer, und das Personal versteht nicht, dass er es ernst meint und scherzt mit ihm, weil dieser Koffer garantiert schon den Zweiten Weltkrieg miterlebt hat. Sie sagen, sie würden keine Gebrauchsschäden erstatten, und er wird wütend und schreit, der Kunde hätte immer recht. Es sei denn, die Trulla am Schalter ist jung und hübsch, sagt der Sohn. Genau, sagt die Schwester. Dann lächelt er und sagt, jaja, das verstehe ich natürlich. Und dann?, fragt der Sohn, und jetzt lacht er. Dann muss er durch den Zoll, sagt die Schwester. Und ein unerfahrener Zöllner glaubt, er hätte was zu verbergen. Sie halten ihn an. Sie stellen ihm Fragen. Sie bitten ihn, mit ins Hinterzimmer zu kommen und ihnen den Inhalt seines Koffers zu zeigen. Und was finden sie? Nichts. Der Koffer ist so gut wie leer. Außer ein paar Hemden. Und ein bisschen Essen. Es dauert immer so lange, sagt die Schwester. Und du schiebst immer unnötig Panik.

Sie saßen schweigend nebeneinander. Ein Bus kam. Dann noch einer. Als er von der Haltestelle losrollte, stand ihr Vater auf dem Bürgersteig. In den immer gleichen Klamotten. Dasselbe abgewetzte Jackett. Dieselben durchgelaufenen Schuhe. Derselbe Koffer und dasselbe Lächeln und immer dieselbe erste Frage: Habt ihr meinen Mantel dabei? Die Tochter und der Sohn gingen durch die Glastür. Sie legten ihm den Mantel um und halfen ihm mit dem Koffer. Sie sagten Willkommen zu Hause und fragten sich jedes Mal, ob zu Hause wirklich die richtige Bezeichnung war.

Ein Vater, der ein Großvater ist, betritt die Ankunftshalle. Er begegnet den Blicken der Wartenden. Alle haben verschwommene Gesichter wie Verbrecher auf Überwachungsfilmen. Junge Frauen trinken Take-Away-Tee. Bärtige Männer in zu engen Hosen starren auf ihre Telefone. Ein schickes Elternpaar trägt eine Banderole, die es noch nicht ausgerollt hat, ein Verwandter filmt die beiden, seine Unterarme ragen empor wie eine Kobra. Mehrere Männer halten Blumensträuße und Extrajacken in den Händen. Der Vater erkennt diesen Typus wieder. Es sind schwedische Männer, die auf ihre thailändischen Frauen warten. Sie lernen sich im Internet kennen und verloben sich, ohne sich je begegnet zu sein, und jetzt haben die Männer Jacken dabei, um zu zeigen, wie nett sie sind, und um den Mädchen einen Kälteschock zu ersparen. Aber wirklich nette Männer brauchen sich keine Huren vom anderen Ende der Welt zu bestellen, denkt er und geht weiter zum Ausgang. Er hält nicht nach seinen Kindern Ausschau, weil er weiß, dass sie nicht da sind. Und trotzdem merkt er, dass sein Blick nach ihnen sucht. Und seine Augen hoffen.

Er sieht eine afrikanische Großfamilie, der Mann ist sicher ein Dealer. Er sieht einen pakistanischen Typen mit einem Muttermal unter dem einen Auge, der ständig zwinkert, als wäre er nervös oder gerade erst aufgewacht. Wahrscheinlich ist er schwul. Das erkennt man an dem engen Hemd und dem flauschigen Schal. Der Großvater geht weiter, vorbei am Café, das nachts geöffnet hat, an den Taxifahrern, auf deren Schildern schwedische Nachnamen oder englische Firmennamen stehen. Vorbei am Wechselschalter, der nachts geschlossen hat, und der runden Säule mit den großen grünen Aufklebern, die verkünden, dass es genau hier einen Defibrillator gibt. Was zur Hölle ist ein Defibrillator? Und wenn es so wichtig ist, einen zu haben, warum gibt es ihn dann nicht auf allen Flughäfen? Nein. Nur hier, in diesem seltsamen Land, in dem die Politiker beschlossen haben, dass eine Ankunftshalle ohne einen Defibrillator nicht sicher ist.

Der Großvater, der sich nicht mehr wie ein Vater fühlt, schiebt den Trolley in Richtung Bushaltestelle. Er geht in den Wind hinaus. Schon sein ganzes Leben reist er an diesem Flughafen an und ab. Sonne, Regen, Winter, Sommer. Es spielt keine Rolle. Der Wind, wenn man aus Terminal 5 kommt, ist immer da. Er hat Orkanstärke, egal bei welchem Wetter. Er verwandelt seinen Schal in eine Flagge. Das Jackett in einen Rock. Er ist so stark, dass die Leute, die draußen auf den Bus warten, Schutz zwischen den Betonpfeilern suchen müssen, damit sie keine unfreiwillige Tanzvorstellung aufführen, zwei Schritt nach rechts, einen vor, während der Wind im Takt dazu lacht und heult.

Er späht zu der digitalen Anzeige hinüber. 14 Minuten bis zum nächsten Bus. Der letzte muss gerade gefahren sein. 14 verdammte Höllenminuten. Seine Frau schaut hinter einer Ecke hervor. 14 Minuten!, ruft sie glücklich. Was für ein Riesenglück, dass es nicht 114 sind! Es ist schweinekalt, brummelt er. Schön frisch, sagt sie. Niemand ist gekommen, um mich abzuholen, sagt er. Ich bin hier, sagt sie. Ich bin krank, sagt er. Aber was für ein Glück im Unglück, dass es Diabetes ist und keine andere chronische Krankheit, erwidert sie, denn Diabetes kann man ja gut in den Griff bekommen, ich habe sogar von Diabetikern gehört, die mit dem Insulin aufhören konnten, nachdem sie ihre Ernährung umgestellt haben, und findest du es nicht sogar ganz spannend, dir Spritzen zu geben und den Blutzucker zu messen? Ich werde allmählich blind, sagt er. Aber mich siehst du?, fragt sie. Ja, antwortet er. Was ein Glück. Sie lächelt. Der Winde zerrt an ihren kurzem Haar. Ihr kurzes Haar weht im Wind. Glück im Unglück. Das war ihr Mantra. Was auch passierte. Ein Klassenkamerad der Tochter brach sich den Arm, und sie fragte als Erstes: Den rechten oder linken? Den linken, antwortete die

Tochter. Glück im Unglück, sagte die Mutter. Er ist Linkshänder, entgegnete die Tochter. Dann bekommt er jetzt eine tolle Chance, seine rechte Hand zu trainieren. Glück im Unglück. Der Vater lacht über die Erinnerung. Der Wind flaut ab. Alles wird still. Seine Frau nähert sich, streicht ihm über die Schläfe und küsst seine Wange mit Lippen, die kalt sind wie Aufzugknöpfe. Und außerdem ... flüstert sie. Frau? Warum nennst du mich in Gedanken deine Frau? Wir sind doch schon seit über zwanzig Jahren geschieden? Der Wind ist zurück. Sie ist verschwunden. Sein Körper ist schwach. Irgendetwas stimmt nicht mit seinen Augen. Er will einfach nur nach Hause. Er hat kein Zuhause. Es gibt Taxis. Es gibt Expresszüge. Aber er muss auf den Bus warten. Er wartet immer auf den Bus.

Eine Schwester, die eine Tochter ist, aber keine Mutter mehr, kommt aus dem Restaurant, hält ein Taxi an und nennt eine Adresse. Netten Abend gehabt?, fragt der Taxifahrer. Ganz okay, antwortet die Schwester. Wir haben den Geburtstag einer Freundin gefeiert. Sie ist achtunddreißig geworden. Achtunddreißig verdammte Jahre. Die Schwester seufzt. Wie die Zeit vergeht, sagt der Taxifahrer. Aber echt, sagt sie. Haben Sie Kinder?, fragt der Taxifahrer. Achtunddreißig, sagt sie. Ich erinnere mich noch, wie meine Mutter fünfunddreißig wurde. Sie hatte ihre Dokumente in Ordnern abgeheftet. Sie hatte sich selbständig gemacht. Sie war so unglaublich erwachsen und zielstrebig. Meine Freunde vögeln in der Gegend rum und haben Zeitverträge. Aber vielleicht hat meine Mutter ja genauso über ihre Freunde gedacht, wenn sie sie mit ihren Eltern verglich, meinen Sie nicht? Gut möglich, sagt der Taxifahrer. Dann schweigen sie. Das Essen war allerdings gut, sagt sie. Haben Sie schon mal da gegessen? Nein, antwortet er. Ordentliche Portionen, sagt sie. Ich hasse es, wenn man dreihundert Kronen für einen Hauptgang zahlt und nicht mal richtig satt wird. Ist das nicht ätzend? Ja, wirklich, sagt er. Man will schließlich satt werden. Genau, sagt sie. Allerdings gab es ein Problem mit der Lüftung. Das ganze Restaurant hat nach Essen gestunken. Es hat so stark gerochen, dass ich zwischendurch rausgehen musste, um nicht zu kotzen. Der Taxifahrer wirft ihr im Rückspiegel einen Blick zu. Sie schweigen. Dann nimmt sie ihr Telefon. Die erste Nachricht ist von halb neun. Ihr Bruder schreibt, er sei im Büro und warte auf ihren Vater. Ach Mist. Wollte ihr Vater heute kommen? Die nächste Nachricht ist von Viertel nach neun. Er schreibt, der Vater wäre immer noch nicht da. Halb zehn. Allmählich mache er sich Sorgen. Viertel nach zehn. Das Flugzeug habe Verspätung und er werde sich allmählich nach Hause aufmachen. Er bittet sie, ihn anzurufen. Sie sieht auf die Uhr. Es ist halb zwölf. Bestimmt schläft er jetzt. Sie müssen morgen reden. Das Einzige, was sie auf dem Heimweg stört, ist, dass der Taxifahrer sein Aftershave mit der Gießkanne aufgetragen haben muss. Und dass derjenige, der vor ihr auf der Rückbank saß, mit Sicherheit Kettenraucher war. Die schlampig verschlossene Packung mit den Feuchttüchern in der Türablage riecht nach künstlichem Aprikosenduft, die Tabaksdose des Fahrers nach Moos. Als das Auto aus dem Tunnel hinausfährt, muss sie das Fenster auf dem Rücksitz öffnen und die Nase in den offenen Spalt strecken. Zu warm?, fragt der Fahrer. Ein bisschen, antwortet sie. Er schließt vom Vordersitz aus ihr Fenster und dreht die Klimaanlage herunter. Sie hört ihren eigenen Atem. In ihrem Mund sammelt sich der Speichel. Hier ist gut, sagt sie, als das Taxi den Kreisel hinter sich gelassen hat. Sie reicht ihre Kreditkarte nach vorn, dann steigt sie aus. Fünf

Minuten lang sitzt sie in der Hocke neben einer Grünanlage. Anschließend läuft sie nach Hause. Sie hat nicht gekotzt. Sie wird nicht kotzen. Aber irgendwas stimmt nicht. Sie fühlt sich wie eine Superheldin mit der nicht ganz so tollen Superkraft, jeden Geruch schon mehrere Straßenecken im Voraus wahrzunehmen und sofort einen Brechreiz zu verspüren. Den Wurstgestank vorm Seven-Eleven. Die Hundescheiße neben der Bushaltestelle. Ein Mann riecht nach Gesichtscreme. Ihre Straße riecht nach fauligem Herbstlaub. Sie biegt nach rechts und nähert sich einem Hauseingang. Hinter sich hört sie Schritte. Die Schritte werden schneller. Ein nächtlicher Jogger? Ihr Hardrock-Nachbar, der gesehen hat, wie sie an dem Park hockte und fragen will, ob sie Hilfe braucht? Trotzdem zieht sie ihren Schlüsselbund aus der Tasche und macht sich bereit. Die Schlüssel werden zu einem Schlagring umfunktioniert. Ihr Blick ist fokussiert. Die Übelkeit verflogen. Auf Augen oder Schritt zielen. Augen oder Schritt. Übernimm die Kontrolle. Schrei. Zeig dem Angreifer nie deine Angst. Sie reißt sich zusammen, dreht sich um und geht direkt auf den Mann zu, der sie verfolgt. Was willst du?, schreit sie. Der Mann zieht einen Kopfhörerstöpsel aus dem Ohr. Wie bitte? Hör auf, mir nachzulaufen, faucht sie. Ich wohne hier, sagt er und deutet auf ein Haus. Welche Nummer? 21, antwortet er. Es gibt keine Nummer 21. Äh, doch, sagt er. Da wohne ich. Welche Straße? Er nennt den Namen der Straße. Na gut, sagt sie. Du kannst durchgehen. Er wird schneller und hastet kopfschüttelnd und erschrocken an ihr vorbei. Er riecht nach Butterpopcorn. Als er verschwunden ist, sinkt sie wieder in die Hocke. Scheißrestaurant. Scheiß stinkendes Taxi. Scheiß eklige Laubhaufen. Sie fährt mit dem Aufzug in ihre Wohnung und schafft es gerade noch ins Bad, ehe sie brechen muss. Schatz?, fragt der Mann, der nicht ihr Freund ist, von der anderen Seite der Badezimmertür. Kann ich irgendwas tun? Sie antwortet nicht. Sie liegt seitlich auf dem Badezimmerboden, bis sich die Welt wieder beruhigt hat.

Da sind die Handtuchhaken ohne sein Handtuch. Da ist der Zahnputzbecher ohne seine Zahnbürste. Da ist der Duschvorhang mit dem lila Papagei, den sie nur aufgehängt hat, weil er das Badezimmer beim Duschen immer in einen tropischen Regenwald verwandelt hatte und die Klopapierrolle danach ausgetauscht werden musste. Wie konnte sie sich so über ein paar Pfützen aufregen? Da ist der Badezimmerschrank, in dem er das unterste Fach hatte, weil es das einzige war, das er erreichen konnte, ohne auf den weißen Hocker zu steigen. In dieses Fach stellte er sein Deo und die Einwegrasierer, die er nicht brauchte, und die Sammlung mit den Bodylotions, die sie von ihren Geschäftsreisen aus verschiedenen Hotels mitbrachte. Jetzt ist das unterste Fach leer, und wenn er, der sich für ihren Freund hält, sein Haarschneidegerät dalässt, ohne sie vorher zu fragen, wirft sie es in den Müll.

Als sie aus dem Bad kommt, sitzt er, der nicht ihr Freund ist, auf dem Sofa und beschäftigt sich mit seinem Telefon. Zu viel getrunken?, fragt er und lacht. Absolut nicht, antwortet sie. Ich habe den ganzen Abend nur Wasser getrunken. Mir war nicht nach Wein. Er legt das Telefon beiseite. Was ist?, fragt sie. Warum siehst du so beunruhigt aus?

Ein Sohn, der ein Vater ist, blickt auf die Uhr. Bald Mitternacht. Seine Schwester ruft nicht zurück. Seine Freundin hatte ihm vor einer Stunde eine Nachricht geschrieben. Er hatte geantwortet, der Flug sei verspätet und er auf dem Weg nach Hause. Er hatte sich zum Aufbruch bereit gemacht, war aber nicht gegangen. Er weiß nicht, warum. Er versucht es auf der Auslandsnummer seines Vaters. Dann auf der schwedischen. Der Akku ist leer, oder die Handys sind ausgeschaltet oder konfisziert worden. Er lauscht auf den Schlüssel im Schloss. Er überlegt, wann sie eigentlich aufgehört haben, den Vater am Cityterminal abzuholen. Ist es drei Jahre her? Fünf? Er erinnert sich nicht genau, aber er hat den Verdacht, dass es ungefähr zur selben Zeit war, als der Sohn Vater wurde und der Vater Großvater. Da passierte etwas. Obwohl der Sohn immer noch für die praktischen Angelegenheiten zuständig ist. Er kümmert sich um die Bankkonten und die Post des Vaters. Er bezahlt die Rechnungen, macht die Steuererklärung für den Vater, verschiebt seine Vorsorgetermine beim Arzt und öffnet die Briefe von der Sozialversicherung. Außerdem ist er für die Unterbringung des Vaters verantwortlich. Ganz egal, ob der Vater zehn Tage oder vier Wochen bleibt. So war es schon immer. So wird es immer bleiben.

Der Sohn geht mit seiner Teetasse in die Küche. Als er das Licht einschaltet, hört er das Rascheln von Kakerlaken, die hinter dem Backofen verschwinden. Im Augenwinkel sieht er die Schatten von zweien, die unter den Kühlschrank flitzen. Auf der Arbeitsfläche in der Küche sitzt eine rot glänzende Kakerlake wie versteinert und versucht sich unsichtbar zu machen, ihre Fühler wiegen sich in der Luft. Der Sohn stellt die Tasse auf dem Herd ab und streckt sich langsam nach der Küchenrolle. Er befeuchtet sie, tötet die Kakerlake, wischt über die Stelle und wirft das Küchenpapier direkt in den Müll, damit sich die Eier nicht verteilen. Die blauen Klebefallen aus Pappe von Anticimex stehen schon seit Wochen hier herum. Der Typ mit der Giftspritze war erst letzten Donnerstag da, um neue Stränge zahnpastaähnlicher Todescreme zwischen den Herd und die Spüle und den Kühl- und den Gefrierschrank zu spritzen. Trotzdem kommen sie immer wieder. Es gibt zwei Sorten, eine etwas schwärzere, eine rötlichere. Doch wenn sie Gift fressen und sterben, tun sie es auf genau dieselbe Weise. Sie legen sich mit angezogenen Beinen auf den Rücken. Ihre langen Fühler wogen wie Grashalme. Sie sehen friedlich aus, wie sie dort liegen, tot und dazu bereit, von einem Blatt feuchter Küchenrolle zerdrückt zu werden. Er nimmt immer nur ein Blatt Küchenrolle pro Kakerlake. Damit die Rolle lange reicht. Wenn er versehentlich zwei Blätter abreißt, beseitigt er auch zwei Kakerlaken, so ist es gerechter für alle, und er wirft sein Geld nicht zum Fenster raus. Das war nicht seine Stimme. Es war die Stimme seines Vaters. Immer nur ein Blatt auf einmal, rief er früher durch die Tür, wenn man auf der Toilette saß. Zwei Blatt, wenn du Wasser draufmachst. Ich mache Wasser drauf, antwortete der Sohn. Dann darfst du zwei Blatt nehmen, sagte der Vater. Der Sohn nahm zwei Blatt, befeuchtete sie und putzte sich ab. Jetzt ein Blatt, um zu kontrollieren, ob auch wirklich alles sauber ist, kam die Anweisung des Vaters. Nimm die ganze Rolle, rief seine Mutter aus der Küche. Hör nicht auf sie, sagte der Vater. Der Sohn tat, was ihm gesagt wurde. Sein ganzes verdammtes Leben lang hat er immer getan, was ihm gesagt wurde. Das muss sich ändern, denkt er, und holt einen Stift. Er schreibt nicht, dass sein Vater zum letzten Mal hier wohnen wird. Er schreibt nicht, dass er die Vaterklausel aufheben will. Stattdessen schreibt er: *Herzlich willkommen, Papa. Hoffe, du hattest eine gute Reise. Hier ist deine Post. Melde dich doch kurz, wenn du Zeit hast, damit ich mir keine Sorgen machen muss.*

Der Sohn schaltet das Licht aus und geht ins Treppenhaus. Er schließt die Innentür, die Außentür und das Sicherheitsschloss ab. Dann überprüft er vorsichtshalber noch einmal, ob er das Sicherheitsschloss auch wirklich abgeschlossen hat.

Dann verlässt er das Büro und geht nach Hause. Dann kehrt er zurück, um noch einmal zu überprüfen, ob er nicht vergessen hat, das Sicherheitsschloss auch wirklich abzuschließen, als er überprüfen wollte, ob er das Sicherheitsschloss auch wirklich abgeschlossen hat. Er kommt an dem Platz mit der Kneipe vorbei, die gerade renoviert wird. Vorbei an dem Eckladen von dem netten, aber verwirrten Typen, der anscheinend in seinem Laden schlief, jetzt aber wohl für immer dichtgemacht hatte. Vorbei an den festgeketteten Aufstellern von *Gesundheit Thaimassage* und dem Friseursalon K&N und an kopierten Aushängen, die Werbung für Hundesitting («passionierter Hundefreund seit 1957!»), feministische Stand-up-Comedy, Fahrradreparatur und Zumba machen. Vorbei an der U-Bahn-Station, dem Espressostand, der dichtgemacht hat, der Wäscherei, die dichtgemacht hat. Er will gerade dem Bettler zunicken, aber auch dessen Platz ist leer, nur ein paar Decken liegen dort, eine leere Schale und ein Stück Pappe mit einem Foto der Kinder des Bettlers. Der Sohn biegt links auf den Fußweg, nimmt den ehemaligen Kiesweg, der gerade neu asphaltiert wurde, vorbei an dem großen Fußballplatz mit Kunstrasen, den roten Umkleidekabinen und dem Waldstück, wo schon seit Tagen ein umgewehter Baum im Weg liegt, den niemand wegräumt. Vorbei am Wohngebiet mit den Einfamilienhäusern, den Kreisverkehren, den Baustellen. Hast du ihn gesehen?, murmelt seine Freundin schlaftrunken, als er neben ihr ins Bett kriecht. Heute nicht, flüstert er.

II.
DONNERSTAG

Ein Großvater, der ein vergessener Vater ist, wartet auf den Flughafenbus, der nie kommt. Er ist krank. Er ist sterbenskrank. Er hustet sich die Lunge aus dem Hals. Er wird bald blind sein und die Nacht wahrscheinlich nicht überleben. An allem sind seine Kinder schuld. Zur Hölle mit diesem Land und seinem kalten Herbstwetter, seinen unverschämten Taxipreisen und öden Fernsehsendern. Er erinnert sich noch genau an das Programm, das lief, als sie gerade hergezogen waren. Erst das Wetter, dann das Kinderfernsehen, zwei verschiedenfarbige Strümpfe mit Paillettenaugen und einem Skelett aus Händen redeten davon, wie wichtig der Klassenkampf ist, um eine glückliche Gesellschaft aufzubauen. Dann noch mehr Wetter. Dann «Das schwarze Brett», eine spezielle Sendung, wo der Staat Tipps gab, wie man Brandverletzungen bei Kindern behandelte (ab unter die Dusche mit ihnen, ohne sie auszuziehen, und 20 Minuten lang mit KÜHLEM, aber nicht KALTEM Wasser abbrausen), dann ein Beitrag darüber, wie wichtig es war, beim Langstreckenschlittschuhlauf immer Eiskrallen dabeizuhaben, dann Nachrichten, dann das Wetter, dann der Film des Tages, der ganz sicher, zu hundert Prozent, ein Dokumentarfilm über lateinamerikanische Lyriker oder ukrainische Imker war. Trotzdem ließ er nachts den Fernseher laufen, wenn er nicht schlafen konnte. Und obwohl er sich einsam fühlte, war er nicht einsam, denn er hatte ja sie. Ihretwegen war er gekommen. Sie hatte ihn dazu gebracht, alles hinter sich zu lassen. Es war keine freie Entscheidung gewesen. Die Liebe ist das Gegenteil einer freien Entscheidung. Die Liebe ist zu hundert Prozent undemokratisch, neunundneunzig Prozent aller Stimmen entfallen auf den Typen mit dem Schnauzbart in Uniform mit einer Vergangenheit im Militär, dessen Porträt an jeder Allee, in jedem Tabakladen, Friseursalon und Café hängt, bis zum Ende der Revolution, wenn alle alten Porträts auf die Straßen geworfen, zertrampelt und verbrannt und vom Bild eines anderen Typen mit Schnauzbart und einer Vergangenheit im Militär ersetzt werden, der sagt, dass sein Vorgänger mit Schnauzbart und einer Vergangenheit im Militär kein richtiger Führer war, sondern korrupt und sich nicht so für dieses Land eingesetzt hat, wie das Land es verdient hätte. Die Liebe ist eine Diktatur, denkt der Vater, und Diktaturen sind gut, denn er selbst war am glücklichsten, als er am wenigsten Freiheit hatte, als er an nichts anderes denken konnte als daran, dass alles untergehen würde, wenn er nicht in ihrer Nähe sein dürfte. Bei ihr. Seiner Frau. Seiner Exfrau. Und wenn er eines aus der gescheiterten Revolution mitgenommen hat, dann die Tatsache, dass ein starker Mann im Zentrum auch Vorteile hat. Die Stimmen einzelner Menschen haben keinen Eigenwert. Menschen sind Idioten. Menschen sind wie Ameisen. Sie wissen nicht, was am besten für sie ist. Sie müssen kontrolliert werden, damit sie nicht überall Ameisenhaufen bauen und in fremde Ferienhäuser eindringen. Er weiß nicht mehr, wer das gesagt hat. Vielleicht ist er sogar selbst drauf gekommen. Das ist gut möglich, weil er hundert Prozent schlauer ist als hundert Prozent der Weltbevölkerung. Er weiß Dinge, die normale Menschen gar nicht zu wissen wagen. Er weiß, dass die Chinesen bald die Weltherrschaft übernehmen werden. Er weiß, dass neun der zehn mächtigsten Medienmogule auf der Welt Juden sind. Er weiß, dass die CIA hinter dem Anschlag auf das World Trade Center steckt. Er weiß, dass die NASA die Mondlandung gefakt und das FBI Malcom X, Martin Luther King, JFK, John Lennon und JR Ewing ermordet hat. Er weiß, dass wir nur deshalb mit Karte zahlen sollen, damit die Banken uns überwachen können, denn dann wissen sie, wo wir uns aufhalten, sie erlangen die Kontrolle über jeden kleinen Menschen und können uns von oben lenken, als wären wir Ameisen. Aber Menschen sind keine Ameisen. Menschen sind schlauer als Ameisen, größer als Ameisen, wir sind intelligent, wir können sprechen, wir haben zwei Beine statt sechs, wir haben Hände statt Fühlern, wir gehen aufrecht statt mit dem Bauch über dem Boden, und das sind nur einige von vielen Beispielen dafür, warum wir nie akzeptieren werden, dass uns ein Diktator beherrscht.

Der Großvater hatte versucht, all das der Frau zu erklären, die das Glück hatte, im Flugzeug neben ihm zu sitzen. Sie war von seinem Wissen beeindruckt, aber leider fiel es ihrem armen Gehirn schwer, die ganzen Informationen zu verarbeiten. Nach dem Essen gähnte sie und sagte, sie müsse jetzt schlafen. Schlafen Sie nur, sagte der Großvater, der zwei kleine Weinflaschen getrunken und eine dritte im Handgepäck versteckt hatte. Schlafen Sie gut. Die Wahrheit nimmt man am besten nur in kleinen Dosen zu sich. Die Frau setzte ihre Kopfhörer auf und schlief sofort ein.

Jetzt steht er hier auf dem Bürgersteig. Der Wind kommt von der Seite. Ein Auto nähert sich. Kann das wirklich sein? Das kann doch nicht sein? Nein, es sind auch nicht seine Kinder. Sein Sohn ist zu Hause und hört Musik, die keine Musik ist. Seine Tochter ist in der Stadt unterwegs und säuft. Sie denken nur an sich. Der Großvater erkennt die Beifahrerin im Auto wieder. Es ist die Frau, die neben ihm im Flugzeug saß. Ihre Blicke treffen sich. Sie sagt etwas zu dem Mann hinter dem Steuer. Sie sagt: Halt sofort an, Schatz! Das ist der interessante Mann, mit dem ich im Flugzeug sprechen durfte, der Mann mit den mutigen Gedanken. Schau ihn dir an. Er sieht müde aus. Komm, wir fahren ihn den ganzen Weg bis nach Hause, damit er nicht hier im Wind stehen und auf den Flughafenbus warten muss. Der Großvater lächelt und hebt die Hand in die Autoscheinwerfer. Die Frau schaut weg. Der Typ hinter dem Steuer beugt sich vor und starrt ihn an, ehe er Gas gibt und in Richtung Autobahn braust.

Irgendwie gelingt es dem Vater, der ein Großvater ist, am Ende doch, mit dem Bus bis zum Hauptbahnhof zu kommen. Mit letzter Kraft schleppt er seinen Koffer nach unten zur roten Linie. Es ist fast halb zwei in der Nacht, als er endlich an der richtigen U-Bahn-Station aussteigt, wo ihm ein freundlicher bärtiger Typ mit orangefarbenen Kopfhörern und verdächtig großen Pupillen hilft, das Gepäck die Treppe hinaufzutragen.

Der Großvater geht durch das Waldstück, vorbei am Eckladen, vorbei an der Kneipe. Er steht vor der Haustür zum Büro seines Sohnes. Er schafft es nicht, seine Koffer die Stufen hochzuhieven. Er gibt auf. Er sinkt zusammen. Er rappelt sich auf und sammelt all seine Kräfte. Er schafft es. Er schafft es gerade so. Er öffnet die Tür und wuchtet die Koffer in den ersten Stock. Dann schläft er in seinen Klamotten auf dem Sofa ein. Er schafft es nicht mehr, sein Handy ans Ladekabel zu hängen. Oder sich die Zähne zu putzen. Das Einzige, was er noch schafft, ist TV4 einzuschalten, laut genug, um dabei einschlafen zu können.

Ein Sohn in Elternzeit wacht an einem schlechten Tag um vier auf und an einem guten Tag um halb fünf. Der Einjährige wird zuerst munter, manchmal kann man ihn noch eine Weile ruhigstellen, indem man ihn durch die Stäbe des Gitterbetts mit Pixiebüchern und Stofftieren versorgt, meistens verliert er aber schon nach einer Viertelstunde die Geduld und will aufstehen. Er stemmt sich hoch und zeigt auf die Tür. Er ruft Muuuh. Er presst einen Morgenschiss in die Nachtwindel, die jeden Moment leckzuschlagen droht. Wenn der Vater schließlich das Licht anmacht, lacht der Einjährige und versucht sich über das Gitter zu ziehen. Die Vierjährige wacht gegen fünf auf und kommt blinzelnd und mit wirrem Haar aus ihrem Zimmer. Sie hat ihre Nuckelflasche dabei, die sie immer noch benutzt, manchmal schlägt der Vater versuchsweise vor, sie könne doch stattdessen aus einem Glas trinken oder einem Plastikbecher oder einer supercoolen Sportflasche. Aber die Tochter bleibt stur. Sie will ihre Nuckelflasche behalten. Lass sie doch, sagt die Mutter. Es ist ihr letztes Baby-Ding. Und der Vater lässt ihr die Flasche. Gleichzeitig hätte er lieber, dass sie damit aufhört. Er sagt, wenn man als Vierjährige mit einer Nuckelflasche rumläuft, kann es gut passieren, dass die Freunde aus dem Kindergarten das sehen und einen hänseln. Sie könnten Baby rufen oder Nuckelflaschentrulla oder was auch immer, und deshalb finde ich, du solltest damit aufhören. Die Tochter sieht ihn nur an und zuckt mit den Schultern. Die anderen sind mir doch egal, sagt sie und steckt sich die Nuckelflasche wie eine Pistole in den Schlafanzughosenbund. Da hörst du's, sagt die Mutter, die gerade mit nassen Haaren aus der Dusche kommt und sich Kaffee einschenkt. Der Apfel fällt nicht weit vom Stamm, erwidert der Vater. In diesem ganz bestimmten Fall ist der Apfel jedenfalls unglaublich weit weg vom Vaterstamm gelandet, sagt seine Freundin. Sie lacht und gibt ihm einen flüchtigen Kuss auf die Wange. Ich bin so um fünf wieder da, sagt sie und trinkt ihren Kaffee im Stehen neben der Arbeitsplatte. Du bist im Leben nicht um fünf da, denkt er, sagt aber nichts. Schick mir 'ne Nachricht, wenn ich was einkaufen soll. Brauchst du nicht, antwortet er. Ich mach das schon.

Sie läuft mit ihrer neuen Tasche, ihrer neuen Frisur, ihrem Mantel, ihren Handschuhen zur U-Bahn, sie sieht durch und durch professionell aus, wenn sie in die Welt hinausgeht. Er bleibt zu Hause im Küchenchaos zurück, in einem Bademantel mit der Spucke des Einjährigen auf der Schulter und den Schmierfingerabdrücken der Vierjährigen an der Tasche. Der Einjährige rast mit dem Gehfrei durch die Gegend und brüllt jedes Mal frustriert, wenn er an einem Teppich oder in einer Ecke hängen bleibt. Die Vierjährige hätte gern Gesellschaft, während sie groß macht, weil sie Angst davor hat, allein auf dem Klo zu sein, aber gleichzeitig will sie nicht, dass man sie dabei anguckt, also muss man ihr den Rücken zukehren. Der Einjährige krabbelt auf das Sofa und versucht, einen Bilderrahmen von der Wand zu holen. Die Vierjährige möchte, dass sie eine Gutenachtgeschichte lesen, aber sie soll so unheimlich sein, dass sich der Einjährige nicht traut, auch zuzuhören. Jetzt muss der Einjährige wieder groß, die Vierjährige will sich den Haufen ansehen. Der Einjährige hält auf dem Wickeltisch nicht still, der Vater bittet die Vierjährige, ein Spielzeug für den Einjährigen zu holen, die Vierjährige bringt einen Kugelschreibertroll mit leuchtend lila Haaren. Der Vater dankt der Vierjährigen, der Einjährige wirft einen Blick auf den Troll und lässt ihn wie eine Wasserbombe auf den Boden neben dem Wickeltisch fallen, doch wie sich herausstellt, ist es gar nicht der Boden, sondern das offene Klo, der Troll fällt hinein, seine Frisur wird zu einem langen Strich, er treibt bäuchlings auf dem Wasser und sieht tot aus, erst lacht sich die Vierjährige kaputt, dann bricht sie in Tränen aus, der Vater wischt mit Feuchttüchern die gelbgrüne, flüssige Kacke von seinen Händen und von der weißen Plastikdecke und von den Pobacken des Einjährigen, dann zieht er ihm eine neue Windel an und versucht ihn abzulenken und gleichzeitig die Vierjährige zu trösten, während er eine Plastiktüte holt und sie sich über die rechte Hand stülpt, um damit ins Klo zu greifen und den Troll herauszufischen. Der Einjährige zieht sich an der Kommode im Flur hoch und kreischt beeindruckt, weil er nicht umfällt. Die Vierjährige will ihm beim Laufen helfen und rempelt ihn dabei versehentlich um. Der Einjährige weint. Die Vierjährige lacht. Der Einjährige beißt der Vierjährigen ins Schienbein. Die Vierjährige weint. Der Einjährige verschwindet. Sie finden ihn mit zwei Plastikperlen im Mund zusammengekauert unter dem Sofatisch. Der Vater trägt den Einjährigen ins Zimmer der Vierjährigen. Alle sollen sich anziehen. Die Vierjährige will Shorts und ein Fußballtrikot tragen. Der Vater erklärt, dass aber Winter ist oder jedenfalls Spätherbst. Sie will die Shorts unter die normale Hose ziehen. Der Vater gibt nach. Der Einjährige verschwindet. Sie finden ihn im Schlafzimmer neben dem Nachttisch mit den scharfen Metallkanten, er hat gerade den weißen Plastikschutz abgeknibbelt, der zum Schutz vor genau dieser scharfen Kante dienen soll. Die Vierjährige will mit Duplo spielen, aber nur wenn der Vater und der Einjährige nicht mitmachen dürfen. Alle machen mit. Alle bis auf den Einjährigen, der ein Stück entfernt mit dieser zufriedenen Miene steht, die er nur aufsetzt, wenn er etwas im Mund hat. Der Vater pult ihm einen Ohrstöpsel der Mutter zwischen den Zähnen hervor. Der Einjährige brüllt los. Die Vierjährige baut eine Garage. Der Einjährige bringt die Garage zum Einsturz. Die Vierjährige bewirft den Einjährigen mit einem Ball. Der Einjährige glaubt, es wäre ein Spiel, und holt den Ball und gibt ihn der Vierjährigen. Die Vierjährige versteckt den Ball. Der Einjährige findet einen Legostein und schiebt ihn sich in den Mund. Der Vater angelt den Stein mit derselben Hand heraus, die noch vor zehn Minuten in der Toilette hing. Die Vierjährige sagt, sie hätte keine Lust mehr auf Duplo. Der Einjährige reibt sich die Augen. Der Vater guckt auf die Uhr und stellt fest, dass er die Vierjährige erst in anderthalb Stunden in die Kita bringen kann. Er wünschte, die Zeit würde schneller vergehen, er wünschte, die Kita hätte einen freien Platz für den Einjährigen. Manchmal versucht der Vater beim Vorfrühstück, der Vorspeise zu dem Frühstück, das die Vierjährige in der Vorschule bekommt, mit der Vierjährigen über Erwachsenendinge zu reden. Er holt die Zeitung und zeigt ihr ein Bild vom thailändischen Präsidenten. Er erklärt ihr, was Unruhen sind. Er sagt, dass humanitäre Einsätze das sind, was man braucht, wenn die Menschen zu wenig zu essen haben. Die Vierjährige nickt und scheint ihn zu verstehen. Dann sagt sie, dass alle Leute mit einem Seil um den Hals Präsidenten sind. Und der Vater stimmt ihr zu, wenn man in der Zeitung jemanden mit einer Krawatte sieht, ist es oft ein Präsident oder jedenfalls ein Politiker, sagt er. Nach dem Vorfrühstück wechseln sie die Klamotten, die dreckig geworden sind. Dann spielen sie Astronaut oder Tigerfamilie oder Räuber und Gendarm oder Feuerspucker und Feuerwehrmann, oder sie spielen ein Nashorn, das mit seinem Nashornfuß auf den Boden stampft, um zu zeigen, dass es wütend ist und gleich mit dem Horn zustoßen wird. Anschließend wechselt er ein letztes Mal die Windel des Einjährigen, und dann ist es Zeit, zur Kita zu gehen. Die Vierjährige zieht sich selbst an, alles ist ein Wettbewerb. Wer zuerst den Fleecepulli anzieht, hat gewonnen. Ich habe gewonnen, ruft die Vierjährige. Wer sich zuerst den Schneeanzug anzieht. Ich habe wieder gewonnen, ruft die Vierjährige. Wer zuerst den Aufzugknopf drückt. Ich bin wirklich die Schnellste auf der ganzen Welt, sagt die Vierjährige, und der Vater nickt, der Vater stimmt zu, die Vierjährige ist wirklich außergewöhnlich schnell, unglaublich schlau, eigentlich die Beste in allem, in dem man gut sein kann. Und doch. Irgendwo tief in seinem Inneren hört der Vater eine Stimme flüstern: Nein verdammt. Du bist überhaupt nicht die Beste in allem. Ich zum Beispiel könnte mich *superschnell* anziehen, wenn ich nur wollte. Ich kann dich *superleicht* zu Boden ringen, wenn ich mich nur ein bisschen anstrenge. Ich bin viel besser im Kopfrechnen als du und muss nicht meine Finger zu Hilfe nehmen, wenn ich drei und drei zusammenzähle. Und weißt du was? Die ganzen Buchstaben, die du kannst und mit denen du die Leute immer beeindruckst? Die kann ich auch. Und zwar alle. Viel besser als du.

Sie verlassen den Aufzug, bleiben stehen, um den Hauskater Jelzin zu streicheln, und schieben den Hügel hinauf, durch die Straßen, vorbei an dem kleinen Platz mit dem Vogelbad, dem Ärztezentrum, dem Café, den drei Friseuren, der Fußpflege und dem Altenheim. Der Einjährige reibt sich die Augen. Die Vierjährige rennt voraus. *Nehmen Sie gerne zwei Plastiküberzieher* steht auf dem Zettel in der Garderobe der Kita. Aber der Vater nimmt meist nur einen für jeden Schuh, es kommt ihm verschwenderisch vor, zwei zu nehmen, jedenfalls wenn es nicht regnet. Er hält den Einjährigen auf dem Arm, grüßt dieselben Eltern, die er immer grüßt, ohne je mit ihnen zu reden. Die Vierjährige saust in ihre Gruppe, kurz bevor Leffe mit dem Frühstückswagen um die Ecke biegt. Es wird ein leichter Abschied. Die Vierjährige springt auf den Stuhl zwischen zwei Freundinnen und winkt ihm zu.

Der Vater fragt die Erzieherinnen, wie es ihnen geht. Er grüßt die Putzkraft. Er stellt sich hinter die Glastür und guckt zum Spaß um die Ecke, wie man es so macht, um eine Vierjährige zum Lachen zu bringen. Einmal. Zweimal. Dreimal. Beim vierten Mal findet sie es nicht mehr lustig. Obwohl der Vater jedes Mal eine neue Grimasse zieht. Er geht wieder zur Garderobe. Er will doch nur, dass seine Tochter ihn lustig findet. Und ihre Freundinnen finden, dass er ein guter Vater ist. Und die Eltern der Freundinnen auch. Und die Erzieherinnen. Und die Putzkraft. Er pult die Schuhüberzieher ab, und als er mit dem dösenden Einjährigen auf dem Arm zum Buggy geht, denkt er, wie krank es ist, dass er sogar in der Kita unter Leistungsdruck steht und das ein weiterer Beweis dafür ist, dass er am Ende ist, dass er nicht so funktioniert wie die anderen, dass irgendetwas in seiner Vergangenheit vorgefallen sein muss, das erklärt, warum ihm etwas schwerfällt, was andere Menschen vollkommen mühelos bewältigen.

Der Einjährige schläft im Buggy ein. Der Vater geht zum Wasser und beobachtet die Enten. Rentnerehepaare gehen untergehakt an ihm vorbei. Mütter in Elternzeit sitzen mit einem Fuß auf dem Kinderwagenrad auf sonnigen Bänken und essen Äpfel. Zwei Hunde spielen unten am Kai. Das Gras ist weiß vom leichten Frost. Der Kies auf den Wegen so fest, wie er es nur wird, wenn sich die Temperatur dem Nullpunkt nähert. Ein Sohn, der ein Vater ist, spürt plötzlich Zufriedenheit. Die Tochter ist im Kindergarten. Der Sohn schläft. Er hat es hingekriegt. Noch ein ganz normaler, alltäglicher Morgen. Wie ihn andere Eltern problemlos überstehen, während er sich durchkämpfen muss. Aber heute ging es. Und morgen wird es auch gehen.

Er fühlt sich bereit, seinen Vater anzurufen. Er nimmt das Handy. Ruft die schwedische Nummer des Vaters an. Niemand geht ran. Er schickt eine Nachricht. Steckt das Handy weg. Ruft noch mal an. Er läuft am Wasser auf und ab, versucht die Enten zu betrachten, die Rentner, die Mütter in Elternzeit, aber alles, woran er denken kann, ist sein Vater, der Vater, der nicht ans Handy geht und vielleicht nicht mehr lebt. Er versucht sich zu beruhigen. Er beruhigt sich. Er geht in ein Café und lässt den Buggy mit dem schlafenden Sohn draußen stehen. Er macht sich keine Sorgen, dass etwas passieren könnte. Er vertraut dem Universum, schließt den Wagen aber vorsichtshalber an einen Tisch an. So machen das alle Eltern. Es ist ja auch kein Wunder, dass man besonders vorsichtig sein will, wenn man die Verantwortung für einen Einjährigen trägt. Er verlässt das Café mit einem Kaffee zum Mitnehmen. Die Sonne scheint. Er spaziert am Wasser entlang zurück. Auf der anderen Seite sieht er den Spalt in der Felswand. Man kann hineingehen, nach oben schauen und die Wolken mit einer neuen Klarheit ansehen, weil sie von den Felskanten eingerahmt werden. Auf der linken Seite befinden sich Alfred Nobels alte Sprenggruben. Hier wurde das Dynamit in sicherem Abstand zur Allgemeinheit getestet. Er liest auf dem Schild, dass 1868 die erste folgenschwere Explosion im Labor stattfand (14 Todesopfer), 1874 das nächste Unglück (12 Todesopfer). Dass der Eingang zum Beobachtungsbunker einem Gesicht mit schiefen Zähnen ähnelt und die Namen der verunglückten Arbeiter auf der Gedenktafel durch das Moos beinahe unleserlich geworden sind, wird er garantiert vergessen. Dafür wird er sich an die Zahl der Opfer erinnern. Und an die Jahreszahlen. Langsam geht er über den Kies. Die Räder des Buggys gleiten lautlos über den Holzsteg. Ganz am Ende bleibt er stehen. Er atmet durch. Er versucht, alles in sich aufzunehmen, was er sieht, das Wasser, den Himmel, den Wind, die Inseln, den Horizont, die Boote, die Wellen, die Vögel.

Jemand anders hätte das sicher beschreiben können. Er kann es nicht. Aber er kann hier stehen und sich als Teil des Ganzen fühlen. Anschließend nimmt er das Handy und ruft seinen Vater an. Er geht immer noch nicht ran.

》 》 》

Eine Schwester, die das Personal in der Apotheke nicht kennt, will trotzdem draußen warten. Warum können wir nicht zusammen reingehen?, fragt er, der sich anscheinend für ihren Freund hält. Weil ich hier warten will, antwortet sie und bleibt stehen. Aber warum?, fragt er. Darum, sagt sie. Wie alt bist du eigentlich?, fragt er und geht hinein. Aber er sagt es mit dieser unbekümmerten Stimme und diesem ständigen Lächeln auf den Lippen, und so wird das, was eine Beleidigung sein könnte, zu einem Kompliment. Wie alt sie ist? Sie ist jedenfalls zu alt, um mit ihm zusammen zu sein, und zu alt, um etwas zu machen, das sie nicht will. Nie wieder. Sie hat sich schon einmal dazu verleiten lassen, als sie zu jung war, um die Konsequenzen zu verstehen.

Sie wartet neben der Bushaltestelle. Sie ruft ihren Vater an. Er geht nicht ran. Durch das Schaufenster sieht sie, wie ihr Freund die Apotheke betritt. Er und seine dämliche Körperhaltung. Niemand, der nicht gerade eine Goldmedaille gewonnen hat, läuft dermaßen entspannt durch die Welt. Die Frau hinter dem Tresen begrüßt ihn, aber er ist ganz darauf konzentriert, die Schilder über den Regalen zu lesen. Er kneift die Augen zusammen. Erst geht er zum Regal mit der Zahnpflege, dann fragt er sich durch zum Regal mit den Kondomen, der Pille danach und den Schwangerschaftstests. Er studiert die Beschreibung auf zwei identischen Packungen. Schließlich nimmt er beide mit zur Kasse und bezahlt.

Du hast offiziell eine soziale Störung, sagt sie, als er mit den Packungen in einer kleinen grünen Tüte wieder herauskommt. Was ist denn jetzt wieder?, fragt er. Hast du nicht gemerkt, dass sie dich begrüßt hat? Wer?, fragt er. Die Frau an der Kasse. Als du reinkamst, hat sie dich begrüßt, aber du bist einfach weitergegangen. Hast du das von hier aus beobachtet?, fragt er. Wer von uns hat die soziale Störung? Lächelnd reicht er ihr die Tüte. Sie gehen wieder zu ihr. Sie nimmt den Aufzug. Er die Treppen. Genau wie immer.

Bei ihrem ersten Spaziergang versuchte sie deutlich zu machen, dass sie, egal wie gut der Sex war, egal wie nett es war, zusammen abzuhängen und Serien zu gucken und neben dem Körper des anderen aufzuwachen, nichts Festes suchte. Können wir uns darauf einigen?, fragte sie. Dass das hier nicht mehr ist als ein erwachsenes Verhältnis, bei dem wir gegenseitig unsere Bedürfnisse befriedigen. Allerdings war es schwer, ein ernstes Gespräch mit jemandem zu führen, der ständig nach neuen Ästen suchte, die er durchbrechen konnte. Und mit Steinen auf andere Steine zielte. Hallo? Hörst du mir überhaupt zu?, fragte sie. Klar, antwortete er und zeigte ihr einen außergewöhnlich großen Ameisenhaufen. Verstehst du, was ich dir sagen will?, fragte sie. Allerdings, sagte er. Mir geht es genauso. Aber was ist das denn? Er deutete auf einen orangefarbenen Leitkegel mit Asphaltfuß, der mitten im Wald stand. So was ärgert mich dermaßen, sagte er, hob den Kegel hoch und schleppte ihn zurück zum Parkplatz.

Ein paar Wochen später versuchte sie es wieder. Sie sagte, sie wäre nicht in ihn verliebt. Nicht mal ein bisschen. Sie sagte, sie hätten seit ihrem Kennenlernen jetzt zwar so gut wie jede Nacht miteinander verbracht, aber sie habe keine Zeit für einen Freund, sie wolle sich nicht binden, sie habe ihre Karriere und ihre Freiheit sei ihr wichtiger als alles andere. Sie habe

Deadlines einzuhalten und Kunden zu besäuseln und Chefs zu beeindrucken und Freunde zu treffen. Freunde, die ihr viel ähnlicher seien und nicht sieben Jahre jünger und die andere Sachen gut fänden als abzuhängen, zu chillen, eine ruhige Kugel zu schieben, Sport zu machen und sich endlose russische Stummfilme anzusehen. Jetzt komm aber, das ist Jewgeni Bauers letzter Film, sagte er und zeigte auf den Bildschirm, wo die Handlung so zäh voranschritt, dass man kaum wissen konnte, ob er nicht auf Pause gedrückt hatte. Sie erklärte ihm, dass sie wirklich nicht zusammen wären. Er sah sie mit seinen großen braunen Augen an. Du liebst mich, sagte er. Wirklich nicht, sagte sie. Doch, du hast es nur noch nicht verstanden, erwiderte er und lächelte ausnahmsweise einmal nicht.

Sie kannten sich knapp einen Monat, als sie ihn auf eine von der Firma organisierte After-Work-Party mitnahm. Sie stiegen in Slussen in den Bus, die Sonne leuchtete schräg durch die Scheiben, seine Tätowierungen glänzten. Als der Bus am Viking-Line-Terminal vorbeifuhr, erzählte sie ihm, dass sie einen Sohn hatte. Er öffnete den Mund und schloss ihn für einige Sekunden nicht wieder. Du hast ein Kind?, fragte er. Warum hast du nichts gesagt? Du hast mich nicht danach gefragt, erwiderte sie. Im Normalfall erwähnt man so was irgendwann, sagte er. Ich bin kein Normalfall, sagte sie. Das müsstest du eigentlich längst verstanden haben. Wie heißt er? Sie zwang sich, den Namen ihres Sohnes auszusprechen. Wenn sie die beiden Silben sagte, lag er neugeboren in ihren Armen, hatte die Nase in ihren Hals gebohrt und schlief, streckte seine Arme nach ihr aus, wenn sie ihn aus der Vorschule abholte, knickte beim Handballtraining um und humpelte mit theatralischer Miene vom Platz, kam mit einem offenen Rucksack nach Hause und fragte, ob es in Ordnung wäre, wenn er heute Abend bei einem Freund essen würde.

Schöner Name, sagte er, der nicht ihr Freund war. Hier müssen wir aussteigen, sagte sie und stand auf.

Auf dem Hang hinab zur Boule-Bahn ließ sie seine Hand los. Sie umarmte ihre parfümierten Kolleginnen und begrüßte ihren halstuchtragenden Chef und stellte ihn, der nicht ihr Freund war, als einen Kumpel vor. Die Firma lud zu Drinks, Häppchen und kostenlosem Boule-Spiel. Es war ein Experiment. Es hätte nicht klappen dürfen. Aber irgendwie klappte es doch. Ohne einen einzigen Namen zu kennen, gelang es ihm, ein richtiges Boule-Turnier auf die Beine zu stellen. Er schmeichelte dem Chef, indem er behauptete, er würde so gut Boule spielen, dass er sein Halstuch als Augenbinde verwenden könne. Als er auf der Toilette verschwand, kamen zwei Kollegen, ein Mann und eine Frau, unabhängig voneinander zu ihr und erkundigten sich, ob er Single sei. Leider nein, antwortete sie, ohne richtig zu wissen, warum. Die Sonne ging unter, der Staub löste sich von den Boule-Kugeln, er plauderte zehn Minuten mit einem Praktikanten, der anscheinend auch Filmwissenschaft studiert hatte, darüber, warum Resnais überschätzt war. Die Brücke in Richtung Stadt klappte in regelmäßigen Abständen hoch, um Boote mit hohen Masten durchzulassen. Auf der anderen Seite des Kanals dröhnten Beats. Wir sind auf der falschen Seite, flüsterte er und nickte in Richtung der Jugendlichen, die mit klirrenden Plastiktüten und dem Handy als Kompass in der Hand zur Musik strömten.

Sie waren ein halbes Jahr zusammen gewesen, ohne wirklich zusammen zu sein, sie hatten eher zusammen abgehangen, als sie am Ende erzählte, warum ihr Sohn nicht mehr bei ihr wohnte. Es hatte angefangen, als der Sohn zwölf wurde. Wobei, nein, eigentlich schon als er noch in ihrem Bauch war. Sie hatte ihren Exmann mit neunzehn kennengelernt. Er war fünfunddreißig. Sie heirateten nach einem Jahr. Anfangs war er ganz wunderbar. Vielleicht ein bisschen eifersüchtig. Er wollte ihr Handy kontrollieren, wenn sie von einer Party kam. Manchmal tauchte er nach ihren Seminaren an der Uni auf, um sie zu küssen und sich den Jungs vorstellen zu lassen, mit denen sie eine Gruppenarbeit machen musste. Wenn sie mit einer Freundin Kaffee trinken ging, konnte es passieren, dass sie anschließend siebzehn verpasste Anrufe hatte. Aber sie interpretierte es so, als hätte er einfach nur Angst, sie zu verlieren. Er wäre so verliebt, dass er klammerte. Dann wurde sie schwanger. Er bildete sich ein, sie würde mit Absicht Dinge zu sich nehmen, die dem Kind in ihrem Bauch schadeten. Er durchsuchte den Müll in ihrer Küche, um nachzuprüfen, ob sie auch ja kein Sushi gegessen hatte. Er roch an den Gläsern in der Küche, um sicherzugehen, dass sie nicht heimlich Alkohol trank. Einmal nahm er ihr die Schlüssel weg und sperrte sie in die gemeinsame Wohnung ein. Ein anderes Mal schlug er ein Fenster in der Waschküche ein und drohte damit, sich zu schneiden, wenn sie ihm nicht versprach, den Junggesellinnenabschied einer Freundin in Kopenhagen abzusagen. Manchmal zählte sie die Wochen und fragte sich, ob sie das Kind nicht abtreiben sollte. Aber das war unmöglich. Sie konnte es nicht. In ihr wuchs ein Leben heran, und sie war überzeugt, dass das Kind ihren Mann dazu bringen würde, die Sicherheit zu spüren, die er vermisste. Dann hörte das Kind im Bauch auf zu wachsen. Als würde es wiederum spüren, dass die Welt noch nicht sicher genug war. Ihr Exmann beschuldigte sie, sie beschuldigte ihn. Als das Kind schließlich gesund und stark auf die Welt kam, dauerte es nicht mehr als ein Jahr, ehe sie sich scheiden ließen. Es folgten Gerichtsprozesse, Sorgerechtsstreits, Besuche des Jugendamts, Treffen mit Anwälten. Beide beantragten das alleinige Sorgerecht, sie fürchtete, der Sohn hätte es beim Vater nicht gut, er war überzeugt, sie würde den Sohn schlagen. Und das hat er sich nur ausgedacht?, fragte er, der zu glauben schien, sie wären zusammen. Sie sah ihn an und fragte, ob er das ernst meine. Glaubst du, ich würde meinem eigenen Kind wehtun? Ich bin launisch. Ich kann sauer werden. Ich kann mich entschieden zur Wehr setzen. Aber ich habe nie, also wirklich noch nie, meinen Sohn geschlagen. Nie nie nie nie. Mein Exmann hat meinem Sohn aber eingeredet, ich hätte ihn geschlagen, als er jünger war. Er hat ihn dazu manipuliert, falsche Erinnerungen zu haben, und als mein Sohn zwölf wurde, beschloss er, zu seinem Vater zu ziehen. Aber wir werden wieder zueinanderfinden. Ich weiß das. Ich bin mir vollkommen sicher. Ihr Freund umarmte sie mit diesen Armen, die dafür sorgten, dass ihr die Welt wieder sicher vorkam, er atmete in ihre Haare, damit ihre Wunden verheilten. Wenn du willst, kann ich mal mit deinem Exmann reden, sagte er. Ich glaube, das würde nicht gutgehen, erwiderte sie.

Mein Vater hat mich mindestens einmal in der Woche verdroschen, sagte er. Manchmal hatte ich etwas angestellt. Manchmal hatte ich eher das Gefühl, er würde mich als Ventil für irgendeine dunkle Energie benutzen. Als wäre ich seine Sporteinheit. Er konnte mit dem Plastikpantoffel in der Hand ins Zimmer kommen und nach einem Vorwand suchen, um mir eine Lektion zu erteilen. Wenn er eine Klassenarbeit mit einer schlechten Note zu Gesicht bekam, hagelte es Schläge. Wenn er Staub auf der Deckenlampe fand, setzte es was. Wenn er entdeckte, dass meine neuen Fußballschuhe im Training einen Kratzer abgekommen hatten, scheuerte er mir ein paar. Habt ihr heute noch Kontakt?, fragte sie. Das letzte Mal haben wir uns 2009 gesehen, im Heron City Zentrum im Weihnachtstrubel. Ich war mit ein paar Freunden unterwegs, erst im Kino, danach wollten ihre Kinder irgend so ein orangefarbenes Fahrsimulationsding neben dem Eingang testen, wir haben gerade in der Schlange vor den Aufzügen gestanden, da sah ich meinen Vater aus einem Sportgeschäft auf der anderen Seite der Fontäne kommen. Halt mal meine Jacke, habe ich zu meinem Kumpel gesagt, der nicht geschnallt hat, was los war. Ich bin zu meinem Vater gegangen und habe ihn mit dem ganzen Mist konfrontiert, den er uns all die Jahre angetan hat, all die Schläge, Tritte, harten Worte. Und weißt du, wie er reagiert hat? Er hat den Kopf geschüttelt. Wir hätten seine Aufmerksamkeit nicht verdient. Ich und meine Geschwister und meine Mutter sollten dankbar sein, dass er seine kostbare Zeit damit verschwendet hätte, uns auch nur halbwegs anständig zu erziehen. Ich schwöre es. Ich erinnere mich kaum noch daran, was dann passierte. Aber meine Kumpels haben gesagt, er hätte kaum in Deckung gehen können, da hatte ich schon drei oder vier gute Treffer gelandet, er fiel um, stürzte in ein Schaufenster und ließ seine Tüte fallen, anscheinend habe ich sie aufgehoben und ihm gegeben, ehe ich ihn hochgezogen und zur Fontäne geschleppt habe. Meine Kumpels haben gesagt, ich hätte ihn einfach so geschultert, über meinem Kopf, Wrestling Style, als wäre ich jederzeit bereit gewesen, ihn zu werfen oder über mein Knie zu biegen und ihm den Rücken zu brechen, aber dann habe ich wohl gesehen, dass der Brunnen nicht besonders tief war. Ich habe ihn runtergelassen, ihm einen kräftigen Arschtritt versetzt und gesagt, er soll sich verziehen. Dann bin ich wieder zu der Schlange gegangen und habe nach meiner Jacke gefragt. Meine Kumpels haben gesagt, er wäre total schockiert darüber gewesen, dass ich stärker war als er. Bist du durchgeknallt?, fragten sie. Du hast deinen eigenen Vater verprügelt? Er hat uns verprügelt, sagte er. Ich habe es ihm nur heimgezahlt.

Als sie aus dem Fahrstuhl steigt, ist er schon in der Wohnung, hat sich die Schuhe ausgezogen, ohne die Schnürsenkel aufzuknoten, Wasser aufgesetzt und zwei Tassen herausgestellt. Fünf Stockwerke, und er ist kaum außer Atem. Falls du ein bisschen Flüssigkeit auffüllen musst?, fragt er und deutet auf die Teetassen. Nein danke, ich bin bereit, sagt sie. Wie machen wir das denn?, fragt er. Rate mal, antwortet sie. Willst du mich dabeihaben?, fragt er. Nein danke, sagt sie und geht zur Toilette. Die eine Packung enthält zwei Stäbchen, die andere eines. Die Anleitung ist unmissverständlich. Hier draufpinkeln. Eine Minute warten. Ein Plus bedeutet, dass deine Zukunft zerstört ist. Das Leben, das du bisher kanntest, ist vorbei. Ab sofort wirst du nie allein sein, nie entspannt sein, und selbst wenn es dir gutgeht, besteht die Gefahr, dass es dem, der zur Hälfte du ist, schlecht geht. Ein Minus bedeutet, dass alles wie gewohnt bleibt. Sie packt alle drei Stäbchen aus, pinkelt darauf und legt sie zum Trocknen auf das Waschbecken. Bist du fertig?, ruft er von der anderen Seite der Badezimmertür. Erkennt man schon was? Aufmachen! Hallo! Aufmachen! Sie betrachtet sich im Badezimmerspiegel. Sie braucht die Stäbchen gar nicht erst anzusehen. Tief in ihrem Inneren weiß sie es schon. Hallo?, ruft er. Plus oder Minus? Mach auf, Liebste, lass mich rein. Das kannst du nicht machen, das geht uns beide was an! Die Stäbchen liegen da. Jetzt mal im Ernst, ich trete die Tür ein, wenn du nicht aufmachst! Sie blickt auf die Stäbchen. Das Schloss der Badezimmertür wird von außen geöffnet. Er legt das Messer aufs Waschbecken und reißt die Stäbchen an sich. Hält sie vor sich wie einen Fächer. Krass, sagt er und lächelt.

Ein Großvater, der ein Vater ist, kann dreizehn Stunden am Stück schlafen, solange im Hintergrund TV4 läuft. Sollte der Fernseher wegen eines Stromausfalls verstummen, würde er sofort aufwachen. Sein Telefon klingelt in regelmäßigen Abständen, aber er kann sich nicht aufraffen dranzugehen. Er sieht sowieso nicht, wer ihn anruft. Die Zahlen auf dem Display sind zu klein. Sosehr er die Augen auch zusammenkneift, er sieht doch nur verschwommene halbe Striche.

Als er aufwacht, ist es schon Zeit fürs Mittagessen. Er misst seinen Blutzuckerspiegel, nimmt sein Insulin. Mit der Lesebrille auf der Nase versucht er, die verpassten Anrufe zu überblicken. Doch weil das Handy aus der Steinzeit ist und das Display so klein wie eine Zecke und das Adressverzeichnis so kompliziert, dass man Informatik studiert haben muss, um Namen und Nummern zu speichern, hat er keine Ahnung, wer ihn angerufen hat. Als er eine zweite Lesebrille holt und sie vor seine andere hält, sieht er, dass die Nummern der verpassten Anrufe mit der Ländervorwahl 0046 beginnen. Das können nur seine Kinder sein. Jetzt bereuen sie bestimmt, dass sie ihn nicht am Flughafen abgeholt haben. Er legt das Telefon beiseite. Es piepst und klingelt immer weiter, und mit jedem Mal kommt er sich ein bisschen stärker vor. Durch ihre Sorge fühlt er sich lebendiger.

Er guckt *Glamour*, er guckt *Die Super-Makler*. Es wird zwei. Es wird fünf. Er guckt die Lottozahlen und *Halb acht bei mir*, eine Sendung, in der sich ganz normale Leute gegenseitig zum Essen nach Hause einladen. Sein Handy war ziemlich lange still. Er sieht nach, ob es auch wirklich aufgeladen ist. Genau in dem Moment klingelt es, und der Vater geht ran. Hallo? Hallo Papa, sagt eines seiner Kinder. Er weiß nicht genau, welches, ihre Stimmen klingen so ähnlich. Hat alles gut geklappt?, fragt die Stimme. Ich bin müde, antwortet der Vater. Sehr müde. Wir haben uns ein bisschen Sorgen gemacht, sagt die Stimme. Mit meinen Augen stimmt was nicht, sagt der Vater. Meine Füße tun weh. Ich huste und huste, die ganze Nacht durch, ich kann kaum schlafen. Das klingt anstrengend, sagt die Stimme. Aber du hast dich gut im Büro eingerichtet? Und mit der Reise und den Schlüsseln hat alles geklappt? Ich bin hier, antwortet der Vater. Ich habe es geschafft, mich durchzuschlagen. Es war eine ziemliche Tortur, aber ich habe überlebt. Okay, sagt die Stimme. Ich bin gerade in Elternzeit, falls du Lust hast, mich zu treffen? Mh, brummelt der Vater, als er versteht, dass es der Sohn ist und nicht die Tochter. Er, der die unglaubliche Chance bekam, die Wohnung des Vaters zu übernehmen, als der beschloss, ins Ausland zu ziehen. Wo ist die Post?, fragt der Vater. Habe ich auf den Küchentisch gelegt. Unter den Zettel. Was für einen Zettel? Hast du meine Nachricht noch gar nicht gesehen? Der Vater steht vom Sofa auf und geht in die Küche.

Er findet den Willkommensgruß, wirft ihn in den Müll unter der Arbeitsplatte und geht die Post der letzten sechs Monate durch. Hauptsächlich Steuerunterlagen und Kontoauszüge. Ein Brief von der Gebühreneinzugszentrale, die fragt, ob er auch wirklich keinen Fernseher hat. Viking Line wirbt für günstige Minikreuzfahrten. Die schwedische Klassenlotterie erinnert daran, dass es nie zu spät ist, Millionär zu werden oder Besitzer eines nagelneuen dunkelgrauen Volvos V60. Bist du noch da?, fragt der Sohn. Mh, sagt der Vater. Sie schweigen. Tja dann, vielleicht können wir uns ja morgen sehen?, fragt der Sohn. Klingt gut, sagt der Vater. In der Vorschule ist gerade Planungstag, deshalb bin ich mit beiden Kindern zu Hause, sagte der Sohn. Ich schick dir 'ne Nachricht wegen Zeit und Ort. Ruf lieber an, erwiderte der Vater. Sie legen auf.

Die Küche im Büro ist wie eine Gefängnisküche. In einem Gefängnis, betrieben von Menschenquälern, die ihre Gefangenen verhungern lassen wollen. Im Schrank stehen ein paar Dosen Bohnen, ein paar zerkrümelte Cornflakes, eine Konserve mit Ananas und eine Dreierpackung Makrelen. Das ist alles. Zum Glück hat der Vater den Sohn vorher daran erinnert, ein paar Kleinigkeiten einzukaufen. Wie Instantkaffee. Joghurt. Milch. Brot. Obst. Sonst müsste der Vater jetzt den ganzen Weg zum Laden zurücklaufen, der mehr als zehn Minuten zu Fuß entfernt liegt, auf einer vereisten Straße (wenn er im Herbst kommt) oder einer matschigen Straße (wenn er im Frühjahr kommt). Der Sohn hat eine kleine Milchpackung gekauft anstelle einer großen. Das Brot ist aus Vollkornmehl, und die Verpackung verkündet stolz, dass kein Zucker zugesetzt wurde. Das Glas mit dem Instantkaffee ist so winzig, dass er lange braucht, um es im Schrank zu finden. Der Vater seufzt. Warum ist sein Sohn so geizig? Warum erfüllt es ihn nicht mit Stolz, seinem Vater zu helfen? Warum zeigt er so deutlich, dass er seinen Vater nicht liebt? Der Vater weiß es nicht. Aber er findet es traurig, dass es so weit kommen musste.

Der Vater gießt kochendes Wasser in eine Tasse, rührt zwei Teelöffel Instantkaffee hinein, gibt einen Schuss Milch dazu und geht wieder zum Fernseher. Dem Schild an der Haustür zufolge ist sein Sohn Steuerberater. Seit er sein prestigeträchtiges Wirtschaftsstudium abgeschlossen hat, sind schon viele Jahre vergangen. Trotzdem sieht sein Büro aus wie eine Kifferbude. Echte Wirtschaftsprüfer haben Büros ganz oben in Wolkenkratzern, mit einer schönen Aussicht, hübschen Sekretärinnen, Kaffeemaschinen mit massenhaft Plastikkapseln und Mineralwasser mit verschiedenen Geschmacksrichtungen im Kühlschrank. Sein Sohn hat allerdings noch nie kapiert, wie man etwas richtig durchzieht. Stattdessen hat er sein Büro mit wackeligen Bücherregalen in unterschiedlichen Weißtönen eingerichtet. Die Aktenordner sind von billigster Qualität. Der Sofatisch ist voller Tassenringe und hat einen schwarzen Rußfleck in der Mitte, vielleicht von Räucherkerzen, vielleicht von einer Zigarette. Überall finden sich Spuren seines Scheiterns. In der einen Ecke stehen ein verstaubtes Mischpult, ein in Plastik eingehüllter Plattenspieler und eine blaue Milchkiste voller Vinylplatten aus der Zeit, als der Sohn davon träumte, Musiker zu werden. Die Schränke sind voller Wanderstiefel und Kletterleinen, die der Sohn gekauft hatte, als er sich einbildete, Bergsteiger werden zu wollen. In der Küche liegen Schläuche, Mundstücke, Glasflaschen, nicht benutzte Kronkorken und ein spezielles Thermometer, weil der Sohn einmal eine eigene Brauerei aufbauen wollte.

Das Schlimmste an dem Büro sind trotzdem die Bücher. Sie sind wie Ungeziefer. Sie breiten sich überall aus. Nicht nur in den vollgestopften Bücherregalen. Sie stehen stapelweise auf dem Boden im Flur, sie liegen in Tüten auf der Hutablage und im Wäschekorb im Bad, sie stehen auf dem Fensterbrett in der Küche. Kaum eines der Bücher handelt von Buchhaltung oder Steuerrecht. Es sind Bücher, die der Sohn kaufte, als er glaubte, er könnte Schriftsteller werden. Portugiesische Romane, chilenische Kurzgeschichten, amerikanische Biographien, polnische Lyrik. Seufzend räumt der Vater die Bücher aus dem Weg. Er weiß genug über Literatur, um gute Bücher von Müll unterscheiden zu können, und das Büro ist voll mit Büchern, die man genauso gut verheizen könnte. Diese Bücher waren nicht auf der Bestsellerliste. Sie wurden nicht zu teuren Hollywoodstreifen mit The Rock in der Hauptrolle. Diese Bücher beeindrucken den Vater in keiner Weise. Nicht mal als er das Buch eines deutschen Autors entdeckt, den er in seiner Jugend gelesen und geliebt hat. Es werden keinerlei Erinnerungen in ihm wach. Er legt das Buch beiseite und sucht nach der Fernbedienung.

Den ganzen Abend liegt der Vater auf dem Sofa. Er zappt sich durch die Sender. Das Erste. Zweite. Vierte. Mal probiert er den offenen Kanal. Mal das finnische Fernsehen. Sein schwedisches Handy klingelt. Manchmal geht er ran. Meistens nicht. Er ist müde. Er ist sterbenskrank. Er sieht sowieso nicht, wer ihn anruft. Und er kann gerade nicht telefonieren, weil es in der Show von Ellen DeGeneres darum geht, wie man gut mit Expartnern befreundet bleiben kann.

Sein Sohn ist orientierungslos. Auf Irrwegen. Er glaubt, man könnte in dieser Welt Erfolg haben, ohne alles zu geben. Er hat nie verstanden, dass man Geld investieren muss, um Geld zu verdienen. Welche Firma ist so idiotisch, seinen Sohn zu beauftragen? Wer schickt freiwillig seine Quittungen in diese unzivilisierte Grotte und hofft auf eine kompetente wirtschaftliche Beratung? Warum ist sein Sohn ein Versager auf ganzer Linie?

Der Abend wird zur Nacht. Der Vater schaltet zu den Nachrichten von TV4. Er schaltet zu den Nachrichten von SVT. Er sieht einen Tierfilm über Kröten im Regenwald. In regelmäßigen Abständen hört er, wie sich der Nachbar im Stockwerk obendrüber räuspert. Wenn er gerade nicht denselben Sender wie der Nachbar schaut, dröhnt dessen Fernseher irritierend laut durch die Decke. Wenn jemand bei der Nachbarin nebenan klingelt, hat der Vater das Gefühl, er müsste die Tür öffnen. Die Nachbarn im zweiten Stock sind Junkies. Das hat der Vater mit eigenen Augen gesehen. Sie laufen durchs Treppenhaus und zittern, wenn sie auf Entzug sind. Die Nachbarin nebenan ist eine Prostituierte. Das erkennt der Vater an ihrem asiatischen Aussehen und ihren Arbeitszeiten und dem ständigen Klingeln an ihrer Tür.

Der Vater hasst diesen Ort. Er vermisst die alte Wohnung. Das Einzimmerapartment in der Innenstadt, das der Sohn übernehmen durfte und später an den Meistbietenden verkaufte, ohne den Gewinn mit seinem Vater zu teilen. Der Vater will nicht in einem heruntergekommenen Miethaus ohne Aufzug hocken, mit einer Nachbarin, die eine Hure ist, und den Nachbarn, die Junkies sind, und dem Nachbarn, der sich so laut räuspert, dass die Decke wackelt. Er hätte etwas Besseres verdient. Er hat sich nicht sein ganzes Leben lang abgerackert, um so zu enden, auf einem Sofa, das seiner Umgebung vorgaukeln will, es wäre weiß, ohne dass jemand darauf reinfällt, weil der weiße Überwurf nicht mehr weiß ist und außerdem auf den Boden rutscht, sobald jemand auf dem Sofa schläft.

❭ ❭ ❭

Ein Sohn, der ein Vater ist, erreicht endlich seinen Vater. Als er zum elften Mal anruft, hat er ihn an der Strippe. Der Vater ist im Büro. Alles hat gut geklappt. Der Sohn atmet aus. Er lacht darüber, dass er sich unnötig Sorgen gemacht hat. Leichthändig tippt er eine Nachricht, um die übrige Familie zu beruhigen: *Der Adler ist gelandet*. *Sweet*, antwortet seine Schwester. *Toll, dass alles geklappt hat*, schreibt die Mutter.

Um drei holt er die Vierjährige aus der Kita ab, sie brauchen zwischen fünfzehn und fünfundvierzig Minuten, um sich anzuziehen und nach Hause zu gehen. Wir dürfen nicht auf die Ritzen treten!, ruft die Vierjährige, und Vater und Tochter trippeln auf Zehenspitzen über den Platz. Wir dürfen nur auf dem Kies gehen!, ruft die Vierjährige, und Vater und Tochter müssen über die kiesfreien Flächen auf dem Platz springen. Wir dürfen nicht auf ein Blatt treten!, ruft die

Vierjährige. Jetzt komm endlich, sagt der Vater. Nur ab und zu hat die Vierjährige einen Wutausbruch, und dann kann es manchmal anderthalb Stunden dauern, bis sie zu Hause sind. Sie bleibt auf der Brücke über den U-Bahn-Schienen stehen. Sie klammert sich ans Geländer. Ihr seid hässlich!, ruft sie. Ich mag euch nicht! Ihr dürft nicht zu meinem Geburtstag kommen! Der Vater hat Geduld. Er lächelt den Passanten zu. Er muss an dieses Video denken, das ihm seine Freundin geschickt hat und in dem Eltern geraten wird, cool, calm und collected zu bleiben, wenn das Kind einen Wutanfall hat. Er stellt sich vor, die Wut wären Wellen, die über ihn hinwegspülen, ohne ihn aus der Fassung zu bringen. Er stellt sich vor, er wäre von einem Kraftfeld umgeben, das die Vierjährige nicht beeinflussen kann. Der Vater gibt dem Einjährigen im Buggy ein Stück Obst. Er holt sein Handy aus der Tasche und versucht so auszusehen, als würde er nichts lieber tun, als genau an diesem Ort zwanzig Minuten herumzustehen, während die Vierjährige Beleidigungen in die Welt hinausschreit und während Nachbarn, Vorschuleltern, Rentner und Hundebesitzer vorbeigehen und in ihrem Leben vorankommen. Tränen strömen die Wangen der Vierjährigen herab. Der Einjährige sieht aus, als versuchte er zu enträtseln, was hier gerade vor sich geht. Der Vater wartet. Er wartet noch ein bisschen. Dann versucht er zum fünften Mal, wieder zurückzugehen und sie zu überreden, er lockt sie mit Fernsehen, er lockt sie mit Obst, aber es ist schwer, dabei ungezwungen zu wirken, denn alle Fenster haben Gesichter, jedes Auto, das vorbeifährt, ist voller Bekannter, ehemaliger Arbeitskollegen, Freundinnen, Unitutoren und Sozialdienstangestellten, die jede seiner Bewegungen verfolgen, sie wollen wissen, wie er diesen Konflikt bewältigt, sie machen sich Notizen auf kleine Blöcke und sehen sich vielsagend an, als der Vater die Vierjährige in ihrem

Overall am Ende losreißt und wie einen strampelnden Stock unter dem Arm davonträgt. Die Vierjährige lacht und weint abwechselnd, am Ende weint sie nur noch. Es ist ein herzzerreißendes Heulen, das zwischen den Hochhäusern widerhallt und Autos zum Abbremsen bringt. Als sie zwei Nachbarn begegnen, schreit die Vierjährige: Aua, Papa, du tust mir weh! Der Vater versucht, möglichst unbekümmert auszusehen, er lächelt den Nachbarn zu, er imitiert einen dieser Väter, die er manchmal in der U-Bahn sieht, Väter, die Blicke mit anderen Vätern wechseln, wenn ihre Kinder schreien wie am Spieß, Väter, die ein bisschen resigniert die Achseln zucken, den Konflikt lösen und weiterfahren. Sie sind nicht wie er, sie verspüren nicht den Impuls, sofort auszusteigen, um den Blicken der anderen Fahrgäste zu entgehen oder das Kind grob zu behandeln, nur weil es ein Bedürfnis äußert, nur weil es klein ist, nur weil es so deutlich signalisiert, dass es ihn braucht.

Gegen fünf gibt es Abendessen, um halb sechs kommt die Mutter nach Hause und entschuldigt sich mit Verspätungen auf der roten Linie. Wie ungewöhnlich, sagt er. Wenn du nächstes Mal ein bisschen früher bei der Arbeit aufbrechen würdest, wärst du vielleicht auch pünktlich zum Essen da. Okay, sagt sie. Könntest du deinen Frust vielleicht woanders ablassen? Ich bin kein bisschen wütend, entgegnet er. Es kommt mir nur manchmal undankbar vor, die Kinder wegzubringen und abzuholen und einzukaufen und zu kochen, und dann kommst du hier einfach so eine halbe Stunde zu spät angerauscht, als ... Schatz, unterbricht sie ihn. Setz dich. Iss. Atme. Und dann reden wir, wenn die Kinder im Bett sind. Was hast du uns Gutes gekocht? Reste, sagt der Vater.

Der Einjährige isst selbst in seinem Hochstuhl, er weigert sich, gefüttert zu werden, er will immer zwei Löffel haben, einen zum In-den-Mund-Stecken und einen zum Auf-den-

Tisch-Schlagen, Auf-den-Boden-Werfen, Zur-Decke-Zeigen. Er fängt mit zwei gekochten Biokarotten an, dann gibt es eine Schale mit Mais, dann Spaghetti bolognese, dann irgendein Stück Obst oder zwei, am liebsten Mandarinen, die in kleine Stückchen geschnitten werden müssen, weil die Mutter sagt, man könnte an den Mandarinenspalten ersticken. Genau wie an zu großen Wurstscheiben. Wenn der Einjährige satt ist, wirft er alles auf den Boden. Obstreste, Spaghetti, Bolognesesauce landen zusammen mit dem Wasser aus seiner tropfenden Schnabeltasse auf dem Parkett. Die Vierjährige isst selbst. Sie ist schon groß. Außer wenn sie nach der Vorschule müde ist. In letzter Zeit ist sie nach der Vorschule immer schrecklich müde. Sie möchte gefüttert werden. Sie möchte von Sixten erzählen, der behauptet, sie wäre nicht mutig, nur weil sie nicht auf ein Dach klettern wollte. Sie möchte von Annie erzählen, die fünf geworden ist und von Bo, der nur zwei Buchstaben in seinem Namen hat. Zwei Buchstaben!, ruft die Vierjährige und schüttelt verwundert den Kopf. Ganz genau, sagt der Vater. Aber vergiss nicht zu essen. Ich esse doch, sagt die Vierjährige und legt den Kopf auf den Tisch. Der Vater und die Mutter versuchen zueinanderzufinden. Sie versuchen, ein Gespräch zu führen. Die Mutter erzählt etwas von einem Kollegen, der einen Hund geerbt hat, und dieser Hund ... der Einjährige streckt die Hand aus, wobei es ihm gelingt, die Wasserkaraffe umzustoßen, der Vater steht auf, um einen Lappen zu holen, die Vierjährige fällt Hals über Kopf von ihrem Stuhl, die Mutter fängt die Vierjährige auf, der Vater bückt sich, um die Wasserpfützen und Essensreste vom Boden aufzuwischen, der Einjährige wischt seine Hände an den Haaren des Vaters ab, die Mutter versucht ihren Satz über den geerbten Hund des Arbeitskollegen zu beenden, die Vierjährige schreit Kikeriki, es ist noch früh, die Mutter mahnt, sie solle lieber aufessen, anstatt hier den Hahn zu spielen, die Vierjährige sagt, die Mutter dürfe nicht zu ihrem Geburtstag kommen. Doch. Wie schon gesagt, sagt die Mutter und unternimmt einen letzten Versuch, von ihrem Kollegen Sebastian zu erzählen, der einen Hund geerbt hat, und dieser Hund, aber die Vierjährige singt den Zwergenboogie, und der Einjährige schreit, weil sein Pulli mit kalter Bolognese verschmiert ist. Das Essen dauert fünfundvierzig Minuten, und als sie fertig sind, gleicht die Küche einem Schlachtfeld, und die Eltern haben erst einen halben Satz miteinander gesprochen. Wenn sie gut drauf sind, können sie über das Chaos lachen. Sie schütteln den Kopf und rufen: Wir sind fünfundsechzig, wir sind in New York, wir waren gerade auf einem Konzert im Brooklyn Museum, und jetzt gehen wir langsam durch den Prospect Park nach Hause. Ja! Ich bin dabei! Wir sind siebzig und machen so eine Themenreise nach Andalusien, wir haben einen schwedischen Reiseführer, der mit einer Spanierin verheiratet ist, wir fahren in einem Touristenbus und werden durch die Gegend getrieben wie Schafe, und schon nach ein paar Tagen brechen wir aus der Herde aus, kaufen uns was zu rauchen und hängen im Hotelzimmer ab. Genau! Wir sind achtzig und besteigen einen Berg in Nordnorwegen, eigentlich mehr einen Hügel, nur deshalb können wir mit unseren Rollatoren den Gipfel stürmen, aber wir sind zusammen da, wir trinken Bier auf einer Hütte, wir sind alt, aber noch lange nicht tot, es gibt ein Leben nach alldem hier, und wenn wir dort sind, werden wir diese Zeit vermissen. Oder? Der Einjährige streckt sich zur Arbeitsfläche und bekommt eine Flasche Sojasauce zu fassen. Er schaut die Vierjährige an. Er schaut seine Eltern an. Er lacht und lässt die Sojaflasche auf den Boden fallen.

Sie trennen sich für die Abendroutine, der eine wechselt die Windel und zieht den Schlafanzug an und kocht Brei und putzt dem Einjährigen die Zähne. Der andere macht in etwa das Gleiche bei der Vierjährigen. Sie wünschen einander viel Glück. Wir sehen uns auf der anderen Seite. Dann geht der eine zum Gitterbett, das neben dem Elternbett steht, der andere zum Kinderzimmer mit dem Etagenbett, in dem unten die Vierjährige schläft, während der obere Teil inzwischen als Ablage dient für kaputte Carrera-Bahnen, einen Plastikflügel, ein klassisches Schaukelpferd aus Holz, das schön geschnitzt ist, unter dem man sich aber leicht die Füße einklemmt, zu klein gewordene Weihnachtsmannverkleidungen, zu klein gewordene normale Klamotten, Gemälde aus der Vorschule, die man rahmen müsste, damit sie nicht kaputtgehen, Kronen aus Pappe mit der Aufschrift 3 und 4, die die Vierjährige in der Vorschule aufsetzen durfte, als sie Geburtstag hatte. Die Kinder ins Bett zu bringen dauert in der Regel zwischen einer halben Stunde und neunzig Minuten. Sie lesen eine Geschichte. Sie stopfen die Bettdecke fest. Sie schmusen. Sie wünschen eine gute Nacht. Sie verteilen Gutenachtküsse. Sie versuchen sich aus dem Zimmer zu schleichen. Sie werden zurückgerufen. Sie holen Wasser. Sie holen das Töpfchen. Schließlich schläft erst die eine ein. Dann der andere. Der Einjährige sitzt ungeduldig in seinem Gitterbettchen, während seine Mutter auf dem Teppich davor schlummert. Die Vierjährige schleicht in den Flur hinaus, sobald der Vater neben ihr im Bett eingedöst ist. Doch am Ende, irgendwann zwischen sieben und acht, schlafen meist beide Kinder ein. Dann beginnt die Zeit der Eltern. Jetzt gehen wir zu Tee und Gemütlichkeit über, sagen sie, treffen sich in der Küche und kriegen sich in die Haare. Sie streiten sich darüber, dass der eine gestern eine Stunde länger schlafen durfte als der andere. Sie streiten sich darüber, dass sich die Mutter ständig kritisiert fühlt, nur weil sie Wert auf biologische Lebensmittel legt und den Konsum von Fleisch und Milch und Zucker und Gluten reduzieren möchte. Sie streiten sich darüber, dass der Vater die Verantwortung dafür trägt, alle Rechnungen der Familie zu zahlen. Aber ich trage doch die Verantwortung dafür, das Geld zu verdienen?, erwidert die Mutter. Nicht alles Geld, sagt der Vater. Und ich bin schließlich in Elternzeit. Und ich arbeite Vollzeit, sagt die Mutter. Oder versuche es zumindest. Das ist allerdings schwer, wenn ich gleichzeitig das Bad putzen, die Wäsche waschen, trocknen, sortieren und zusammenlegen soll. Am Wochenende mache ich das Essen, ich schneide den Kindern die Fingernägel, ich ... Aber ich staubsauge, sagt der Vater. Und plane den Kindergeburtstag. Und bringe unser WLAN auf den neusten Stand. Wie anstrengend ist es, das WLAN auf den neusten Stand zu bringen?, fragt sie. Ich reinige auch den Badewannenabfluss, sagt er. Und übernehme mehr Nachtschichten als du. Was soll ich deiner Meinung nach dazu sagen?, fragt sie und wirft einen Blick aufs Handy, um zu sehen, wie viel ihnen noch von der gemütlichen Zweisamkeit bleibt. Danke? Na dann, danke. Danke vielmals, dass du das WLAN auf den neusten Stand bringst. Danke, dass du den Abfluss reinigst. Ich kapiere allerdings nicht, warum du dafür Applaus erwartest. Wir sind gemeinsam für diese Familie verantwortlich. Wir helfen einander. Du kannst die Spülmaschine auch ausräumen, ohne mir davon zu berichten. Und?, fragt er. Ich verstehe nicht, was du von mir erwartest, sagt sie. Einen Dank, antwortet er. Ich mache doch nichts anderes, als mich zu bedanken, sagt sie. Danke danke danke danke danke danke danke danke danke danke danke danke danke danke danke DANKE! Der Einjährige wird wach. Sie sehen sich an. Es ist wie ein Duell, nur umgekehrt. Ich übernehme, sagt er. Nein, ich, sagt sie. Nein, wenn du gehst, schläft er ja nie ein, sagt er und schleicht ins Schlafzimmer. Er macht pssssst. Er streicht dem Einjährigen mit dem Finger über die Stirn. Er schiebt ihn sanft auf die Matratze und flüstert, dass die Nacht noch nicht vorbei ist. Der Einjährige kämpft sich in den Stand. Er schreit, bis er blau anläuft. Er zappelt, als wäre die Matratze mit glühender Lava übergossen worden, wenn der Vater ihn wieder zum Liegen bringen will. Am Ende klappt es doch. Nach einer Viertelstunde Gebrüll. Der Vater muss immerzu an die Nachbarn denken. Hören sie die Schreie? Denken sie, wir würden etwas falsch machen? Wir wären schlechte Eltern? Sitzen sie mit einem Glas an der Wand und horchen, wie die Kinder aufwachen und die liebe lange Nacht schreien? Überlegen sie, ob sie das Jugendamt benachrichtigen müssen? Er verlässt das Schlafzimmer. Er bewegt sich leiser voran als ein Ninja. Er tritt auf einen Legoklotz, ohne einen Ton von sich zu geben. Er niest vollkommen lautlos und weiß genau, welche Dielen knarren.

Gegen halb zehn wacht der Einjährige zum vierten Mal auf. Gegen zehn gehen die Eltern ins Bett. Gegen elf wacht der Einjährige auf und bekommt seinen Brei. Gegen eins wacht die Vierjährige auf und murmelt, sie wolle Wasser haben und eine ganze Banane. Gegen zwei wird der Einjährige wach und schlägt sich auf den Mund, als hätte er Zahnschmerzen. Gegen halb drei beginnt die Schmerztablette zu wirken, und er schläft wieder ein. Gegen drei wacht die Vierjährige auf und hat panische Angst vor den Schlangen hinter dem Vorhang. Gegen Viertel nach vier wacht der Einjährige auf, er will frühstücken, eine Geschichte hören, Kacka machen und mit dem Gehfrei eine Runde durch die Wohnung flitzen. Gegen halb fünf wacht die Vierjährige davon auf, dass der Einjährige wach ist. Ein neuer Tag beginnt. Und noch einer.

Zwischen zwei Wachphasen liegt der Vater im Bett und lauscht dem Wind, der durch das Balkongeländer pfeift. Er will schlafen, aber es geht nicht. Seine Freundin schläft auf dem Sofa. Der Vater kann sich nicht erinnern, wann sie zuletzt im selben Bett geschlafen haben. Er trägt eine Wut in sich, die er nicht einordnen kann. Wenn die Kinder nicht schlafen, reicht seine Geduld für eine halbe Stunde. Oder vielleicht eine. Dann verspürt er den Impuls, der Vierjährigen ein Kopfkissen aufs Gesicht zu pressen. Und den Einjährigen an die Wand zu werfen. Aber er tut es nicht. Natürlich nicht. Dann wäre er ja ein schlechter Vater. Stattdessen packt er ihn an seinen Speckbeinen und zieht ihn auf die Matratze. Er umarmt ihn und springt auf und ab, um das Weinen zu stoppen. Er singt dieses bescheuerte Lied vom Trollweib, einmal, zehnmal, dreißigmal. Er singt es mit ruhiger Stimme, er wispert es, er versucht es zu rappen, er brüllt es, so laut er kann, um das Weinen zu übertönen. Der Einjährige biegt erschrocken den Rücken nach hinten und kreischt panisch, er stößt sich vom Vater weg, sein Nacken ist schweißnass, er schreit, bis er heiser ist, er schreit, als wäre er in Lebensgefahr, und der Vater bekommt Lust, ihn in die Küche zu tragen, die Deckenlampe einzuschalten, eine Kanne Tee zu kochen, ein paar Kekse rauszustellen und ihm einige Dinge zu erklären: Hör mal. Hallo? Hörst du mir zu oder nicht? Jetzt musst du dich wirklich mal abregen. Das ist echt nicht nett von dir. Ganz im Ernst. Du musst endlich verstehen, dass wir hier unser Bestes geben. Wir folgen allen Empfehlungen der Elternberatungsstelle. Wir haben geregelte nächtliche Abläufe. Wir vermeiden Bohnen im Abendessen. Jeden Abend füttern wir dich mit dem gleichen milchfreien Biobrei. Wir verabschieden uns winkend von den Lampen und den Autos. Wir putzen Zähne. Wir lesen Gutenachtgeschichten und sorgen für eine entspannte Atmosphäre. Wir haben Nachtlampen und Meditationsmusik. Wir nehmen dich in den Arm, wenn du weinst, und legen dich wieder hin, wenn du dich beruhigt hast. Aber dieses ganze Familiending beruht auch auf Gegenseitigkeit. Du kannst nicht jede Nacht zehnmal aufwachen, wenn wir als Eltern immer unser Bestes geben. Kannst du uns versprechen, dich ein bisschen mehr zu bemühen? Dein Äußerstes zu geben, damit wir nicht wieder an diesen Punkt kommen? Doch anstatt das Schlafzimmer zu verlassen, versucht der Vater, den Einjährigen mit Wellengeräuschen zu besänftigen und dann mit einem dumpfen Brummen und dann wieder mit Wellenrauschen, und als sich der Sohn nicht beruhigt, steigert der Vater das Wellenrauschen zu einem Tsunami, jeder andere würde angesichts dieses Geräuschs panisch werden, aber manchmal hilft es, um den Einjährigen aus seiner Sichheiser-brüllen-und-den-Rücken-nach-hinten-durchbiegen-Blase zu reißen. Ziemlich oft hilft es aber auch nicht, und jetzt wird der Einjährige tatsächlich panisch, als der Vater plötzlich klingt wie ein Sumpfboot, und es dauert zwanzig Minuten, bis er sich wieder beruhigt hat. Als er endlich schläft, ist der Vater schweißnass. Er bleibt einige Minuten mucksmäuschenstill stehen. Dann kriecht er ins Bett und versucht zu schlafen.

In letzter Zeit träumt er immer von verschiedenen Parks. Er schaukelt den Einjährigen. Der Einjährige erbricht sich. Der Vater hat keine Feuchttücher dabei und muss stattdessen das Lätzchen zum Aufwischen nehmen. Das ist der ganze Traum. In einem anderen Traum befinden sie sich in einem Sandkasten. Sie sitzen einfach nur da. Die Zeit vergeht. Der Einjährige nimmt etwas Sand und füllt ihn in einen Eimer. Dann kippt er den Sand aus. Dann nimmt er mehr Sand und füllt ihn in einen Eimer. Ein Vogel landet und betrachtet sie. Er legt den Kopf schief, eine Geste, die der Vater als Mitleid deutet, vielleicht ist es aber auch einfach nur Gleichgültigkeit. Der Einjährige nimmt keinerlei Notiz von dem Vogel. Er ist voll und ganz damit beschäftigt, den Eimer mit Sand zu füllen. Und den Sand dann wieder auszukippen. Dann wird er ganz rot im Gesicht und fängt an zu pressen. Der Vater verbringt den restlichen Traum damit, durch ein Einkaufszentrum oder lange, universitätsähnliche Gänge zu irren und nach einer Toilette mit Wickeltisch zu suchen. In letzter Zeit ist es sogar so weit gekommen, dass er selbst, noch im Traum, anfängt, die Armseligkeit dieser Träume zu kommentieren. Nein, jetzt musst du dich aber wirklich mal zusammenreißen, sagt er im Traum zu sich selbst. An der Stelle müsste man einen flotten Dreier einbauen. Steh aus dem Sandkasten auf, geh zur Straße, entführe ein Auto und fahr zum nächsten Swingerclub. Gibt es in Schweden überhaupt Swingerclubs? Du Idiot, du träumst doch noch, alles ist möglich!, antwortet er sich selbst. Stimmt ja, sagt er und bleibt im Sandkasten sitzen. Der Einjährige steckt sich ein bisschen Sand in den Mund. Der Vater holt den Sand wieder heraus und sagt: Keinen Sand essen. Der Sohn steckt sich noch mehr Sand in den Mund. Der Vater holt den Sand wieder heraus und sagt: Keinen Sand essen. Der Vater fühlt sich schrecklich müde, aber er kann aus irgendeinem Grund nicht schlafen. Dann schläft er doch ein. Zehn Minuten später wird der Einjährige wach.

Ein Großvater, der ein Vater ist, bleibt auf dem Sofa liegen. Seine Muskeln sind verkümmert. Sein Rückgrat kann ihn nicht mehr aufrecht halten. Je weniger er sich bewegt, desto schlimmer werden die Schmerzen in seinen Füßen, und sie werden niemals verschwinden, weil sie mit seiner unheilbaren Diabetes zusammenhängen. Das sauerstoffarme Blut hat die Nerven in seinen Füßen geschädigt. Sein Körper verfault von innen, und bald wird er tot sein. Am schlimmsten steht es aber dennoch um seine Augen. Erst funktionieren sie wie immer. Er guckt TV4 und sieht die Bartstoppeln des Ansagers, der verkündet, als Nächstes kämen *Die spektakulärsten Kriminalfälle* und anschließend direkt hintereinander *Die Hard 1* und *Die Hard 2*. Der Vater lächelt, weil *Die Hard 1* und *Die Hard 2* zwei der besten Filme der Welt sind. Vor allem Teil 2. Dann beginnt *Die spektakulärsten Kriminalfälle*, und sein Blickfeld verschwimmt zur Hälfte, er muss die Augen zusammenkneifen, um scharf zu sehen, und er kann kaum erkennen, ob ein Mann oder eine Frau oder ein Elch dort im Schnee über den Friedhof stapft. Er hört Stimmen, Polizisten, die miteinander Englisch sprechen, den Motor eines Autos, der angelassen wird, zwei andere Autos, die vorbeifahren, Kinderlachen, das Quietschen einer Schaukel oder vielleicht eines nicht geölten Fahrrads, ein Schuss, zwei weitere Schüsse, schnelle Schritte, dramatische Musik. Seine Exfrau sagt, er hätte Glück, dass diese Schübe wieder vorübergingen, seine Kinder sagen, er würde es sich nur einbilden, der Typ im Hafen erzählt, wo er die Tochter zuletzt gesehen hat, will das Geld aber nicht annehmen, die Tochter erkennt ihn erst nicht, dann aber doch, und sie fängt an zu rennen, ihre Mutter sagt: Du hast kein Recht dazu, meine Tochter zu verfolgen. Er muss seine Augen untersuchen lassen. Seine Kinder müssen ihm helfen. Sie können im Internet einen MRT-Termin für den ganzen Körper vereinbaren, damit er endlich erfährt, was nicht mit ihm stimmt. Denn irgendetwas stimmt nicht. Er spürt es genau. Er weiß nur nicht, was. Mitten in der ersten Werbepause kommt sein Sehvermögen wieder zurück. Das graue, verschwommene Bild erhält wieder Konturen und Farben. Dann beginnt *Die Hard 1*. Der Vater schläft mit einem Lächeln auf den Lippen ein.

FREITAG

Es ist Freitagmorgen, und eine Freundin, die eine Mutter ist, die als Juristin bei einer Gewerkschaft arbeitet, war schon um zwanzig nach sieben im Büro. Als die Sekretärinnen gegen neun kommen, hat sie zwanzig Mails geschrieben, einen Vorgang für das Amtsgericht vorbereitet und die erste Sitzung des Tages. Als die Mandantin nicht kommt, bittet sie die Sekretärin, sie anzurufen. Der Vater der Mandantin geht ans Telefon. Wir sind hier, sagt er. Aber draußen. Sie hat es sich anders überlegt. Ich komme nach unten, sagt die Juristin, die eine Mutter ist. Das Mädchen kauert auf einer Parkbank, das Gesicht hinter den Haaren versteckt. Wer sind Sie?, fragt der Vater. Ihre Anwältin, sagt sie. Am Telefon klangen Sie anders, sagt der Vater. Die Juristin setzt sich auf die Parkbank. Sie räuspert sich. Sie sagt, sie verstehe, dass dem Mädchen davor graut. Und es wäre ganz normal, Angst zu haben. Sie beugt sich vor und flüstert: Wenn wir diese Arschlöcher nicht anzeigen, werden sie damit weitermachen. Und das darf nicht passieren. Wir müssen diese verdammten Idioten aufhalten. Wir werden sie massakrieren, verstehst du? Sie werden vor Gericht geschlachtet werden. Ein Blutbad. Ich schwöre. Vertrau mir. Das Mädchen wirkt verwirrt. Sie klingen nicht wie eine Anwältin, sagt sie. Die Juristin lacht. Ich bin eine Gewerkschaftsanwältin. Aber keine normale Gewerkschaftsanwältin.

Während sie mit dem Aufzug nach oben fahren, erzählt die Juristin, die eine Mutter ist, von ihrem familiären Hintergrund, in welcher Gegend sie aufwuchs, wie ihre Eltern dafür kämpften, dass sie studieren durfte und einen Job in diesem fetten Büro bekam. Als ich von der Uni kam, hatte ich Angst, die Leute würden sofort durchschauen, wer ich eigentlich bin. Jetzt aber nicht mehr. Sagen Sie noch mal, was Sie mit ihnen machen würden, sagt das Mädchen. Massenmord, antwortet die Juristin. Keine Gnade. Alle müssen sterben. Das Mädchen grinst. Der Vater zieht eine besorgte Miene.

Im Büro angekommen, hinter verschlossenen Türen, beginnt das Mädchen zu berichten. Ihr Vater hatte ihr den Tipp mit dem Job gegeben, er hatte das Restaurant mit dem Catering für seine Firma beauftragt und auf der Website gesehen, dass Aushilfen gesucht wurden. Sie fing dort an, als sie fünfzehn war, im ersten Sommer spülte sie Geschirr, im Herbst durfte sie dann als Kaltmamsell arbeiten. Die Firma wurde von zwei Brüdern betrieben. Der eine war auf eine nette Art nett, der andere auf eine unangenehme. Irgendwann machte er ihr Komplimente, sagte, sie wäre süß wie eine Kirsche, hübsch wie eine Blume, es würde ihn immer so glücklich machen, sie zu sehen, solche Sachen. Und das stimmt ja auch, sagt der Vater. Es gibt doch wohl keinen Grund, sich aufzuregen, wenn jemand nett zu einem ist? Eines Abends versperrte der Chef ihr den Weg und fragte, ob sie nicht mit in sein Büro kommen wolle, und als sie es verneinte, lachte er und sagte, sie würde wohl gar keinen Spaß verstehen. Vielleicht wollte er wirklich nur einen Spaß machen, sagt der Vater. Er ist schließlich weit über fünfzig? Ein anderes Mal streckte der Chef seinen Daumen, der vor Spucke glänzte, nach ihr aus, um einen angeblichen Schokoladenfleck aus ihrem Mundwinkel zu entfernen. Na und?, sagt der Vater. Das war doch nett von ihm? Er wollte wahrscheinlich nicht, dass irgendjemand über dich lacht. Meine Schicht hatte gerade erst angefangen, erklärt die Tochter. Und ich hatte keine Schokolade gegessen. Als sie im Service begann, musste sie sich das Notensystem des Chefs anhören, er sortierte all seine Angestellten, Männer wie Frauen, Kellnerinnen und Türsteher, nach ihrer Fickbarkeit. Ach, so was muss man schon mal abkönnen, sagt der Vater, ohne richtig überzeugt zu klingen. An einem Samstagabend fragte der Chef, ob sie mit zu ihm nach Hause kommen wolle. In der Woche darauf winkte er sie in sein Büro und sagte ohne Umschweife, er habe sie nur eingestellt, weil er mit ihr ins Bett wolle, er sei in sie verliebt, er versprach ihr eine Lohnerhöhung und andere Vorteile, er sagte, solche Gefühle hätte er noch nie für jemanden gehabt, er schloss die Tür von innen ab und drehte die Lamellen der Jalousie nach unten. Der Vater steht von seinem Stuhl auf und geht zum Fenster, ohne es zu öffnen. Danach fing der Chef an, Gerüchte über sie zu verbreiten, er erzählte intime Details, behauptete, sie hätte sich auf ihn gestürzt und darum gebettelt, mit ihm zu schlafen. Der Vater setzt sich wieder. Er schaut zu Boden. Er umklammert die Armlehne. Als sie sich wehrte, wurde sie gefeuert, und erst zehn Monate später, als sie Gerüchte hörte, dass andere Mädchen im selben Restaurant noch Schlimmeres durchgemacht hatten, beschloss sie, die Gewerkschaft zu informieren.

Nachdem das Mädchen alles erzählt hat, reicht ihr die Gewerkschaftsanwältin ein Taschentuch. Die Tochter schüttelt den Kopf. Der Vater nimmt es. Glauben Sie, wir haben eine Chance zu gewinnen? Wir werden sie plattmachen, antwortet die Gewerkschaftsanwältin lächelnd. Warum fragen Sie nicht, ob die Typen einen Migrationshintergrund haben?, fragt der Vater. Das ist nicht relevant, sagt die Juristin. Für mich ist das schon relevant, sagt der Vater. Für uns ist das relevant. Oder, mein Schatz? Das Mädchen antwortet nicht. Es sind Ausländer, sagt der Vater. Das stimmt doch? Das Mädchen schweigt. Der Vater seufzt. Es ist wirklich ein Elend in diesem Land. Wann werden wir endlich aufwachen und verstehen, dass wir unser eigenes Land zerstört haben? Die Gewerkschaftsjuristin schluckt und hält sich zurück. Sie umarmt das Mädchen und sagt, das werde schon gutgehen. Du bist toll, du bist eine Königin, du wirst siegen, jetzt heißt es wir beide gegen den Rest der Welt, verstehst du? Wir sind die Sonnen, und sie sind die Wolken, und die Wolken kommen und gehen, oder? Aber wir werden weiter scheinen. Versprochen? Das Mädchen nickt. Der Vater und die Tochter verlassen das Büro.

Die Gewerkschaftsjuristin, die eine Mutter ist, geht mit Sebastian zu einem frühen Mittagessen. Sie sind morgens immer die Ersten, sie wegen der kleinen Kinder, er, weil er jeden Morgen um 5 aufsteht und den ganzen Weg von Danderyd bis zum Büro radelt. Der Kellner tippt, dass Sebastian den Fisch möchte und sie das vegetarische Gericht. Beide nicken. Sie sprechen über die Gladiole im Fenster, über den Terrier, den Sebastians Teenagertöchter auf Probe zu Hause haben und den sie wahrscheinlich Ugolino nennen werden, über Haarspülungen und darüber, dass alle, und zwar wirklich alle, Saucen noch besser schmecken, wenn man eine Prise Chili dazugibt. Anfangs versuchte sie, jedes zweite Mal die Rechnung zu übernehmen oder zumindest jedes dritte, aber Sebastian war dann immer so beleidigt, dass sie inzwischen damit aufgehört hat. Sein Haar flattert, als der Kellner ihnen die Tür aufhält. Sebastian lässt ihr den Vortritt. Wie immer. Wie gut, dass er alt und glücklich verheiratet ist, dass er lichtes Haar hat und nicht mehr ganz so sonnengebräunt aussieht wie früher, denn wenn er manchmal nach seinem Urlaub mit seinem Lächeln und seinen Händen in ihr Büro kam, war sie beunruhigt darüber, wie sehr sie sich freute, ihn zu sehen.

Wieder im Büro angekommen, schaltet sie ihr Handy an, und fünf Nachrichten von ihrem Freund trudeln ein. Nur Fotos. Kein Wort. Der Einjährige und die Vierjährige stehen auf einer Rolltreppe, halten sich an den Händen und blicken erwartungsvoll drein. Sie springen auf einem Trampolin auf einem grässlichen Hallenspielplatz. Sie stehen vor einem Zerrspiegel und schneiden Fratzen. Die Kinder und der Vater halten jeder einen platten Plastikball in die Luft und kringeln sich vor Lachen. Sie sind so gerne zusammen. Sie haben es so gut ohne sie. Die Juristin schüttelt ein Gefühl des Unbehagens ab. Auf dem letzten Bild stehen sie alle in einer rot gestrichenen Garderobe. Der Großvater der Kinder links. Die Vierjährige in der Mitte. Ihr Freund mit dem Einjährigen auf dem Arm rechts. Alle lächeln. Das heißt, die Vierjährige zieht eine Grimasse. Der Einjährige wendet sich ab. Der Großvater runzelt die Stirn. Aber ihr Freund lächelt. Oder versucht zu lächeln. Die Person, die man gebeten hat, das Foto zu machen, steht ein bisschen zu weit entfernt, rechts sieht man lange Reihen von Metallschränken und links die Rücken von zwei Personen, die nichts im Bild zu suchen haben.

Es ist Freitagvormittag, und ein Sohn, der ein Vater ist, liest den Text auf dem Schild: *Bitte* **EINMAL** *klingeln, dann kommen wir. Einmal* in Großbuchstaben, unterstrichen und fettgedruckt. Der Vater klingelt einmal. Sie warten. Die Vierjährige will schon hineinrennen, wird aber von der Plexiglassperre gestoppt, der Einjährige lässt im Tragegurt seine Beine baumeln. Kein Mensch da. Der Vater holt sein Handy heraus und wirft demonstrativ einen Blick auf das Display, obwohl er weiß, dass es Viertel nach ist. Hier ist niemand, sagt die Vierjährige. Gäää, sabbert der Einjährige. Eigentlich müssten sie jetzt offen haben, sagt der Vater, und er sagt es etwas zu laut, damit das faule Personal, das im Pausenraum auf seinen Handys herumscrollt, wenigstens hört, dass es gerade potenzielle Kunden verliert. Keiner kommt. Auf dem Empfangstresen steht ein weiteres Schild, auf dem zu lesen ist, dass Kinderwagen, Schuhe und mitgebrachtes Essen nicht gestattet sind. All das weiß er bereits. Er weiß auch, dass es noch sechs von diesen Einrichtungen in der Stadt gibt und die erste vor fünfeinhalb Jahren eröffnete und die letzte in diesem Sommer. Er weiß, dass sie nach dem Enkel des kanadischen Besitzers benannt sind und der Eintritt für Kinder über zwei Jahren 179 Kronen kostet und für Kinder unter zwei Jahren frei ist, vorausgesetzt, man wird Mitglied im Kinderklub, was ebenfalls nichts kostet. Man muss lediglich seinen Ausweis mitbringen und seine persönlichen Daten und seine Mailadresse hinterlassen. Er weiß auch, dass sie seit einer Viertelstunde geöffnet haben, denn all das hat er noch mal im Internet nachgeprüft, bevor sie zu Hause aufgebrochen sind, er hat den optimalen Reiseweg gewählt und die Babytasche mit Breigläschen und Nuckelflaschen und Wechselsachen für ihn und die Kinder ausgestattet und die Reißverschlusstasche mit extra Windeln, Feuchttüchern und dieser faltbaren Unterlage, auf der man überall wickeln kann. Orte, an denen er in den letzten Monaten Windeln gewechselt hat: auf dem Boden einer Bibliothek, auf dem Beifahrersitz eines Autos, auf dem Dach einer kleinen Holzburg in einem Park, im Treppenhaus vor der Wohnung in Kärrtorp, wo ein Kumpel, der zu Hause sein sollte, aber zu spät kam, zur Untermiete wohnt.

Warum kommen die nicht?, fragt die Vierjährige. Keine

Ahnung, antwortet der Vater. Sind sie tot?, fragt die Vierjährige. Ich hoffe nicht, sagt der Vater. Leos Opa ist tot, erklärt die Vierjährige. Dann schweigt sie. Der Vater überlegt, ob er ein zweites Mal klingeln soll. Aber da steht ja ausdrücklich, man soll nur einmal klingeln. Also wartet er darauf, dass jemand kommt. Schnecken können nicht sterben, sagt die Vierjährige. Zwei Mütter oder eine Mutter und deren Freundin kommen mit einem kleinen Kind herein. Sie stellen sich hinter ihn. Sie schauen ihn an. Der Vater zuckt mit den Schultern und deutet mit dem Kopf auf das Schild. Die eine Frau beugt sich vor und klingelt erst einmal, dann zweimal.

Der Typ, der daraufhin kommt, wirkt nicht im Geringsten gestresst, er lächelt und sagt willkommen, er notiert die persönlichen Daten, um den Einjährigen im Kinderklub zu registrieren, und erklärt, es gebe zwölf Rutschen, neun Hindernisbahnen, ein Bällebad für die Kleinsten und ganz rechts einen kombinierten Fußball- und Basketballplatz. Der Vater würde am liebsten sagen, dass er nicht derjenige war, der so oft geklingelt hat, verkneift es sich aber doch. Der Typ hinter der Kasse reicht ihm die Quittung und erinnert ihn daran, die EC-Karte nicht zu vergessen. Danke fürs Erinnern, sagt der Vater. Ich vergesse sie sonst immer. Sie gehen in die Halle. Er steckt die Quittung in sein Portemonnaie. Als sie sich von der Kasse entfernen, fragt er sich, warum er behauptet hat, er würde immer seine Karte vergessen, denn seit er 18 ist, hat er eine EC-Karte, und er wüsste nicht, dass er sie je vergessen hätte.

Das Spielparadies ist lila, gelb und rot, alle scharfen Kanten sind mit Schaumgummi verkleidet, der Boden ist mit weichen Gummimatten ausgelegt, und die Wände sind aus Netzen, sodass sie sich sehen können, wenn die Vierjährige ins obere Stockwerk klettert. Sie hangelt sich an einer Strickleiter hoch, springt über weiche Kegel, schwingt sich an Lianen durch die Luft, rutscht eine gelbe Röhre hinab. Der Einjährige hockt vergnügt im Bällebad. Er gibt dieses muhende Geräusch von sich, das sonst nur zu hören ist, wenn er jemanden sieht, der Mandarinen isst, eine Taschenlampe einschaltet oder ein Bad einlässt. Ein Muhen, das bedeutet: Ich will das haben, ich will damit spielen, davon träume ich schon mein ganzes kurzes Leben.

Der Vater sitzt neben dem Einjährigen auf dem Boden. Er ist zu hundert Prozent präsent. Er genießt den Moment. Er ist wirklich da, bei seinen beiden Kindern. Dann nimmt er sein Handy, um ein paar Fotos zu machen, die er seiner Freundin schickt. Er schaut nach, ob sein Vater sich gemeldet hat. Er steckt das Handy weg und ist wieder präsent. Er holt es noch einmal heraus und liest die Schlagzeilen in den Tageszeitungen. Er legt das Handy beiseite. Er scrollt durch die Boulevardzeitungen. Die Kulturseiten. Die Klatschseiten. Er legt das Handy beiseite. Er checkt Facebook, Insta und Twitter. Er legt das Handy beiseite. Er ist präsent. Er ist im Hier und Jetzt. Er ist nirgendwo sonst. Die Vierjährige holt zwei große Schaumgummiwürfel und versucht, sie eine Rutsche hochzustemmen. Der Einjährige schlägt zwei Plastikbälle gegeneinander. Der Vater steckt sich heimlich einen Kopfhörerstöpsel ins Ohr. Richard Pryor steht auf einer Bühne, er verarscht jemanden im Publikum, der versucht, Fotos zu machen (you probably ain't got no film in the muthafucka either), er witzelt darüber, wie Weiße von der Toilette wiederkommen und entdecken, dass Schwarze ihren Platz besetzt haben (oh dear), er imitiert die Laute vögelnder Zwergaffen, spricht mit der Stimme eines Dobermanns, der ihn tröstet, als die Zwergaffen tot sind, er behauptet, er hätte ganz Peru leergekokst. Und obwohl der Vater die Gags fast auswendig kann, sitzt er dort im Bällebad und lacht leise vor sich hin. Er fühlt sich wie ein guter Vater. Jedenfalls ist er ein tausendmal besserer Vater als der, der um zehn hätte da sein sollen und bis jetzt noch nicht aufgetaucht ist. Ja. Er ist gut. Er kann das hier. Obwohl es ihm niemand beigebracht hat. Und ab und zu, wenn der Einjährige vor sich hin sabbert und Plastikbälle wirft und die Vierjährige Würfel in eine leere Rutsche stopft und Pryor das Geräusch nachmacht, das seine Reifen von sich geben, nachdem er Löcher hineingeschossen hat, damit seine Exfrau ihn nicht verlässt, fühlt sich der Vater richtig erfolgreich. Für solche Momente lebt man.

Als sie gegen fünf aufgewacht waren, hatte er übernommen. Er hatte Frühstück gemacht, die Morgenwindel gewechselt, den Kindern Silbertee gekocht, das Lieblingsgetränk seiner Mutter, das aus heißem Wasser, Milch und Honig besteht. Doch weil seine Freundin panische Angst hat, dass ihre Kinder zu viel Zucker zu sich nehmen könnten, wurden die Zutaten auf heißes Wasser und Milch reduziert, und seit neue Studien den Verdacht nahelegen, dass Kuhmilch krebserregend sein könnte, besteht das morgendliche Getränk der Kinder aus heißem Wasser mit Hafermilch, das er ihnen in zwei Nuckelflaschen serviert. Eigentlich ist die Tochter schon zu groß für eine Nuckelflasche und der Sohn noch zu klein für Silbertee, aber weil die Tochter gern klein sein will und der Sohn groß, läuten sie so immer den Morgen ein. Als die Freundin aufsteht, sind die Kinder schon angezogen, ihr Zitronenwasser steht bereit, er hat ihre Hirsegrütze eingeweicht und die Spülmaschine ausgeräumt, und er würde gern denken, dass er das macht, weil er ein guter Mensch ist, dass es ganz natürlich ist, so was einfach zu machen. Aber er hat noch nie etwas einfach so gemacht. Immer, wenn er etwas macht, denkt er darüber nach, wie es aufgenommen wird, er lobt sich selbst, wenn er die Spülmaschine leerräumt, er blendet die Stimmen aus, die flüstern, dass er dieses Leben hasst, dass sein Dasein noch nie so langweilig war und er nichts anderes möchte, als zu rebellieren und abzuhauen. Alles einfach hinzuschmeißen und zu verschwinden.

Doch als er jetzt im Bällebad sitzt, ist er trotzdem dankbar. Er ist glücklich. Dies sind die goldenen Jahre. Er wird diese Zeit hundertpro vermissen, wenn die Kinder aus dem Haus sind. Obwohl die Zeit stillzustehen scheint. Sie sind um viertel nach zehn hergekommen. Jetzt ist es zwanzig nach elf. Plastikball werfen. Plastikball holen. Plastikball werfen. Plastikball holen. Windel wechseln. Sabber abwischen. Plastikball werfen. Plastikball holen. Plastikball werfen. Plastikball holen. Das Einzige, was ihn rettet, ist Pryors Stimme, die erzählt, wie er sich aus Versehen selbst anzündete und nichts in seinem Leben so schön war, wie dort im Krankenhausbett zu liegen und keinen Finger zu rühren.

Die Vierjährige kratzt sich zwischen den Beinen. Musst du mal Pipi, Schatz?, ruft der Vater. Nein, ruft die Vierjährige. Der Einjährige krabbelt auf drei große Zerrspiegel zu. Er entdeckt sich selbst und lacht, seine insgesamt vier Zähne glitzern, sein Pullover ist überall hellblau, außer um den Kragen herum, wo er ihn vollgesabbert hat. Bist du sicher, dass du nicht Pipi musst?, fragt der Vater. Ganz sicher, sagt die Vierjährige.

Der Vater bleibt im Bällebad sitzen. Die beiden Mütter oder die Mutter und die Freundin kommen mit ihrer Tochter vorbei. Der Vater dreht seinen Kopf so, dass der Knopf aus seinem Ohr rutscht. Er führt insgeheim einen schnellen Vergleich durch. Bewertet das andere Kind nach Niedlichkeit, Entwicklung, Zähnen, Anziehsachen. Er kommt zu dem Ergebnis, dass sie in puncto Niedlichkeit gewinnt, sein Sohn aber einen größeren Kopf hat, was ein Zeichen für seine künftige Intelligenz ist. Sie trägt modernere Sachen, die geschickter kombiniert sind, die Klamotten seines Sohnes sind weniger gebraucht und praktischer. Sie hat vielleicht ein niedliches Lächeln, sein Sohn hat dafür mehr Haare. Sie kann schon ein paar Schritte allein laufen, schwankt dabei aber noch stark, während sein Sohn ein richtig schneller Krabbler ist und inzwischen auch mit dem Gehfrei herumflitzen kann. Es läuft wohl auf ein Unentschieden hinaus. Aber nur fast. Der Vater lächelt den Frauen zu. Sie lächeln zurück. Er kennt diesen Blick. Sie denken, er ist ein guter Vater, denn so sind gute Väter, sie stehen früh auf, sie fahren ins Spielparadies, sie wechseln vollgeschissene Windeln, sie sammeln Lego, Duplo und Playmo vom Boden auf, und Polizeiautos und Motorräder und Gummihände und Stofftiere und leere Plastikkartons und Kinderportemonnaies und Memoryspiele und Handschuhe und Mützen und Strümpfe und Bügelperlenuntersetzer. Sie stehen gebückt, sie knien, sie fluchen nur, wenn es niemand hört, sie bringen ihren Kindern bei, dass es das Wichtigste im Leben ist, niemals aufzugeben. Und niemals, egal was auch passiert, zu sagen: Das schaffe ich nicht. Das ist unmöglich. Alles ist möglich, alles ist zu schaffen, solange man niemals aufgibt. Hast du das verstanden?, fragt der Vater die Vierjährige wieder und wieder. Ja-ha, sagt die Vierjährige mit einer Stimme wie ein genervter Teenie. Ich meine das ernst, sagt der Vater und fordert die Tochter zu einem Ringkampf heraus. Sie wälzen sich im Wohnzimmer herum, die Tochter gerät in eine brenzlige Lage, der Vater hält sie in einem lebensgefährlichen Kitzelkussgriff, er kitzelt und küsst, küsst und kitzelt, der Einjährige beobachtet erst verwirrt, dann lachend das Match, das gar kein Ende mehr nehmen will. Nun gib schon auf, ruft der Vater. Okay, ruft die Tochter. Nein, ruft der Vater, niemals aufgeben! Aber du hast gesagt, ich soll aufgeben, sagt die Tochter. Wenn ich sage, gib auf, antwortest du ... sagt der Vater. Erinnerst du dich? Weißt du noch, was man niemals machen darf? Kurze Pause im Kitzelkusskampf. Die Tochter denkt nach. Weißt du nicht mehr, was ich immer sage?, fragt der Vater. Niemals ... AUFGEBEN, ruft die Tochter. GENAU, ruft der Vater, und der Ringkampf geht weiter, der Einjährige sieht mit großen Augen zu, wie die Vierjährige auf einmal dieselben Superkräfte entwickelt wie Hulk und den Vater zu Boden ringt, sie rächt sich für die Kitzelattacke, sie sagt dem Vater, er soll aufgeben, und der Vater sagt: Niemals! Doch das spielt keine Rolle, weil die Tochter sowieso schon gewonnen hat, der Vater sagt: Gut gekämpft, und die Tochter sagt: Du auch, und der Einjährige krabbelt zu ihnen und sabbert ihnen aufs Gesicht.

Die Halle füllt sich mit Kindern. Vor den Rutschen bilden sich Schlangen. Vorschulklassen treffen ein. Tagesmütter treffen ein. Siebenköpfige Familien treffen ein. Die Vierjährige kommt angerannt, der Vater hört ihrer Stimme an, dass es zu spät ist. Papa Papa Papa! Was ein Glück, dass wir eine Wechselhose eingepackt haben, sagt der Vater, sie waren zum Umziehen auf der Toilette, während das Personal routiniert und ganz ohne zu seufzen die Pfütze weggefeudelt hat. Oder etwa nicht, wiederholt der Vater und tätschelt seine Tochter. Was ein Riesenglück, dass ich eine Wechselhose eingepackt habe. Er verstummt. Er merkt, wie er Lob erwartet. Er möchte, dass seine vierjährige Tochter zu ihm aufblickt und sagt: Wow, Papa, wie unglaublich, du hast an eine Unterhose und eine Hose zum Wechseln gedacht! Seine Tochter ist allerdings viel mehr von dem Wasserhahn ohne Mischbatterie fasziniert. Sie steht am Waschbecken, steckt die Hand unter den Hahn, und der Strahl kommt. Wieder und wieder. Automatisch, sagt sie. Ganz automatisch!

Der Vater denkt daran, bei dieser Gelegenheit auch gleich den Einjährigen zu wickeln. Er ist gerade groß genug geworden, um zu verstehen, dass man Widerstand leisten kann. Sobald man ihn auf den Rücken legt, verwandelt er sich in einen Judomeister mit schwarzem Gürtel, er entwindet sich allen Griffen, man zieht ihm die Windel aus, legt die Hand auf seinen Bauch, sieht für eine Sekunde weg, um sich nach den Feuchttüchern zu strecken, und wenn man sich wieder umdreht, ist er verschwunden, er sitzt draußen im Bällebad, er ist mit der U-Bahn nach Hause gefahren oder hat sich blitzschnell um die eigene Achse gedreht, an der Wand hochgezogen und versucht, sich mit einem Basejump vom Wickeltisch zu stürzen. Doch der Vater kennt das schon. Es gibt nichts, was er nicht gesehen hat. Als die Vierjährige klein war, hatte der Vater noch Geduld. Er versuchte ihr zu erklären, dass sie still liegen bleiben sollte, bis er mit allem fertig war. Beim Einjährigen wird der Vater wütend. Er drückt ihn auf den Tisch, er lässt ihn schreien, er steckt ihn in eine neue Windel und zwingt die Vierjährige dazu, die Überschwemmung im Waschbecken zu beenden.

Es ist Freitag, und ein Vater, der ein Großvater ist, soll heute endlich seine Enkel sehen. Er hatte den üblichen Ort vorgeschlagen, im Åhléns City, am oberen Eingang, von wo aus man in die Parfümabteilung guckt. Hier treffen sie sich immer. Denn hier hatten sie früher auch schon gestanden und ihre Vorbereitungen getroffen, als der Sohn zwölf war, mit einem leeren Bananenkarton in der einen Hand und einer viereckigen Aktentasche in der anderen. Die Tasche des Sohns sah genauso aus wie die des Vaters, nur ein bisschen kleiner. Kaum hatten die uniformierten Polizisten Präsenz gezeigt und wieder die Biege gemacht, tauchten der Vater und der Sohn wieder in der Mitte der Drottninggatan auf. Showtime, flüsterte der Vater, und der Sohn lächelte, weil er glücklich war, seinen geliebten Vater zu begleiten. Es kam darauf an, schnell zu sein, damit sie ihren Platz nicht an den Typen verloren, der rückwärtshüpfende, bellende Stofftiere verkaufte, oder den Typen mit den Plastikmännchen, die an Scheiben herunterkletterten, oder den Typen, der wie ein Indianer verkleidet war und eine Art kleine Flöte verkaufte, die man unter die Zunge legen konnte, um mit einer speziellen (und ziemlich schwierigen) Technik wie ein Vogel zu trällern. Der Einzige, der eine Genehmigung hatte und nie verschwand, wenn die Polizei kam, war der Wurstverkäufer, aber er betrachtete sich nicht als ihr Konkurrent und pfiff sogar, wenn er einen Streifenwagen sah, woraufhin alle, die ihre Waren auf einem Laken ausgebreitet hatten, vorwärtsstürzten und ihre Auslage in einen großen Sack verwandelten, den sie eilig zum Eingang von Åhléns trugen. Wer seine Sachen in Taschen präsentierte, die von Bananenkartons gestützt wurden, beförderte diese mit einem Tritt beiseite, schloss die Taschen und schlenderte pfeifend Richtung Hötorget. Der Wurstverkäufer blieb da, er winkte die Polizei herbei und fragte, ob sie denn nicht seine Zulassung sehen wollten, obwohl alle wussten, dass er legal dort war. Hier standen der Vater und der Sohn an den Wochenenden und verkauften Sachen, sie verkauften eigenhändig importierte Uhren, sie verkauften Parfüms, die fast genauso hießen wie die Parfüms drinnen bei Åhléns, sie verkauften Acid-Sticker mit rasselnden Plastikaugen, die der Vater unten im Seufzertunnel erstanden hatte. Wenn der Schulbeginn nahte, verkauften sie Mäppchen und Duftradiergummi, vor Ostern verkauften sie aufziehbare

Miniküken in Pastellfarben, und obwohl der Sohn es nie direkt sagte, weiß der Vater, dass es eine wertvolle Erfahrung für ihn war, die er schon als Zwölfjähriger machen durfte. Er verstand, dass nichts im Leben umsonst ist, er lernte die edle Kunst, jemandem etwas zu verkaufen, das er nicht haben will, er lernte, mit Menschen zu verhandeln, die den Preis drücken wollten, er lernte, wie man in weniger als zwei Sekunden einen Bananenkarton wegkickte und eine Aktentasche schloss, und er lernte, dass Regeln zwar Regeln sind, manche Regeln aber großzügiger ausgelegt werden können als andere, und ohne diese Einsicht hätte der Sohn irgendwann genauso eine Angst vor der Welt bekommen wie seine Mutter.

In diesem Jahr will sich der Sohn aber aus irgendeinem Grund nicht in der Stadt treffen. Er wohnt im Süden der Stadt und erwartet von seinem Vater, mit der U-Bahn den ganzen Weg bis zu irgendeinem Spielparadies zu fahren. Spielparadies? Der Großvater ist viel zu müde und krank, um ins Spielparadies zu gehen. Er wird bald blind sein. Er kann sich kaum auf den Beinen halten. Sicherlich kostet so etwas auch noch Eintritt. Aber was tut man nicht alles für seine Kinder? Mit letzter Kraft schleppt sich der Großvater zur U-Bahn. In Liljeholmen steigt er um und setzt seinen Weg in südlicher Richtung nach Norsborg fort.

Die schwedische U-Bahn ist nicht mehr so wie früher. Damals war sie voller blonder blauäugiger Schweden. Dazwischen vielleicht noch ein exotischer Grieche, der durch die einzelnen Waggons ging und revolutionäre Postkarten verkaufte, oder ein Afrikaner, der Reggae-Kassetten im Angebot hatte. Jetzt ist die U-Bahn ein Zoo von Menschen aus dem Rest der Welt. Als sie Örnsberg passieren, hört er zwei Frauen Spanisch sprechen, vier Jugendliche Russisch, zwei Typen Dari, eine Touristenfamilie Dänisch. In Sätra steigt ein Bettler ein.

Er trägt Jogginghosen und Schuhe, die mit Isolierband geklebt sind. Er verteilt laminierte Fotos auf allen freien Sitzen. Der Vater schielt zu dem Bild hinüber. Eine Kinderhorde in bunten Klamotten steht vor einem Haus. Die Tür ist aus Spanplatten. Die Kinder sind barfuß. Sie lächeln in die Kamera. Der Bettler ist viel zu jung, um so viele Kinder zu haben. Die Frau mit dem Baby auf dem Arm ist viel zu hübsch, um mit ihm verheiratet zu sein. Der Bettler sammelt die Fotos wieder ein und dreht eine Runde mit seinem Pappbecher. Der Großvater starrt aus dem Fenster. Er fällt auf solche Tricks nicht rein. Er weiß, dass das organisierte Banden sind. In ihren Heimatländern fahren sie mit Luxuskarossen durch die Gegend. Der Großvater hat viel zu hart und viel zu lange gearbeitet, um sein Geld einfach so zu verschenken. Davon abgesehen hat er kaum Geld. Und das, was er hat, muss er bis zu dem Tag sparen, an dem er es braucht.

Der Großvater nimmt die Rolltreppe hinauf zum Marktplatz. Alles sieht aus wie früher und doch wieder nicht. Das Zentrum wurde renoviert. An den Ständen werden edle Baklava verkauft. Die Gemüsehändler haben zwei richtige Zelte, und vor beiden haben sich gleich lange Schlangen gebildet. Der Großvater fragt nach dem Spielparadies. Niemand kennt es. Schließlich will er seinen Sohn anrufen, aber seine Prepaid-Karte ist abgelaufen, deshalb muss er erst in den Kiosk gehen und eine neue kaufen und den Typen hinter der Kasse bitten, ihm bei der Aktivierung zu helfen. Die Buchstaben und Codes sind zu klein für seine Augen. Ui, ein echter Klassiker, sagt der Kioskverkäufer, als ihm der Großvater sein Handy reicht. Hat mir mein Sohn vermacht, erklärt der Großvater. Der Typ hinter der Kasse versucht herauszufinden, wie man mit dem zehn Jahre alten Nokia-Telefon Nachrichten verschicken kann. Ich habe zwei Kinder, sagt der Großvater. Einen Sohn und eine

Tochter. Meine Tochter ist sehr erfolgreich. Sie arbeitet in der PR-Branche. Sie wohnt in Vasastan. Sie will mir immer moderne Handys schenken, mit Internet und Wetterbericht und so. Aber dann sage ich, dass ich sehr zufrieden bin mit dem hier. Der Typ hinter der Kasse nickt. Er hat die Nachrichtenfunktion gefunden und tippt den Code von der Prepaid-Karte ein. Mein Sohn ist Steuerberater, erklärt der Großvater. Der Typ hinter der Kasse nickt. Wir haben ein sehr gutes Verhältnis. Wie schön, sagt der Typ hinter der Kasse. Das können nicht viele behaupten. Hier, jetzt sollte es klappen. Viel Glück.

Der Großvater geht wieder auf den Marktplatz hinaus. Er wählt die Nummer des Sohns. Weil die Tasten so klein sind und die Sonne hinter den Wolken verschwunden und das Display gesprungen ist, wählt er die Nummer des Sohnes nach Gefühl. Erst kommt er zu einer Nummer, die es nicht gibt. Er versucht es noch einmal. Diesmal meldet sich nach dem dritten Klingeln der Sohn. Er erklärt dem Vater den Weg. Der Großvater folgt seinen Anweisungen.

Schon auf der Rolltreppe hört er das Flächenbombardement aus Gekreisch und Gelächter. Warum hat er sich bloß darauf eingelassen? Das Erste, was er beim Betreten der Halle sieht, ist ein Bruder, der mit seiner heulenden kleinen Schwester von einer Rutsche angerannt kommt, er trägt sie auf den Unterarmen wie ein Soldat, und schon wenige Schritte darauf ist ihr herzzerreißendes Weinen in der ohrenbetäubenden Geräuschkakophonie untergegangen. Hier wird er seinen Sohn doch nie finden. Dann sieht er ihn. Ihre Blicke treffen sich. Sie lächeln.

Der Sohn ist seiner Mutter bizarr ähnlich. Sie haben die gleichen dünnen Körper und bartlosen Wangen. Dieselben schwarzen Klamotten und schmalen Nasen. Vater und Sohn umarmen einander. Der Sohn ist im Laufe eines halben Jahres um zehn Jahre gealtert. Er ist grau wie Zement, und die Augenringe, die er schon immer hatte, sind von kleinen Handtaschen zu riesigen schwarzen Müllsäcken gewachsen. Doch der Vater sagt nichts. Er will die Gefühle seines Sohnes nicht verletzen. Wenn überhaupt wird er sich höchstens einen liebevollen Scherz darüber erlauben, wie frisch und ausgeruht der Sohn aussieht. Warst du gerade im Urlaub?, fragt der Vater. Der Sohn antwortet nicht. Stattdessen fragt er: Was war los? Hast du den Weg nicht gefunden? Oder verschlafen? Was meinst du?, fragt der Vater. Du wolltest doch schon vor zwei Stunden hier sein, entgegnet der Sohn. Zwei Stunden hin oder her, sagt der Vater. Vielleicht hat er sich verlaufen, sagt eine zaghafte Stimme neben dem rechten Bein des Vaters. Der Großvater blickt hinab. Da steht sie. Seine bezaubernde Enkelin. Sie ist so groß. Sie ist so klein. Sie muss irgendwas zwischen drei und sechs Jahre sein. Sie hat eine erschreckende Ähnlichkeit mit der Tochter, die es nicht mehr gibt. Die gleichen runden Wangen. Der gleiche eindringliche Blick. Nur die Anziehsachen sind anders. Na so was, hallo, sagt der Großvater. Hallo, sagt die Enkelin und starrt auf die Jeansbeine des Vaters. Wie groß du geworden bist. Ich bin vier, erklärt die Enkelin. Aber bald fünf. Weißt du, wer ich bin?, fragt der Großvater. Papi, sagt die Enkelin. Genau. Papi. Ich bin Papi. Hast du ein Geburtstagsgeschenk für mich? Der Großvater kramt in seinen Taschen. Oh nein, das muss ich unterwegs verloren haben. Wir können aber später ein Geschenk für dich kaufen. Möchtest du ein Geschenk? Dann sollst du auch eins bekommen. Du könntest eine Puppe bekommen. Ein Pferd. Ein Flugzeug. Du sollst genau das bekommen, was du dir wünschst. Was wünschst du dir? Am liebsten hätte ich, glaube ich, Fußballsocken, sagt die Enkelin. Mit Schienbeinschonern. Dann sollst du die auch bekommen. Du sollst zehn Paar Fußballsocken mit zehn Schienbeinschonern bekommen. Die Vierjährige sieht zum Vater auf. Ist das wahr oder Phantasie? Phantasie, antwortet der Vater. Wahr, antwortet der Großvater.

Sie setzen sich ins Café. Die Kinder sollen etwas zum Mittagessen haben. Der Großvater sagt, er würde sich mit einem Kaffee begnügen. Und einem Kopenhagener. Er hat Hunger, merkt aber, dass der Sohn gereizt ist, und will ihm nicht zur Last fallen. Du sollst verdammt noch mal kein Teilchen essen, sagt der Sohn. Du hast Diabetes, kapierst du das nicht? Du musst deinen Blutzuckerspiegel im Griff haben. Ein Kopenhagener. Echt unglaublich. Verstehst du nicht, was passiert, wenn dein Blutzuckerspiegel weiter so steigt und fällt? Der Sohn sagt das alles vor seinen Kindern. Er sagt es so laut, dass es auch die jungen Mütter oder vielleicht auch großen Schwestern am Nebentisch hören. Er redet mit seinem eigenen Vater wie mit einem Kind. Aber der Großvater wird nicht wütend. Er erwidert nichts Gemeines. Der Sohn geht zur Kasse, um zu bestellen. Was für ein Sauertopf, sagt der Großvater. Was ist mit deinen Augen passiert?, fragt die Enkelin.

Der Sohn kehrt mit zwei Plastiktabletts zurück, er hat sich selbst eine Lasagne gekauft, die Kinder bekommen Pizza, der Großvater ein Sandwich. Ein ordinäres Käsebrot. Nicht mal eins mit Ei und Kaviarcreme. Die Kinder fangen an zu essen. Jetzt esst schon, sagt der Sohn. Stillsitzen. Nicht mit dem Stuhl kippeln. Nicht schmatzen. Benutzt das Besteck. Und die Serviette. Kein Essen auf den Boden werfen! Oh Mann, könnt ihr nicht einfach essen? Was macht ihr denn da? Einfach essen! Sie sind doch noch Kinder, sagt der Großvater. Gerade deshalb ist es ja so wichtig, dass sie essen, sagt der Vater.

Der Großvater lächelt. Er wechselt das Thema. Er macht ein paar Witze, um die Stimmung am Tisch aufzuheitern. Der

Charme des Großvaters ist unverändert. Die Lachgrübchen sind noch da, wo sie immer schon waren. Er weiß genau, welchen Tonfall und welches Timing er einsetzen muss, um jedem alles Mögliche zu verkaufen. Er kann am Strand Sand verkaufen. Er kann dem Eismann Eis verkaufen. Und dem Orkan Wind. Und wenn die Stimmung am Tisch angespannt ist, hat er Witze parat, die wirklich jeden zum Lachen bringen. Vor allem die Vierjährige. Sie lacht so sehr, dass kleine Pizzastückchen auf dem Plastiktablett landen. Ihr Vater scheint aber vergessen zu haben, wie man lacht. Er zuckt nicht mal mit dem Mundwinkel, als der Großvater den Klassiker von der Tomate erzählt, die über die Straße geht und überfahren wird. Und nicht mal dann, als der Großvater die Tomaten gegen Karotten und Karottensaft austauscht. Und schon gar nicht, als der Großvater darüber scherzt, dass der Vater, der mit seinen beiden Kindern vorbeigeht, die ein Eis haben wollen, und ihnen kein Eis kaufen will, Jude ist.

Bitte, sagt der Vater, der ein Sohn ist. Ich bitte dich. Sprich das Wort nicht aus. Welches Wort, fragt der Großvater. Jude? Bist du Rassist? Findest du es schlimmer, Jude zu sein als etwas anderes? Der Vater isst seine Lasagne. Der Großvater trinkt seinen Kaffee. Darf ich spielen gehen?, fragt die Enkelin. Der Vater nickt. Wenn du dich für das Essen bedankst. Danke fürs Essen, sagt die Enkelin. Bitte.

Der Vater wirft dem Großvater einen auffordernden Blick zu. Also fürs Erste, sagt der Großvater, ist ein Käsebrot kein Mittagessen. Und wie stellst du dir das vor? Soll ich mich bei meinem eigenen Sohn dafür bedanken, dass er mir eine Tasse bitteren Kaffee und ein trockenes, altes Käsebrot kauft? Was kommt als Nächstes? Soll ich dafür bezahlen, dass du meine Post durchsiehst, wenn ich weg bin? Wirst du mir eine Rechnung dafür stellen, dass du meine Steuererklärung machst?

Willst du Geld dafür nehmen, dass du meine Flüge buchst? Der Großvater verstummt. Er versucht, mehr Größe zu zeigen als sein geiziger Sohn. Er will als gutes Beispiel vorangehen, wie sich ein richtiger Mann in dieser Welt verhält, und ein richtiger Mann lädt seinen Vater nicht auf einen ekligen Kaffee und ein schimmeliges Käsebrot ein und erwartet einen Dank dafür. Und schon gar nicht, wenn er der älteste Sohn ist. Der älteste Sohn sollte es als Privileg ansehen, dass er sich um seinen Vater kümmern darf. Der Sohn sollte dankbar dafür sein, die Steuererklärung des Vaters zu machen. Stattdessen fängt er an, Fragen zu stellen. Er möchte wissen, wovon der Großvater lebt, ob er sich in dem anderen Land wohlfühlt, ob er eine Frau kennengelernt hat, ob die politische Situation den Tourismus beeinflusst und ob sich der Großvater sicherer oder weniger sicher fühlt, jetzt, da das Land binnen so kurzer Zeit so umfangreiche Veränderungen durchlaufen hat. Der Großvater beantwortet die Fragen. Jedenfalls einige davon. Er versteht allerdings nicht, warum der Vater so neugierig ist. Oder doch. Er versteht es genau. Der Vater will etwas gegen ihn in der Hand haben, um ihn bei den Behörden anschwärzen zu können. Er will sein künftiges Erbe ausloten. Er will jetzt schon Pläne schmieden, wie er das meiste aus dem Geld rausholt, wenn der Großvater endlich stirbt. Der Großvater hört auf, die Fragen zu beantworten. Sie sitzen schweigend da. Wie lange bleibst du?, fragt der Vater. Ich fahre am Freitag wieder, antwortet der Großvater. Dann verpasst du ihre Geburtstagsfeier, sagt der Vater kopfschüttelnd. Ich möchte niemandem zur Last fallen, sagt der Großvater. Zehn Tage, murmelt der Vater. Findest du das kurz oder lang?, fragt der Großvater. Du hast doch die Tickets für mich gebucht? Der Vater erwidert nichts. Stattdessen fragt er: Fühlst du dich wohl im Büro? Der Ablauf im Badezimmerwaschbecken ist verstopft, sagt der Großvater. Ich weiß, sagt der Vater. Im Küchenschrank steht so ein Saugding. Okay, sagt der Großvater. Wie geht's den Haustieren? Den Kakerlaken?, fragt der Großvater. Die sind nett. Da weiß man, dass man nicht allein ist. Sie übertragen Krankheiten, sagt der Vater. Sie können in den Gehörgang krabbeln und drinnen ihre Eier ablegen, während man schläft. So ein Quatsch, sagt der Großvater. Kakerlaken gibt es überall auf der Welt. Überall außer hier. Sie sind nicht gefährlich. Du hast doch hoffentlich diesmal kein Essen mitgebracht?, fragt der Vater. Der Großvater antwortet nicht. Der Vater schweigt ziemlich lange, ehe er, den Blick auf den Tisch gerichtet, sagt: Wir müssen reden.

Ein Sohn, der ein Vater geworden ist, verlässt gerade die Toilette des Spielparadieses, als sein Telefon klingelt. Es ist der Großvater seiner Kinder. Seine Stimme klingt gereizt. Er steht auf dem zugigen Marktplatz, es gibt keine Schilder, es regnet, überall sitzen eklige Bettler, und als er mit der U-Bahn herfuhr, wurde kontrolliert, weshalb er zweimal hinausspringen musste, das erste Mal, als Kontrolleure in Uniform in seinen Wagen einstiegen, und das zweite Mal, als er Leute bemerkte, die aussahen wie Kontrolleure in Zivil, und das Risiko, trotzdem sitzen zu bleiben, lieber nicht eingehen wollte. Der Sohn seufzt und erklärt in einem möglichst ruhigen, pädagogischen Tonfall den Weg. Wenn du auf dem Marktplatz stehst und die U-Bahn-Station im Rücken hast, nimmst du den linken Eingang des Einkaufszentrums. Geh durch die Drehtüren vorbei am Hemtex, Forex, JC und dieser Kosmetikfirma mit dem Stand in der Mitte. Dann biegst du links ab in Richtung des Parkplatzes und nimmst die Rolltreppen nach unten. Wenn du den Eingang von Clas Ohlson siehst, musst du umdrehen und zurückgehen. Okay, sagt der Vater, der ein Großvater ist, und legt auf.

Zwanzig Minuten später betritt der Großvater das Spielparadies. Er geht gebeugt, als würde er sich gegen den Wind stemmen. Er blinzelt, als würde es auch drinnen regnen. Er geht geradewegs hinein, ohne zu klingeln, ohne Eintritt zu zahlen, ohne die Schilder zu sehen, die ihn dazu auffordern, seine Schuhe auszuziehen. Er erblickt seinen Sohn und lächelt. Sein Bart ist struppig und grau gescheckt. Seine Zähne sind gelb. Sein Pullover ist weiß, aber genauso fleckig wie die Innenseite seines Hemdkragens. Pfui Teufel, was für ein Wetter, sagt der Vater kopfschüttelnd. Sie umarmen einander. Er begrüßt seine Enkel. Er setzt sich und sagt, er hätte gern einen Kaffee, am liebsten auch etwas Süßes dazu, einen Kopenhagener oder einen Schokoladenkeks. Der Sohn holt einen Hochstuhl für den Einjährigen und geht zur Kasse. Als er mit dem Essen zurückkehrt, spielt der Großvater mit dem Einjährigen. Er hält eine zusammengeknüllte Serviette in der einen Hand, dreht die Hände mehrmals, verschränkt die Arme und lässt das Enkelkind eine Hand wählen. Der Einjährige entscheidet sich für eine Hand, wieder und wieder, er sieht mäßig amüsiert aus, als hätte er schon begriffen, dass man älteren Verwandten zuliebe manchmal auch halblustige Sachen mitmachen muss. Darf ich spielen gehen?, fragt die Vierjährige. Sobald du aufgegessen hast, sagt der Vater. Ich habe Pizza für euch gekauft. Er betont das *Ich*, damit seinen Kindern klarwird, dass der Großvater nicht das Geringste damit zu tun hat. Ich habe keinen Hunger, erwidert die Vierjährige. Hast du wohl, sagt der Vater. Ich mag keine Pizza, sagt sie. Tust du wohl, sagt der Vater und fängt an, die Pizza in kleinere Stücke zu zerschneiden. Ich will die Pizza wie ein Brot essen, sagt sie.

Das darfst du nicht, sagt der Vater. Du bist zu hart zu ihr, sagt der Großvater. Wo ist eigentlich mein Kopenhagener? Ich habe dir stattdessen ein Sandwich gekauft. Ich mag aber kein Brot, quengelt der Großvater. Du magst kein Brot?, fragt die Vierjährige erstaunt. Ich mag lieber Kopenhagener, sagt der Großvater. Ich auch, sagt die Vierjährige. Der Einjährige hat schon seine halbe Pizza aufgegessen. Der Vater isst seine Lasagne. Der Großvater trinkt seinen Kaffee und isst sein Brot. Keiner sagt etwas. Der Vater versucht, ein Gespräch anzufangen. Der Großvater antwortet einsilbig. Der Vater versucht es erneut. Der Großvater hört auf zu antworten. Es ist, als würde man Wörter in einen Gully werfen. Als würde man einem Parkautomaten Fragen stellen. Sie schweigen. Zwei Kinder springen auf einem Trampolin gegeneinander und fangen an zu weinen, die Eltern kommen aus unterschiedlichen Richtungen herbeigerannt. Der Einjährige ist mit dem Essen fertig. Er schwenkt eine Nuckelflasche mit Wasser. Die Vierjährige ist mit dem Essen fertig. Sie springt auf den Platz, wo man sowohl Basketball als auch Fußball spielen kann. Warum ist sie angezogen wie ein Junge?, fragt der Großvater. Sie liebt Pullover mit Nummern drauf, antwortet der Vater. Sie schweigen. Hast du meine Bankunterlagen fertig?, fragt der Großvater. Nein, antwortet der Vater. Ich brauche sie aber, sagt der Großvater. Ich weiß, ich kümmere mich drum, sagt der Vater. Ich muss zur medizinischen Fußpflege, sagt der Großvater. Aha, sagt der Vater. Das musst du mit dem Hausarzt besprechen. Ich habe am Montag um Viertel nach neun bei ihm einen Termin für dich vereinbart. Denkst du dran? Um Viertel nach neun am Montag? Der Großvater zieht einen Zettel aus der Innentasche. Einen weißen Fensterumschlag, der in der Mitte gefaltet ist. Er hat darauf eine Reihe von zehn Ziffern notiert. Unter das Datum vom Montag schreibt er die Zeit für den Arztbesuch. Hast du keinen Kalender?, fragt der Vater. Ich brauche keinen Kalender, antwortet der Großvater. Kalender sind eine Erfindung der Papierindustrie, um Geld zu machen. Wann fährst du wieder?, fragt der Vater. Am Freitag. Dann verpasst du ihre Geburtstagsfeier, sagt der Vater. Älter zu werden ist kein Grund zum Feiern, sagt der Großvater. Es geht nicht mehr, sagt der Vater. Was geht nicht mehr?, fragt der Großvater. Das hier. Das alles. Dass du bei mir wohnst. Dass ich dir bei allem helfe. Ich wohne doch gar nicht bei dir?, sagt der Großvater. Ich wohne in deinem Büro. Genau. Und das geht nicht. Ich bin doch nur zweimal im Jahr hier? Zweimal im Jahr, jedes Mal zwei Wochen, das macht einen ganzen Monat im Jahr, in dem ich nicht arbeiten kann. Aber du bist doch in Elternzeit?, fragt der Vater. Jetzt ja, sagt der Vater. Aber in einem halben Jahr nicht mehr. Der Großvater starrt seinen Sohn an. Bevor du fährst, hätte ich gern die Schlüssel zurück. Aber wo soll ich wohnen?, fragt der Großvater. Bei euch? Das wird zu eng, sagt der Vater. Und ich glaube, das würde auch keiner von uns überleben. Soll ich etwa ins Hotel gehen? Willst du, dass dein eigener Vater im Hotel wohnt? Ist es das, was du willst? Dass ich ein Hotel bezahlen muss, wenn ich die Chance haben will, meine eigenen Enkel zu sehen? Jagst du mich auf die Straße wie einen alten Hund? Sprich nicht so laut, sagt der Vater. Du hast mir nicht zu sagen, wie ich sprechen soll, brüllt der Großvater und schlägt mit der Hand auf den Tisch. Der Einjährige lacht. Die Vierjährige rennt mit einer besorgten Miene herbei. Streitet ihr euch?, fragt sie. Wir müssen später noch mal darüber reden, sagt der Vater. Was heißt denn später? Wenn die Kinder nicht dabei sind, sagt der Vater.

Eine Tochter, die eine Schwester ist, die eine Mutter ist, fährt an einem Freitagnachmittag von der Arbeit nach Hause, und die ganze Stadt stinkt. Die Aufzüge stinken nach Isolierband. Die Rolltreppen nach verbranntem Gummi. Die U-Bahn-Wagen nach alten Fritten. Im Laufe einer halben Stunde macht sie zwei Pinkelpausen. Sie fühlt sich glücklich. Stolz. Stark. Völlig im Eimer. Aber gleichzeitig aufgedreht und voller Energie. Dann schläft sie in der U-Bahn ein und verpasst ihre Haltestelle. Als sie wieder aufwacht, hat sie ein Verlangen nach Käsekuchen. Das ist das Einzige, was sie will. Käsekuchen, wo gibt es in dieser verdammten Stadt Käsekuchen? Sie geht in ein Café und fragt. Wir haben einen Karottenkuchen, sagt der bärtige Typ hinter der Kasse. Ich habe nach Käsekuchen gefragt, faucht die Schwester. Okay, sagt er. Entschuldigung, ich bin gerade ein bisschen neben der Spur, erklärt sie. Und habe einen Jieper auf Käsekuchen. Sie sucht weiter. Sie geht in eine Bäckerei. Sie geht in einen Bioladen. Am Ende findet sie in einem Supermarkt einen abgepackten Käsekuchen, der ziemlich trocken aussieht, kauft aber trotzdem zwei Stück, isst sie im Stehen, mit der Hand, als wären es Sandwiches. Es ist ihr egal, dass die Leute dumm gucken. Sie können gucken, so viel sie wollen. Sie geht nach Hause. Ihr Handy klingelt. Endlich, sagt ihr Vater, als sie sich meldet. Ich habe doch versucht, dich zu erreichen, nicht umgekehrt, sagt sie. Wie schön, deine Stimme zu hören. Wollen wir uns treffen? Kaffee trinken? Essen gehen? Ich kann jederzeit, aber ich verstehe natürlich, wenn du viel zu tun hast. Jetzt mal immer mit der Ruhe, Papa, sagt sie. Ist irgendwas passiert? Keineswegs, antwortet der Vater. Ich möchte einfach nur meine wunderbare Tochter treffen. Natürlich müssen wir uns treffen, sagt sie und wirft einen Blick in ihren Kalender. Die nächste Woche ist schon ziemlich voll, aber was hältst du von einem Mittagessen morgen? Was ist morgen für ein Tag?, fragt der Vater. Samstag, sagt sie. Wollen wir uns so um halb zwölf in der Stadt treffen? Nichts würde mich glücklicher machen, sagt der Vater. Bis dann, mein geliebter Weltraumengel. Sie legen auf. Dann geht sie weiter nach Hause. Es ist kein Mensch, der in ihr lebt. Es ist kein Fötus. Es sind nur ein paar kleine Zellen, die sich immer wieder geteilt haben, bis ein millimetergroßer Zellhaufen daraus entstanden ist, der sich in der Gebärmutterschleimhaut eingenistet hat. Noch gibt es keine Haut, kein Nervensystem, keine Ohren, keine Augen. Keine Muskeln, kein Skelett, keine Nieren, kein Gehirn. Keine Gedärme, kein Verdauungssystem, keine Lunge, keine Blase, kein Geschlecht, keine Persönlichkeit, keinen Namen. Noch wird es lange dauern bis zum ersten Atemzug, den ersten Schritten, dem trotzigen zweiten Jahr, dem trotzigen dritten Jahr, ganz zu schweigen vom trotzigen vierten Jahr. Es gibt noch keine Anzeigen, keine polizeilichen Vernehmungen, keine Anwaltsschreiben, keine Schriftsätze oder Stellungnahmen, keine Revisionen, kein geteiltes Sorgerecht mit Übergabe an neutralem Ort, keine neuen Vorladungen, keine Termine mit neuen Sachbearbeitern, die keine Ahnung haben, was in den letzten fünf Jahren passiert ist, keine Konflikte darüber, welches Elternteil welches Wochenende kriegt, wann die Übergabe stattfinden soll, wer Weihnachten bekommt und wer die Abschlussfeier an der Schule, wie viele Stunden die Mutter im Vergleich zum Vater haben soll, keine neuen Sorgerechtsermittlungen, kein getrenntes Wohnen, keinen unabhängigen Gutachter, der beurteilen soll, welchen Schaden das Kind durch den langjährigen Konflikt mit den Eltern davongetragen hat, keine abschließende Bewertung, die empfiehlt, dass jenes Elternteil, dem es am besten gelingt, ein positives Bild vom anderen Elternteil zu geben, dasjenige ist, dem das Sorgerecht übertragen werden sollte. Denn genau das macht sie. Mit so großem Erfolg, dass sich ihr Sohn inzwischen gänzlich weigert, zu ihr nach Hause zu kommen, und sie allein zurückbleibt. Dabei ist sie gar nicht allein. Es gibt ja ihn, der ihr Freund ist. Und in ihrem Magen wächst ein Spross, der zu einem Embryo geworden ist, mit einem kleinen, röhrenförmigen Herz, das gerade zu schlagen begonnen hat.

❱ ❱ ❱

Ein Großvater, der ein Vater ist, kommt aus der U-Bahn-Station und durchquert das Zentrum. Ein Café, ein Supermarkt, ein Holzkohlegrill, ein indisches Restaurant, zwei Friseure, ein Geschäft, das Rollenspielfiguren verkauft, eine Änderungsschneiderei und zwei Pizzerien. Es würde dem Großvater nie einfallen, in das indische Restaurant zu gehen. Auch wenn sein Sohn behauptet, das Essen wäre gut. Daran ändert sich auch nichts, als er von den günstigen Preisen hört. Der Großvater traut Indern nicht über den Weg. Die Inder mischen alles Mögliche in ihr Essen. Mag sein, dass in der Karte Hühnchen steht, aber wer kann schon sagen, ob es nicht Hund ist. In den Holzkohlegrill geht er auch nicht. Die Besitzer sind Kurden, und Kurden zu vertrauen wäre so, als würde man Albanern vertrauen. Nur schlimmer. Der Großvater geht entweder in die Pizzeria mit dem grünen Schild, wo die Pizza teurer ist und der Salat etwas kostet, oder zu der Pizzeria mit dem blau-weißen Schild, die nur zwei Angestellte hat und mehr Kunden, die trinken, als Kunden, die essen. Heute entscheidet er sich für die Pizzeria mit dem blau-weißen Schild. Er entscheidet sich fast immer für die Pizzeria mit dem blau-weißen Schild. Der Elektriker, dessen Werkstatt ein Stück weiter die Straße hinunter liegt, nickt ihm zu. Der Typ, der unabhängig von der Jahreszeit eine in die Stirn geschobene verspiegelte Sonnenbrille trägt, wahrscheinlich um dahinter Falten oder Geheimratsecken zu verbergen, grüßt ihn. Von der Toilette, die in der Küche liegt, kommt Frida, die eine Handtasche mit Fransen hat und ein so lautes Lachen, dass man sofort versteht, dass sie einmal viel hübscher war als jetzt. Wie erholt du aussiehst, sagt sie (wie immer). Das ist der Vorteil daran, im Ausland zu wohnen, sagt er (wie immer). Der Großvater gibt seine übliche Bestellung auf und setzt sich an seinen üblichen Tisch. An den anderen Tischen sitzen Leute, die der Großvater wiedererkennt, ohne dass sie seinen Blick erwidern. Ein Typ hat einen tätowierten Hals, ein anderer eine Lederweste mit gestickten Buchstaben.

Der Typ hinter der Kasse fragt den Großvater, ob er nicht ein Bier trinken wolle, während er auf das Essen wartet. Der Großvater lehnt dankend ab. Denn natürlich ist ihm klar, dass dieses Bier nicht umsonst ist. Der Typ sagt es lediglich in einem Tonfall, der so klingen könnte, als würde er das Bier spendieren, doch auf diesen Trick ist der Vater nur einmal hereingefallen und wird es nicht wieder tun. Als die Pizza fertig ist, nimmt er den dampfenden viereckigen Karton entgegen. Frida hält ihm die Tür auf. Bis morgen, sagt der Typ hinter der Kasse.

Vor der Wohnung stellt er den Pizzakarton auf dem Boden im Treppenhaus ab, um das Schlüsselbund aus der Tasche zu holen. Er wiegt die Schlüssel in der Hand. Es sind seine Schlüssel. Er hat sogar dafür bezahlt, sie nachmachen zu lassen. Die alten Schlüssel waren verschwunden, und der Sohn hatte sich geweigert, neue Kopien für ihn anfertigen zu lassen. Er drückte ihm einfach nur seine eigenen Schlüssel in die Hand und sagte, er solle zu einem Schlüsseldienst gehen. Wo finde ich denn einen Schlüsseldienst? Die gibt es an jeder Ecke, antwortete der Sohn. Kannst du das nicht machen?, fragte der Großvater. Warum?, sagte der Sohn. Ich bin so müde, antwortete der Großvater. Ich schaffe das nicht. Papa, sagte der Sohn. Ich muss drei Jahresberichte fertig machen. Ich muss einen Maler finden, der unsere Wohnung renoviert. Meine Freundin fährt zu einer Konferenz. Diese Woche ist wirklich stressig. Also würde ich es sehr zu schätzen wissen, wenn du dich selbst darum kümmerst. Schaffst du das? Der Großvater nickte. Er fand einen Schlüsseldienst. Er ließ die Schlüssel nachmachen. Und weil er sie bezahlt hat, sind es seine Schlüssel. Kein Sohn kann mehrere Jahre im Nachhinein ankommen und behaupten, der Vater müsste sie wieder abliefern.

Der Vater holt eine Schere und schneidet damit vor dem Fernseher die Pizza. Er versucht sich auf die Handlung des englischen Freitagskrimis zu konzentrieren. Alle Menschen sehen gleich aus. Die Polizisten sehen aus wie Diebe. Es regnet ununterbrochen. Alle tragen Mäntel und machen eine betroffene Miene. Seine Gedanken schweifen die ganze Zeit ab zu seinem Sohn und ihrem heutigen Gespräch. Der Sohn. Der aussieht wie ein Sohn und in Wirklichkeit eine Schlange ist. Wie kann er einfach so dasitzen und seinen geliebten Vater zur Hölle schicken, vor den Augen dessen eigener Enkel? Wie ist er so gefühlskalt geworden? Wann hat er sich in einen Roboter verwandelt, dem Karriere und Geld wichtiger sind als sein geliebter Vater? Unglaublich. Dieser Sohn ist eine Schande. Dieser Sohn ist ein Unsohn. Dieser Sohn ist ein verwöhntes Balg, das noch nie in seinem Leben für irgendetwas kämpfen musste. Ein peinlicher Durchschnittsbürger, der anderen die Schuld an seinem Scheitern gibt. Sein ganzes Leben lang hat er die Welt durch einen Filter gesehen, der ihn glauben machte, alle negativen Ereignisse würden mit etwas zusammenhängen, das außerhalb seiner Macht steht. Als der

Sohn jünger war, gab er dem Rassismus die Schuld. Als er in die Schule ging, bekam er keinen Praktikumsplatz im Vivo-Supermarkt. Vivo sind Rassisten, sagte der Sohn. Er bekam in allen Fächern eine Eins mit Sternchen, in Musik aber nur ein *befriedigend*. Der Musiklehrer ist ein Rassist, sagte der Sohn. An einem Abend, als der Sohn mit ein paar Kumpels ins Open-Air-Kino im Djurgården gehen wollte, war das Wetter schlecht. Was für ein rassistisches Wetter, sagte der Vater. Ich lach mich tot, sagte der Sohn, der sich, obwohl er in seiner Basketballmannschaft die hellste Hautfarbe hatte, immer am meisten diskriminiert fühlte.

In der Mittelstufe entdeckte er die Musik für sich. Er ging nie ohne Kopfhörer aus dem Haus. Einmal versteckte der Vater die Kopfhörer, um zu sehen, wie lange der Sohn danach suchen würde. Eine halbe Stunde lang stellte er die ganze Wohnung auf den Kopf. Dann geh eben ohne Kopfhörer in die Schule, sagte der Vater. Ich kann nicht, sagte der Sohn. Warum?, fragte der Vater. Ich weiß nicht, antwortete der Sohn. Es geht nicht. Ich muss sie haben. Dann fing er an, mit ein paar Freunden aus der Basketballmannschaft im Jugendzentrum Musik zu machen. Das Problem war, dass man es nicht Musik nennen konnte, es war nämlich nur Gerede und Getrommel. Manchmal klauten sie Samples von den alten Vinylscheiben des Vaters, manchmal machten sie ein Lied, indem sie eine Instrumentalversion eines anderen Lieds nachspielten. Sie hatten keine Ideen, keine Melodien, keine Refrains, nur Flüche, Sirenengeheul und Texte, in denen es darum ging, echt zu bleiben, niemals Pop zu werden, weiter underground zu sein, denn der Sohn war davon überzeugt, dass die großen Plattenfirmen für alles Böse auf dieser Welt verantwortlich waren.

Dann kam die Scheidung. Der Vater und die Kinder hatten nur noch sporadisch Kontakt. Und irgendwann gar keinen

Kontakt mehr. Der Sohn kam mit einem sommersprossigen Mädchen zusammen, das ihm alles über den Feminismus beibrachte, und als der Vater und der Sohn das nächste Mal wieder Kontakt hatten, steckte plötzlich die Macht der Männer hinter allem Übel der Welt. Männer waren daran schuld, dass es Gewaltpornos gab und Gruppenvergewaltigungen und Werbekampagnen mit schönen Frauen, Stöckelschuhen und Damenfahrrädern. Dabei ist die Welt doch phantastisch, sagte der Vater. Jedenfalls eure Welt. Denn ihr wisst nichts darüber, wie die Welt wirklich aussieht. Ihr habt euch nie unter einem Sofa versteckt, wenn die Sicherheitspolizei an eure Tür klopft. Ihr habt keinen Onkel, der sich im Gefängnis selbst angezündet hat. Ihr habt noch nie echten Hunger, echte Sorge, echte Angst gespürt. Du aber schon?, fragte der Sohn.

Der Vater zog ins Ausland, und der Sohn durfte die Wohnung des Vaters übernehmen, ohne eine Ablösegebühr dafür zu zahlen. Die einzige Bedingung war, dass er sich um die Post des Vaters kümmerte. Und der Vater dort unterkommen konnte, wenn er nach Hause kam. Der Sohn absolvierte ein Wirtschaftsstudium an einer renommierten Universität. Seine Kommilitonen verließen das Land, wurden Unternehmensberater in London, gründeten Internetfirmen in Berlin. Der Sohn spezialisierte sich auf Steuerberatung, weil das am einfachsten und am sichersten war. Sein Büro fand er durch den Tipp zweier Philosophen, die einen Verlag und eine Buchhandlung betrieben. Der eine Philosoph war in den siebziger Jahren in der linken Szene aktiv gewesen, der andere Philosoph wurde nach den Krawallen während des EU-Gipfels in Göteborg festgenommen und saß mehrere Monate in Haft, wegen Landfriedensbruch oder Gewalt gegen Polizeibeamte oder vielleicht auch Gewalt gegen Polizeipferde, das wusste der Vater nicht genau, aber jedenfalls befand sich ihr Buchlager jahrelang Wand an Wand mit dem Büro des Sohns, und während dieser Zeit steckte weder der Rassismus noch die Musikindustrie noch das männliche Machtmonopol hinter allem Übel, sondern der Kapitalismus, so behauptete sein Sohn. Aber du bist doch Ökonom?, fragte der Vater kopfschüttelnd. Ökonom wider Willen, sagte der Sohn.

Im Gehirn meines Sohns ist immer nur Platz für einen Gedanken auf einmal, denkt der Vater, der jetzt Großvater ist. An allem ist jemand anders schuld, und meistens der eigene Vater. Er sitzt vor dem Fernseher. Er hat zwei von vier Jahreszeiten aufgegessen. Den Rest des Jahres hebt er sich als Mittagessen für morgen auf. Er steht vom Sofa auf und trägt den Pizzakarton in die Küche. Unterwegs stößt er versehentlich einen Stapel Bücher im Flur um. Er lässt sie liegen. Es ist nicht seine Schuld, dass der Sohn sein Büro mit so viel Gerümpel zugestellt hat, dass man kaum atmen kann.

Eine Freundin, die eine Mutter ist, die als Juristin bei einer Gewerkschaft arbeitet, eilt zur U-Bahn, um nicht zu spät zum absurd frühen Abendessen zu kommen. Obwohl der Arbeitstag vorbei ist, arbeitet sie weiter, sie überfliegt das Urteil des Arbeitsgerichts im Falle einer Hafenfirma, die Tarifvereinbarungen verletzt hat und deshalb Schadensersatz zahlen muss, sie liest die Aufzeichnungen eines Kollegen zu einem Schlichtungsvorschlag, den man in der kommenden Woche mit der Polizeibehörde aushandeln möchte. Drei Polizisten haben gegen ihren Arbeitgeber geklagt, weil er ihnen keine Nebentätigkeit erlaubt, ein Bombenentschärfer möchte den Menschen sicheres und benzinsparendes Autofahren beibringen, ein verdeckter Ermittler möchte eine Firma gründen, die

Golfplätze mit Drohnen fotografiert und filmt, ein Ermittler im Dezernat Innerfamiliäre Gewalt möchte in Schulen Vorträge über die Gefahren des Internets halten. Die Polizeiverwaltung vertritt die Meinung, die Nebentätigkeit der Angestellten könne das Vertrauen in die Polizei schwächen. Die Polizeigewerkschaft vertritt durch ihren juristischen Vertreter die gegenteilige Meinung. Sie ist die juristische Vertreterin der Polizeigewerkschaft. Ihr Name steht auf der Webseite. Sie hat eigene Visitenkarten. Eine eigene Durchwahl. Sie hat eine Assistentin, die genau weiß, welchen Kaffee sie vor dem Mittagessen wünscht (einen doppelten Americano mit aufgeschäumter Hafermilch), welchen Kräutertee nach dem Mittagessen (Kamille) und welche Süßigkeiten, wenn sie Überstunden machen muss (Colorrado). Sie hat ältere Kollegen, die sie um Rat fragen, sie hat einen Chef, der ihren Arbeitseinsatz auf den Freitagssitzungen schon mehrfach besonders gewürdigt hat. Ihr Lohn ist sechsmal so hoch wie die Rente ihrer Mutter. Und trotzdem gibt es Momente, in denen sie immer noch daran zweifelt, ob das alles wahr ist. Ob es tatsächlich passiert. Und als sie die Stelle neu hatte, ging sie manchmal auf die Homepage der Gewerkschaft, um ihren Namen unter den Mitarbeitern zu suchen. Dort standen die Assistentinnen, der Hausmeister. Das Verwaltungspersonal. Und unter dem Reiter Juristen, in fetten Buchstaben: ihr Vor- und Nachname.

Sie war die Erste in ihrer Familie, die studierte. Ihre Eltern hatten sich in dieses Land gekämpft, hatten ihre Heimat verlassen, waren in Bussen herangekarrt worden, weil es in den Fabriken an Arbeitern fehlte, ihr Vater arbeitete bei Volvo, und dann bekam auch die Mutter dort einen Job, dieselbe Fabrik, derselbe Lohn. Dort schufteten sie, bis sie in Rente gingen, und keiner von ihnen wäre je auf die Idee gekommen, ein anderes Auto zu fahren als einen Volvo. Als die Tochter Abitur machte, luden die Eltern sie zum Essen in ein Restaurant ein, mit Kellnern in Uniform und Blumen und cremefarbenen Decken auf dem Tisch. Ihre Mutter trug dasselbe Kleid wie auf der Konfirmation der Tochter. Der Vater informierte den Kellner darüber, dass seine Tochter Geburtstag hätte, was beinahe stimmte, nur dass der Geburtstag schon einen Monat her war. Als der Kellner ein Dessert aus Eis mit Geburtstagskerzen brachte, winkte ihn der Vater zu sich und fragte, ob das im Preis inbegriffen sei oder nicht, ehe die Tochter die Kerzen auspusten durfte. Jetzt bist du erwachsen, sagte der Vater und versuchte, seine Tränen zurückzuhalten. Jetzt bist du frei und kannst mit deinem Leben machen, was du willst, sagte die Mutter. Ich überlege, ob ich erst mal ein Sabbatjahr mache, sagte sie. Hm, machte die Mutter. Willst du auch anfangen, Drogen zu nehmen?, fragte der Vater. Du darfst ganz allein entscheiden, was du studieren willst, sagte die Mutter. Medizin oder Ingenieurswissenschaft, ergänzte der Vater. Die Entscheidung liegt ganz bei dir.

Die Tochter, die noch keine Mutter war, entschied sich für Jura. Sie zog nach Stockholm in eine Studentenwohnung. Sie verbrachte viereinhalb Jahre damit, sich zu verkleiden. Sie reduzierte ihr Make-up um drei Viertel. Sie warf alle Klamotten mit sichtbaren Schriftzügen weg. Sie zähmte ihre Zunge, bis der Dialekt und die Schimpfwörter verschwunden waren. Jogginghosen, Sneakers und Kapuzenpulli trug sie nur noch beim Sport. Sie kaufte schwarze Schuhe und einen braunen Secondhandrock und ging zu Partys in Studentenwohnungen, wo sich die Leute mit Bag-in-Box-Weinen betranken und irgendetwas von Strukturen und Paradigmen und kulturellen Feldern und Kontexten lallten. Sie vögelte mit einem Doktoranden der Linguistik. Sie war ein halbes Jahr mit einem DJ und Genderforscher zusammen. Sie hatte eine offene Beziehung zu einem Mädchen, das Design studierte und Burlesque-Tänzerin war. Sie war ein Jahr und sieben Monate mit einem Typen zusammen, der Informatik studierte. Alle ihre Partner waren unterschiedlich und doch gleich. Ihre Eltern sahen gleich aus. Sie hatten die gleichen Namen. Die gleichen Ferienhäuser auf dem Land. Die gleiche Leidenschaft fürs Grillen. Sie hörten die gleichen Kultursendungen im Radio. Sie bezogen sich auf Filme, Buchtrilogien, alte Schauspieler, Houseclubs, Sportler und Singer-Songwriter, von denen sie noch nie etwas gehört hatte. Meistens lächelte sie nur und nickte, denn immer, wenn sie versehentlich zugab, dass sie sich nicht ganz sicher war, wer Anders Järryd oder Sven Delblanc oder Majgull Axelsson oder Twostep Circle oder die SAG-Gruppe waren, schauten alle sie an und legten den Kopf schief. Ihre Blicke wurden mitleidig. Sie erklärten, es sei doch nichts dabei, wenn man all das nicht kannte, aber sie sagten es in einem Tonfall, als hätte sie behauptet, Surinam wäre ein Gericht und TBC ein Fernsehsender.

Als ihre Eltern Stockholm besuchten, drehte sie mit ihnen eine Runde durchs Studentenwohnheim und stellte sie allen vor, die gerade wach waren. Sie war sich nicht ganz sicher, warum sie das machte. Vielleicht wollte sie sowohl ihren Freunden als auch den Eltern zeigen, was sie erreicht hatte. Ihre Freunde sagten, ihre Eltern seien ja supernett, so wahnsinnig authentisch, und wie unglaublich toll, sie endlich kennenzulernen. Ihre Eltern sagten, ihre Freunde sollten lieber mehr Zeit damit verbringen, ihre Zimmer zu putzen, ihre Haare zu schneiden und sich zu rasieren, anstatt verkatert zu sein.

Nach ihrem Examen bekam sie eine Stelle in der größten schwedischen Kanzlei für Arbeitsrecht. Sie verstand nie genau, was die Kollegen meinten, als sie sie vor der hohen Arbeitsbelastung warnten. Sie hatte noch nie einen Job gehabt, der ihr eine solche Energie gab, nicht umgekehrt. Bald hörte sie auf, sich anzupassen. Wenn sie Überstunden machte, zog sie bequeme Sachen an, Jogginghosen, Kapuzenpullis und Plastikschlappen. Sie hörte laut Hiphop, um vor wichtigen Verhandlungen ihre Konzentration zu schärfen. Je mehr sie sie selbst war, desto einfacher wurde es, mit Menschen zu sprechen, die keine Juristen waren, normalen Menschen, die gezwungen waren, vierzehn Stunden in einer Restaurantküche ohne Lüftung zu schuften oder aus Kambodscha hergelockt worden waren, um angeblich in der Holzverarbeitung zu arbeiten, stattdessen aber illegal in Schweden leben und Beeren pflücken mussten und nie den vereinbarten Lohn erhielten. Für solche Aufgaben war sie wie gemacht. Und das einzige Problem mit ihrer Arbeit war, dass alles, was keine Arbeit war, daneben farblos und unwichtig erschien.

Um neun Minuten nach fünf verlässt sie den Aufzug und schließt die Wohnungstür auf. Sie steigt über den Schuhberg, hängt ihren Mantel an einen Kleiderbügel, auf dem schon ein anderer Mantel hängt, wirft ihr Halstuch auf die überfüllte Hutablage, dreht sich um und streckt die Arme aus, als die Kinder aus dem Wohnzimmer rennen. Mama, ruft die Vierjährige und springt ihr direkt in die Arme. Muuuh, ruft der Einjährige und versucht, an ihrem Bein hochzuklettern. Hallo Schatz, dringt es aus der Küche. Verspätungen auf der roten Linie? Sie geht nicht darauf ein. Sie hat nicht vor, diesen Freitagabend wieder im Streit enden zu lassen. Es ist ganz normal, dass er den Konflikt sucht. Er war den ganzen Tag mit den Kindern allein. Er konnte seinen Frust nicht an ihnen auslassen, deshalb lädt er ihn jetzt bei ihr ab. Aber war sie in ihrer Elternzeit auch so? Hatte sie sich wie ein Kind benommen oder wie eine Erwachsene? Sie lässt den Gedanken fallen. Sammelt sich. Hebt die Kinder hoch und schwankt in die Küche. Die Vierjährige versucht den Einjährigen herunterzustoßen, der Einjährige versucht die Vierjährige mit einem Plastikbecher ins Gesicht zu schlagen. Jetzt wollen wir doch mal sehen, was Papa uns Gutes gekocht hat, sagt die Mutter. Wurstgulasch, sagt der Vater. Aber mit Halloumi statt Wurst. Sie setzt die Kinder auf ihre Stühle und rückt sie auseinander, um Ärger zu vermeiden.

Der Herd ist mit roten Flecken verschmiert. Die Spülablage voller benutzter Schneidebretter, klebriger Töpfe, leerer Konservendosen und Bügelperlenuntersetzer, die noch nicht gebügelt wurden. Hallo Schatz, sagt sie. Hallo, sagt er. Sie geben sich einen Kuss. Einen kurzen Kuss mit spitzen Lippen. Einen Rentnerkuss. Einen Konfirmandenfreizeitkuss. Wann haben wir aufgehört, uns zu küssen, denkt die Freundin auf dem Weg zum Waschbecken, um die Bakterien aus den öffentlichen Verkehrsmitteln von sich abzuwaschen.

Sie überleben das Abendessen. Sie überleben das Ins-Bett-Bringen. Die Mutter kommt aus dem Schlafzimmer und sieht auf die Uhr. Jetzt haben sie zwei Stunden. Sie könnten einen Abendtee trinken, einen Film gucken, Sex haben, sich massieren oder alles gleichzeitig. Sie will nur nicht, dass sie wieder Streit anfangen. Doch als sie die Küche betritt, ist er geladen. Sie merkt es sofort. Er öffnet und schließt die Schranktüren ein bisschen zu energisch. Er wechselt mit einem demonstrativen Seufzer die Mülltüte unter der Spüle. Willst du einen Tee?, fragt er mit dieser Stimme, die klarmacht, wie extrem aufopfernd es von ihm ist, die Hand auszustrecken und den Wasserkocher anzustellen.

Womit hat sie das verdient? Hat sie zu lange gebraucht, um den Einjährigen ins Bett zu bringen? War sie zu lange auf der Toilette gewesen? Hat sie vergessen, eine leere Milchpackung wegzuwerfen? Ist sie doch mit Sebastian von ihrer Arbeit fremdgegangen, ohne es selbst zu merken? Gerne, antwortet sie. Welche Sorte?, fragt er. Und wieder sind es nicht seine Worte, sondern wie er sie ausspricht. Er klingt, als hätte er ihr die Frage schon hundert Mal gestellt, und sie hätte bis heute jedes Mal geantwortet: Scheißegal, du Idiot. Kamille, sagt sie. Wortlos holt er zwei Teetassen und zwei Teebeutel aus dem Schrank. Bist du sauer?, fragt sie und hasst sich selbst für die Frage, denn sie hat sich vorgenommen, für diesen dämlichen Idioten nicht mehr die emotionale Verantwortung zu übernehmen. Er ist selbst dafür zuständig, mit seiner Wut klarzukommen. Nicht sie. Aber jetzt hat sie die Frage gestellt, und er hat die Chance, seine Antwort auszukosten, innezuhalten, nachzudenken und zu sagen: Nicht im Geringsten. Ich bin nur ein bisschen müde. Es war ein langer Tag. Sie weiß, dass sie die nächste Frage stellen soll. Sie soll fragen, ob es anstrengend war, mit beiden Kindern zu Hause zu sein. Sie will aber nicht fragen. Bei ihrer Tochter hatte sie fast die ganze Elternzeit allein übernommen. Sie arbeitet ganztags. Sie hat keinen Fehler gemacht. Als sie nicht fragt, erzählt er trotzdem. Von der Autofahrt ins Spielparadies, der Einjährige hat in den Kindersitz gekackt, die Vierjährige dabei geholfen, auf dem Parkplatz einen Mülleimer zu finden. Das Personal vom Spielparadies, das erst nicht aufmachte, die Rutsche, die sie zu dritt heruntergerutscht sind. Er nimmt sich viel Zeit, fünf, vielleicht sogar zehn Minuten. Und wie immer, wenn er erzählt, will er ihr zeigen, was für ein toller Vater er ist. Und erreichen, dass sie ihm applaudiert, aber ihre Hände sind müde. Er erzählt, dass sie hinterher auf dem Markt Obst gekauft haben, und dann waren sie tanken, und die Vierjährige musste plötzlich mal, und sie fuhren von der Straße ab, und sie nickt und lauscht und überlegt, wie interessiert er während ihrer Elternzeit an all diesen Details war. Diese Elternzeit macht einen einfach nur wahnsinnig kaputt, sagt er und sieht erschöpft aus. Es ist wirklich unglaublich. Ich weiß nicht, wie ich das schaffen soll. Schatz, sagt sie, und sie hört die Kälte in ihrer eigenen Stimme. Schatz, setzt sie erneut an, diesmal in einem leichteren Tonfall. Wie lange bist du jetzt zu Hause? Vier Monate? Dann versuch das Ganze erst mal elf Monate am Stück. Ich kapier nicht, wie du das gepackt hast, sagt er und schüttelt den Kopf.

Sie sieht ihn an. Er hat eine Eispackung aus dem Gefrierschrank genommen. Er müht sich ab, das Eis herauszubekommen, der Löffel verbiegt sich, er biegt ihn wieder gerade. Und dann ist mein Vater noch vorbeigekommen. Er sagt es ganz beiläufig. Oh, wie schön, sagt sie. Konntet ihr miteinander reden? Ich habe es versucht. Aber es ist so schwer mit ihm. Sobald ich das Gespräch nicht am Laufen halte, entsteht eine Pause. Sie nickt. Dann schweigen sie. Sie fragt sich, wie viel von seinem Vater in ihm steckt und wie viel von ihrer Mutter in ihr. Ich habe die Vaterklausel angesprochen, sagt er. Ui, sagt sie. Ich habe erklärt, dass er jetzt zum letzten Mal in meinem Büro wohnt. Wirklich? Er nickt. Ich werde die Schlüssel wieder an mich nehmen, bevor er fährt.

Sie stehen in der gemeinsamen Küche. Der Tee wird kalt werden. Das Eis schmelzen. Der Holzboden ist mit den eingetrockneten Essensresten des Einjährigen übersät, zermatschten Mandarinenspalten und feuchten Maiskörnern. Plötzlich sieht er ganz klein aus. Sie betrachtet ihn und sieht einen Dreizehnjährigen, der mit neuen Kopfhörern und ein bisschen zu guten Noten ins Jugendzentrum kommt und verzweifelt damit kämpft, seine Angst vor den älteren Jungs zu verbergen. Sie sieht einen Neunzehnjährigen, der schon mehrere Jahre nicht mehr mit seinem Vater gesprochen hat und anfängt, Wirtschaft zu studieren, damit er den Vater nicht enttäuscht, wenn oder falls sie den Kontakt wiederaufnehmen. Sie sieht einen Zwanzigjährigen, der mit dem Handy am Ohr über seinen Computer gebeugt sitzt und nach den Anweisungen des Vaters Geld zwischen Konten hin und her überweist, ohne ein einziges Mal zu fragen, warum ihn der Vater nie zum Geburtstag angerufen hat. Sie sieht einen Dreiunddreißigjährigen, der am Tag nach der Geburt ihrer Tochter auf der Entbindungsstation steht und alle Nummern des Vaters durchscrollt, die er auf seinem Telefon gespeichert hat, ohne zu wissen, an welche Nummer er die Nachricht schicken soll, welche die neuste ist, wo er die größten Chancen hat, eine Antwort zu bekommen.

Wollen wir uns ein bisschen hinsetzen?, fragt sie. Er nickt. Sie gehen ins Wohnzimmer und setzen sich aufs Sofa. Er nimmt einen Schluck Tee. Du hast nichts falsch gemacht, sagt sie. Du sorgst für seine Unterbringung, wenn er nach Schweden kommt, du kümmerst dich um seine Post. Und seine Bankgeschäfte. Und du buchst seine Reisen. Aber ich bin der älteste Sohn, sagt er. Was spielt das für eine Rolle?, fragt sie. Ich bin der älteste Sohn, wiederholt er. Und ich durfte damals den Mietvertrag für seine Einzimmerwohnung übernehmen. Aber er wollte doch sowieso ins Ausland gehen?, fragt sie. Er hat doch das Land verlassen? Schon, sagt der Sohn und räuspert sich. Aber er ist ja mindestens zweimal im Jahr zurückgekommen. Und dann durfte er im Bett schlafen, und ich habe auf dem Bettsofa übernachtet. Aber du hast die Miete gezahlt? Natürlich. Und du hast die Wohnung gekauft, als sie in eine Eigentumswohnung umgewandelt wurde? Er nickt. Warum hat er sie nicht gekauft? Er hat sich geweigert. Er wollte keinen Kredit aufnehmen. Er war davon überzeugt, dass die Umwandlung nur ein Trick sei. Als er hörte, dass die Einzimmerwohnung über eine Million kosten sollte, sagte er, die Banken seien nur darauf aus, ganz normalen, rechtschaffenden Bürgern das Geld aus der Tasche zu ziehen. Er sagte, wer sich darauf einließe, seine Wohnung zu kaufen, wäre für den Rest seines Lebens verschuldet. Aber wie konntest du sie dann kaufen?, fragt sie. Mein Vater hat mir eine Bürgschaft geschrieben, sagt er. Und dann vergingen mehrere Jahre. Ich wohnte dort. Außer wenn er zu Besuch kam. Dann durfte er dort wohnen. Als wir hierherzogen, habe ich sie verkauft. Und seither wohnt er im Büro. Und das hat doch eigentlich reibungslos geklappt?, fragt sie. Und wie, sagt er. Ein Traum. Vollkommen unproblematisch. Sie grinsen sich an. Sie wissen beide, wie das Büro aussieht, wenn der Vater wieder abreist.

Einmal wollte sie am nächsten Tag vorbeikommen und ihm beim Putzen helfen. Er ließ sie nicht herein. Ich möchte nicht, dass du das siehst, sagte er. Stattdessen gingen sie in dem indischen Restaurant am Platz Mittagessen. Manchmal könnte man fast meinen, er würde alles, was mir gehört, absichtlich zerstören, sagte der Sohn. Was, wenn es wirklich so ist?, erwiderte seine Freundin.

Viele Jahre später sitzen sie nebeneinander in ihrem gemeinsamen Wohnzimmer. Die Kinder schlafen seit einer Stunde ohne Unterbrechungen. Sie streicht ihm über das Gesicht. Er wickelt eine ihrer Haarsträhnen um den Finger. Unmerklich nähern sie sich einander an. Wollen wir einen Film gucken?, fragt sie. Er nickt. Sie stellen eine Dokumentation an. Sie liegen ganz dicht beieinander. Sie können sich nur schwer auf die Dokumentation konzentrieren. Sie schaltet das Licht aus, er holt Kondome. Sie haben Sex auf dem Sofa. Der Einjährige wird wach, schafft es aber, allein wieder einzuschlafen. Sie sehen sich an und lächeln. Vielleicht ist das ein Wendepunkt. Vielleicht fangen die Kinder jetzt an, allein wieder einzuschlafen, und sie können zueinander zurückfinden.

Anschließend sagt er: Weißt du, was ich am Mittwoch machen werde? Einen Großeinkauf für den Geburtstag? Fast, sagt er. Ich werde zum Stand-up gehen. Wie bitte? Stand-up, sagt er und lacht. Ich werde auftreten. Es gibt eine Bar in Södermalm, wo mittwochabends immer Open Mic ist. Sie holt tief Luft. An diesen Punkt gelangen sie immer wieder. Immer, wenn irgendein verpeilter Klient ihm seine unsortierten Quittungen in einer Plastiktüte schickt, kommt er nach Hause und murrt, dass er eigentlich zu etwas anderem bestimmt ist. Aber wozu? Das ist die Frage.

Zu Beginn ihrer Beziehung machte sie noch Vorschläge. Willst du wieder mit dem Klettern anfangen?, fragte sie. Keine Chance, sagt er. Das ist ein abgeschlossenes Kapitel. Und was ist mit Musik?, schlug sie vor. Ich bin fast dreißig, sagte er. Wie groß ist die Chance, dass ich jetzt meinen Durchbruch als Produzent erlebe? Aber das Schreiben?, fragte sie. Willst du nicht ein für alle Mal dem Schreiben eine Chance geben? Er antwortete nicht. Ich meine es ernst, sagte sie. Gibt es etwas, das dich glücklicher macht, als ein gutes Buch zu lesen? Ach, das war nur ein peinlicher Teenagertraum, sagte er.

Am Wochenende darauf waren sie in einer Kunstausstellung auf Skeppsholmen, die sich thematisch mit dem Militär auseinandersetzte. Getarnte Soldaten, die sich in Baumkronen verstecken, dramatisch beleuchtete weiße Würfel mit durchsichtigen Waffen entlang des Kais. Vielleicht sollte ich einen Abendkurs zum Thema Kunstwissenschaft besuchen, sagte er auf dem Heimweg. Ausstellungen zu kuratieren wäre schon toll. Mach das, sagte sie. Es kann nicht schaden, das mal auszuprobieren. Ein paar Wochen später half er einem Kumpel bei der Gestaltung seiner Homepage. Abends kam er auf die Idee, sein Angebot auszuweiten, um den Kunden neben der Steuerberatung auch ein preiswertes Webdesign anzubieten.

Gute Idee, sagte sie. Leg los. Im Sommer kaufte er dann ein Starterkit zum Bierbrauen. Er füllte das Badezimmer mit Gäreimern, Kochtöpfen, Thermometern und Malzmischungen. Wochenlang sammelte er Ideen für Namen, die er auf die selbstgestalteten Etiketten schreiben konnte. Eines Tages kam sie nach Hause, und die Eimer und Töpfe waren verschwunden. Sie fragte nie, wo sie geblieben waren. Genauso wie sie auch nie seinen Enthusiasmus kritisierte. Sie hätte sich nichts lieber gewünscht, als dass er seine Lebensaufgabe finden würde, denn sie wusste selbst, wie schmerzhaft es war, durch die Welt zu laufen und keine Bestimmung zu haben.

Aber Stand-up? Warum ausgerechnet Stand-up? Seit ich in Elternzeit bin, höre ich jede Menge Stand-up, sagt er. Es ist eine so reine Form der Erzählung. Ich weiß genau, welche Rolle ich auf der Bühne einnehmen werde. Ich werde mich von der Intensität von Dem-und-dem inspirieren lassen und von den politischen Pointen von Dem-und-dem. Dann werde ich sie mit den Lebensweisheiten von Dem-und-dem und den Metaebenen von Dem-und-dem aufpeppen. Er nennt Namen von Komikern, die sie noch nie gehört hat. Sie sieht ihn an, als würde er in Zungen reden. Hat das was mit deinem Vater zu tun?, fragt sie. Ganz und gar nicht, antwortet er. Wirklich nicht. *Immer* geht es auch nicht um ihn.

Sie fragt sich, wer dieser Mensch eigentlich ist, der dort nackt auf ihrem gemeinsamen Sofa liegt. Das wird nett, am Mittwoch ein bisschen neues Material zu testen, sagt er. Neues Material?, fragt sie. Hast du denn überhaupt schon altes? Und machen wir nicht normalerweise mittwochs immer den Großeinkauf? Ich kümmere mich hinterher darum, sagt er. Mein Plan ist, alle zehn Sekunden einen Lacher zu landen. Setup. Punchline. Setup. Punchline. Ich werde mit einem Gag über Autos einsteigen. Mit Autos kann jeder etwas anfangen, es ist ein bisschen so wie mit Familie. Er legt den Arm um sie. Noch brauchst du ja keine neuen Kunden abzulehnen, um das mit dem Stand-up auszuprobieren, flüstert sie. Ich weiß, sagt er. Aber die Elternzeit hat meinen Blick darauf verändert, was im Leben wichtig ist.

Sie steht vom Sofa auf. Glaubst du, ich habe nicht das Zeug dazu?, fragt er. Natürlich hast du das Zeug dazu, antwortet sie. Ich mache mir nur Sorgen, dass du vor dem wegläufst, was du eigentlich tun solltest. Und das wäre?, fragt er. Statt zu antworten, geht sie in Richtung Toilette. Die dreckigen Windeln des Einjährigen haben sich im Mülleimer zu einem so hohen Turm gestapelt, dass der Deckel nicht mehr schließt. Die Tüte ist nach unten gerutscht. Bald wird jemand die Hand in die gelben, urinschweren, nasskalten Windeln stecken müssen, um zu versuchen, den Rand der Mülltüte wieder herauszuangeln, jemand wird sich mit der Zunge den Rachen verschließen, um sich nicht zu übergeben, und dann wird jemand ins Treppenhaus hinausschleichen und die Tüte direkt in den Müllschacht werfen. Sie hat das starke Gefühl, dass dieser Jemand sie sein wird. Aber nicht jetzt. Sie macht kehrt und geht ins große Badezimmer.

Sie pinkelt und nimmt ihre Kontaktlinsen heraus. Sie kann es genauso gut gleich erledigen. Dann muss sie es nicht später neben ihm machen. Ihm, der dort draußen sitzt und darauf wartet, mehr vom Thema seines ersten «Fünfers» erzählen zu dürfen, wie fünfminütige Comedy-Auftritte anscheinend heißen. Das ist nur eine Phase, sagt sie zu ihrem Spiegelbild. Bald werdet ihr darüber lachen. Ihr werdet eure SMS-Chats aus diesen Jahren lesen und denken, dass euch der Schlafmangel verrückt gemacht hat, dass ihr nicht klar denken konntet, und ihr werdet dankbar sein, nicht das zerstört zu haben, was so schön anfing.

Während sie sich abschminkt und die Zähne putzt, erinnert sie sich daran, wie sie ihn zum ersten Mal sah, in der Kletterhalle am Telefonplan. Ihre Freunde und sie hantierten gerade mit den Sicherheitsleinen herum und versuchten eine Anfängerwand zu erklimmen. Im Augenwinkel sah sie, wie sich eine schattengleiche Gestalt die Hände mit Kreide einrieb, den Kopf in den Nacken legte und eine waagerechte Wand hinaufflog. Sie traute ihren Augen kaum. Es war unfassbar, wie sich jemand so Schmächtiges mühelos senkrecht nach oben bewegen konnte, ganz ohne Leinen. Oben angekommen, ließ er sich einfach fallen und schlug brutal auf der dicken Matte auf. Dann ging er in Richtung der Umkleidekabinen, ohne sie eines Blickes zu würdigen.

Auf einer Einzugsparty sprachen sie dann zum ersten Mal miteinander. In der Wohnung war es eng, alle streckten ihre Bowle-Gläser in die Luft, um das eigene Outfit zu verschonen, eine Strategie, die eher mäßig funktionierte, weil die Gläser in der Luft kollidierten und die Bowle auf den Partyklamotten aller landete. Aus dem Wohnzimmer schallte Musik, die Spüle war voller Plastikbecher, die Leute hatten angefangen, drinnen zu rauchen, der Boden klebte von den verschütteten Getränken. Sie fand einen freien Platz in der Küche und blickte auf. Da saß er. Auf der anderen Seite des Tischs. Und hatte genauso viele Leute zum Reden wie sie. Sie nickten sich zu. Wir haben uns in der Kletterhalle gesehen, rief sie. Oder jedenfalls habe ich dich gesehen. Gut möglich, schrie er zurück. Das muss aber schon länger her sein, weil ich inzwischen mit dem Klettern aufgehört habe. Er erzählte, er wäre in der Endausscheidung für einen Boulder-Wettkampf gewesen, er hätte kurz vor dem Sieg gestanden, sich dann aber die Leiste gezerrt und aussteigen müssen. Was für ein Pech, sagte sie. Aber echt, sagte er. Sie zeigte ihm die Narben ihrer Handballverletzungen. Und die Narbe von einem Hundebiss, die sie sich in Spanien zugezogen hatte. Er erzählte, dass er als Kind ein Aquarium mit Guppys und Schwertfischen hatte, aber eines Sommers waren alle gestorben, wahrscheinlich hatte er ihnen zu viel (oder zu wenig – aber er glaubte, zu viel) Futter gegeben, und anstatt ihm neue Fische zu schenken, ließen die Eltern das Wasser aus dem Aquarium und kauften ihm Wanderheuschrecken, sein Vater behauptete jedenfalls, es wären Wanderheuschrecken, aber sie bewegten sich so wenig, dass er bis heute den Verdacht hegte, es wären normale Heuschrecken gewesen. Sie erzählte von den Zwillingen aus ihrer Parallelklasse, die ihre Eltern angebettelt hatten, eine Katze zu bekommen, aber weil die Mutter eine Allergie hatte, kauften sie stattdessen ein Minischwein, und die Zwillinge führten es an einer lila Leine im Hof Gassi, und es war klein und schwarz und weich und unglaublich süß. Allerdings legte es einen ungeheuren Appetit an den Tag. Es wuchs und wuchs. Wie sich bald herausstellte, war das Minischwein ein normales Schwein. Bald führten die Zwillinge eine grunzende und sabbernde, 120 Kilo schwere Sau durch den Hof, die den anderen Kindern Angst machte und alle Blumen auffraß. Es gab sogar Gerüchte, sie hätte einmal einen Schäferhund angegriffen und in den Hals gebissen. Sie redeten darüber, wo sie aufgewachsen waren, dass jeder Innenhof eine eigene Identität hatte, dass Menschen, die lieber in einem Haus als in einer Mietwohnung leben, gestört sein mussten und ihnen anscheinend nicht klar war, dass jeder einfach ein Fenster einschlagen und sich Zutritt verschaffen konnte.

Als ihr damaliger Freund in die Küche kam, stand sie ein bisschen zu schnell auf. Sie folgte ihm ins Wohnzimmer, er zwang ihr noch mehr Bowle auf, und sie nahm ein Glas entgegen und dann noch eins. Sie kippte das erste hinunter und ließ das zweite stehen. Sie tanzten auf dem schmierigen Boden. Gib zu, dass die Bowle gut war, rief ihr damaliger Freund. Als es Zeit war aufzubrechen, ging sie in den Flur, ohne einen Blick in die Küche zu werfen. Im Schlafzimmer lagen alle Jacken in einem Haufen auf dem Bett. Sie zogen sich an, ihr Freund brauchte Hilfe, um in seinen Mantel zu kommen, sie ging Richtung Haustür, sie wollte nicht noch einmal in die Küche schauen, aber am Ende machte sie doch einen überflüssigen Bogen, um zu sehen, ob er noch da war. So war es. Er hob sein Glas in ihre Richtung und lächelte. Sie lächelte zurück. Im Taxi versuchte sie sich einzureden, dass es eine ganz normale Begegnung gewesen, dass sie nicht von Bedeutung gewesen wäre, dass normale Menschen ständig solche Gespräche auf Partys führen, ohne dass es irgendwelche Konsequenzen hatte.

Sie würde sich nicht bei ihm melden. Sie war in ihrer aktuellen Beziehung glücklich. Sie sah ihren Freund an und erstellte eine Liste aller Punkte, die sie an ihm mochte. Dass er sich in seinem dicken Körper trotzdem so wohlfühlte. Dass er überhaupt nicht daran interessiert war, die Texte der Lieder zu lernen, die er in der Dusche sang. Dass er sich nicht schämte, einmal ein hohes Tier im Rollenspielverein Sverok gewesen zu sein. Er hatte nicht ständig das Gefühl, es müsse noch mehr geben im Leben. Er war zufrieden. Und dieses merkwürdige Gefühl steckte sie an. Mit ihm zusammen zu sein war wie eine Erholung von ihr selbst.

Drei Tage später saß sie im Büro und schrieb einen Bericht über eine Revision zu einem Freispruch wegen fahrlässiger Tötung aufgrund eines Verstoßes gegen Arbeitsschutzmaßnahmen. Ein Arbeitnehmer war ums Leben gekommen, als er seine üblichen Aufgaben an einer Stranggießanlage in Smedjebacken ausführte, der Arbeitsschritt «Austausch des Starthebels» wurde manuell durchgeführt, indem der Arbeitnehmer in die Maschine kletterte, während die neunhundert Grad heißen Stahlstränge langsam an genau der Stelle vorbeigezogen wurden, an dem der Austausch erfolgen sollte. Aus unbekannter Ursache geriet der Arbeitnehmer, der die Tätigkeit allein ausführte, unter einen der Stahlstränge und starb, weil er der starken Hitze ausgesetzt war. Das Amtsgericht kam zu dem Urteil, es habe zwar eine mangelhafte Risikoeinschätzung vorgelegen, der kausale Zusammenhang zwischen der Risikoeinschätzung und dem tödlichen Ausgang sei für eine strafrechtliche Verurteilung jedoch nicht nachweisbar, aber mal ganz im Ernst, es ist doch völlig krank, wie sich diese Chefs benehmen, einer ihrer Angestellten stirbt, weil sie zu geizig sind, mehr Leute einzustellen, und weil sie nicht mal auf die Idee kommen, diese verdammte neunhundert Grad heiße Todesmaschine so lange auszuschalten, bis der beschissene Hebel oder was auch immer es noch mal genau war, ausgewechselt war, na egal: Wir sehen uns vor Gericht, ihr Wichser! Sie machte eine Pause. Sie löschte alle Wörter nach «strafrechtliche Verfolgung allerdings nicht ausreichend». Sie beendete den Bericht und mailte ihn an ihren Chef. Dann entdeckte sie eine Mail von ihm, der der Vater ihrer Kinder werden sollte. Sie las seine Wörter. Sie blickte von ihrem Laptop auf, um zu kontrollieren, ob jemand gemerkt hatte, dass sie rot wurde. Sie las die Mail noch mal. Und noch mal. Bald konnte sie sie auswendig. Sie beschloss, ihm nicht zu antworten. Klar, er konnte eine senkrechte Wand hochklettern. Er hatte liebe Augen. Er schrieb lustige Mails. Sie hatten sich auf der lauten Umzugsparty richtig gut unterhalten. Aber gut unterhalten konnte man sich mit vielen Leuten. Sie war mit ihrem Informatiker glücklich. Sie wollte nichts riskieren.

Drei Wochen später antwortete sie ihm. Sie schrieb, sie könne sich nicht mit ihm treffen. Sie tippte die Mail auf ihrem Arbeitscomputer, speicherte sie als Entwurf und schickte sie von ihrem Handy, damit es so aussah, als hätte sie erst jetzt endlich kurz Zeit zum Antworten, als würde sie auf einem leeren Bahnsteig stehen und hätte gerade nichts Besseres zu tun, als wäre ihr ganz plötzlich eingefallen, wie unhöflich es war, nicht zu antworten. Er antwortete sofort. Er fragte, warum sie sich nicht sehen könnten. Sie antwortete, er wisse, warum. Er antwortete. Sie antwortete. Er antwortete. Sie antwortete. Zwei Wochen später war sie von seinen Mails abhängig. Sie schaute alle drei Minuten in ihren Posteingang. Sie errötete in Aufzügen. Sie lachte laut in Bussen. Sie las seine Worte und erwischte sich dabei, das Handy gegen ihre Brust zu drücken und auf eine Art und Weise zu lächeln, die fremde Omis in der U-Bahn dazu veranlasste, ihr verschwörerische Blicke zuzuwerfen, als würden sie genau verstehen, was los war, und ihr versprechen, es niemandem zu verraten.

Sie schickten sich Songs, Fotos, Links. Sie einigten sich darauf, sich nie zu treffen, denn wenn sie es täten, müssten sie heiraten, und wenn sie heirateten, würden ihre Onkel sich besaufen und ihre Cousins eine Messerstecherei anfangen und ihre Omas über den Kleidungsstil der anderen Familie klagen. Und ihre Väter würden, ja, was würden sie machen? Ich müsste meinen damit bestechen, ihm den Flug und das Taxi zu zahlen, damit er überhaupt auftaucht, schrieb er. Meiner würde in seinem Volvo kommen und erst wieder gehen, wenn die Bar leer und das Essen alle ist, schrieb sie. Was zur Hölle ist los mit den Vätern unserer Elterngeneration?, schrieb er. Jetzt mal im Ernst. Warum haben sie alle einen Hau weg? Wie kommt es, dass in meinem Bekanntenkreis niemand eine normale Beziehung zu seinem Vater hat? Was verstehst du unter einer normalen Beziehung?, schrieb sie. Ich kenne niemanden, der eine normale Beziehung zu irgendjemandem hat, schon gar nicht zu seinen Eltern. Und wie normal ist diese Beziehung hier eigentlich?, schrieb er. So mittel, schrieb sie. Jede neue Mail wurde der Auftakt zu etwas Größerem. Das Gefühl, sich an einem unsichtbaren Frisbee festzuklammern und aus der Wirklichkeit abzuheben. Das Gefühl, sich etwas anzunähern, das eine bessere Version seiner selbst aus einem macht. Eigentlich bin ich gar nicht so witzig, schrieb einer von ihnen nach zwei Monaten. Ich auch nicht, antwortete der andere. Wer was schrieb, war unwesentlich, weil sie längst begonnen hatten, miteinander zu verwachsen.

Als sie sich dann doch sahen, war es zu spät. Sie waren füreinander bestimmt. Ihre Eltern und Großeltern und Urgroßeltern waren längst miteinander ins Gespräch gekommen, auf dieser Studentenparty, nach diesem Kinobesuch, auf dieser Demo, in dieser Bar, an diesem Frühstückstisch, in diesem Volkspark, und zwar mit dem endgültigen Ziel, dass sie beide sich genau hier, genau jetzt treffen sollten. Sie verabredeten sich auf den Klippen bei Gröndal. Er kam zuerst, um zu prüfen, ob auch niemand, der aussah wie ein möglicher Freund ihres Ex, im Gebüsch lauerte. Als die Luft rein war, schrieb er ihr eine Nachricht. Sie sah ihn schon von weitem. Er hatte Sonne im Blick. Erwartung im Lächeln. Wind im Haar. Sie hatte Süßigkeiten und Dressing dabei, er Salat. Leider, so erklärte er, wisse er gar nicht, wie man einen Salat zubereite. Er hatte sich aber gedacht, der beste Salat würde sicher dadurch entstehen, dass man so viele Zutaten wie möglich vermischte. Ganz unten in seiner Stofftüte, unter Servietten, Besteck, Tellern und einer Thermoskanne mit Kaffee, lag die Tupperdose mit Salat, aus der eine beinah ungenießbare Pampe mit der Konsistenz eines Ziegelsteins geworden war. Er öffnete die Dose und präsentierte den Salat, der wirklich alles enthielt. Rote Zwiebel und Granatapfelkerne, Zuckerschoten und Rote Beete, Bohnen und Broccoli. Keiner rührte den Salat an. Nicht weil er eklig war, sondern weil sie keine Zeit dafür hatten. Sie mussten schließlich über alles sprechen, worüber sie bisher nicht gesprochen hatten.

Sieben Jahre später steht sie in ihrem gemeinsamen Badezimmer. Die Kinder schlafen. Sie erinnert sich kaum noch daran, um welche Themen es damals bei ihrem Date auf den Klippen ging. Aber sie hatten sich um elf getroffen, und fünf Sekunden darauf hatte die Dämmerung eingesetzt, sie hatten acht Stunden auf dieser Decke gesessen, sie hatten keinen Salat gegessen, nur Kaffee getrunken, geraucht, Süßigkeiten genascht und kurze Pinkelpausen eingelegt. Dann mussten sie sich verabschieden, damit es nicht schräg wurde. Sie standen mit steifen Beinen auf. Sie blieben am Parkplatz stehen. Es wurde Zeit, sich zu trennen. Sie würden diesen Ort nicht zusammen verlassen. Sie könnten jemanden treffen. Jemand könnte Fragen stellen. Sie könnten in eine Lage geraten, in der sie erklären müssten, was eigentlich lief, und das wussten sie selbst nicht, weil keiner von ihnen je so etwas erlebt hatte. Sie blieben stehen. Sie küssten sich. Sie küssten sich noch mal. Sie verabschiedeten sich. Sie küssten sich noch mal. Sie ging zuerst los, den Hang hinab, zur Straßenbahn. Dann drehte sie sich um. Er blieb stehen. Sie sah seine Konturen. Keiner von ihnen winkte. Ein Blick genügte.

Dann kamen sie zusammen und schliefen sechs Monate lang nicht mehr getrennt. Eigentlich hätte es nichts werden dürfen. Alles, was sie mit Worten aufgebaut hatten, hätte einstürzen müssen, als sie zu echten Menschen wurden, mit Körpern, Morgenatem, Blähbäuchen, Stressgereiztheit und Alltagsmüdigkeit. Trotzdem schafften sie es. Irgendwie überstanden sie Schwangerschaften, schlaflose Nächte, verregnete Pauschalreisen, Magen-Darm-Grippen, Familienkonflikte. Sie überlebten, wie er einmal so wütend darüber war, dass die Kinder nicht schliefen, dass er in die Küche rannte und das schöne gelbe Salatbesteck zerbrach. Sie überlebten es, dass sie ihre Familie nie so sehr geliebt hatte, wie als sie nach ihrer zweiten Elternzeit wieder halbtags arbeiten ging. Und jetzt, wo die Tochter vier ist und der Sohn eins und der Vater sagt, er wolle die Vaterklausel aufheben, und plötzlich davon redet, Stand-up-Comedian zu werden, jetzt, als sie vor dem Spiegel steht und ihr abgeschminktes Gesicht betrachtet, zweifelt sie zum ersten Mal daran, ob sie es schaffen werden. Auf dem Weg ins Schlafzimmer hört sie seine Stimme. Er sagt etwas über Automarken. Anschließend schweigt er, um das Lachen abzuwarten. Dann kichert er und sagt: So was. Von. Gut.

SAMSTAG

Eine Stufe, die eine Stufe ist, war nie etwas anderes als eine Stufe. Bis zu genau diesem Samstagmorgen, als eine Schwester und ihr Freund sie in ein eiskaltes Kopfkissen verwandelt haben. Sie liegen auf dem Rücken und blicken in die aufgehende Sonne, die sich durch die graue Wolkendecke kämpfen muss. Ihre Körper sind außen kalt und innen warm. Die Bässe von der Tanzfläche bringen die Fensterscheiben der gegenüberliegenden Lagerhalle zum Beben. In ihren Gehörgängen pfeift es, obwohl sie sich Ohrenstöpsel eingesetzt hatten, bevor sie die Halle betraten.

Die Party fing gegen Mitternacht an, bis zuletzt war nicht sicher gewesen, ob sie sich würden aufraffen können, sie hatten die ganze Woche gearbeitet, sie hatte Freitagvormittag ein wichtiges Kundenmeeting gehabt, er einen Ausflug mit der wilden Neunten. Abends kochten sie zu Hause, schliefen vor dem Fernseher ein, wurden um halb eins wieder wach, tranken einen Kaffee und sprangen in ein Taxi. Als sie in der Halle ankamen, war sie erst halb voll, eine Stunde später tropfte der kondensierte Schweiß von den Wänden, es gab eine Bar und Luftballons, Alkohol für die, die trinken wollten, und Lachgas für alle, die Lust darauf hatten. Sie, die eine Schwester ist, hatte nur Wasser getrunken, er, der sich wie ihr Freund benimmt, kaufte einen Drink, aber eigentlich auch nur um die Organisatoren zu unterstützen. Er trank zwei Schlucke und strahlte, als der DJ einen Song auflegte, dem er nicht widerstehen konnte. Sie blieb am Tresen stehen und sah zu, wie er auf die Tanzfläche stürmte. Er und seine Ausstrahlung, die alle im Raum aufblicken ließ. Erst die Frauen. Dann die Männer. Dann die Hunde, die aus irgendeinem Grund mit neonfarbenen Ohrenschützern im Barbereich herumsprangen.

Er war so anders als sie. Er musste nie etwas trinken, um tanzen zu können. Er war nie über den Rhythmus der Musik unsicher. Er nahm einfach seinen kleinen, breiten Körper und warf sich direkt in den Takt, das Meer der Tanzenden teilte sich, innerhalb von Sekunden verschmolz er mit allem, immer im Zentrum, immer umgeben von einer Horde fremder Menschen, die wie magnetisch von ihm angezogen wurde. Sie blieb stehen und beobachtete ihn. Dann stellte sie ihr Wasserglas ab und stürzte sich ebenfalls auf die Tanzfläche.

Als sie die Halle verließen, war es acht Uhr morgens. Sie bestellten ein Taxi und sanken zu Boden, die Stufe als Kopfkissen. Ein Geologe hätte sich die Stufe ansehen und sagen können, wie die Mineralien und die Linien hier und dort alles über die Geschichte des Steins verrieten. Für sie ist der Stein einfach nur Stein. Ein gerillter, grob behauener hellgrauer Stein. Sie liegen da und atmen und betrachten die rostigen Schilder von Fabriken, die keine Fabriken mehr sind. Ekströms Tischlerei. Stockholms Pianofabrik. Gentele & Co Farbe und Firnis. AB Radius. Wenn wir Kinder haben, müssen wir um die Zeit schon aufstehen, sagt er. Du hast keine Ahnung, wie früh Kinder aufwachen, sagt sie. Mein Sohn ist jeden Morgen um fünf aufgewacht. Immer. Exakt um fünf. Wie eine Atomuhr. Hast du mal was von ihm gehört?, fragt er. Sie schüttelt den Kopf. Möchtest du nicht darüber sprechen?

Sie antwortet nicht. Unsere Kinder werden vielleicht nicht die Klassenbesten sein, sagt er. Aber krasse Tänzer. Sie nickt. Und sie werden einen gesunden Appetit haben. Außerdem werden sie ziemlich behaart sein, sagt er und streichelt ihren Unterarm. Und Ballspiele und Ausflüge mögen, sagt sie. Aber an den Wochenenden werden wir dich ausschlafen lassen, sagt er. Das verspreche ich. Dann werde ich die Kinder mit in die Küche nehmen. Erwarten wir Zwillinge?, fragt sie. Wir werden Pfannkuchen machen, sagt er. Obstsalat. Kaffee mit Milchschaum und Naturjoghurt mit selbstgemischtem Müsli. Wenn wir uns dann einig sind, dass du langsam aufwachen solltest, werden wir dir das Frühstück ans Bett bringen. Die Kinder singen Hoch soll sie leben und rufen Herzlichen Glückwunsch, obwohl es ein ganz normaler Samstag ist. Und was machen wir dann?, fragt sie. Wir bleiben im Bett liegen, sagt er. Wir frühstücken, wir lesen die Zeitung, du bekommst den Nachrichtenteil, ich das Feuilleton, die Kinder dürfen einen Film gucken. Ob sie Jewgeni Bauer mögen werden?, fragt sie. Das kommt erst später. Wenn sie elf oder zwölf werden. Jetzt dürfen sie erst mal Disneys *Fantasia* schauen. Am Nachmittag gehen wir raus, die Kinder spielen im Park, wir beide laufen Intervalle oder trainieren an den Fitnessgeräten im Freien. Und dann?, fragt sie. Abends gehen wir essen, die Kinder schlafen im Wagen ein, wir teilen uns eine Flasche Wein und gehen Hand in Hand nach Hause. Ist das wirklich deine Vorstellung vom Familienleben?, fragt sie. So ungefähr, antwortet er. Und hast du heute noch was vor? Wollte mit dir eine ruhige Kugel schieben, sagt er. Gut, erwidert sie. Dann sind wir uns einig. Ausnahmsweise. Ach ja, und dann gehe ich mit meinem Vater Mittagessen. In, tja, ungefähr drei Stunden. Sie lachen. Das Taxi kommt. Sie setzen sich auf die Rückbank und fahren in Richtung Stadt. Als sie den höchsten Punkt der

Liljeholmsbron erreicht haben, öffnet sich die Wolkendecke, sie sieht ihn im Profil, wie er auf das glitzernde Wasser schaut. Sie muss sich auf die Zunge beißen, um nicht zu sagen, dass sie ihn liebt.

❱ ❱ ❱

Es ist Wochenende, und ein Vater, eine Mutter und zwei Kinder wollen endlich Zeit miteinander verbringen. Sie machen sich fertig, um die U-Bahn in die Innenstadt zu nehmen. Zwei Stunden später machen sie sich immer noch fertig, um die U-Bahn in die Stadt zu nehmen. Die Wickeltasche muss gepackt werden, nachdem die Tüten mit dem fauligen Obst vom letzten Ausflug entsorgt wurden, Nuckelflaschen mit Wasser, Maisflips, Wechselklamotten für die Kinder, Feuchttücher und Wickelunterlage, Spielsachen, um die U-Bahn-Fahrt zu überstehen, Extrasocken, weil Socken immer auf magische Weise verschwinden, Essen und Löffel und Lätzchen und noch mehr Feuchttücher, nur für alle Fälle. Der Sohn, der ein Vater ist, möchte, dass die Kinder ordentlich angezogen sind. Es könnte sein, dass sie den Großvater treffen, und in diesem Fall findet er es wichtig, dass sie keine Fußballpullis tragen. Am Ende sind alle fertig gekleidet. Doch immer, wenn sie kurz vorm Aufbruch stehen, muss irgendjemand groß und jemand anderes klein, die Handschuhe sind verschwunden, die Overalls sind immer noch nass, die Vierjährige weigert sich, etwas anderes als Shorts zu tragen, der Einjährige möchte gern ins Treppenhaus krabbeln und mit den Fingern auf dem schmutzig schwarzen Lüftungsgitter Xylophon spielen. Dann sind sie endlich zum Gehen bereit. Die Mutter muss nur erst noch kurz Pipi machen. Dann muss die Vierjährige Pipi machen. Aber wie konntest du vorhin groß machen, ohne klein zu machen?, fragt der Vater. Ich kann alles, sagt die Vierjährige. Ich bin milliardenstark. Stärker als Hulk?, fragt der Vater. Niemand ist stärker als Hulk, antwortet die Vierjährige. Hulk kann ganze Häuser hochheben, obwohl sie aus Eisen sind.

Endlich betreten sie das Treppenhaus. Sie rollen in den Fahrstuhl. Sie haben den Tragegurt vergessen. Die Mutter holt den Tragegurt. Sie haben das Schloss vom Kinderwagen vergessen. Man kann dort auch Schlösser kaufen, sagt die Mutter. Der Vater fährt wieder hoch und holt das Schloss. Hat jemand mein Handy gesehen? Das liegt im Badezimmer, sagt die Vierjährige. Der Vater und die Vierjährige fahren wieder mit dem Aufzug nach oben.

Endlich stehen sie am Gleis und warten auf die U-Bahn. Seit dem Frühstück sind sie damit beschäftigt aufzubrechen. Jetzt machen wir es uns richtig schön, sagt die Mutter. Die U-Bahn kommt in vier Minuten, sagt der Vater und fühlt sich wie ein guter Vater, als alle auf dem Bahnsteig sehen, wie er seine Tochter zu der großen analogen Uhr hebt und zeigt, wie sich der dünne rote Sekundenzeiger gleichmäßig dreht und dreht und nur für einen kurzen Moment stoppt, wenn der lange schwarze Minutenzeiger einen Schritt weiterhüpft. Die Zeit bewegt sich unfassbar langsam, als sie dort stehen und den Sekundenzeiger betrachten. Ich kann die Uhr wirklich lesen, sagt die Vierjährige. Ja, du bist toll, sagt der Vater. Ich kann schon richtig die Uhr lesen. Ich kann Persisch. Ich kann Isländisch und Französisch und Schwedisch, sagt die Tochter. Was kannst du auf Persisch sagen?, fragt der Vater. Bollboll, sagt die Tochter. Das heißt Vogel.

☽ ☽ ☽

Ein Vater, der ein Großvater ist, hat ein sauberes Hemd angezogen. Er hat sich rasiert. Er ist auf dem Weg in die Stadt, um endlich seine jüngste Tochter zu treffen, seinen Liebling, sie, die genauso perfekt geworden ist, wie er es immer erhofft hatte. Klar war es unglücklich, dass sie mit diesem Idioten zusammenkam, als sie noch jünger war. Sie hätte ihn nie heiraten dürfen. Sie hätte wirklich kein Kind mit ihm bekommen sollen. Sie hätte auf den Rat ihres Vaters hören müssen. Doch jetzt hat sie das alles hinter sich gelassen und kann sich auf ihre erfolgreiche Karriere als PR-Beraterin konzentrieren und sich um ihren geliebten Vater kümmern. Die U-Bahn hält auch an der Station, wo der Vater sein halbes Leben gelebt hat oder sein ganzes, je nachdem, wie man es sieht. Er verdrängt die Erinnerungen. Er zählt, wie viele Schweden im Wagen sitzen. Es werden mit jeder Station mehr. Er betrachtet sein eigenes Spiegelbild in der Scheibe. Er sieht jung aus. Die Durchschnittsschweden in seinem Alter sehen aus wie halbtote alkoholsüchtige Rentner. Aufgrund ihres unterdurchschnittlichen Gebrauchs der Gesichtsmuskeln sackt ihre Haut nach unten. In anderen Ländern weinen, schreien und lachen die Leute so laut, dass die Schweden auf Flughäfen vor Schreck zusammenzucken. Die Gesichtsmuskeln der Schweden verkümmern, und wenn sie sich zu einer Geste hinreißen lassen, führen sie in neun von zehn Fällen den Finger zum Mund, um jemanden zum Stillsein zu mahnen, und das reicht nicht aus, um 250 Gesichtsmuskeln zu trainieren, denkt der Vater, als er am Hauptbahnhof aufsteht und aus der Bahn steigt.

Als er die Rolltreppe hochfährt, piepst sein Handy. Die Tochter schreibt, dass sie das Mittagessen leider absagen muss. Auf der Arbeit ist etwas Wichtiges dazwischengekommen. Sie würde ihn aber stattdessen gern am Sonntag zum Abendessen einladen. Der Vater ist nicht enttäuscht. Er hat vollstes Verständnis dafür, dass ihr Job Vorrang hat. Er geht in den McDonald's auf der Vasagatan und bestellt drei Cheeseburger und eine kleine Fanta ohne Eis. Er setzt sich an einen Fenstertisch und erinnert sich an jedes einzelne Mal, an dem er seine Kinder seit der Scheidung gesehen hat. Seine Frau hatte ihn rausgeworfen. Er schlief auf den Sofas von Freunden. Trotzdem war es ihm wichtig, seine Kinder zu sehen. Einmal waren sie zusammen im Kino. Ein anderes Mal trafen sie sich im McDonald's auf der Hornsgatan. Sie bestellten Menüs mit Fanta ohne Eis, weil sich alle Familienmitglieder einig waren, dass Fanta die beste Limo war und Eis einfach nur Wasser, und wenn man «ohne Eis» sagte, wurde der Becher bis zum Rand mit Fanta gefüllt. Die Tochter stopfte den Hamburger in sich hinein, schlang ihre Pommes runter, schlürfte ihr Getränk und fragte, ob sie in den Spielraum gehen dürfte. Natürlich, sagte der Vater. Der Sohn blieb sitzen. Er erzählte, dass seine Noten in den Naturwissenschaften gut bis herausragend waren. Im Französischtest hatte er 39 von 40 Punkten erreicht. In siebzehn von neunzehn Arbeiten in diesem Halbjahr hatte er die besten Noten bekommen. Was ist mit den anderen beiden? Streber-Lisa, antwortete der Sohn seufzend. Der Vater lachte. Noten sind wichtig, sagte er. Aber sie sind nicht alles. Das Wichtigste ist, dass man glücklich ist. Und reich. Der Sohn nickte. Der Vater fand seinen Sohn nicht seltsam. Er machte sich keine großen Sorgen, wenn er an Wochenendabenden zu Hause saß und Satelliten auf Butterbrotpapier abpauste, um sie in sein selbstgebasteltes Weltallbuch zu kleben, anstatt draußen mit seinen Freunden zu kicken. Der Vater war stolz auf seinen Sohn. Jedenfalls einigermaßen. Plötzlich drangen Schreie aus dem Spielraum, die Tochter war mit zwei anderen Kindern aneinandergeraten, und der Vater ging hin und löste die Situation. Er erinnerte sich nicht mehr genau, was er gesagt hatte. Aber es war nichts Schlimmes gewesen. Er war nicht wütend. Er verteilte keine Ohrfeigen. Er riss sich nicht die Schuhe von den Füßen und schwenkte sie drohend. Nicht einmal einen kleinen Klaps auf den Po hatte er verteilt. Als die Tochter nicht mehr weinte, kam eine dicke Trulla mit einem silbernen Kreuz über ihrem lila Rollkragenpullover zu ihm. Sie lächelte und sagte: You have to remember that these are children. Wie bitte?, fragte der Vater. They are small human beings, sagte sie. I know, sagte der Vater. They have feelings. They get scared. I know, sagte der Vater. Just like you and me, sagte sie und legte ihm sanft die Hand auf die Schulter. Der Vater nickte lächelnd. Als sie wieder gegangen war, sah er seine Tochter an und musste lachen. Der Sohn lachte, die Tochter lachte, alle lachten, weil die Trulla dachte, der Vater könnte kein Schwedisch (oder war sie diejenige, die kein Schwedisch konnte?), sie lachten darüber, dass sie ihn zurechtgewiesen hatte (dabei hatte er nicht mal jemanden geschlagen!). Sie lachten darüber, dass sie lachten, obwohl sie nicht richtig wussten, warum sie lachten. Als sie fertig gelacht hatten, stellte sich der Vater an und kaufte Eis, und als er mit einem Plastiktablett zurückkam, hatte der Sohn sowohl die Gesamtsumme ausgerechnet als auch das Wechselgeld, das der Vater zurückbekam. Auf dem ganzen Heimweg musste der Vater bloß sagen: They have feelings, und alle fingen wieder an zu lachen, sogar die Tochter, obwohl sie noch zu klein war, um es zu verstehen.

Der Vater, der ein Großvater ist, lässt sein Tablett auf dem Tisch stehen und geht zum Ausgang. In der Touristeninformation sucht er ein paar Karten und Broschüren zusammen und fragt nach einer blauen Plastiktüte mit Königskrone und Logo. Die Vasagatan sieht aus wie immer. Abgesehen davon, dass die Reisebüros und die Pelz- und Bilderrahmengeschäfte durch modernere Läden ersetzt wurden. Da ist ein Hotel, ein chinesisches Restaurant, eine neonerleuchtete Boutique, in der irgendetwas verkauft wird, der Vater wird nicht ganz schlau daraus, was. Dann kommt das Parkhaus und die Treppe zum Sheraton, durch die sich seine Freunde und er immer hineinschlichen, um die Toilette zu benutzen, ehe ein Codeschloss eingebaut wurde.

Auf der anderen Straßenseite, unten am Wasser, mit Aussicht auf Gamla stan und die Centralbron, liegt der Seufzertunnel. Den Namen hat er erfunden. Obwohl er noch nie in Venedig war, hat er gehört, dass es dort eine Seufzerbrücke gibt, und Seufzertunnel schien der perfekte Name für diesen Ort. Hier versammelten sich immer alle an den Wochenenden. Sie tranken Bier und erzählten sich Witze, die Kinder warfen Stöcke und leere Dosen ins Wasser, einmal brachte eines der Kinder eine Angelrute mit. Vor allem aber kamen sie her, um eine Auszeit von ihren Familien zu nehmen. Damals konnte man hier alles kaufen. Briefumschläge, gebrauchte Kinderkleidung, Videorekorder mit Lötkolbenspuren, Wanderheuschrecken, Makrelenkonserven in Riesenpackungen, Hasch, aussortierte Bibliotheksbücher, eingeschweißte Staubwedel, frisch diebstahlentsicherte Windjacken und (einmal) sogar einen altmodischen, klobigen Overhead-Projektor. Wer soll so etwas kaufen?, fragte der Großvater, der ein Vater war. Vielleicht der Typ da drüben, der ist Lehrer?, fragte sein Kumpel. Der Vater traf Leute aus der ganzen Welt und erstand Sachen zum Sonderpreis. Die Peruaner suchten Arbeitskräfte für ihre Dielenschleiffirma, die Polen suchten Klempnerjobs, die Jugos hatten Kontakte, über die man im Sommer günstig in Split Urlaub machen konnte, und alle rätselten darüber, warum schwedische Frauen grundsätzlich Kerstin hießen. Die Veteranen warnten die Neuankömmlinge vor der schwedischen Krankheit. Was ist das?, fragten die Neuankömmlinge. Das ist wie die spanische Krankheit, nur schlimmer, erklärten die Veteranen. Die spanische Krankheit tötet den Körper, aber die schwedische Krankheit tötet die Seele, sie dringt ins Gehirn ein, man kommt als gesunder junger Mann her, mit Träumen und Hoffnungen und einem starken Glauben daran, dass alles möglich ist. Die schwedische Krankheit lässt einen langsam ersticken. Ich werde euch ein praktisches Beispiel geben, sagte ein Freund des Großvaters. Ein junger Mann kommt her. Er spielt wahnsinnig gern Gitarre. Er träumt davon, eine Band zu gründen, Platten herauszubringen, in einer Limousine auf Tournee zu gehen. Als das nichts wird, passt er seine Träume den Umständen an. Er beginnt davon zu träumen, Musiklehrer zu werden, eine nette Freundin zu finden, sich einen Volvo 740 leisten zu können. Er bewirbt sich an der Musikhochschule. Er wird nicht aufgenommen. Er bewirbt sich fürs Lehramtstudium. Er wird nicht zugelassen. Als nichts davon etwas wird, passt er seine Träume erneut an. Er träumt von einem Job, egal was für einem. Er möchte eine akzeptable Freundin finden. Alles, was er findet, ist eine Aushilfsstelle im Kiosk auf Stundenbasis. Zusätzlich arbeitet er auch in einer Wurstbude in Årsta. Er kann sich kein Auto leisten. Keine Freundin leisten. Die Freundin, die er findet, ist nicht die Freundin seiner Träume. Sie ist hässlich. Sie ist dick. Sie hat eine nervige Stimme und Pickel und hört Stimmen, wenn sie ihre Medizin nicht nimmt. Ihr Vater ist tot, ihr Bruder in der Psychiatrie. Sie ist nicht unbedingt als Mutter geeignet. Der Gitarrenspieler weiß das. Er weiß, dass er zu gut für sie aussieht. Er weiß, dass er weitersuchen müsste. Trotzdem werden sie ein Paar. Er ist es leid, allein zu sein. Sie bekommen Kinder. Sie beschwert sich, er würde nicht genug beitragen. Egal, wie viele Zweitjobs er hat, sie ist nie zufrieden. Sie möchte, dass er seine Gitarre verkauft. Er weigert sich, seine Gitarre zu verkaufen. Ein halbes Jahr vergeht. Er bekommt keine Schichten mehr im Kiosk. Er verkauft seine Gitarre. Zwei Wochen später ist das Geld weg. An nichts von alldem ist Schweden schuld. Die schwedische Krankheit sickert erst in den jungen Mann ein, als ihm klarwird, dass keiner der Berufe, die er ausüben kann, mehr Geld einbringt als die Summe, die er umsonst vom Staat bekommt, wenn er nicht arbeitet. Der junge Mann sieht ein, dass seine Zeit weniger wert ist als nichts. Der Staat sagt, du bist so wertlos, dass wir dich lieber dafür bezahlen, zu Hause zu hocken und Teleshop zu gucken, als draußen unterwegs zu sein und uns mit deiner Arbeitszeit zu belästigen. Und in diesem Moment fängt die schwedische Krankheit auch an, das Gehirn des Mannes zu verändern. Sie dringt in seine Ohren vor. Sie flüstert, sein ganzes Leben wäre ein großes Versagen gewesen. Sie überzeugt ihn, dass er sein Leben nur retten kann, indem er von vorn anfängt. Alles abschließt. Seine Familie verlässt und eine neue findet. Er verlässt seine Familie. Er kann seinen Kindern nicht mehr in die Augen sehen. Alles, was er kann, ist, hier unten beim Seufzertunnel zu stehen und solche wie euch zu warnen, Junghähne, die immer noch Lebensgeister haben, nehmt euch vor diesem Land in Acht, lasst euch nicht davon verbiegen, nehmt nichts an, was umsonst ist, denn nichts ist umsonst. Ihr Umsonst führt in die Abhängigkeit. Im Gegenzug nehmen sie eure Seele. Aber der Großvater gab nichts auf die Warnungen der Veteranen. Die schwedische Krankheit war etwas, das sie sich ausgedacht hatten, um mit ihrem eigenen Scheitern klarzukommen. Jetzt, da er selbst in Rente ist, versteht er sie besser.

Als der Großvater zum Seufzertunnel kommt, ist er leer. Keiner seiner alten Freunde ist noch da. Einige sind gestorben. Andere sitzen im Knast. Viele sind ins Ausland gezogen. Die einzigen Spuren menschlichen Lebens sind ein paar leere Bierdosen, die seltsam ordentlich vor dem grünen Mülleimer aufgereiht stehen. Der Großvater, der ein Vater ist, setzt sich auf die Bank und verschnauft. Er schaut auf das Wasser. Er späht auf sein klingelndes Telefon und führt es zu seinem Gesicht und wieder weg, um zu entziffern, wer gerade anruft. Er steckt das Handy wieder in die Innentasche, als er sieht, dass es sein Sohn ist. Er schließt die Augen. Als er sie wieder öffnet, ist alles schwarz.

❱ ❱ ❱

In der U-Bahn teilen sie sich auf, die Mutter steht beim Einjährigen, der Vater übernimmt die Vierjährige. Sie finden einen freien Platz, und der Vater zieht das Kinderbuch aus dem Rucksack. Es ist die Geschichte von dem alten Mann, der einen Apfel bei einem unehrlichen Gemüsehändler kauft, der ihm anstelle des superschönen Apfels in seinem eigenen Garten einen Plastikapfel andreht. Der Alte merkt nichts, er geht nach Hause und legt den Plastikapfel aufs Fensterbrett, damit er reift. Ein Papagei sorgt dafür, dass der Apfel herunterkullert und auf die Großmutter fällt, die Großmutter schreit so sehr, dass sie die Katze auf den Baum scheucht, ein Auto fährt in den Zaun des Gemüsehändlers, Bertil nimmt den Superapfel und schenkt ihn seiner Lehrerin, ein Dieb stiehlt der Lehrerin den Apfel, er stößt mit dem Rektor zusammen, der Apfel fliegt durch das Fenster und landet in der Hand des Feuerwehrmannes, der gerade dabei war, der Katze vom Baum herunterzuhelfen. Der Feuerwehrmann fährt seine Leiter aus, damit sein Kollege in den Baum klettern kann, aber dafür muss er den Apfel ablegen. Er legt ihn auf dasselbe

Fensterbrett, wo vorher der Plastikapfel lag, und der Alte entdeckt den richtigen Apfel und denkt, der Plastikapfel wäre gereift. Das letzte Bild im Buch ist ein Wimmelbild von der Stadt. Der Vater ist zufrieden, dass die Vierjährige so gut zugehört hat. Bald sind sie am Mariatorget, und dann ist es nicht mehr weit bis zum Hauptbahnhof. Jetzt kommt die Paradenummer. Der Vater fängt an, auf die Buchstaben zu zeigen, die überall in der Stadt zu sehen sind. Was steht dort? Und was ist das da für ein Buchstabe? Die Vierjährige nennt alle Buchstaben. Wow, vier Jahre alt, und du kannst schon alle Buchstaben, sagt der Vater. Er genießt die Blicke der anderen Fahrgäste. Wobei. Reagiert überhaupt irgendjemand? Er sieht sich um. Alle tragen Kopfhörer. Keiner sieht von seinem Display auf. Die Einzige, die reagiert, ist seine Freundin, die drüben neben den Türen steht und ihm einen verächtlichen Blick zuwirft. Der Vater gibt nicht auf. Er zeigt der Vierjährigen, dass TAXI zu Taxi wird und FRISEUR zu Friseur. Dann deutet er auf das Schulgebäude. Was sind das für Buchstaben? S. Genau. CHU. Richtig. LE. Mhm. Was wird daraus? Die Vierjährige denkt nach. S, sagt der Vater. Schlumpf?, fragt die Vierjährige. Suschi?, fragt die Vierjährige. Fast, sagt der Vater. Du bist ganz nah dran. Schuuuu ... Schuhe?, fragt die Vierjährige. Der Vater gibt auf. Lächelnd sieht er zu seiner Freundin hinüber. Sie schaut aus dem Fenster. Der Einjährige muss eingeschlafen sein, denn sie hat sich ihre weißen Kopfhörer in die Ohren gesteckt. Treffen wir heute Opa?, fragt die Vierjährige. Vielleicht, sagt der Vater. Mal sehen.

Eine Touristin, die einfach nur Touristin sein möchte, versucht alles auszublenden, was die Stadt hässlich macht. Mitte der achtziger Jahre war sie schon einmal hier gewesen, als sie noch in der Finanzbranche war, sie wohnte in einem luxuriösen Hotel in der Birger Jarlsgatan, ihr Arbeitgeber zahlte sowohl Essen als auch Alkohol, sie hatte von morgens bis abends Besprechungen, für Sightseeing blieb wenig Zeit, aber am letzten Morgen, ehe sie vom vorbestellten Taxi abgeholt wurden, machte sie einen Spaziergang durch die Stadt. Sie war unglaublich schön. Das Wasser glitzerte. Die Menschen strahlten. Sogar die Obdachlosen sahen frisch aus. Gab es zu dieser Zeit überhaupt Obdachlose? Sie denkt nach. Nein. Es gab nette Hippies, die Gitarre spielten, es gab christliche Sekten, die einen zum Kaffee einluden, es gab traditionell gekleidete Indianer, die Panflöte spielten. Aber sie erinnert sich nicht an Obdachlose, nicht an Bettler, ja, überhaupt nicht an Armut. Mehrere Jahre lang pendelte sie zwischen verschiedenen Metropolen hin und her, sie hatte einen Koffer, dessen Inhalt sie nur wechselte, wenn sie einen kurzen Zwischenstopp zu Hause in ihrer Wohnung einlegte. Dort wohnte sie schon seit zwei Jahren und hatte immer noch keine Töpfe gekauft. Sie arbeitete zwischen achtzig und hundert Stunden in der Woche. Das sind mindestens sechzig Stunden zu viel, sagte ihre Mutter. Du musst eine Pause machen. Durchatmen. Urlaub nehmen. Freunde treffen. Tanzen gehen. Was mit mir unternehmen. Mach dir keine Sorgen, sagte die Tochter. Ich bin jung. Ich habe Zeit. Dann erkrankte die Mutter an Leukämie, und die Tochter reiste nach Hause, um sie zu pflegen, im Februar 1993 starb die Mutter, und im Herbst desselben Jahres begann die Tochter eine Ausbildung zur Krankenschwester. Ihre eigentliche Fachrichtung waren Kinder und Jugendliche, dann aber trat sie ihre erste Stelle in einem Pflegeheim mit einer phantastischen Aussicht an und fühlte sich dort so wohl, dass sie blieb.

Jeden Morgen drehte sie eine Runde, um den Alten auf ihrem Gang guten Tag zu sagen, sie klopfte an die Türen und zog die Gardinen auf, sie lüftete, bis der Uringeruch verschwunden war, und bezog die Betten neu, sie überredete die Bewohner, in den Frühstücksraum zu kommen, um eine Tasse Kaffee zu trinken, und wenn sie erst einmal da waren, versuchte sie, die Alten immer dazu zu bewegen, etwas über die Kriegsjahre zu erzählen, wie es war, 1942 die Nazis in Dieppe anzugreifen oder 1943 die Japaner zu internieren, oder wie Europa 1948 aussah, als sie gegen den Willen ihres Vaters von zu Hause türmten und anfingen, für das Rote Kreuz zu arbeiten. Alle schienen ihr Leben jedoch mit sicherem Abstand vom Zentrum des Geschehens gelebt zu haben. Am 7. Mai 1945 fuhren sie nicht in die Stadtmitte, um das Kriegsende zu feiern, weil sie wussten, dass sich dort schrecklich viele Menschen versammeln würden. Über diese Mondlandung wurde wahnsinnig viel geredet, aber am 20. Juli 1969 musste eine von ihnen waschen, weil die Maschinen gerade frei waren, und eine andere hatte Besuch von ihrer Kusine, der schon lange angekündigt gewesen war. Manche waren so verwirrt, dass sie sich kaum noch an die Namen ihrer Geschwister erinnerten, andere wollten lieber über die Gegenwart reden als über die Vergangenheit. Sie erzählten von ihren Enkeln, die an Tanzwettbewerben teilnahmen, von Söhnen, die überlegten, ob sie ins Ausland ziehen sollten, von Migranten, die ins Land kamen, um Moscheen zu bauen und dem Staat auf der Tasche zu liegen. Meine Mutter ist auch emigriert, sagte sie, die keine Mutter mehr hatte. Sie verließ ihre politischen Ideale in der Heimat für eine Karriere als Parkplatzwächterin. In zwanzig Arbeitsjahren war sie nur drei Tage krank, und dann starb sie an Leukämie. Die Arme, sagte James, 84. Es gibt immer Ausnahmen, sagte Thelma, 91. Es gibt viele Migranten, die so fleißig sind wie deine Mutter, sagte Helen, 89. Trotzdem arbeitete sie weiter in dem Pflegeheim und wurde bald zur inoffiziellen Informatikbeauftragten, nicht weil sie sich besonders gut mit Computern auskannte, sondern weil sie die Einzige war, die es sich traute, die Druckerpatrone auszuwechseln. Es kursierte sogar das Gerücht, dass es ihr einmal gelungen war, doppelseitige Kopien zu machen. Zweimal hatte sie dem Abteilungsleiter geholfen, damit sein Computer einen störrischen USB-Stick wieder auswarf. Anschließend kamen alle Alten zu ihr, wenn sie Probleme mit dem Internet hatten. Sie hatte eine Engelsgeduld, mit ruhiger Stimme erklärte sie Steve, 82, dass es zwar drahtloses Netzwerk hieß, man aber trotzdem den Router anschließen musste, auch an die Steckdose, und sie wurde nie wütend, wenn Betty, 92, versuchte, eine DVD abzuspielen, indem sie diese in das Lüftungsgitter des Projektors steckte. Sie half Earl, 91, seine Festplatte von der Back-up-Kopie wiederherzustellen, als er Milch über seinem Laptop verschüttet hatte. Sie arbeitete dort, bis sie in Rente ging, und jetzt hat sie plötzlich unendlich viel Zeit. Der Vorteil, keine Kinder oder Enkel zu haben, besteht darin, dass sie frei in der Welt herumreisen und Orte entdecken kann, an denen sie schon war, an die sie sich aber kaum erinnern kann. Der Nachteil ist, dass es niemanden gibt, dem sie die Bilder zeigen kann. Hätte sie Kinder, würde sie sie jetzt anrufen und ihnen erzählen, dass die Stadt, in die sie gekommen ist, so aussieht wie damals und doch anders. Die Häuser sind noch da, der Himmel ist hoch, das Wasser glitzert. Aber die Menschen haben sich verändert. Die Menschen hier sehen genauso aus wie in Kopenhagen, Brüssel, Paris, New York oder Prag. Alles, was diesen Ort zu etwas Besonderem machte, ist weg. Nichts Einzigartiges ist geblieben. Das einzig Einzigartige sind die Touristenläden, die blau-gelbe T-Shirts mit dem Aufdruck

100% SWEDISH verkaufen, und Wikingerhelme aus Plastik und rote Holzpferde in verschiedenen Größen. Hinter einem Stand mit roten Wimpeln stehen zwei Typen mit Weihnachtsmützen und verkaufen Zuckerstangen, obwohl erst in über einem Monat Weihnachten ist. Touristen stehen auf der Brücke und blicken hinab in den Strömmen. Sie fotografieren sich gegenseitig vor dem Parlamentsgebäude. Sie zeigen auf das wunderbare Wasser. Sie selbst macht kein Bild. Stattdessen biegt sie nach rechts und geht am Wasser entlang zum Rathaus. Hier ist es ruhiger. Keine Touristen. Keine Weihnachtsmützen. Nur sie und das rauschende Wasser und eine kleine Treppe, die zum Kai hinabführt. Sie sieht ihn schon von weitem. Er sitzt auf einer Parkbank schräg vor einem im Winter geschlossenen Eisstand. Schwarzer Mantel. Leuchtend weiße Turnschuhe. Eine blaue Tüte ums Handgelenk. Erst sieht sie die Bierdosen und denkt, er ist betrunken. Dann tritt sie näher und kommt zu dem Schluss, dass die Bierdosen zu weit von ihm entfernt stehen, um zu ihm zu gehören, und außerdem ist er zu ordentlich und frisch rasiert, um zu dieser Zeit auf einer Parkbank zu sitzen und zu trinken. Wahrscheinlich ist er einfach nur eingenickt. Dann öffnet er die Augen und stößt einen Schrei aus. Er steht auf und geht ein paar Schritte zum Rand des Kais vor. Sie stürzt herbei und packt ihn, als er noch höchstens einen Meter davon entfernt ist.

Die Familie steht auf und steigt am Hauptbahnhof aus. Die Mutter möchte eine Ausstellung über Körper der Zukunft im Kulturhuset sehen, der Einjährige darf dort im Raum für Kinder herumkrabbeln, der Vierjährigen wurde ein Spiel mit Holzstäbchen versprochen. Die Wartezeit für den Raum für

Kinder beträgt mindestens eine Stunde, sie ziehen eine Nummer, essen ein bisschen Obst und gehen weiter in die Kunstausstellung. In einer Glasvitrine befinden sich etwa dreißig ädrige, erigierte und ziemlich wirklichkeitsgetreue Penisse. Auf dem Informationsschild steht, diese Penisse seien vollkommen funktionstüchtige Flöten. Pimmelflöten!, sagt der Vater. Verrückt, was? Die Vierjährige zuckt mit den Schultern. Ein weiteres Werk besteht aus einem Raum mit Spiegeln und Lichteffekten. Wow, flüstert die Vierjährige und weigert sich, den Raum zu verlassen.

Der Vater hat immer ein Auge auf sein Handy. In regelmäßigem Abstand ruft er die schwedische Nummer seines Vaters an. Manchmal wird er weggedrückt. Manchmal meldet sich niemand. Schatz, sagt seine Freundin. Jetzt vergiss ihn doch mal. Wenn er uns sehen will, muss er anrufen. Wir können uns nicht den ganzen Tag von ihm vorschreiben lassen.

Der Sohn vergisst ihn. Er versucht, sich um seine Familie zu kümmern. Er versucht, nicht auf sein Handy zu gucken und sich zu fragen, was wohl passiert ist. Nach der Kunst machen sie eine Kaffeepause, dann sind sie endlich an der Reihe, in den Raum für Kinder zu gehen. Sie stellen die Schuhe in kleinen Fächern ab. Die Mutter hängt ihren Mantel an einen Kinderhaken. Der Vater behält seine Daunenjacke an. Er traut den anderen Eltern nicht über den Weg. Schließlich kann jeder seine Jacke mitnehmen, wenn er sie hier lässt. Es hilft auch nichts, dass am Eingang Personal sitzt. Sie wissen ja nicht, wem welche Jacke gehört. Die Mutter wirft ihm einen Blick zu, sagt aber nichts. Der Einjährige krabbelt zwischen den Babybüchern umher, die Vierjährige baut erst eine Wand, dann einen Viehtransporter aus Holzstäben. Jetzt entspann dich mal, sagt die Mutter. Ja, alles gut, sagt der Vater. Doch, Schatz, ich meine es ernst. Fahr runter in die Bibliothek. Leih dir ein paar Bücher aus. Schreib an deinem «Fünfer». Meditier. Mach, was du willst, aber versuch ein bisschen Energie zu tanken. Nein, ich würde eigentlich lieber hierbleiben, sagt der Vater. Bei meiner Familie. Aber verdammt noch mal, flüstert die Mutter. Ich weiß genau, was passieren wird, wenn du hierbleibst. Du wirst deine Wut an uns auslassen, weil alle außer dir etwas machen konnten, was sie gern wollten, und dann wirst du für den Rest des Tages sauer sein, nur weil du nicht erwachsen genug bist, um deinen eigenen Bedürfnissen nachzugehen. Geh. Jetzt. Von hier weg. Ich kümmere mich um die Kinder. Er steht auf und verlässt den Raum für Kinder. Papa!, ruft die Vierjährige. Der Vater lächelt, er sagt, er sei bald wieder da, er ist sich nicht sicher, ob er es wunderbar oder unangenehm findet, dass es seine Tochter so traurig macht, wenn er geht.

Er fährt runter in die Bibliothek. Sucht sich ein paar Bücher heraus und setzt sich in einen Sessel nahe am Fenster. Er liest die ersten Seiten eines hochgelobten amerikanischen Gegenwartsromans. Er liest das halbe Vorwort einer französischen Kurzgeschichtensammlung. Dann fällt ihm eine Idee zu einem Gag ein, und er tippt sie in sein Handy und schläft ein. Er wird davon geweckt, dass sein Handy vibriert, und freut sich mehr, als er es sich eingestehen möchte. Wo bist du?, fragt die Stimme, die nicht seinem Vater gehört. Ich mache eine Pause, antwortet er. Wie du es mir gesagt hast. Du bist jetzt seit einer Stunde und zehn Minuten weg, sagt seine Freundin. Entschuldigung, sagt er und steht auf. Sind im Kinderwagen noch mehr Feuchttücher?, fragt sie. Ich hole sie, sagt er. Er fährt mit der Rolltreppe hinauf in den dritten Stock. Er schaut auf sein Handy. Er schreibt eine Nachricht in die Familiengruppe. *Habt ihr was von Papa gehört?* Die Schwester antwortet direkt: *Wollten eigentlich heute Mittag essen gehen, aber mir war was da-*

zwischengekommen. Mit ihm schien alles o. k. zu sein. Die Mutter: Nicht mit ihm gesprochen, nichts gehört.

Der Sohn, der ein Vater ist, verlässt die Rolltreppe und versucht ein letztes Mal anzurufen. Ein Freizeichen. Der Vater meldet sich. Seine Stimme scheint verwandelt. Er wirkt beinahe … glücklich? Im Hintergrund sind Schritte zu hören. Was machst du?, fragt der Sohn. Ich bin in der Stadt unterwegs, antwortet der Vater. Ich gehe spazieren. Spazieren?, fragt der Sohn. Allein? Mit einer Freundin, sagt der Vater. Einer Freundin?, fragt der Sohn. Was denn für einer Freundin? Einer Freundin, antwortet der Vater. Du kennst sie nicht. Ich rufe dich später zurück.

Der Vater legt auf. Der Sohn steht mit dem Telefon in der Hand da. Eine Freundin? Der Vater hat doch gar keine Freunde. Der Vater hat keine Freunde mehr, seit die Polizei eine Razzia im Seufzertunnel machte und die Mutter ihm das Versprechen abnötigte, dort nie wieder hinzugehen.

)))

Ein Vater, der ein Großvater ist, schlägt die Augen auf. Die Welt ist schwarz. Er hat einen Herzinfarkt bekommen. Einen Schlaganfall. Irgendetwas ist in sein Gehirn eingedrungen und hat den Sehnerv gekappt. Er ist mehr tot als lebendig und bald toter als tot. Er hört Stimmen. Lachende Kinder. Einen springenden Ball. Autos. Noch mehr Autos. Ein Bus hält an und senkt sich mit einem zischenden Laut zur Bordsteinkante ab. Er steht von der Parkbank auf, tastet sich in der Dunkelheit voran, hört seine Stimme über dem Wasser verhallen. Jemand ergreift sein Handgelenk, führt ihn zur Bank zurück und verpasst ihm eine Ohrfeige. Do you hear me?, sagt sie. Yes, antwortet er. Did you take something?, fragt sie. No, sagt er. I just fell asleep. Dann wird es still. Die Frau verschwindet. Sie ist aufgestanden und gegangen. Genau wie alle anderen. Dann hört er das Geräusch eines Feuerzeugs und riecht Zigarettenrauch. Sie sitzt noch da. Sie hat ihn nicht verlassen. I don't sleep much, erklärt er. I can see that, sagt sie. There is something wrong with my eyes, sagt er. Try opening them, sagt sie. Er öffnet die Augen. Er blinzelt. Er begreift, dass er aufrecht sitzt, was ein gutes Zeichen ist, weil tote Menschen normalerweise umfallen. Der kalte Schweiß, der ihm ausbricht, ist auch gut, wenn man bedenkt, dass tote Menschen nichts mehr fühlen. Unter die Schwärze mischen sich Lichtblitze, erst kleine Explosionen, dann längere Linien, als gäbe es mehrere Horizonte, die gerade beleuchtet würden, einer nach dem anderen. Dann kehrt die Welt zurück, das Sonnenlicht schwappt in seine Augen, alles ist noch da, die Bäume, die Häuser, die Bank, die Autos und die rauchende Frau neben ihm. Geht es jetzt besser? Er nickt. Sie sieht nicht so aus, wie er es sich vorgestellt hat. Ihre Stimme ist schöner als ihr Gesicht. Aber das spielt keine Rolle, denn sie sitzt noch da.

Der Vater, der einmal ein Sohn war, geht in einer Drehtür im Erdgeschoss des Kulturhuset immer im Kreis, Runde für Runde. Die Vierjährige läuft neben ihm und lacht. Wir sind ein Zirkus!, schreit sie und winkt den Menschen zu, die erfolglos versuchen, in die Drehtür zu gelangen, weil sie vom Vater, der Vierjährigen und dem Einjährigen in einem bananenverschmierten Kinderwagen besetzt ist, die Reifen sind unterschiedlich aufgepumpt, die Oberlippe des Einjährigen ist voll eingetrocknetem Rotz, im Ablagefach liegen wassergewellte Pixibücher, ein Drahtseil mit Zahlenschloss, verrottete Mandarinenschalen, ungleiche Handschuhe, vergessene Extrasocken, eine Pumpe für die Reifen, die ständig Luft verlieren, ein Regenschirm, zufällig ausgewählte Steine, die die Vierjährige aufheben möchte, und ein Programm zu der Kunstausstellung, die sie gerade eben angesehen haben. Eine Freundin, murmelt der Vater. Er hat doch gar keine Freunde. Seine Tochter sieht ihn an. Er verstummt. Sie verlassen die Drehtür. Er durchsucht die Wickeltasche, die alles enthält außer Taschentüchern. Der Vater wischt dem Sohn mit einem Feuchttuch den Rotz ab, der Sohn wimmert über die Kälte, der Vater erinnert sich an die Zeit, als er und seine Freundin noch ein sprunghaftes Paar waren, sie sprangen zwischen Ausstellungen, Cafés, Abendessen und Partys hin und her, jeder Tag bot so viele Möglichkeiten, man verließ morgens das Haus und kam vielleicht erst abends nach Hause. Damals waren sie Gazellen, jetzt sind sie Diplodocusdinos, damals waren sie Jetskis, jetzt sind sie Öltanker, sie brauchen eine Viertelstunde, um ihren Kurs zu ändern, sie betreten ein nettes Café, und das Personal informiert sie, dass sie den Kinderwagen leider draußen parken müssen und es keine Hochstühle gibt. Deshalb schlägt der Vater vor, im Café Panorama zu Mittag zu essen, wo die Angestellten so gemein zueinander sind, wie man es nur sein kann, wenn man miteinander verwandt ist. Die Aussicht ist magisch. Man kann so viel Kaffee nachholen, wie man will. Das Salatbuffet ist super. Oder zumindest in Ordnung. Und sie haben dieses süße Maisbrot, das der Einjährige liebt. An den Preisen ist auch nichts auszusetzen, meint der Vater. Aber die Mutter hat schon hundertmal dort gegessen und fand es nie richtig überzeugend. Na gut, sagt der Vater. Wie wäre es mit der Teaterbaren?, schlägt die Mutter vor. Dort sind die Tischdecken weiß und die Preise hoch. Der Vater erwidert, darauf er hätte er nicht so große Lust. Was ist mit dem Asiaten da? Die Familie geht an dem Restaurant im Erdgeschoss vorbei. Die Mutter studiert murrend die Speisekarte. Der Vater weiß, dass sie nicht zufrieden ist, weil es keine glutenfreien vegetarischen Gerichte gibt, das heißt, eigentlich gibt es sogar zwei, aber als sie sich an der Kasse erkundigt, enthalten beide Gerichte Milchprodukte. Sie verlassen das Kulturhuset. Sie stehen im Eiswind auf der Plattan. Isst du jetzt etwa auch keine Laktose mehr?, fragt der Vater. Ich ziehe vor, es nicht zu tun, sagt die Mutter, hast du ein Problem damit? Keineswegs, sagt der Vater. Ich möchte eine Wurst haben, sagt die Vierjährige. Wohin gehen wir?, fragt der Vater. Ketchup mit Wurst, sagt die Tochter. Weiß nicht, worauf hast du denn Lust?, fragt die Mutter. Wurst Wurst Wurst, sagt die Tochter. Jackie hat neulich was von einem veganen Restaurant in Kungsholmen erzählt, sagt die Mutter und nimmt ihr Telefon. WURST, sagt die Vierjährige. Der Vater schweigt und denkt, mit ein bisschen Planung würden solche Situationen nicht entstehen. Als er klein war, schmierte seine Mutter Brote, packte eine Flasche Saft und ein paar Äpfel ein, und das war das Essen. Er und die Kinder würden alles essen. Gebt uns ein paar heiße Würstchen, und wir sind glücklich. Oder ein paar Cheeseburger von McDonald's. Wir verdrücken sie im Stehen, und dann können wir uns auf was anderes konzentrieren. Stattdessen warten sie, bis die Mutter die Adresse des veganen Restaurants gefunden hat, und sie beginnen die Wanderung Richtung Kungsholmen, sie nehmen die Klarabergsgatan, sie kommen am Systembolaget vorbei, wo einige Kunden vergebens versuchen, das Personal zu überreden, sie noch hereinzulassen, um Alkohol zu kaufen, obwohl es zwei Minuten nach drei an einem Samstag ist. Sie kommen an der Apotheke vorbei, die rund um die Uhr geöffnet ist, sie überqueren die Brücke über die Vasagatan, sie gehen an der Schlange mit den guten und den bösen Taxis vorbei. Als sie über die nächste Brücke kommen, erinnert sich der Vater an die Nacht, in der sie hier entlanggingen und frisch verliebt waren, sie bildeten sich ein, unbedingt etwas ins Wasser werfen zu müssen, sie fanden einen Stapel Pflastersteine, sie warfen je drei Pflastersteine ins Wasser, und jeder davon symbolisierte etwas in ihrer Persönlichkeit, das sie gern loswerden wollten, sie warf den Stein Planungsangst, den Stein Scham und den Stein Sich-entschuldigen-obwohl-man-nichts-falsch-gemacht-hat. Er warf die Steine Selbstkritik und Nachtragendsein. Als er mit dem letzten Pflasterstein in der Hand dastand, fiel ihm nichts mehr ein, was er wegwerfen wollte. Vielleicht möchtest du ein bisschen von deinem Kontrollbedürfnis abgeben?, fragte sie. Ich habe doch wohl kein Kontrollbedürfnis, sagte er. Beziehungsweise, mein Kontrollbedürfnis ist doch wohl nicht stärker ausgeprägt als bei anderen? Und wenn ich tatsächlich ein gewisses Kontrollbedürfnis habe, muss das doch nichts Schlechtes sein, ohne mein Kontrollbedürfnis wäre ich gar nicht so weit gekommen im Leben, nur dank meinem Kontrollbedürfnis schaffe ich das alles. Ist ja gut, sagte sie. Beruhige dich. Dann wirf was anderes weg. Er hielt den rechteckigen, schweren Pflasterstein in der Hand, der im Licht der Dämmerung glänzte. Er taufte den Stein Perfektion und schmiss ihn ins Wasser. Sie gingen nach Hause. Sind Perfektion und Kontrollbedürfnis nicht zwei Seiten derselben Medaille? Nicht für mich, antwortete er. Sieben Jahre danach überqueren sie ihre Brücke mit ihren beiden Kindern. Sie reden nicht miteinander. Sie biegen rechts ab. Sie reden immer noch nicht miteinander. Essen wir jetzt Wurst?, fragt die Vierjährige. Sie nähern sich dem veganen Restaurant. Die Beleuchtung ist gedämpft, die Tische sind dunkelbraun, die Wände sind mit Stoffbäumen bezogen. Der Vater bereut, dass er an seiner Freundin gezweifelt hat. Er denkt, was für ein Glück es ist, dass es sie gibt. Ohne sie würde er sich in seinen eigenen Vater verwandeln, er würde drei Tage alten Krabbensalat essen, nur weil er im Angebot ist. Er würde in zehn Jahre alten Klamotten herumlaufen. Er hätte ein Steinzeithandy mit einer Akkulaufzeit von zwanzig Minuten. (Freundin? Wie, Freundin? Was für eine Freundin? Und warum klang er so glücklich?) Das sieht doch nett aus, oder?, fragt seine Freundin. Allerdings, antwortet er. Gibt es da auch Wurst?, fragt die Tochter. Ganz bestimmt, mein Schatz, sagt die Mutter. Und Ketchup? Lass uns reingehen und das herausfinden, sagt der Vater. Er zieht an der Tür. Sie ist verschlossen. Sie haben nur werktags auf, von zehn bis siebzehn Uhr. Die Vierjährige fängt an zu weinen. Der Einjährige fängt an zu weinen, weil die Vierjährige weint. Ein blauer Gelenkbus nähert sich. Der Vater verspürt einen Impuls, den Kinderwagen loszulassen, in den Bus zu springen und zu verschwinden. Stattdessen geht er in den nächsten Seven-Eleven und kauft drei Würstchen, zwei für die Kinder, eins für sich, das er noch an der Kasse verdrückt, um sich den kritischen Blick seiner Freundin zu ersparen. Das Mädchen hinter der Kasse sieht ihn an. Die anderen beiden sind für meine Kinder, sagt er. Sie nickt.

Sie gehen die Hantverkargatan hinauf und landen in einem Café, wo keiner von ihnen schon einmal war. Es ist eine anonyme Kette, ein Ort, den weder er noch sie überhaupt in Erwägung ziehen würden, hätten sie keine Kinder. Jetzt finden sie einen guten Tisch mit genug Platz für den Kinderwagen, der Vater geht zur Theke, er bestellt einen Tofusalat für seine Freundin, ein Sandwich und einen Latte für sich, Smoothies und Schokoladenkekse für die Kinder. Seine Freundin hört die Bestellung und wirft ihm einen kritischen Blick zu, er tauscht die Kekse gegen Energiekugeln aus. Und wie heißt du?, fragt der Typ hinter der Kasse. Wie bitte?, fragt der Vater. Dein Name?, fragt der Typ. Er steht mit dem Edding bereit. Der Sohn denkt nach. Er nennt einen seiner Namen. Der Typ schreibt den Namen auf einen Becher und fragt, ob er den Beleg haben möchte.

❭ ❭ ❭

Ein Großvater und eine Touristin sitzen auf der Parkbank beim Seufzertunnel und unterhalten sich über die Unterschiede zwischen verschiedenen Städten. Sie erzählt, sie wohne in Vancouver, Kanada (sie sagt es genau so, erst die Stadt, dann das Land), sei einige Jahre in der Finanzbranche tätig gewesen, habe dann eine Ausbildung zur Krankenschwester gemacht und in einem Pflegeheim gearbeitet. Sie nennt den Namen des Heims mit der gleichen Selbstverständlichkeit, wie man den Namen eines Landes ausspricht. Doch der Großvater hat noch nie davon gehört und vergisst ihn sofort wieder. Jetzt ist die Touristin in Rente und arbeitet nebenbei in einem Atelier, wo sie Hüte für Kunden näht, «die sogar noch älter sind als ich». Sie sind doch wohl nicht alt?, fragt der Großvater. Wenn Sie wüssten, entgegnet die Touristin lachend. Und Sie?, fragt sie. Was machen Sie beruflich? Ich habe mein ganzes Leben lang als Verkäufer gearbeitet. Ich habe Sesamsamen und Parfüms verkauft, selbstimportierte Uhren und dänische Bidets, Videorekorder und Pelzsachen. Aber jetzt bin ich auch in Rente, sagt der Großvater. Ich wohne im Ausland. Ich bin nur hier, um meine Kinder zu besuchen. Und ich dachte, Sie wären ein Tourist, sagte die Touristin. Ich? Tourist? Der Vater lacht. Wie kommen Sie denn darauf? Vielleicht wegen der Tüte von der Touristeninformation?, fragt sie. Ach, die habe ich nur, weil die Leute dann netter zu mir sind. Welche Leute?, fragt sie. Alle, sagt der Vater. Aber vor allem die Verkäufer in den Läden. Und die Busfahrer. Und die Polizisten. Die Touristin denkt nach. Bisher waren alle, denen ich hier begegnet bin, sehr freundlich zu mir, sagt sie. Anfangs sind sie freundlich, sagt der Großvater. Dann verwandeln sie sich.

Die Touristin steckt sich eine Zigarette an, ohne dem Großvater eine anzubieten. Er fasst es als Kompliment auf. Er sieht zu frisch und jugendlich aus, um für einen Raucher gehalten zu werden. Er betrachtet sie. Vor zwanzig Jahren wäre sie unsichtbar für ihn gewesen. Vor zehn Jahren hätte er sie vielleicht bemerkt, aber sofort entschieden, dass sie nicht sein Typ ist. Heute beschließt er, dass sie hübsch genug ist. Sie kann ja nichts dafür, dass sie mit solchen Augen geboren wurde. Ich war gerade auf dem Weg zum Rathaus, sagt die Touristin und steht auf. Ich auch, sagt der Vater.

Sie gehen am Wasser entlang. Der Vater erzählt, dass er neben seiner Tätigkeit als Verkäufer unzählige andere Geschäftsideen hatte. Zum Beispiel kam er als Erster darauf, dass man einen eigenen Stern im Weltraum kaufen und taufen könnte. Er hatte weitgediehene Pläne, die erste Spülbürste mit Spülmittel im Handgriff zu entwickeln. Aber immer kam ihm jemand anders zuvor. Jemand mit mehr Geld und besseren Kontakten.

Sie gehen über die Brücke zum Rathaus. Die Touristin liest aus ihrem Reiseführer vor. Sie sagt, der Bau des Rathauses habe zwölf Jahre gedauert und acht Millionen Ziegelsteine erfordert. Verschwendung von Zeit und Ziegeln, wenn Sie mich fragen, sagt der Großvater. Sie betreten den Innenhof des Rathauses. Der Wind flaut ab. Sie kommen an Touristen mit Selfiesticks vorbei, einem frisch verheirateten Paar, das von einem Fotografen mit Cap und beigefarbener Weste herumdirigiert wird, einer holländischen Schulklasse, die versucht, vor ihrem Klassenlehrer eine Pyramide zu bilden. Wie unglaublich schön das ist mit all dem Wasser, sagt die Touristin. Hier gehen die Leute im Sommer bestimmt auch schwimmen? Ja, antwortet der Großvater. Aber es ist wahnsinnig kalt. Und ungewöhnlich sauber, sagt die Touristin. Aber kein Trinkwasser, erwidert der Großvater. Im Gegensatz dazu, was manch dämlicher Politiker glaubt. Die Touristin nickt. Sie stellt keine Folgefragen, aber der Großvater erzählt ihr trotzdem von dem Lokalpolitiker, der das Olympische Komitee und das versammelte Medienaufgebot einlud, das Wasser im Mälaren zu trinken, weil er hoffte, die Olympischen Spiele würden dann an Stockholm gehen. Doch ausgerechnet an diesem Tag war das Wasser nicht genießbar, das ganze Komitee bekam Durchfall, und die Olympischen Spiele gingen an Athen. Was für ein Pech, sagte die Touristin. Das geschieht denen recht, sagte der Großvater. Alles Idioten. Wer?, fragt die Touristin. Alle, antwortet der Großvater. Aber vor allem die Politiker. Und das Olympische Komitee.

Ich würde dann mal allmählich weiter, sagte die Touristin. Es war sehr nett, Sie kennenzulernen. Wo wollen Sie als Nächstes hin?, fragte der Großvater. Gamla stan, antwortet die Touristin. Ich komme mit, sagte der Großvater. Ich habe sowieso nichts anderes vor. Sie gehen über die Brücke zurück. Sie liest in ihrem Reiseführer. Er beeilt sich, um mit ihr Schritt zu halten. Gamla stan liegt da drüben, sagt er. Ich weiß, antwortet sie. Genau da will ich ja hin. Ich auch, sagt der Großvater. Sein Telefon klingelt. Verzeihung, ich muss eben rangehen, sagt er und meldet sich. Die Touristin geht weiter. Es ist sein Sohn. Er erklärt, dass er gerade beschäftigt ist. Sie verabschieden sich wieder. Der Vater und die Touristin kommen zur Västerlångsgatan. Passen Sie gut auf Ihr Portemonnaie auf, warnt der Großvater. Es gibt eine Menge Taschendiebe hier. Sie sehen sich die Wachablösung vor dem Schloss an. Hier landen die besonders feigen Soldaten, sagt der Großvater. Sie gehen zurück Richtung Kungsträdgården. Das ist eine Statue von einem König, den die schwedischen Neonazis lieben, erklärt der Großvater.

Die Touristin gähnt und sagt, sie sei müde. Sie würde jetzt gern wieder zurück zu ihrer Kabine auf dem Kreuzfahrtschiff, das sie weiter nach Helsinki und dann nach St. Petersburg bringen wird. Der Großvater, der ein Gentleman ist, bietet natürlich an, sie zu begleiten. Die Touristin erwidert, sie finde den Weg schon allein. Der Großvater bietet trotzdem an, sie zu begleiten. Die Touristin dankt, sie würde es aber vorziehen, allein zu gehen. Der Großvater meint, in diesen Straßen sei man nicht sicher, wegen all der afrikanischen Drogendealer. Man wisse nie, wer in den Gassen laure. Jetzt reicht es, sagt die Touristin, dreht sich um und geht.

Auf dem Heimweg stellt der Großvater fest, dass er Glück hat, ein einsamer Wolf zu sein. Er ist stolz darauf, keine Menschen zu brauchen. Menschen sind Idioten. Seine jüngste Tochter ist eine Idiotin, weil sie das Mittagessen abgesagt hat, sein Sohn ist ein Idiot, weil er den Vater auf die Straße gesetzt hat, seine Exfrau ist eine Idiotin, weil sie ihre Ehe nicht gerettet hat, seine erste Tochter ist eine Idiotin, weil sie starb, seine Geschwister sind Idioten, weil sie sich nur bei ihm melden, wenn sie sich Geld leihen wollen, und der Stockholmer Verkehrsverbund sind Idioten, weil die Züge auf der roten Linie so selten fahren, und dieser Idiot mit der Zahnspange ist ein Idiot, weil er so laut mit dem Handy telefoniert und gleichzeitig mit offenem Mund Apfelsinenspalten isst, und die Tussi mit der Handtasche ist eine Idiotin, weil sie anscheinend nicht kapiert, wie leicht man ihr das Portemonnaie klauen kann, wenn sie ihre Handtasche nicht zumacht, und der

U-Bahn-Fahrer ist ein Idiot, weil er viel zu ruckhaft bremst. Die größten Idiotinnen sind aber trotzdem alte Touristinnen, denkt der Großvater, als er langsam durch das Wäldchen zur Wohnung geht. Hässliche, kettenrauchende chinesisch-kanadische Touristinnen mit selbstgenähten Klamotten, einer praktischen Bauchtasche und Gesundheitsschuhen, die angelaufen kommen und uninteressantes Zeug erzählen und dann andeuten, man könnte ja zusammen auf ihrem Luxuskreuzfahrtschiff übernachten, nebeneinander auf einem stramm bezogenen Bett unter einer schweren Daunendecke schlafen, einander umarmen, sich gegenseitig in den Nacken atmen, vom Atem des anderen beruhigen lassen, es ist ein großes Schiff, niemand wird merken, dass der Raum, der für eine Person reserviert ist, von zweien bewohnt wird. Du kannst auf dem Sofa schlafen, sagt die Touristin erst, aber als sie in der Kabine ankommen, wird doch klar, dass er bei ihr im Bett schlafen soll. Ist es in Ordnung, wenn wir den Fernseher anstellen?, fragt er. Ich brauche Geräusche im Hintergrund, damit ich einschlafen kann. Du wirst schon einschlafen können, antwortet die Touristin und führt ihn zum Bett. Sie hat recht, er schläft ohne Fernseher ein, und tags darauf essen sie von dem luxuriösen Buffet, und das Schiff legt ab. Keiner vermisst ihn, als er verschwindet. Aber so kam es leider nicht, und das ist schade, denkt der Großvater, als er auf das Sofa sinkt. Schade für sie. Sie hätte die Chance gehabt, aber sie hat es vermasselt. Nachts träumt er, jemand wäre in seinem Körper unterwegs, jemand wandert durch seinen Blutkreislauf, jemand umschließt sein Herz mit der Hand, wie man einen kleinen Vogel umschließt, erst ganz sanft, dann immer fester, bis das Genick des Vogels gebrochen ist und der Vater mit einem Ruck aufwacht, in einem weißen T-Shirt mit Werbelogo, so durchgeschwitzt, dass es beinahe durchsichtig ist.

SONNTAG

Ein Sohn, der ein Vater ist, darf bis Viertel vor fünf ausschlafen. Dann fängt der Sonntag an. Er wartet bis neun, ehe er den Vater anruft, der ein Großvater ist. Keiner geht ran. Um Viertel nach versucht er es noch einmal. Zwanzig nach. Fünf vor halb. Schließlich meldet sich der Vater. Wie steht's?, fragt der Sohn. Ich bin müde, antwortet der Vater. Sehr müde. Meine Füße tun weh. Ich sehe nur verschwommen. Was machst du gerade?, fragt der Sohn. Fußball gucken. Premier League. Wollen wir uns treffen? Sie verabreden sich in dem Café, das schräg gegenüber der Pizzeria liegt. Soll ich dich abholen, oder treffen wir uns da? Wir treffen uns da, sagt der Vater. Bring die Bankpapiere mit.

Der Sohn verlässt seine Wohnung und geht ins Büro. Auf seinen Kopfhörern hat er die Playlist, die dafür sorgt, dass der Spaziergang zwanzig anstatt fünfundzwanzig Minuten dauert. Die Musik führt dazu, dass er extra fest auf den Knopf der Fußgängerampel drückt, seine Schritte wirbeln Kieswolken auf, sein Mund wird zu einem Strich, sein Rücken ist gerade, die Augenbrauen wachsen zusammen. Siebzehn Jahre. Das geht seit siebzehn Jahren so. Das ist mehr als die Zeit, in der er sich um uns gekümmert hat. Wobei, was heißt schon «kümmern». Wie hat er sich schon um uns gekümmert? Er kam, und er ging. Er war da, und er verschwand spurlos. Mal hatten sie sich an einem Wochenende gesehen und waren zusammen ins Kino gegangen. Drei Monate später tauchte er unangemeldet auf der Grünfläche vor dem Haus auf. Ein halbes Jahr später kam er mit zwei Paketen vorbei, die, wie sich herausstellte, Unterwäsche der Mutter enthielten. Dann vergingen anderthalb Jahre ohne ein Lebenszeichen. Dann meldete er sich und fragte, warum der Sohn sich nicht meldete. Dann verschwand er wieder für ein halbes Jahr. Vier Jahre lang hatten sie gar keinen Kontakt. Schließlich brauchte er einen Mieter für seine Einzimmerwohnung in der City, und sie einigten sich auf die Vaterklausel. Sein Vater zog ins Ausland und ließ nur noch von sich hören, wenn er Hilfe bei seinen Bankgeschäften brauchte.

Beim ersten Mal war der Sohn gerade in Berlin, um einen Kumpel zu besuchen. Der Vater rief an. Er musste Geld an irgendjemanden in Bulgarien überweisen. Es sei eine Notsituation, erklärte der Vater. Bitte schick das Geld spätestens heute mit Western Union dorthin. Der Sohn notierte sich den Namen und die Adresse des Empfängers und fing an, nach Western-Union-Büros in Berlin zu recherchieren, die sonntags geöffnet hatten. Er erzählte seinem Kumpel, worum es ging, denn diese Sache bewies ja, dass er eine Verbindung zu seinem Vater hatte, dass sie eine Beziehung hatten, dass er nicht ganz vergessen worden war. Er durfte sich den Laptop seines Kumpels leihen, überwies das Geld auf das richtige Konto, hob es an einem Geldautomaten ab, lief quer durch Berlin, nahm eine Straßenbahn zur U-Bahn-Station und eine U-Bahn zum Bahnhof. Als er dort ankam, war das Büro noch zwanzig Minuten geöffnet. Er stellte sich an. Die überschminkte Tante an der Kasse erklärte, ohne gültige Ausweispapiere dürfe er leider kein Geld verschicken, und der schwedische Führerschein reiche als Dokument nicht aus. Sie müsse einen Pass sehen. Er versuchte sie zu überreden. Er sagte, es sei eine Notsituation. Er sagte, er könne morgen mit seinem Pass wiederkommen und ihn vorzeigen, aber das Geld müsse heute auf den Weg gebracht werden. Am Ende schloss sie ihre Kasse, und er musste seinen Vater anrufen und zugeben, dass er versagt hatte. Sein Vater würde ihn anschreien, dass er ein nutzloser Sohn sei, der nichts auf die Reihe bekäme. Er bereitete sich darauf vor, gleich niedergemacht zu werden. Stattdessen sagte der Vater, wenn das Geld erst am nächsten Tag komme, sei das auch in Ordnung. Ich dachte, es ist eine Notsituation?, fragte der Sohn. Morgen geht auch noch, sagte der Vater. Tags darauf fand der Sohn ein geöffnetes Western-Union-Büro nahe der Wohnung seines Kumpels, er überwies das Geld und erhielt einen Code aus vielen Ziffern, den er dem Vater als Kurzmitteilung schickte. Er bekam keine Antwort. Er schickte eine neue Nachricht mit dem Code und bat den Vater, ihm den Erhalt zu bestätigen. Noch immer keine Antwort. Gegen Mittag rief der Sohn den Vater an, der sich, wie immer, wenn jemand anrief, mit dieser bösen Stimme meldete, als sei er von vornherein davon überzeugt, der Mensch am anderen Ende wäre ein Telefonverkäufer, der ihm sein Geld abluchsen wolle. Ich bin's, sagte der Sohn. Ja?, fragte der Vater. Hast du den Code bekommen? Ja, antwortete der Vater. Das Geld ist da. Okay, sagte der Sohn. Gut, sagte der Vater. Sie legten auf.

Der Sohn erreicht die Anhöhe. Er erinnert sich an andere Transaktionen. Ein Cousin, der in Großbritannien lebt, braucht dringend Geld. Überweise 500 Euro an eine Seat-Fabrik in Portugal für ein wichtiges Ersatzteil. 700 Euro an einen Elektronikhersteller in der Slowakei. 400 Euro an eine Textilfabrik in Vietnam. Der Vater meldete sich immer bei ihm, nie bei der Schwester. Denn er war der älteste Sohn.

Er wohnte in der Wohnung des Vaters. Eine Weile war er so oft im Forex am Hauptbahnhof, dass ihn die Angestellten wiedererkannten, sie grüßten höflich und erkundigten sich, wie sein Wochenende gewesen sei. Und manchmal dachte der Sohn, wie seltsam es war, dass sich das Personal im Forex nach etwas erkundigte, was sein Vater nie fragte.

Nur einer seiner Kumpels reagierte darauf, derjenige, der in Berlin wohnte und ein ähnliches Verhältnis zu seinem Vater hatte. Ihr liebt euch also heiß und innig, sagte er. Ich muss allerdings fragen: Was genau macht dein Vater eigentlich? Import-Export, antwortete der Sohn. Import-Export von was? Unterschiedlich, antwortete der Sohn. Aber es ist dein Geld? Nein, antwortete der Sohn. Natürlich nicht. Es gehört meinem Vater. Er hat hier ein Konto, und ich überweise das Geld von seinem Konto auf meins. Solltest du nicht mal checken, an wen du das Geld schickst?, fragte der Kumpel. In diesen paranoiden Zeiten wäre ich lieber extrem vorsichtig damit, Geld zu überweisen, wenn ich mir nicht ganz sicher bin, wer der Empfänger ist. Darüber hast du aber sicher schon nachgedacht?

Der Sohn hatte noch nie einen Mantel in eine unbewachte Garderobe gehängt. Er schloss seine Fahrräder immer doppelt ab. Er saß im Café stets mit dem Rücken zur Wand, wenn er Mails beantwortete. Immerzu hatte er das Gefühl, die ganze Welt habe es auf ihn abgesehen, und erst viel später erklärte ihm die künftige Mutter seiner Kinder, Paranoia könne unter anderem dadurch entstehen, dass man von seinen Eltern im Stich gelassen worden sei, und in Ermangelung ihrer Fürsorge bilde man sich ein, man werde überwacht. Besser verfolgt als vollkommen ignoriert. Trotzdem war er nie auf den Gedanken gekommen, es könnte riskant sein, Geld in die ganze Welt zu verschicken. Er war eher stolz, dass der Vater sich meldete. Der Sohn saß beim Abendessen oder an der Bar, und sobald jemand das Thema Geld oder Familie erwähnte, gelang es ihm irgendwie, das Gespräch darauf zu lenken, dass er gerade Geld an einen Geschäftskontakt seines Vaters in Istanbul geschickt hatte. Dadurch fühlte er sich wie ein guter Sohn, als hätten sie ein halbwegs normales Verhältnis. Und es war immer dringend. Auch wenn der Sohn mit drei Bilanzen beschäftigt war, die noch vor dem Wochenende fertig sein sollten, hatte es immer höchste Priorität, dass er zum Forex fuhr, das gelb-schwarze Western Union-Formular ausfüllte und den Code so schnell wie möglich verschickte. Ich kann das meinem Vater ja irgendwie nicht abschlagen, sagte der Sohn zu seinem Kumpel. Warum nicht?, fragte der Kumpel. Was würde passieren? Er würde den Kontakt zu mir abbrechen, sagte der Sohn. Es wäre nicht das erste Mal.

Der Sohn biegt links in das Wäldchen ein. Er erinnert sich an jenen Frühlingstag, als er mit zwei Kumpels in Paris gewesen war. Sein Handy hatte vibriert. Es war der Vater. Die Nachricht bestand aus drei Buchstaben: SOS. Der Sohn verließ den Tisch im Restaurant und ging auf den Bürgersteig hinaus, um den Vater zurückzurufen. Der Vater meldete sich. Seine Stimme klang dunkler als gewöhnlich. Er hustete und konnte gar nicht mehr damit aufhören. Nach einigen Minuten übernahm sein Handlanger den Hörer, er erklärte, der Vater sei schwer krank, er liege schon seit mehreren Wochen im Bett, Verdacht auf Lungenkrebs, Verdacht auf TBC, an diesem Morgen habe er große Mengen Blut ausgehustet, er könne nicht aufstehen, er sei schwach, er sei blass, er habe das sichere Gefühl, in seinen Lungen würde etwas wuchern, wir werden versuchen, die Lunge so bald wie möglich noch mal röntgen zu lassen, sagte er, aber das Wichtigste ist, dass du jetzt kommst. Dein Vater braucht dich. Komm, so schnell du kannst. Der Sohn war schon längst auf dem Weg ins Hotel. Er erklärte seinen Freunden, aber auch dem Mädchen an der Rezeption, dass sein Vater schwer krank sei. Dass er sofort hinfliegen müsse. Gegen Mitternacht landete er mit einem seltsam aufgeräumten Gefühl in dem anderen Land. Am Flughafen wurde er vom Handlanger des Vaters abgeholt, der nur ein paar Jahre älter war als der Sohn und seit ihrer letzten Begegnung eine Glatze bekommen hatte. Sie umarmten einander, er humpelte, als er zum Auto ging, und erzählte, er hätte einen Autounfall gehabt, sei gerade Richtung Küste gefahren, als ein Traktor vor ihm seine Ladung verlor, sei mit den Heuballen kollidiert und von der Straße abgekommen, vor acht Monaten, aber jetzt habe er sich fast vollständig erholt. Nur das Hinken und die Schmerzen in der Hüfte seien noch da. Sie sprangen ins Auto und fuhren auf der Avenue ins Zentrum. Hoch oben an allen Laternenpfählen eine endlose Reihe von Porträts des Präsidenten, sein frommes Lächeln vor lilafarbenem Hintergrund, er, der dem Land Stabilität versprach und den Frauen Freiheit und gute Wirtschaftsaussichten all jenen, die keine Angst vor der Zukunft hatten, er, der verstand, dass alle Änderungen schrittweise umgesetzt werden mussten, er, der garantierte, dass das Land nicht in ein zukunftsfeindliches, religiöses Chaos gestürzt würde (wie manche in der Familie meinten). Er, der für Terror und religiöse Unterdrückung und Massenverhaftungen und eine antidemokratische Führung stand und Palästina verraten hatte, ein korrupter, machtgeiler Idiot (wie andere in der Familie meinten). Der Sohn blickte zu den Plakaten hoch. Weißt du, warum er immer vor einem lila Hintergrund fotografiert wird?, fragte der Sohn. Der Handlanger schaute zum Präsidenten. Ist das so? Darüber habe ich noch nie nachgedacht. Ich sehe diese Bilder gar nicht mehr. Sie bogen links in die Hauptstraße und dann rechts in den schmalen Weg hinter dem Großmarkt, wo der Vater wohnte. Er lag auf einem Sofa, ihm war der kalte Schweiß ausgebrochen, er konnte nicht aufstehen, er lächelte mit schmalen Augen und flüsterte, der Sohn müsse ihm helfen, nach Hause zu kommen. Nach Schweden. Wann kannst du reisen?, fragte der Sohn. Ich kann nicht reisen, flüsterte der Vater. Ich bin zu schwach. Ich werde sterben. Der Sohn rannte ins nächste Internet-Café. Er bestellte einen Kaffee und suchte nach Verbindungen, und gleichzeitig telefonierte er mit dem Bekannten eines Bekannten, der im Außenministerium arbeitete, er fragte, wie man einen Transport für todkranke schwedische Staatsangehörige organisieren könne, er bekam die Nummer eines SOS-Dienstes, ein Ambulanzflug kostete mehrere hunderttausend Kronen, er sprach mit seiner Versicherung, solange die betreffende Person unter der richtigen Adresse gemeldet sei, bestehe ein Reiseschutz für eine Dauer von fünfundvierzig Tagen. Er ist seit viereinhalb Monaten nicht mehr im Land gewesen, sagte der Sohn. Dann werden die Kosten leider nicht übernommen, sagte die Versicherung. Er legte auf, suchte nach Alternativen, es gab keine Charterflüge und keine Linienflüge, die einzige Möglichkeit, so schnell wie möglich nach Stockholm zu gelangen, bestand darin, einen separaten Flug nach Barcelona zu buchen und einen anderen Flug von Barcelona nach Stockholm. Die Website verweigerte diese Buchungsmöglichkeit, weil die Umsteigezeit vom einen zum anderen Terminal zu kurz war, aber der Sohn buchte die Flüge getrennt. Es muss gehen, dachte er. Uns bleibt keine andere Wahl, wir müssen hier weg, wir müssen nach Hause, er braucht die richtige Behandlung, zusammen werden wir die Heimreise schon schaffen. Er rannte zurück zur Wohnung, der Vater war kaum noch ansprechbar, er erzählte, er hätte eine Heimreise gebucht, den Rollstuhlservice bestellt, wir werden über Barcelona nach Hause fliegen, und alles wird gutgehen, ich werde die ganze Zeit bei dir sein. Wie teuer?, fragte der Vater. Das spielt keine Rolle, sagte der Sohn. Die Reise geht auf mich. Danke, sagte der Vater und klopfte dem Sohn auf den Rücken. Ich werde aber nicht reisen können. Du musst, sagte der Sohn. Den Rest des Tages bereiteten sie die Reise vor. Der Handlanger fuhr in seine Rehaklinik und organisierte eine Art Rollator, mit dem der Vater vom Haus bis zum Auto kam. Der Sohn organisierte den Reiseproviant und telefonierte mit dem Informationsdienst für Krankenpflege und mit der Mutter, die ihm viel Glück wünschte, und mit der Schwester, die ihm die Nummer einer Freundin gab, die für Ärzte ohne Grenzen gearbeitet hatte. Der Sohn rief die Ärztin an und berichtete von den Symptomen und den Untersuchungen, denen sich der Vater unterzogen hatte, von den Röntgenbildern der Lunge, auf denen nichts zu sehen war. Die Freundin der Schwester verstummte. Sie räusperte sich. Seine Lunge wurde geröntgt, sagst du? Zweimal, antwortete der Sohn. Und er war dort auch beim Arzt? Ja, sicher. Bei mehreren. Alles Stümper. Die medizinische Versorgung in diesem Land ist ein Witz. Wer behauptet das?, fragte die Ärztin. Er behauptet das, antwortete der Sohn. Nimmt er Antidepressiva?, fragte die Ärztin. Hat er aufgehört, seine Tabletten zu nehmen? Seit wann wird man von einer Depression wie gelähmt und spuckt Blut?, fragte der Sohn. Mein Rat wäre, dass ihr sofort in die psychiatrische Ambulanz fahrt, wenn ihr zu Hause seid, sagte die Ärztin.

Am nächsten Tag reisten sie ab. Der Handlanger und der Sohn trugen den Vater die Treppe hinunter. Er stützte sich auf den Rollator und schleppte sich zum Beifahrersitz des wartenden Autos. Der Sohn hievte das Gepäck in den Kofferraum, und obwohl der Vater sagte, er würde sterben und diese

Reise niemals überleben, schafften sie es bis zum Flughafen, der Sohn holte den Rollstuhl, sie checkten ein. Sie bestiegen das Flugzeug nach Barcelona, und die nationale Fluggesellschaft war ausnahmsweise nicht mehr als zehn Minuten verspätet. Werden wir den Anschluss nach Stockholm kriegen?, flüsterte der Vater. Es könnte klappen, sagte der Sohn. Es muss klappen. Sie saßen ganz vorn im Flugzeug, am Gate in Barcelona wartete ein Rollstuhl auf sie. Ich muss Sie bitten, als Letzte auszusteigen, sagte die Flugbegleiterin. Nie im Leben, erwiderte der Sohn. Er sprang auf, kaum dass die Anschnallzeichen erloschen waren. Er versperrte den Passagieren in den hinteren Reihen den Weg. Er zerrte den steifen Körper des Vaters hoch und griff ihm unter die Arme, damit er mit langsamen Schritten das Flugzeug verlassen konnte. Als er in den wartenden Rollstuhl sackte, sah er aus, als würde er gleich ohnmächtig werden, seine Haut war gelb, sein Atem flach, er flüsterte, er müsse schlafen. Sie rannten zum Gepäckband, der Sohn schob den Rollstuhl, derjenige, der für den Rollstuhl zuständig gewesen wäre, rannte nebenher, er sagte, der Flug nach Stockholm gehe von einem ganz anderen Terminal, er sagte, es sei unmöglich zu schaffen, man könne einen Bus nehmen, aber das dauere eine Viertelstunde. Der Vater schien nicht mehr ansprechbar, seine Augen waren weit aufgerissen, die trockenen Lippen zitterten, das Weiß in seinen Augen war gelblich, der Sohn weigerte sich, die Information zu akzeptieren, und als sie durch die automatischen Türen ins Freie traten, stand der Bus noch da. Da ist er, rief der Typ, der für den Rollstuhl zuständig war, er stürmte voraus und winkte, und als der Fahrer die Türen schloss, sprang er vor den Bus und hob flehend die Hände, er schaute zum Fahrer hoch, er deutete auf den Sohn und den Vater. Der Fahrer hielt an, er öffnete die hinteren Türen, und der Sohn und der Rollstuhltyp bugsierten den Vater mit vereinten Kräften hinein. Sie fuhren in Richtung des anderen Terminals, sie sahen alle dreißig Sekunden auf die Uhr. Das wird nicht klappen, sagte der Rollstuhltyp wieder und wieder, aber er sagte es mit einer neuen Glut in der Stimme, als wollte er trotzdem alles geben. Er rief dem Busfahrer etwas zu, und dieser hielt vor ein paar Türen ohne richtige Haltestelle. Sie hoben den Rollstuhl aus dem Bus und rasten zum Check-in. Mit nur noch vier Minuten Vorsprung checkten sie auf den Flug nach Stockholm ein und hetzten weiter zum richtigen Ausgang, der Rollstuhltyp blieb dabei, er wirkte geradezu euphorisch. Als sie beim Gate eintrafen, hatte das Boarding noch nicht mal begonnen, der Sohn sank neben dem Rollstuhl in die Hocke, er versuchte, seinen Atem zu beruhigen, er kaufte Wasser, Kaffee und eine Jumbopackung Snickers, die er mit dem Vater und dem Rollstuhltypen teilte. Es hat geklappt, sagte der Sohn. Daran habe ich nie gezweifelt, erwiderte der Rollstuhltyp. Sie verabschiedeten sich an der Schwelle zum Flugzeug, der Vater stützte sich auf den Sohn, sie hatten Plätze weit hinten bekommen, aber eine Familie mit Kindern bot an, mit ihnen zu tauschen. Der Vater sank auf den Sitz und schlief ein. Der Sohn beugte sich über ihn und schnallte ihn an. Trotz seiner Krankheit, trotz der durchwachten Nacht und der Schweißausbrüche roch der Vater seltsamerweise gut.

Als sie aus dem Flugzeug gestiegen waren, fuhren sie direkt zur psychiatrischen Ambulanz am Klinikum St. Göran. Die Schwester wartete auf sie, als das Taxi auf dem Wendehammer vorfuhr. Sie umarmte den Vater und half ihm auf den Bürgersteig. Danke, dass du gekommen bist, flüsterte der Vater der Schwester zu. Es bedeutet mir alles, dass du da bist. Mit winzig kleinen Schritten schaffte der Vater es fast ganz allein bis ins Wartezimmer. Der Sohn kam mit dem Gepäck hinterher. Sie zogen eine Nummer und warteten. Nach einer halben Stunde kam ein junger Typ mit verbundenen Handgelenken und knallbunten Rastalocken. Seine Mutter sprach mit der jungen Frau an der Rezeption, während er um sich starrte, als wäre er gerade von einem anderen Planeten gekommen. Der junge Typ kam vor dem Vater an die Reihe. Der simuliert nur, sagte der Vater kopfschüttelnd. Der ist gar nicht wirklich krank. Nach anderthalb Stunden durfte der Vater mit einer Ärztin sprechen. Der Sohn begleitete ihn, die Schwester wartete draußen. Der Vater bekam einen Hustenanfall. Und noch einen. Er spuckte Schleim und Blut in eine Papierserviette. Die Ärztin bat ihn, Platz zu nehmen.

Der Vater sagte, dass er nur unter Protest hergekommen sei. Psychologie wäre etwas für Frauen und Irre. Freud ein jüdischer Pädophiler und kokssüchtig. Jung eine Tunte. Ja, natürlich hatte der Vater auch mal Phasen gehabt, in denen er traurig war. Wie nach seiner Scheidung. Oder als er Diabetes bekam. Aber wer ist denn nicht ab und zu traurig? Vögel sind traurig. Hunde sind traurig. Menschen können auch traurig sein. Und wann waren Sie das letzte Mal traurig?, fragte die Ärztin. Traurig? Ich bin nie traurig. Ich habe gar keine Zeit dafür, traurig zu sein. Ich habe drei Kinder. Zwei Kinder. Ich habe mein ganzes Leben lang gearbeitet. Ich besitze eine starke Psyche. Es ist mein Körper, der kaputt ist. Der Sohn saß schräg hinter dem Vater auf einem Stuhl. Er weinte. Ihr Sohn scheint aber traurig zu sein, sagte die Ärztin mit ihrem russischen Akzent. Er denkt zu viel nach, erwidert der Vater. Er ist viel zu sensibel.

Wie Sie sicher verstehen werden, kann ich Sie nicht einweisen, sagte die Ärztin. Aber ich könnte Ihnen den Kontakt einer anderen psychologischen Praxis geben. Der Vater sah sie aus bohrenden Pupillen an. Ich brauche keinen Seelenklempner. Ich brauche einen richtigen Arzt. Ich brauche ein MRT. Ich brauche ... Er fing an zu husten und konnte nicht wieder aufhören. Aber ich hätte gern, dass sich jemand in der allgemeinen Ambulanz einmal diesen Husten ansieht, fuhr die Ärztin fort.

Der Vater wurde von einem normalen Arzt untersucht, der ihn wegen des Verdachts auf TBC einweisen ließ. Er wurde zur Beobachtung dabehalten, seine Lungen wurden geröntgt, er bekam ein Einzelzimmer mit Fernseher, gemusterter Bettwäsche und Plastikblumen im Fenster. Er schien sich wohlzufühlen. Wenn ihn die Kinder besuchten, sagte er, das Essen sei super, die Krankenschwestern nett und die Ärzte vermuteten, er habe TBC oder irgendeine andere Lungeninfektion. Und ihr dachtet, ich wäre depressiv, sagte er lachend. Seit wann ist man von einer Depression wie gelähmt? An manchen Tagen wurde der Husten besser, an anderen konnte er nur schwer aufstehen. Sie verlegten ihn per Krankentransport in die Abteilung für Infektionskrankheiten in Huddinge. Dort gab es ein kleines Wartezimmer, wo man seine Jacken ablegen konnte und einen Fernseher auf Rädern mit VHS-Spieler. Seine Kinder, die keine Kinder mehr waren, sondern Erwachsene, mussten bei ihren Besuchen weiße Schutzmasken tragen. Wenn er sich über die geringe Auswahl an Fernsehsendern beschwerte, kamen sie mit einem Haufen geliehener Videokassetten vorbei. Nur Filme, von denen sie wussten, dass der Vater sie liebte, wie *Im Körper des Feindes* und *Alarmstufe: Rot* und *Hard to kill: Ein Cop schlägt zurück* und *Nico*. Habt ihr nichts mit van Damme mitgebracht?, fragte der Vater. Doch, guck mal hier, *Harte Ziele*. Und *Geballte Ladung – Double Impact*. Der Vater lachte. Er machte einen gesünderen Eindruck. Nach ein paar Wochen konnten die Ärzte feststellen, dass die vermeintliche TBC-Infektion ausgeheilt war.

Die Kinder mussten auch einen Test machen, der negativ ausfiel. Der Vater hörte auf zu husten oder hustete zumindest weniger. Ein psychologischer Berater wurde hinzugezogen und empfahl Elektroschocks und Antidepressiva. Der Vater wurde in die psychiatrische Abteilung verlegt, wo er das Zimmer mit drei anderen Männern teilte, die seiner Aussage nach «völlig bekloppt» waren. Er bekam Elektroschocks und schluckte Antidepressiva, und eines sonnigen Dienstags durfte er wieder nach Hause fahren.

Anschließend lag er in seinem normalen Bett, das eigentlich das Bett des Sohnes war, der Fernseher lief. Die Schwester war da. Sie hatte ihren Sohn dabei. Was für eine Tortur, brummelte der Vater. Wisst ihr, wie ich das alles überstanden habe? Wisst ihr, was mir das Leben gerettet hat, als alle Hoffnung gestorben war? Sein Sohn lächelte. Er wusste, was jetzt kommen würde. Jetzt kam es. Nach all den Jahren des Wartens. Jetzt sagt er es. Es war die Liebe zu meinen Kindern, die mich gerettet hat, stand im Drehbuch des Vaters. Mein Sohn hat mich gerettet, lautete die vorgesehene Antwort. Ich bin so unglaublich stolz auf dich, danke für alles, was du für mich getan hast, mein geliebter Sohn, hätte der Vater sagen müssen, doch er sagte es nie. Stattdessen sagte er: Ich habe das nur dank meiner ungeheuer starken Psyche überstanden. Ohne die wäre ich untergegangen.

Der Sohn ging auf die Toilette und hörte aus dem Schlafzimmer Getuschel. Als er zurückkam, sagte der Vater, außerdem sei er dankbar dafür, so tolle und erfolgreiche Kinder zu haben. Er sagte es mit dem Widerwillen eines Schauspielers, der genau weiß, dass dieser Satz dazu führen wird, dass die Figur, die er spielt, aus der Serie herausgeschrieben und ermordet wird. Trotzdem machte es den Sohn seltsam glücklich. Der Vater hatte nicht ein einziges Mal angeboten, die

Auslagen für Flüge, Taxifahrten, Mahlzeiten zu erstatten. Natürlich nicht. Schließlich waren sie eine Familie.

Jetzt steht der Sohn, der ein Vater ist, zur vereinbarten Zeit vor dem Café. Er hat drinnen bereits eine Runde gedreht und das Personal begrüßt. Er könnte sich an einen Tisch setzen und warten. Doch wie er weiß, besteht das Risiko, dass er mehr als eine Stunde warten muss, und er möchte nicht den ganzen Tag hier verbringen. Nach zehn Minuten nimmt er die Abkürzung über den Spielplatz, geht die Treppe zum ersten Stock hinauf und holt den Vater ab, der schlaftrunken vor dem Fernseher auf dem Sofa sitzt. Wie geht's?, fragt der Sohn mit dieser Stimme, die er hasst. Nicht gut, antwortet der Vater und streckt sich der Länge nach aus. Ich bin müde. Ich bin krank. Meine Füße schmerzen. Meine Augen sind kaputt. Und Everton ist im Rückstand.

Der Sohn liest die kostenlosen Zeitungen vom Boden auf, faltet die leeren Pizzakartons zusammen und dreht an den Jalousien, damit ein bisschen Licht hereinkommt. Das Spiel ist doch eine Wiederholung, sagt er. Der Vater erwidert nichts. Fühlst du dich hier wohl? Es ist ganz okay, sagt der Vater. Aber es sind zu viele Bücher überall. Man hat gar keinen Platz mehr. Mama hat mal behauptet, du hättest regelmäßig gelesen, als ihr euch kennengelernt habt, bemerkt der Sohn. Der Vater erwidert nichts. Komm, wir gehen jetzt, sagt der Sohn. Und die Nachbarn sind schlimm, ergänzt der Vater und bleibt liegen. Was stimmt denn jetzt wieder mit den Nachbarn nicht?, fragt der Sohn. Sie nehmen Drogen. Meinst du Sandro? Er arbeitet als Hausmeister. Er ist ein bisschen eigen, aber er nimmt garantiert keine Drogen. Und die von nebenan empfängt Kunden, fährt der Vater fort. Wer? Klara?, fragt der Sohn. Die Chinesin, antwortet der Vater. Sie ist halb Thailänderin, antwortet der Sohn. Männer, die zu jeder Tages- und Nachtzeit kommen und gehen, sagt der Vater. Sie ist Designerin und entwirft Lampenschirme, erklärt der Sohn. Sie arbeitet von zu Hause aus. Diese grüne Lampe mit Frida Kahlo, die wir in unserem Wohnzimmer haben, ist von ihr. Hast du die gesehen? Ich war schon ewig nicht mehr bei euch zu Hause, antwortet der Vater. Die Lampe ist jedenfalls sehr schön. Er bückt sich, um ein paar Bücher vom Boden aufzuheben. Sind die von selbst umgefallen?, fragt er. Der Vater tut so, als hätte er es nicht gehört. Jetzt gehen wir, sagt der Sohn mit dieser Stimme, mit der er sich vorkommt wie ein Personal Trainer, der seinen Job hasst, oder ein Pornodarsteller, der Enthusiasmus vortäuschen muss. Der Vater erhebt sich mit einem Seufzer. Pizzakrümel fallen auf den Boden. Ist es kalt draußen?, fragt er. Es ist immer kalt draußen, antwortet der Sohn. Warum hast du dann keine Mütze auf?, fragt der Vater. Sie gehen gemeinsam die Straße entlang, der Vater bewegt sich langsam, dem Sohn fällt auf, dass er humpelt. Du solltest eine Mütze tragen, sagt der Vater. Du frierst dir noch die Ohren ab.

Im Café setzt sich der Vater an einen Ecktisch. Er sagt dem Sohn, was er gern hätte. Der Sohn bestellt am Tresen. Er hofft, der Vater würde ausnahmsweise anbieten, ihn einzuladen, und hasst sich gleichzeitig selbst dafür, dass er seinen eigenen Vater nicht einmal zu Kaffee und Kuchen einladen kann, ohne gleich an andere Schulden denken zu müssen, die er bei ihm hat. Der Sohn kehrt mit Kaffee, Gebäck und Wasser zurück. Der Vater seufzt, weil das Teelicht im Kerzenständer auf dem Tisch ausgegangen ist. Der Kaffee ist zu schwach. Die Makrone zu klein. Hast du die Papiere dabei?, fragt der Vater. Der Sohn nickt und zieht die Plastikmappe mit den ausgedruckten Kontoauszügen von der Internetbank hervor. Sie enthalten sämtliche Kontobewegungen der letzten sechs Monate. Viel hat sich auf den Konten nicht getan. Einige Ausgänge für die Reisen des Vaters. Einige Krankheitskosten. Die Jahresgebühr für die Wohngenossenschaft. Die Steuervorauszahlungen. Beide Kontoauszüge finden auf einer Seite Platz. Nichtsdestotrotz nimmt der Vater einen Stift zur Hand und geht alle Ein- und Ausgänge durch, Posten für Posten. Er leiht sich das Handy des Sohns aus, um mit dem Taschenrechner zu prüfen, ob auch wirklich alles stimmt. Es stimmt, Papa, sagt der Sohn. Das ist eine seriöse Bank. Deren Geschäfte würden nicht so gut laufen, wenn sie den Leuten nicht das Geld aus der Tasche ziehen würden. Der glaubwürdigste Mensch ist der beste Verbrecher. Ist das eine gängige Redewendung?, fragt der Sohn. Das ist meine Redewendung, antwortet der Vater. Was ist denn das hier? Der Flug vom letzten Mal, erklärt der Sohn. Sechstausenddreihundert? Er kostet immer zwischen fünf und sechs. Aber sechsdrei? Das kommt mir viel vor. Letztes Mal wolltest du ja auch ziemlich kurzfristig wieder nach Hause, weißt du noch? Sechsdrei? Sechsdrei? Ständig sagt der Vater die Zahl. Der Sohn ist vorbereitet, er holt die Quittung von der letzten Reise hervor, er zeigt die Zahl ganz unten rechts, und der Vater ist beruhigt. Und du siehst doch auch die Gesamtsumme? Im Vergleich zum Saldo sind sechsdrei nicht besonders viel, oder? Der Vater ignoriert alle Versuche, die Stimmung zu heben.

Als der Kaffee ausgetrunken ist, räuspert sich der Sohn. Und jetzt müssen wir über die Vaterklausel sprechen, sagt er.

)))

Ein Vater, der Großvater geworden ist, wird frühmorgens von seinem Handy geweckt. Es klingelt wieder und wieder, und am Ende geht er ran. Der Sohn will ihn unbedingt heute treffen, weil er gerade in Elternzeit ist, und wenn sie sich allein treffen wollen, geht es nur jetzt oder nie. Sie verabreden sich. Der Vater schläft noch mal ein. Als er aufwacht, läuft der Sohn in der Wohnung herum. Er hat die Tür aufgeschlossen und sich selbst reingelassen. Aus der Küche hört man genervte Seufzer. Er ist sauer. Wie immer. Er wurde sauer geboren und wird auch sauer sterben. Man kann es ihm unmöglich recht machen. Wenn man Fragen stellt, ist man zu neugierig. Wenn man keine Fragen stellt, ärgert es ihn, dass man sich nicht darum kümmert, was in seinem unglaublich öden Leben passiert. Wenn man Essen mitbringt, wirft er einem vor, man würde Kakerlaken einschleppen. Wenn man kein Essen mitbringt, wird er sauer, wenn man ihn bittet, ein paar Grundnahrungsmittel zu kaufen. Wenn man einen Monat bleibt, hindert ihn das am Arbeiten. Wenn man zehn Tage bleibt, schafft man es nicht oft genug, seine Kinder zu sehen. Und alles, was passiert, bringt er mit irgendwelchen historischen Ereignissen in Zusammenhang, die niemanden außer ihn interessieren. Sie können gerade ein Fußballspiel im Fernsehen schauen oder in einem Café in der Stadt sitzen oder auf der Drottninggatan spazieren gehen. Das Leben findet in ihrer unmittelbaren Nähe statt, und es gibt keinen Anlass, die Vergangenheit an den Haaren herbeizuziehen. Trotzdem gelingt es dem Sohn immer wieder, er sagt, die Trikots der Fußballmannschaft würden ihn an dieses Gemälde erinnern, das im Warteraum vor dem Zimmer des Vaters im Krankenhaus hing. Der Sohn hält einen Kaffeebecher in der Hand und fragt den Vater, ob er sich erinnert, wie sie sich mit dieser dicken Trulla im McDonald's angelegt haben. Sie gehen den Hang zum Tegnérlunden hinauf, und der Sohn sagt, apropos nichts, erinnerst du dich noch, wie wir in der Küche in der alten Wohnung standen und du mich geohrfeigt hast? Der Vater erinnert sich an keine Ohrfeige. Es hat nie eine Ohrfeige gegeben. Dagegen erinnert sich der Vater noch gut daran, dass der Sohn ein pickeliger Teenager mit einer Wampe war. Er hatte die falschen Freunde und Klamotten wie ein Gangster, trug rote Stofftaschentücher um den Kopf wie ein Pirat, seine Jeans waren zu weit und flatterten wie im Orkan, er kam aus dem Jugendzentrum zurück und warf seinem Vater verächtliche Blicke zu, bloß weil er krank geworden war. Und manchmal, wenn sie in der Küche standen, fragte der Vater ganz freundlich, wie das Studium so laufe, und der Sohn antwortete, es laufe gut, und der Vater sagte, das Wichtigste im Leben sei es, so viel wie möglich zu schaffen, und der Sohn sagte, der Vater würde sich allerdings wirklich nicht totarbeiten, und da riss dem Vater der Geduldsfaden. Aber das war keine Ohrfeige, es war nicht mal ein kleiner Knuff, und der Sohn sollte dankbar sein, dass er nicht richtig zugelangt hatte, denn dann wäre der blaue Fleck größer gewesen.

Sie gehen ins Café. Ich lade dich ein, du zahlst, sagt der Vater und lacht über seinen lustigen Witz. Er lässt sich vom Sohn einladen. Das ist das Zeichen dafür, dass sein Sohn erwachsen geworden ist, das Signal an die Umgebung, dass er einen ausreichend guten Job als Vater gemacht hat. Aber der Sohn ist nicht zufrieden. Der Sohn ist nie zufrieden. Kaum haben sie sich hingesetzt, fängt der Sohn an, alles aufzuzählen, womit er dem Vater in den letzten Jahren geholfen hat. Er hat seine Reisen gebucht, er hat Geld vom einen aufs andere Konto verschoben, er hat sich um die Post gekümmert. Was macht es schon für eine Arbeit, ein paar Umschläge zu öffnen?, fragt der Vater. Und ich hatte vorher ein Bankkonto, das wunderbar funktioniert hat. Es war dein Vorschlag, zu einer Internetbank zu wechseln, um bessere Zinsen zu bekommen. Der Sohn antwortet nicht. Und die Reisen kann ich auch selbst buchen, du musst mir nur beibringen, wie das Internet geht. Du hast keinen Computer, erwidert der Sohn. Und keine Kreditkarte. Dann bestell mir eine. Das kostet Geld, sagt der Sohn. Spielt keine Rolle, erwidert der Vater. Das Wichtigste ist, dass wir uns wieder vertragen. Ich will mich nicht mit dir streiten.

Doch der Sohn ist gar nicht dazu bereit, eine Lösung zu finden. Er will Krieg. Er behauptet, der Vater hätte Sachen aus dem Büro geklaut. Er sagt, der Vater würde sich immer nur melden, wenn er Hilfe bräuchte, was nicht stimmt, weil es der Sohn ist, der nie beim Vater anruft. Ist das hier ein Gerichtsprozess?, fragt der Vater. Weshalb bin ich angeklagt? Wegen nichts, antwortet der Sohn. Warum willst du mich dann auf die Straße setzen? Der Sohn seufzt. Niemand wird auf die Straße gesetzt. Du wohnst doch nicht mal hier, wie kannst du da auf die Straße gesetzt werden? Hast du mit Mama darüber gesprochen?, fragt der Vater. Was hat die denn damit zu tun? Rede mit ihr, ehe du etwas tust, was du später bereuen wirst, sagt der Vater. Das Einzige, was ich bereue, ist, dass ich das schon seit viel zu vielen Jahren mitmache, entgegnet der Sohn. Der Vater sieht den Sohn an. Er versucht zu verstehen, woher seine Wut kommt.

Ich möchte nur, dass wir beide eine andere Beziehung zueinander entwickeln, sagt der Sohn. Erst war ich Kind und du erwachsen. Dann bin ich erwachsen geworden, und du Kind. Wäre es nicht großartig, wenn wir irgendwann, ehe es zu spät ist, gemeinsam miteinander erwachsen sein können? Sie sitzen schweigend da. Du bist nicht erwachsen, sagt der Vater. Du wirst nie erwachsen werden. Wer Windeln wechselt und seiner Frau auf der Tasche liegt, ist ein Kind. Warum sagst du so was?, fragt der Sohn. Verstehst du nicht, dass mich das traurig macht? Ich sage nur die Wahrheit, antwortet der Vater. Wen die Wahrheit traurig macht, der ist nicht erwachsen. Ich bin mein ganzes Leben allein zurechtgekommen. Ich habe nie einen anderen Menschen gebraucht. Keinen. Aber gab es denn nicht Menschen, die dich gebraucht haben?, fragt der Sohn. Was denn für Menschen?, fragt der Vater. Deine Kinder zum Beispiel?, schlägt der Sohn vor. Meine Kinder, brüllt der Vater plötzlich so laut, dass der Typ hinter dem Tresen von seiner Kaffeemaschine aufblickt. Ich habe meine Kinder nie im Stich gelassen. Ich war immer für meine Kinder da. Ich habe sie unterstützt. Ich habe … Glaubst du, deine erste Tochter würde dir da zustimmen?, fragt der Sohn. Der Vater steht auf und verlässt das Café. Er überquert die Straße. Dann kehrt er noch einmal um und geht zurück, beugt sich über seinen Sohn und flüstert: Das wirst du bereuen, wenn ich tot bin.

❱ ❱ ❱

Eine Schwester, die eine Mutter ist, will ihre Familie zum Sonntagsessen einladen. Oder jedenfalls den Teil ihrer Familie, der miteinander redet. Ihre Mutter und ihr Vater können nicht in derselben Küche sitzen, ohne irgendwann loszuschreien und mit ihren Gabeln in der Luft herumzufuchteln. Ihren Sohn kann sie nicht einladen, weil er immer noch bei seinem Vater wohnt und das Gespräch wegdrückt, wenn sie anruft. Ihren Freund will sie nicht einladen, weil er nicht ihr Freund ist. Ihre beiden Gäste an diesem Abend sind der Vater und der Bruder. Sie hat ihre vegetarische Lasagne vorbereitet. Ausnahmsweise wird es ihnen heute gelingen, nicht aneinanderzugeraten. Sie werden über alltägliche Dinge sprechen, die Wahl in Italien, den Vorteil von Fahrradwegen, wie ihre Freunde Weihnachten feiern. Sie werden über irgendeine Fernsehserie reden, über die alle reden, die aber noch keiner von ihnen gesehen hat. Ihr Bruder wird das Essen nicht als Gelegenheit wahrnehmen, den Vater damit zu konfrontieren, dass er nie für sie da war, als sie klein waren, und ihr Vater wird nicht damit kontern, wie sehr es ihn enttäuscht, dass der Sohn weniger verdient als seine ehemaligen Kommilitonen. Sie wird nicht dasitzen und versuchen, zwischen einem Bruder zu vermitteln, der sich wie ein Teenie benimmt, und einem Vater, der sich aufführt wie ein Idiot. Sie werden einfach nur zusammen sein. Wie eine ganz normale Familie.

Sie streckt sich nach der Weinflasche. Sie hält inne. Sie füllt ihr Weinglas mit tiefrotem Beerensaft und schaut auf die Uhr. Die beiden müssten bald da sein. Ihr Handy vibriert. Der Bruder fragt, was er mitbringen soll. Sie antwortet. Dann checkt sie ihre Mails. Das müsste sie nicht. Es ist Sonntagabend. Jobmäßig erwartet sie nichts Außergewöhnliches. Schon vor einiger Zeit hat sie ein paar Zeilen an ihren Sohn geschrieben, der nie antwortet. Sie platzt fast vor Freude, als sie seinen Namen im Posteingang sieht. Dann liest sie die Nachricht und ist kurz davor, das Handy fallen zu lassen.

Ein Sohn, der ein Vater ist, hat seine Wohnung verlassen, um zum Sonntagsessen zu seiner Schwester zu gehen. Irgendwie unglaublich. Noch vor kurzem hat er sie von der Vorschule abgeholt, hat Briefe an den Disneyclub geschrieben, in denen er vorschlug, sie zur Heldin der Woche zu küren, weil ihr Vater verschwunden war, und sie jeden Freitagabend getröstet, wenn sich herausstellte, dass ein anderes Kind gewonnen hatte. Jetzt wohnt sie in einer Zwei-Zimmer-Altbauwohnung mit Endlage in Vasastan und betreut in einem PR-Büro mit fünfzig Angestellten vier Großkunden. Noch vor ein paar Sekunden kam sie mit roten Augen von der Schule zurück, weil sie gehänselt worden war, jetzt organisiert sie Antimobbing-Fernsehgalas, die von Firmen mit Bewusstsein für soziale Themen gesponsert werden. Erst kürzlich hat er ihr gezeigt, wie man aus den Resten in Mamas Hausbar einen Hexentrunk mixt, indem man Campari, Wodka, Whisky, Bailey's und Fernet zu einer dunklen, zähflüssigen Pampe verrührt. Jetzt bittet sie ihren großen Bruder, einen Wein mitzubringen, «am liebsten in der Flasche». Das hätte er sowieso gemacht. Er trinkt schon seit Jahren keinen Wein im Tetrapack mehr. Zu Hause in der Küche musste er sich zwischen zwei Flaschen entscheiden. Um sich zu vergewissern, dass sie in der richtigen Preisklasse lagen, war er auf der Webseite vom Systembolaget gewesen. Die eine Flasche hatte 170 Kronen gekostet, die andere 79. Er wählte die günstigere Flasche. 170 wäre ein bisschen übertrieben für ein normales Abendessen. *Soll ich außer Wein noch was mitbringen?*, schreibt er aus der U-Bahn auf dem Weg in die Stadt. *Mango für den Salat!*, schreibt die Schwester. *Und Frühlingszwiebeln!* in der nächsten Nachricht. Er kauft eine Mango, Frühlingszwiebeln und eine Plastiktüte. Eigentlich bräuchte er die Tüte nicht, aber er will der Schwester und dem Vater zeigen, dass er zu den Menschen gehört, die eine Tüte kaufen, obwohl die Waren genauso gut in einen dieser kleinen durchsichtigen Beutel gepasst hätten, die es umsonst gibt.

Eine Schwester, die eine Mutter ist, liest wieder und wieder die Worte ihres Sohnes. Sie setzt sich auf das Sofa. Sie legt sich auf das Bett und zieht sich die Tagesdecke über den Kopf. Sie erinnert sich daran, was ihr Vater zu ihr sagte, wenn sie als Kind traurig war, weil Elise Petrén oder Francesca Åberg in der Umkleide etwas Gemeines über ihr Muttermal gesagt hatten oder Max Lutman sich über ihre behaarten Unterarme lustig gemacht hatte. Der Vater war vor ihr in die Hocke gegangen und hatte gesagt, die würden das nur machen, weil sie neidisch wären. Sie haben nämlich verstanden, dass wir nicht so sind wie sie. Wir sind doppelt so viel wie sie. Du glaubst vielleicht, du wärst ein normaler Mensch, aber das stimmt nicht, flüsterte der Vater. Du hast Flügel, du bist eine Königin, du hast Sternschnuppen in den Adern, deine Augen sind Vollmonde. Ist das wahr?, fragte sie, und der Vater nickte. Ausnahmsweise war er ganz ernst. Wir sind nicht wie alle anderen, flüsterte er. Wir sind Weltraumengel. Alles, was wir sind, hat es schon immer gegeben. Weißt du, woraus ein Mensch besteht? Sauerstoff. Flüssigkeit. Kohle. Und noch ein paar andere Materien, so was wie Stickstoff und Calcium. Das ist alles, was man braucht, um einen Menschen zu machen. Und bevor du geboren wurdest, hatte ich kein Interesse daran, noch mehr Kinder zu bekommen. Ich hatte eine Tochter, ich hatte einen Sohn, und obwohl sie verschiedene Mütter hatten, dachte ich, das würde reichen. Die Welt kam mir voll genug vor. Dann wurdest du geboren, und alles änderte sich. Du warst mit niemandem vergleichbar. Du warst ein Meisterwerk, du warst der Höhepunkt der Menschheit, ich konnte stundenlang daliegen und deine Ellbogen ansehen, deine Kniekehlen, diese Kummerfalte über der einen Augenbraue, die ich in meinem eigenen Spiegelbild wiederentdeckte. Und das Muttermal ist nicht hässlich, es ist schön, es ist ein Zeichen dafür, dass du eine Auserwählte bist. Und weshalb bin ich auserwählt?, fragte sie. Das weiß niemand, sagte der Vater. Noch nicht. Aber wir beide sind Wesen, die größer sind als unser Zusammenhang. Wir sind klüger als 99,9 Prozent der Weltbevölkerung. Wir sind schöner und lustiger, wir sind musikalischer, wir denken schneller, wir rennen schneller, wir sind bessere Verkäufer, und deshalb wird unsere Provision größer, so groß, dass sich die Leute von uns bedroht fühlen, dass die Chefs fürchten, wir könnten ihren Platz übernehmen, und deshalb behaupten sie einfach, wir hätten ein Problem mit Autoritäten und würden uns bereichern, und deshalb empfehlen sie, uns zu entlassen, aber das stimmt nicht, in Wirklichkeit haben die Chefs ein Problem, weil sie nicht mit Leuten umgehen können, die selbst die Initiative ergreifen und keine sichtbaren Schwächen zeigen. Ihr Vater holte Luft. Wir sind ganz einfach zu schlau, fuhr er fort. Zu schlau, um mit normalen Leuten zusammenzuarbeiten. Zu schlau, um uns ihren idiotischen Regeln zu unterwerfen. Was für Regeln?, fragte sie. Alle Regeln, sagte er. Unser Grundstoff war ein Meteorit, der zu einer Kaulquappe wurde, die zu einem Triceratops wurde, der zu einer Hutablage wurde, die zu einem Apfelsinenbaum wurde, die zu deiner Großmutter wurde, die zu mir wurde, die zu dir wurde, und wir werden niemals sterben.

Ein Sohn, der ein Bruder ist, steht unten vor der Haustür. Der Code wurde erneuert und die alte Tastatur durch eine neue digitale Metallscheibe mit Display ersetzt, wo man den Nachnamen desjenigen eingeben muss, den man besuchen will. Er drückt sich zum Nachnamen seiner Schwester, seines Vaters und seiner selbst durch. Auf dem Bildschirm steht, sie würde jetzt angerufen, aber dort steht nicht nur ihr Nachname, sondern auch der ihres Exmannes, des Mannes, mit dem sie schon seit zehn Jahren nicht mehr zusammenwohnt. Dann kommt eine Fehlermeldung. Die Telefonnummer sei nicht erreichbar, steht auf dem Display. Er ruft auf dem Handy der Schwester an. Ich komme runter, sagt sie. Er wartet einige Minuten.

Dann erscheint sie. Ihre Augen sind rot geweint. Es war ein harter Tag, sagt sie und blickt auf den Verkehr hinaus.

Sie fahren mit dem Lift in den siebten Stock, ihre Wohnungstür ist nicht abgeschlossen. Sie schließt auch nicht ab, wenn sie in die Waschküche geht. Einmal hatte sie die Tür ein ganzes Wochenende lang nicht abgeschlossen und den Schlüssel stecken lassen, weil zwei Freunde aus Göteborg eventuell eine Bleibe brauchten. Enge Freunde? Na ja, ich hab sie schon ein paarmal getroffen, antwortete sie und lachte über seinen schockierten Gesichtsausdruck. Sie sind wahnsinnig nett, fügte sie lachend hinzu. Was das angeht, könnten wir nicht unterschiedlicher sein, sagte er.

Und das stimmte. Sie hatten dieselben Eltern, sie waren in derselben Wohnung aufgewachsen, aber genau diesen Aspekt des anderen würden sie nie verstehen. Sie lachte über ihn, wenn sie ihn mit zu einer Party nahm, und alle ihre Jacken in einem Berg auf das Bett warfen, alle bis auf ihn, der sich auf die Zehenspitzen stellte und seinen Mantel an der Gardinenstange festpfriemelte. Was machst du denn da?, fragte sie. Ich verstecke meinen Mantel, antwortete er, als wäre es das Normalste auf der Welt. Dann entleerte er den gesamten Inhalt des Mantels und steckte Portemonnaie, Schlüssel und Kopfhörer in seine Jeanstaschen. Sie lachte, wenn er ihr eine externe Festplatte gab und ihr dabei half, ein Back-up von all ihren Dateien zu machen, weil sie beiläufig erwähnt hatte, dass sie all ihre Dokumente, Fotos, Jobsachen und Tagebücher auf einem Rechner speicherte, von dem sie nie eine Sicherungskopie gezogen hatte. Wie kannst du einen Computer ohne Back-up haben?, schrie er förmlich. Das geht völlig problemlos, erwiderte sie lachend. Eines Sonntags stand ein großer schwarzer Koffer bei ihr im Flur. Ist das deiner?, fragte er, obwohl er wusste, dass es nicht ihrer war, denn sie würde sich niemals einen so billigen Koffer anschaffen und ihn niemals so vollpacken. Der gehört einem Kumpel, sagte sie. Was für einem Kumpel?, fragte er. Dem Freund von Adrian, sagte sie. Den ich auf Kuba kennengelernt habe. Was macht der Koffer von Adrians Freund hier? Sie erzählte von der Tanztournee, Adrians Kumpel war mit dem Staatlichen Theater durch Schweden gereist, man hatte den Tänzern schwedische Löhne gezahlt, was dazu führte, dass sie zu viel einkauften, und als er wieder nach Hause zurückflog, durfte er diesen Koffer nicht mitnehmen. Also hat er mich gebeten, ihn mitzubringen, wenn ich das nächste Mal nach Kuba fahre, sagte sie. Sie standen mit dem Koffer zwischen sich im Flur. Ist das dein Ernst?, fragte er. Was?, fragte sie. Du hast ihn doch hoffentlich geöffnet? Es ist nicht mein Koffer, antwortete sie. Bist du verrückt?, fragte er. Was, wenn Rauschgift drin ist? Jetzt hör aber auf, sagte sie. Der ist voller Klamotten. Er marschierte in die Wohnung, ohne seine Schuhe auszuziehen. Er holte den Werkzeugkasten, den er benutzt hatte, als er ihr geholfen hatte, das Hochbett für ihren Sohn zusammenzuschrauben, und das Fernsehmöbel, auf dem kein Fernseher stand. Jetzt reg dich mal ab, sagte sie. Es ist nicht mein Koffer, sagte sie wieder und wieder. Er holte einen Schraubenzieher, eine Zange, einen Hammer, der eigentlich kein Hammer war, sondern ein Klopfer, mit dem man Fleisch weich klopft. Sie ließ ihn gewähren. Nach zehn Minuten bekam er das Schloss auf. Er steckte die Hand in den Koffer und durchsuchte ihn Schicht für Schicht. Na, ist der Rauschgifthund erfolgreich?, rief sie aus der Küche. Findest du was zum Koksen? Ich hoffe es, da hätte ich jetzt Bock drauf. Er fand Sportklamotten. Sneakers. Kopfhörer. Zwei große Tüten Vogelfutter. Aber nichts Verbotenes.

Seine Schwester lachte, als er aufgab. Da siehst du es, sagte sie. Man kann anderen Menschen vertrauen. Doch ihn ließ das Thema nicht mehr los. Am Abend bevor sie nach Kuba reisen wollte, rief er sie wieder an und bat sie, die Tüten mit dem Vogelfutter noch einmal genau zu untersuchen. Im Vogelfutter ist nichts versteckt, sagte sie. Sicher?, fragte er. Ja, sagte sie. Und jetzt muss ich packen. Sie packte und fuhr. Er sah vor sich, wie der Zollbeamte sie zur Seite nahm und wie entdeckt wurde, dass das Vogelfutter in Wirklichkeit etwas anderes war, sie führten sie in einen Gerichtssaal und verurteilten sie zum Tode, sie sollte erschossen werden, und die Hinrichtung sollte auf der Stelle erfolgen, bei ihrem letzten Telefonat rief sie ihren Sohn an, um ihm zu sagen, dass sie ihn liebte. Der Sohn drückte den Anruf weg. Da rief sie ihren Bruder an und sagte, alles wäre seine Schuld. Doch das Einzige, was tatsächlich eintraf, war, dass sie ein bisschen mehr für das Übergepäck bezahlen musste. Adrian und sein Kumpel holten sie vom Flughafen ab, der Kumpel bekam seinen Koffer, bedankte sich und schien sich auch nicht groß an dem aufgebrochenen Schloss zu stören. Dann ging die Sache mit Adrian zu Ende, und sie fuhr nach Hause.

Warum war aus der Schwester ein so lebenstüchtiger Mensch geworden? Vielleicht weil sie noch so klein war, als der Vater abhaute. Vielleicht weil sie dafür gemacht war, dieses Leben zu bewältigen. Vielleicht weil der Sohn, der ein großer Bruder ist, zu dem Vater wurde, der sein Vater nie war.

Der Bruder zieht seine Schuhe aus und folgt der Schwester in die Küche. Er ist als Erster da. Natürlich. Der Vater kommt wahrscheinlich erst in einer Stunde. Der Kronleuchter besteht aus umgedrehten Weingläsern. Auf der schwarzen Magnettafel über dem Esstisch steht *You owe yourself the love that you so freely give to other people* und *All progress occurs because people DARE to be DIFFERENT* und *Increase the peace*. An der Seite des Kühlschranks hängen Magneten mit Babybildern von ihrem Sohn, der schon seit einem Jahr nicht mehr Teil ihrer Familie war. Jedes Mal, wenn er die Fotos sieht, fragt er sich, wie es sich wohl anfühlt, von den eigenen Kindern getrennt zu sein, wie lange man das durchstehen kann, wie viel Panik man spürt und wie viel Erleichterung. Sie geht in die Hocke, um nachzusehen, wie weit die Lasagne ist. Willst du darüber reden?, fragt er. Sie schüttelt den Kopf und reicht ihm ein Weinglas. Kannst du dann wenigstens erzählen, was passiert ist?, fragt er. Gleich, antwortet sie. Aber erst müssen wir über etwas anderes reden, ich muss mich mit guten Sachen aufladen, bevor ich auf all das Schlechte eingehen kann.

☽ ☽ ☽

Eine Schwester, die keine Mutter ist, versucht ihr Gesicht in den Griff zu bekommen. Sie geht nach unten, um ihrem Bruder die Tür aufzumachen. Sein lockiges schwarzes Haar ist schräg nach hinten gegelt und sieht aus, als wäre es in der Kälte zu Eis gefroren. Seine Daunenjacke ist so groß, dass er kaum die Arme ausstrecken muss, um sie an sich zu drücken. Was ist passiert?, fragt er, als sie mit dem Aufzug nach oben fahren. Job oder Exmann? Ich schwöre, ich werde ihn fertigmachen, ich werde … Fang du nicht auch noch damit an. Sie gehen in die Wohnung. Mein Typ sagt auch ständig solche Sachen, erklärt sie. Dein Typ?, fragt der Bruder. Dieser Personal Trainer? Er ist kein Personal Trainer. Er ist Sportlehrer. Aha, sagt der Bruder und nimmt ein Glas Wein entgegen. Warum machst du so ein Gesicht?, fragt sie. Ich mache kein Gesicht, antwortet er. Klar hast du ein Gesicht gemacht. Das war kein Gesicht. Warum hast du mir vorher gesagt, er wäre Personal Trainer? Vielleicht weil ich wusste, dass du so ein Gesicht machen würdest, wenn ich sage, dass er Sportlehrer ist. Erzähl lieber, was passiert ist, sagt der Bruder. Bitte, lass uns erst über was anderes reden. Erzähl mir was. Irgendwas.

Ihr Bruder erzählt, dass die Elternzeit reibungslos läuft. Dass er beschlossen hat, sich als Stand-up-Comedian zu versuchen. Dass er ihren Vater heute schon getroffen und sich mit ihm ausgesprochen hat. Ui, und wie lief das?, fragt sie. Lief ziemlich gut, antwortet er. Natürlich sind die Emotionen ein bisschen hochgekocht, war ja klar, aber so ist es doch immer mit ihm. Wenigstens haben wir uns nicht geprügelt. Ich glaube, wir konnten uns darauf einigen, dass ich jetzt zum letzten Mal für seine Unterkunft zuständig war. Glaubst du?, fragt sie. Er wird mir die Schlüssel überlassen, bevor er geht. Und wenn er sie mir nicht gibt, werde ich sie mir nehmen.

Sie sitzen eine Weile schweigend da. Du weißt schon, was der wahre Grund dafür ist, dass er uns zweimal im Jahr besucht?, fragt der Bruder. Weil er uns vermisst?, fragt sie. Wohl kaum. Weil es ihm irgendwie doch wichtig ist, ein bisschen Zeit mit seinen Enkeln zu verbringen? Der große Bruder lacht und schüttelt den Kopf. Einen Versuch hast du noch. Weil er seine Medikamente braucht? Fast, sagt er. Der wahre Grund ist, dass er seinen Erstwohnsitz ändern müsste, wenn er länger als sechs Monate am Stück dort bleibt. Und dann müsste er Steuern zahlen. Eine Menge Steuern. Die Schwester sieht ihn an. Seit wann kennst du dich so gut mit dem dortigen Steuerrecht aus? Ich sage nur, wie es ist, erwidert er. Sie steht auf und holt die Lasagne aus dem Ofen. Tut mir leid, sagt er. Schon gut, meint sie. Ich dachte, du wüsstest das, sagt er. Vielleicht wusste ich es, ohne es wahrhaben zu wollen.

Jetzt erzähl schon, was ist passiert?, fragt er. Sie legt die Topflappen zur Seite, streckt sich nach ihrem Handy und zeigt ihm die Mail von ihrem Sohn. Der Bruder wird blass. Du machst Witze. Das hat doch nicht er geschrieben. Das war sein gestörter Vater. Er kann diese Sätze nicht geschrieben haben. Ich weiß nicht, sagt sie. Aber ich werde nicht aufhören, ihn zu kontaktieren. Ich werde mich weiter jeden Tag bei ihm melden. Er soll nicht glauben, seine Aggressivität könnte meine Liebe zu ihm entkräften. Darf ich die Mail noch mal lesen?, fragt er. Meine Güte. Ich wäre am Ende, wenn mein Kind mir so was schreibt. Wie lange geht das jetzt eigentlich schon so? Dreizehn Monate, zwei Wochen und drei Tage, antwortet sie. Total krank, sagt er. Er ist noch so klein, sagt sie. Das wird sich bestimmt lösen, meint er. Ich habe das im Gefühl. Es muss sich lösen. Irgendwann wird er die Lügen seines Vaters durchschauen, und dann wird er wieder zu dir zurückkommen. Er muss es einfach tun. Sie versucht zu lächeln. Immer diese Väter, sagt er und schüttelt den Kopf. Was für dämliche Idioten. Stell dir mal vor, nur so als Gedankenexperiment, sagt sie, unsere Mutter hätte sich so benommen wie unser Vater. Dann wär's das mit uns gewesen, sagt er. Apropos Väter, sagt sie und schaut auf ihr Handy. Wo ist eigentlich unserer? Soll ich ihn anrufen?, fragt er. Er hat unsere Nummer, sagt sie. Er muss anrufen. Sie bereitet den Salat zu und nippt an ihrem Saft. Um halb neun fangen sie an zu essen.

Ein Großvater, der ein Vater ist, kommt eine Dreiviertelstunde vor der vereinbarten Zeit zur Haustür seiner Tochter. Er ist nicht nervös. Er ist nur wahnsinnig froh darüber, bald seine geliebte Tochter sehen zu dürfen. Um sie nicht zu stören, indem er zu früh kommt, dreht er noch eine Runde um den Block. Er setzt sich auf eine Parkbank und fühlt sich zu hundert Prozent heimisch. Die ordentlich geparkten Autos sind teuer und blank poliert. Kein Rücksitz weist Spuren von jemandem auf, der das Auto vorübergehend als Wohnung benutzen musste. Die Frauen sind schönheitsoperiert, die Männer durchtrainiert, die Kinder tragen Jacken, die zu ihren Schuhen passen, und die Rentner sind sonnengebräunt. Hier könnte er auch wohnen. Eine Viertelstunde vor der vereinbarten Zeit kehrt er zurück. Der Code funktioniert nicht mehr. Die neuinstallierte Sicherheitsanlage ist so kompliziert, dass man Ingenieur sein müsste, um sie zu verstehen. Er könnte seine Tochter anrufen, aber auf seiner Prepaidkarte ist kaum noch Geld, und wenn sie will, dass er zum Essen kommt, ist es an ihr, ihm zumindest den richtigen Code zu geben oder sich zu melden, wenn er nicht auftaucht. Er setzt sich in die Sportsbar auf der anderen Straßenseite, die Tischdecken sind grün, auf der einen Hälfte der Fernseher läuft Fußball, auf der anderen Eishockey. Ein Schild am Eingang wirbt damit, dass sie bis halb neun Happy Hour haben und das Bier der Woche besonders billig ist. Der Vater bestellt sich ein Bier und wartet auf den Anruf der Tochter. Dann bestellt er noch ein Bier. Um zehn nach acht sieht er seinen Sohn ankommen. Er trägt eine Einkaufstüte. Der Vater wundert sich. Er hatte sich darauf gefreut, allein mit seiner Lieblingstochter zu Abend zu essen. Er wollte ihr erklären, dass ihr Bruder ein Verräter ist, der sich nicht um seine Familie kümmert. Jetzt ist ihm die Lust auf das Essen ein wenig vergangen. Um zwei Minuten vor halb neun bestellt er zwei Bier. Sind die beide für Sie?, fragt die Kellnerin. Warum?, fragt er. Sie murmelt etwas und verschwindet wieder. Danach bestellt der Großvater ein neues Bier, obwohl es jetzt fast doppelt so viel kostet. Er holt sein Handy hervor. Er versteht nicht, warum sie ihn nicht anrufen. Machen sie sich denn keine Sorgen? Oder doch. Er versteht es schon. Sie rufen nicht an, weil sie eigentlich gar nicht wollen, dass er kommt. Jetzt sitzen sie da oben und genießen es, dass er nicht aufgetaucht ist. Sie stoßen darauf an, dass er ihnen erspart bleibt. Um halb zehn bezahlt er in bar, geht hinaus und zum Hauseingang. Er klopft an die Glasscheibe. Er beugt sich vor und atmet auf die Tastatur, weil man so normalerweise erkennen kann, welche Zahlen am häufigsten gedrückt werden. Er zieht eine Plastikkarte aus der Tasche und versucht, die Tür aufzubrechen. Nichts funktioniert. Eine andere Bewohnerin kommt, aber es ist nur eine misstrauische dumme Kuh, die ihn fragt, ob er hier wohnt. Nein, antwortet der Vater. Dann kann ich Sie leider nicht reinlassen, sagt sie. Er geht zurück in die Bar. Lang nicht gesehen, sagt die Kellnerin. Er bestellt ein Bier. Möchten Sie einen Blick in die Speisekarte werfen?, fragt die Kellnerin. Ich habe keinen Hunger, antwortet der Großvater.

)))

Eine Schwester, die eine Mutter ist, lehnt sich auf ihrem Stuhl zurück und versucht, nicht zu gähnen, als sich der Bruder über seine Freundin auslässt. Er sagt, es sei unmöglich, mit ihr zusammenzuleben, sie suche ständig nach Fehlern an ihm, dabei wäre er derjenige, der den ganzen Haushalt schmeißt, jedenfalls fast. Aber sie ist doch diejenige, die das ganze Geld verdient?, fragt die Schwester. Nicht alles, antwortet der Bruder. Und außerdem bin ich ja gerade in Elternzeit. Hattest du nicht unglaublich wenig zu tun, bevor du in Elternzeit gegangen bist?, fragt sie. Man kommt wahnsinnig schwer an neue Kunden, weil die Branche so überetabliert ist, erklärt er.

Ihr Bruder sitzt auf demselben Küchenstuhl wie immer. Mit dem Rücken zur Ecke, den Blick aufs Telefon gerichtet. Manchmal habe ich so meine Zweifel, ob wir wirklich zusammenpassen. Jetzt reiß dich aber mal zusammen, sagt sie. Sie ist das Beste, was dir je passiert ist. Hast du schon vergessen, wie sehr du in sie verliebt warst? War ich das wirklich?, fragt er. Daran kann ich mich kaum noch erinnern.

Die Schwester konnte den Frauengeschmack ihres Bruders nie richtig nachvollziehen. Als er aufs Gymnasium ging, verliebte er sich immer in sommersprossige Feministinnen. Als er Wirtschaft studierte, interessierte er sich für Mädels aus dem Block, Tussis mit dem richtigen Slang, mit Trainingshosen und fetten Goldohrringen. Als er sich nach dem Examen selbständig machte, entwickelte er ein Faible für Mädels mit großen Bücherregalen. Sonntagabends trafen sich die Geschwister immer in der Küche der Schwester. Dann durfte der Sohn besonders lange aufbleiben, und ihr damaliger Freund übernahm den Abwasch, während ihr Bruder erzählte, dass er wieder mal jemanden kennengelernt hatte. Aber diese Frau wäre nicht wie die anderen. Diese Frau wäre echt. Sie wäre diejenige, auf die er gewartet hätte. Und warum? Sie hat eine Katze, die Duras heißt. Aha. Die nächste hatte ein eingerahmtes Zitat von Patrick Chamoiseau auf ihrer Toilette hängen. Die mit den abrasierten Haaren von der Lesbenparty hatte alles von Anne Carson gelesen. Die mit den vernarbten Handgelenken wollte ihr erstes Kind Pnin taufen. Die eine hatte Bibliothekswissenschaften in Borås studiert, die andere hatte einen Sommer lang das Buch mit der Madeleine gelesen, als sie bei Ica an der Kasse arbeitete. Welche Madeleine?, fragte ihr damaliger Freund. Es reichte, wenn man Madeleine sagte, denn wer nicht begriff, was sich dahinter verbarg, hatte auch keine Erklärung verdient. Mit einer hatte sich der Bruder verabredet, weil sie ein Bild von Julio Cortázar als Bildschirmschoner hatte. Eine andere überließ ihm ihr Exemplar von *Wenn ein Reisender in einer Winternacht* und sagte, er dürfe es nur behalten, wenn er mit ihr übereinstimmte, welche Teile großartig waren und welche peinlich (sie hatte sie mit bunten Post-its markiert). Die eine Freundin liebte *Ästhetik des Widerstands*, die andere hasste es, aber der Bruder schien sich nie auch nur ansatzweise für jemanden zu interessieren, der noch nie von der *Ästhetik des Widerstands* gehört hatte. Was ist denn *Ästhetik des Widerstands*?, fragte der Sohn der Schwester. Keine Ahnung, antwortete die Schwester. Der Nachfolger vom *Da Vinci Code*, sagte ihr Freund. Oder nein, mein Magen, wenn ich indisch gegessen habe. Der Bruder ignorierte ihn. Ein Roman von Peter Weiss, sagte er. Ist er gut?, fragte der Sohn. Weiß nicht, sagte der Bruder. Um ganz ehrlich zu sein, bin ich nie über die erste Szene hinausgekommen. Alle Mädchen, die er traf, hatten Vorfahren von irgendwo anders. Eine war halbpolnisch, eine andere halbportugiesisch. Die Nächste hatte ein Elternteil aus Peru. Die Übernächste war in Uganda geboren, aber in Eslöv aufgewachsen. Die Überübernächste hatte algerische Eltern, die in Kopenhagen wohnten. Alle hatten Vornamen, die das Handy zu etwas Normalerem korrigieren wollte, bis auf diejenige, die aus Korea adoptiert war, aber sie hatte dafür eine besondere Abteilung in ihrem Bücherregal, in der sie verschiedene Übersetzungen von *Lord Jim* sammelte (weshalb er ihr beinahe verziehen hätte, dass sie ihre Taschenbücher nach Farben sortierte). Mit einigen war er ein paar Monate zusammen. Ein halbes Jahr. Manchmal vielleicht ein Jahr. Dann war es aus.

Am Sonntag danach saß er wieder in der Küche seiner Schwester und beschwerte sich darüber, dass nie etwas Ernstes daraus wurde. Vielleicht musst du loslassen, damit du dich ernsthaft verliebst, sagte sie. Aber das versuche ich ja, erwiderte er. Du kannst nicht selbst bestimmen, in wen du dich verliebst, meinte sie. Willst du dich überhaupt verlieben? Klar, antwortete er. Seit ich fünfzehn bin, will ich nichts anderes. Aber immer, wenn du deine Traumfrau beschreibst, klingt das so, als würdest du über dich selbst reden, sagte der damalige Freund der Schwester. Für einen Moment wurde es still, und dann lachten sie so, wie man lacht, wenn ein Kommentar viel zu absurd ist, um ihn schweigend zur Kenntnis zu nehmen, oder zu wahr.

Ein halbes Jahr später traf er die Frau, die die Mutter seiner Kinder werden sollte. Er behauptete, sie seien seelenverwandt, aber die Schwester war erleichtert, als sie sah, wie unterschiedlich sie waren. Die einzige Gemeinsamkeit, die sie finden konnte, war, dass sie fast die gleiche Frisur hatten. Er wohnte in einer Genossenschaftswohnung im Zentrum, sie in einer linken WG in Nacka. Er betrieb aus steuerlichen Gründen zwei Firmen, ein Einzelunternehmen und eine Aktiengesellschaft. Sie hatte gerade ihr juristisches Staatsexamen gemacht, war auf Arbeitsrecht spezialisiert und für die Gewerkschaft tätig. Er benutzte Schuhspanner und sorgte sich um seine Rente. Sie hatte ein Prepaid-Handy und träumte davon, nach Indien zu reisen. Er mochte Underground Hiphop, sie leichtgängigen Soul. Trotzdem saßen sie in der Küche der Schwester und strahlten vor Glück. Ihr Bruder hatte noch keine so angesehen wie sie. Ist sie nicht unglaublich?, fragte er jedes Mal, wenn sie auf dem Klo war. Die Schwester nickte. Sie war unglaublich. Sie ist unglaublich. Vielleicht am meisten deshalb, weil sie sich nicht von ihm kontrollieren lässt. Zwei Kinder später sitzt der Bruder da und behauptet, er hätte Zweifel. Manchmal würde ich am liebsten einfach gehen, sagt er. Wie, gehen?, fragt sie. Abhauen, antwortet er. Und wohin? Keine Ahnung. Tu's nicht, sagt sie. Sie wird es dir nicht verzeihen. Ich weiß, erwidert er. Du bist nicht wie Papa, sagt sie. Wie kannst du das wissen?, fragt er.

Sie schweigen. Es ist halb zwölf. Die Lasagne ist erst kalt geworden und dann hart. Er wird nicht kommen, oder?, fragt er.

VI.
MONTAG

Eine Tochter, die eine Schwester ist, die nicht mehr lebt oder besonders viel lebt, seit sie endlich ihren Körper los ist, schwebt auf der Suche nach ihrem Vater über der Stadt. Sie vermisst gar nichts. Wobei – das Einzige, was sie vermisst, ist ihr langes schwarzes Haar, weil es so herrlich wäre, hoch über fremden Städten zu fliegen und den Wind im Haar zu spüren. Aber davon abgesehen vermisst sie nichts. Ihr Körper war einfach nur im Weg. Ihr Gehirn war ausgelaugt, ihre Gedärme durchlöchert, ihr Immunsystem zerstört, die Endorphinproduktion eingestellt. Aus der Ferne sahen ihre Arme normal aus, aber wegen der vielen kaputten Venen schmerzten sie mehr als Rheuma. Beide Beine, vor allem das rechte, waren stark gerötet, als litte sie unter Verbrennungen, Kinder blieben stehen und zeigten darauf, wenn sie es einmal wagte, ein Kleid anzuziehen, Erwachsene wendeten sich auf diese zielstrebige Weise ab, weil sich die Spuren der Nadeln bis zu den Oberschenkeln hinauf erstreckten. Ihr Körper war ein Wrack, und ihn zu verabschieden fühlte sich an, wie einen schweren Mantel auszuziehen, der nach dem Schweiß einer fremden Person stinkt. Endlich war sie frei. In der ersten Nacht wachte sie bei ihrer Mutter. Sie sorgte dafür, dass sie nicht allein war. Sie legte die Arme um sie und tröstete sie, als sie auf dem Küchenboden mit dem Schachbrettmuster zusammensank und wimmerte, als sie rücklings auf das Bett fiel und hyperventilierte, als sie aufstand, ihre Strickjacke zurechtzupfte, das Handy nahm, die Nummer ihrer Tochter hervorsuchte und es anschließend mit einem leeren Gesichtsausdruck wegschleuderte. Wo sind deine Freunde?, fragte die Tochter. Warum rufst du nicht Philippe und Marie-Christine an, wo ist deine Schwester, warum verbarrikadierst du dich und versuchst, das alles allein durchzustehen? Tags darauf klopfte es, Marie-Christine rief, sie solle aufmachen, Philippe drohte, wenn sie nicht selbst aufmachte, würde er die Tür eintreten. Die Tochter, die keinen Körper hatte, lachte beim Gedanken, dass Philippe, dessen Beine ungefähr so stark waren wie die eines Bandwurms, versuchen würde, die Sicherheitstür der Wohnung einzutreten. Die Mutter saß mucksmäuschenstill auf dem Sofa. Die Tochter versuchte, die Mutter zur Tür zu bewegen, sie schwebte zum Schloss, ruckelte am Schlüssel. Doch zu diesem Zeitpunkt hatte sie noch nicht herausgefunden, wie sie mit ein klein bisschen Vorbereitung genügend Energie sammeln konnte, um die wirkliche Welt zu beeinflussen. Trotzdem spürte sie irgendwie das glänzende Metall des Schlüssels, den rauen Schürzenstoff der Mutter, das Piksen von Philippes ordentlich getrimmtem grauem Schnauzer, als die Mutter am Ende doch vom Sofa aufstand, die Tür öffnete und von ihren Freunden umarmt wurde. Aber jedes Mal, wenn die Tochter versuchte, die wirkliche Welt zu beeinflussen, griffen ihre Hände ins Leere, es war, als wollte man ein Hologramm anfassen, einen Wasserstrahl fangen, einen Geruch wegschieben. Philippe und Marie-Christine halfen der Mutter bei allen praktischen Angelegenheiten. Alle bis auf Patrick kamen zur Beerdigung. Es war eine schöne Zeremonie. Die Tochter schwebte zwischen den Bankreihen hin und her. Sie fühlte sich ganz beschwingt von den vielen

Tränen. Sie lachte laut, als Marie-Christine vorn am Sarg stehen blieb und eine unzusammenhängende, kitschige Rede darüber hielt, dass Tochter und Mutter gegen alle Widerstände gekämpft hätten, dass sie nie aufgegeben hätten, obwohl sie von so vielen Menschen im Stich gelassen worden wären. Marie-Christine nannte den Vater nicht beim Namen, aber allen war klar, wen sie meinte. Erst in dem Moment wurde der Tochter bewusst, dass der Vater nicht gekommen war. Natürlich war er nicht da. Er hatte eine neue Familie. Neue Kinder. Ein neues Leben in einem neuen Land. In den Wochen nach der Beerdigung schwebte sie umher und testete ihre Kräfte. Sie lernte andere Körperlose kennen, es gab mehr von ihnen, als sie geahnt hatte, sie versammelten sich in der Dämmerung auf Flachdächern, sie verbrachten die Nächte mit Gesprächen darüber, was sie bereuten, was sie anders machen würden, wenn sie zurückkommen dürften, welche Beweggründe sie gehabt hatten, als sie beschlossen, nicht an den nächsten Ort weiterzuziehen. Ich kann mich nicht daran erinnern, dass ich mich dafür entschieden habe, sagte die Tochter. Ich glaube, ich bin einfach geblieben. Als sie das sagte, entstand eine komische Stimmung. Alle dürfen sich entscheiden, sagte eine Frau Mitte vierzig, der ein Fleischmesser im Auge steckte. Nein, es ist auf keinen Fall so, dass sich alle entscheiden dürfen, sagte ein älterer Mann, dem schwarzbraune Tumore wie Trauben vom Hals baumelten. Ich durfte auch nicht wählen, bestätigte ein Mann mittleren Alters ohne Unterleib. Ich bin einfach dageblieben, niemand hat mir etwas von einer zweiwöchigen Probezeit erzählt, ich bin schlichtweg gestorben, und dann bin ich hier gelandet. Für immer. Vielleicht ist das bei verschiedenen Menschen verschieden, sagte die Frau mit dem Messer. Ich weiß nur, dass ich wählen durfte und mich dafür entschied, hierzubleiben. Ich auch, ergänzte ein buckliges altes Weib, das wie ein Soldat gekleidet war. Wir auch, meinten zwei Teenager-Zwillinge mit Verbrennungen dritten Grades. Wir waren erst vierzehn, als wir starben, aber wir durften trotzdem selbst entscheiden.

In den darauffolgenden Wochen kontrollierte sie, wie lange ihre Freunde trauerten. Manche gingen direkt nach der Beerdigung wieder arbeiten. Andere blieben für ein paar Tage zu Hause, sie riefen ihren Arbeitgeber an und erklärten, in ihrem nahen Umfeld habe es einen Trauerfall gegeben. Dann verbrachten sie den Vormittag damit, beim Frühstück Zeitung zu lesen und den Nachmittag mit Videospielen. Aber Justine war wirklich traurig. Sie ging weiter zur Arbeit, nicht weil sie wollte, sondern weil sie sich mehr davor zu fürchten schien, zu Hause zu sein. Zweimal beobachtete die Tochter, wie Justine ihre Stunde unterbrach und auf den Flur hinausging, damit die Schüler nicht sahen, wie sie zusammenbrach. Die Tochter lächelte und dachte, dass Justine eine echte Freundin war. Patrick war auch traurig. Das konnte die Tochter daran erkennen, dass er zum Bahnhof Saint-Charles ging und mehr Gras als gewöhnlich kaufte. Dann ging er nach Hause, baute sich einen, setzte sich vor den Computer und sah sich Bilder von ihren gemeinsamen Urlauben an. Er weinte nie. Er saß einfach nur mit leerem Blick da und klickte ein Bild nach dem anderen durch. Immer wenn ein Video kam, übersprang er es.

Im Sommer fingen Justine und Patrick an, sich zu verabreden. Sie trafen sich zu Hause bei Patrick. Anfangs sprachen sie meistens über sie, die nicht mehr am Leben war. Dann unterhielten sie sich allmählich über andere Sachen, Justine erzählte von wilden Schülern, von fleißigen Schülern, von verkorksten Schülern und von Schülern, die ihr mit ihren naiven Fragen das Gefühl gaben, sie würde mehr von ihnen lernen als umgekehrt. Patrick erzählte, welche neuen Dokumentarfilme er plante, er wollte nach Peru fahren, um etwas über das Bagua-Massaker zu drehen, er wollte einen Film über Zidane machen und einen über Rahel Varnhagen. Oder vielleicht eine Kombination aus beidem. Justine lachte. Hat Zidane irgendeinen Bezug zu Rahel Varnhagen?, fragte sie. Keine Ahnung. Patrick zuckte mit den Schultern. Genau das möchte ich ja herausfinden. Die körperlose Tochter wollte Justine dort herausheben. Sie wollte ihr ein paar Ohrfeigen verpassen. Sie wollte in die Küche schweben, einen Haufen Besteck in die Mikrowelle legen, sie auf höchster Stufe laufen lassen und laut lachen, wenn die Rauchentwicklung Justine und Patrick dazu zwang, die Wohnung zu verlassen. Die Tochter sprang auf dem Sofa auf und ab. Sie brüllte. Sie schlug Patrick mit aller Kraft auf die Schulter. Die beiden reagierten nicht. Sie sahen sich nur immer weiter in die Augen. Lediglich einmal gelang es ihr, die Kerze auf dem Tisch aufflackern zu lassen. Dann zogen Justine und Patrick zusammen und sprachen von Kindern, und die Tochter, die keinen Körper mehr hatte, beschloss, weder Patrick noch Justine je wieder zu besuchen. Es tat zu sehr weh, obwohl sie keinen Körper mehr hatte und nicht lokalisieren konnte, wo der Schmerz eigentlich saß.

Stattdessen verbrachte sie ein halbes Jahr damit, ihren ersten Freund wiederzufinden, der damals als Skilehrer in Chamonix gearbeitet hatte, er war ein typisch feister Barkeeper geworden, seine helle Haut war sonnengebräunt, nur um die Augen herum nicht, nachts stand er hinter dem Tresen und baggerte Mädchen an, die halb so alt waren wie er. Als er eines Nachts von seiner Bar auf dem Weg nach Hause war, nahm sie Anlauf und schickte ihre gesammelte Energie in seinen rechten Fuß, und er stolperte und brach sich das Schlüsselbein, sodass er bis zum Ende der Saison nicht mehr arbeiten konnte. Anschließend war sie total geschlaucht, konnte kaum mehr nach Hause fliegen, musste mehrere Wochen in der Nähe eines Sees Sonne tanken, ehe sie sich halbwegs fit fühlte. Doch sie konnte nicht aufhören, über sein Winseln zu lachen, wie er dort auf dem Rücken gelegen und in die Sterne hinaufgesehen und über den Schmerz in seiner Schulter gejault hatte.

Als sie wieder zu Kräften gekommen war, machte sie den Typen ausfindig, der sie an die Nadel gebracht hatte. Er arbeitete in einer Entzugseinrichtung in Avignon, war ein frommer Christ geworden und jobbte zusätzlich in einem Reisebüro, abends saß er mit bakterienverseuchten Kopfhörern vor einem Computerbildschirm, und im ersten Moment dachte sie, er würde Reisen verkaufen, aber nachdem er wieder und wieder sagte: Nein, das darf nun wirklich nicht vorkommen, hatte sie eher den Eindruck, er würde Beschwerden aufnehmen. Sie sammelte Energie und schlug ihm gegen die Stirn. Sie zog ihn an der Nase. Sie rammte ihr Knie in seinen Schritt. Nach einem dreiminütigen Angriff sagte er: Sandrine, kann es sein, dass es hier ein wenig zieht? Könntest du bitte das Fenster schließen? (Sandrine war seine Kollegin, die aussah wie ein Teigklumpen mit Haaren.) Die körperlose Tochter begleitete ihn nach Hause, sie begleitete ihn zu den Therapiegesprächen, sie hörte, wie er versuchte, Junkies davon zu überzeugen, dass dieses Leben heilig sei und Gott überall. Sie sammelte mehr Energie als je zuvor, und eines Nachts gelang es ihr, vor ihm in Erscheinung zu treten. Sie stand einfach nur in seinem Flur, als er nach Hause kam, er öffnete die Tür, legte die Schlüssel beiseite und erblickte sie, seine Gesichtszüge entglitten ihm, er sank auf die Knie, er legte seine Stirn auf den Flurboden und flüsterte etwas, sie hörte nicht, was. Die übrige Nacht blieb sie unsichtbar auf dem Boden liegen, sie hörte ihn im Schlafzimmer winseln, sie versuchte aufzustehen, sackte jedoch wieder zusammen, erst am nächsten Tag gegen zehn konnte sie unglaublich langsam und mit vielen Pausen zurück zum Dach fliegen und den Zwillingen mit den Brandverletzungen, der Frau mit dem Messer und einem Mann mittleren Alters, der vom Exfreund oder vielleicht auch aktuellen Liebhaber seiner Freundin vergiftet worden war, erzählen, was sich zugetragen hatte.

Einige Jahre später beschloss sie, ihren Vater zu besuchen. Sie überquerte Wälder und Felder, Gewässer und noch mehr Wälder. Sie fand seine Familie, seine ständig lächelnde, immer schwarz gekleidete Frau. Den pickeligen Sohn. Die schwarz geschminkte Tochter. Der Vater aber war verschwunden. Er war ins Ausland gezogen. Schließlich entdeckte sie ihn in einer kleinen Bar mit knallbunten Metallstühlen in der Stadt, in die er sich geschworen hatte, nie wieder zurückzukehren. Er sah unglaublich alt aus. Er saß immer allein dort, redete nie mit anderen. Als sie den Vater sah, verflog ihre Wut. Er fing an, ihr leidzutun.

In den Nächten saß sie neben ihm auf dem Sofa in der winzigen Wohnung mit dem Baseballschläger im Flur und dem Luftgewehr am Fenster. Sie guckten zusammen die Nachrichten. Wenn Bilder von toten Kindern gezeigt wurden, fluchten sie. Idioten. Alles Idioten. Die EU sind Idioten, weil sie aus vielen Ländern ein und dasselbe Land machen wollten, die USA sind Idioten, weil sie die ganze Welt beherrschen wollten, die Israelis sind Idioten, weil sie die Palästinenser umbringen, und die Pizzabäcker an der Ecke sind Idioten, weil sie immer noch keine akzeptable Vierjahreszeiten hinbekommen, und die Nachbarn auf der anderen Straßenseite sind Idioten, weil sie die Katzen auf dem Dach rumturnen lassen, anstatt das Luftgewehr rauszuholen und so lange auf sie zu ballern, bis wir wieder in Ruhe schlafen können. Alle außer uns sind Idioten.

Wir sind Kometenstoff. Wir sind Weltraumengel. Der Vater schaltete um. Sie lachten über eine Comedy-Serie. Sie sagten was für ein Idiot über den Idioten, der in einer Quizsendung die falsche Hauptstadt nannte. Sie mixten sich Drinks, hoben die Gläser und tanzten. Sie schliefen nebeneinander auf dem Sofa ein. Sie war ihm auf eine Weise nah wie nie zu Lebzeiten. Nachts ging sie in seinen Körper, sie sauste in seinem Blutkreislauf herum, sie hielt sein Herz in ihren Händen wie einen kleinen Vogel. Sie saß neben ihm, wenn er sein Frühstücksbaguette aß. Sie saß ihm gegenüber, wenn er seine Mittagspizza aß und seine Abendnudeln. Sie versuchte ihn aufzuhalten, wenn er nach fünf Bieren in seiner Stammkneipe auf die Idee kam, er müsse jetzt an die Küste fahren. Er erhob sich vom Tisch, ging ein paar Schritte und suchte sein Auto. Da stand es, schwarz und nicht mehr ganz so glänzend. Nur einige Meter entfernt, genau dort, wo er es geparkt hatte. Er ging zum Auto. Er versuchte die Tür zu öffnen. Das Schloss war kaputt. Irgendein Idiot hatte sich angeschlichen und das Schloss kaputt gemacht. Zur Hölle mit diesem Land, sagte der Vater. Die Tochter stimmte ihm zu. Was machen Sie da?, brüllte ein Mann aus einem Straßencafé. Entschuldigung, murmelte der Vater und ging zum richtigen Auto. Er öffnete die Tür und setzte sich hinter das Steuer. Er drehte den Zündschlüssel um. Er blinzelte die entgegenkommenden Autos an, ihre Scheinwerfer waren zu stark, sie hatten ihr Fernlicht an, obwohl es verboten war, er signalisierte ihnen, dass sie es ausschalten sollten, und da antworteten sie mit so grellen Scheinwerfern, dass er gezwungen war, an den Rand zu fahren und zu warten, bis er wieder etwas sehen konnte. Musst du ausgerechnet heute Abend an die Küste fahren?, fragte sie. Ja, murmelte er. Sie riss die Augen auf. Hatte sie sich verhört? Warum musst du dorthin?, flüsterte sie und strich ihm über den Kopf. Ich weiß nicht, murmelte er. Sein Gesicht lag auf dem Lenkrad. Er schluchzte. Er drehte den Zündschlüssel erneut um. Schlaf erst ein bisschen, wisperte sie. Mach deine Augen zu. Gönn ihnen ein bisschen Ruhe. Wir können stattdessen morgen dorthin fahren. Morgen fahren wir zusammen dorthin, sagte die körperlose Tochter. Versprochen?, fragte der Vater. Versprochen, antwortete die Tochter. Sie schliefen im Auto. Tags darauf wachten sie in der Morgendämmerung auf, die Sonne hatte das Auto in einen Blechofen verwandelt. Sie stolperten aus dem Auto und gingen nach Hause. Sie schalteten den Fernseher ein. Sie fuhren nicht an die Küste. Die Küste würde nicht verschwinden. Die Küste würde für immer dableiben. Sie setzten ihren Alltag fort. Nur zweimal im Jahr beschloss der Vater, nach Hause zu fahren. Dann musste er neues Insulin holen, neue Spritzen, musste Geld wechseln, zur Fußpflege gehen, Sachen kaufen, die er weiterveräußern konnte, und vielleicht auch seine schlechten Augen untersuchen lassen. Und natürlich seine Kinder treffen. Willst du nicht mitkommen?, fragte der Vater. Ich bleibe hier, sagte sie. Sie hatte keine Lust, den Vater mit seinen Kindern herumalbern und lachen zu sehen, es würde zu sehr wehtun, ihn dabei zu beobachten, wie er seine Enkel umarmte, wie er an ihren Hälsen roch und ihnen Kinderreime ins Ohr flüsterte.

Jetzt ist sie aber doch hier. Sie war auf der Suche nach ihrem Vater über die Stadt geschwebt. Sie hatte gespürt, dass er sie brauchte, und ihn am Ende in einer Sportsbar gefunden. Er wirkt fröhlich. Er lacht und prostet den Leuten am Nebentisch zu. Er brummelt etwas vor sich hin, als sie darum bitten, den Tisch wechseln zu dürfen. Er möchte nicht wieder gehen, obwohl ihn erst die Bedienung und dann der Besitzer und schließlich beide dazu auffordern. Dann verlässt er die Bar doch. Er ist in Begleitung einer älteren Frau. Die Frau hockt sich zum Pinkeln hinter ein paar Altglascontainer. Er geht weiter. Im Hauseingang der Tochter brennt kein Licht mehr. Er blickt in die Dunkelheit. Er klopft an die Glasscheibe. Im ersten Stock öffnet ein Nachbar das Fenster und droht, die Polizei zu rufen. Ich möchte meine Tochter treffen, sagt er. Der Nachbar schließt das Fenster. Komm jetzt. Lass uns gehen. Es ist eins. Zu spät. Wir müssen sie morgen anrufen. Wir können sie um Verzeihung bitten. Alles wird sich regeln. Jetzt sollten wir einfach nur von hier verschwinden. Und zur U-Bahn gehen. Er folgt den Anweisungen der Tochter. Sie passieren die Schranken. Sie setzen sich auf eine Bank. Der nächste Zug geht in zwölf Minuten. Halt dich wach, sagt sie. Du kannst sie morgen anrufen. Sie wird es verstehen. Jeder kann sich mal verspäten, ein Abendessen vergessen oder ein Kind zeugen und keine Verantwortung dafür übernehmen.

Er blickt auf die Gleise. Er blickt auf die Uhr. Der Bahnsteig ist leer. Er steht von der Bank auf und klettert auf die Schienen. Nein. Hör auf damit. So was kann man vielleicht mit fünfzehn machen. Du bist Rentner. Du bist voll. Es ist spät. Kletter wieder hoch. Er sieht sich um. Ich helfe dir hinauf, sagt die Tochter. Stütz dich auf mich, dann kommst du wieder auf den Bahnsteig. Er bleibt stehen. Jetzt beeil dich, sagt die Tochter. Zehn Minuten bis zum nächsten Zug. Er bleibt stehen. Neun Minuten. Er bleibt stehen. Acht Minuten. Er beugt sich hinunter und hebt ein paar kleine schwarze Steinchen aus dem Gleisbett auf. Sie sind merkwürdig rund, wie diese Kugeln in manchen Pflanzenkübeln. Nun mach schon, sagt die Tochter und fühlt sich wie ein Elternteil. Ich sage es nicht noch einmal. Das ist das letzte Mal, dass ich es sage, okay? Jetzt habe ich es so oft gesagt, dass ich es nicht noch einmal sage. Kletter wieder hoch. Und zwar jetzt. Sofort. Hörst du mich? Fünf Minuten. Er bleibt stehen. Vier Minuten. Er bleibt stehen. Kletter. Jetzt. Auf. Den. Bahnsteig. SOFORT!, sagt die Tochter mit ihrer strengsten Militärstimme. Drei Minuten. Papa. Das ist nicht mehr lustig. Stemm dich jetzt hoch, verdammt noch mal, du kannst hier nicht stehen bleiben, damit machst du nichts besser, zwei Minuten, bitte bitte bitte bitte bitte, Papa, ich bitte dich, kletter hoch, du darfst hier nicht stehen bleiben, du musst nach Hause, was soll ich denn noch sagen, dass ich dich liebe, dass ich dich vermisse, dass ich dir verzeihe, eine Minute, das Gleis tickt, die Schienen vibrieren, HOCH MIT DIR HOCH MIT DIR HOCH HOCH HOCH HOCH HOCH HO–

)))

Ein Sohn, der Elternzeit hat, und eine Mutter, die Großmutter ist, sind zum Mittagessen im indischen Stammimbiss auf dem Marktplatz verabredet. Die vegetarischen Daal-Gerichte kosten 75 Kronen, Fleisch und Fisch 85, Grillgerichte 95, Salat und Getränke und Kaffee und Kuchen sind inklusive, normale Naan-Brote kosten 10 Kronen, welche mit Knoblauch 15. Der Sohn kennt alle Preise auswendig. Er kann seine Kinder nicht beim Hausarzt anmelden, ohne sein Handy hervorzuholen und die letzten vier Ziffern ihrer Personennummer und ihr Geburtsdatum nachzugucken, aber die Preise im indischen Restaurant kennt er genau. Preise setzen sich tief in ihm fest, während alles andere vorbeiflattert.

Der Sohn, der ein Vater ist, kommt fünf Minuten vor der vereinbarten Zeit, der Einjährige ist im Wagen eingeschlafen und schläft auch dann weiter, als der Vater ihn zum Ecktisch schiebt. Hier kann man ungestört reden. Das Restaurant ist halb leer. Zwei Handwerker kommen herein und bestellen etwas zum Mitnehmen. Es dauert eine Viertelstunde, sagt der Typ hinter der Kasse. Eine Viertelstunde?, fragt der eine Handwerker und späht auf den Platz hinaus. Wir kriegen das in zehn Minuten hin, fügt der Typ hinter der Kasse hinzu. Ihr könnt euch am Buffet Salat und Kaffee nehmen, während ihr wartet. Die Handwerker setzen sich. Der Sohn schaukelt den Wagen. Die Bewegung ist ihm in Fleisch und Blut übergegangen. Er hat sich schon mehrmals dabei ertappt, leere Einkaufswagen auf dieselbe Weise vor- und zurückzuschieben. Er macht sich nicht die geringsten Sorgen, die Mutter könnte nicht kommen. Sie ist noch nie nicht gekommen. Aber sie ist auch noch nie drei Minuten zu früh gekommen.

Er erinnert sich an einen Abend, als der Vater schon weg war und die Mutter mit ihren Freundinnen unterwegs. Sie wohnten in der alten Wohnung, die mit dem Küchenfenster zum Außengang, das man öfter putzen musste als normale Fenster, weil die Abgase von der vierspurigen Straße das Glas und die Fensterbänke und die Schwelle zwischen den doppelten Türen im Flur mit einer Rußschicht überzogen. Die kleine Schwester schlief, er war wach, es gab noch keine Handys, kein Internet, aber es gab Uhren, und es war spät. Plötzlich wusste er, dass die Mutter tot war, sie war vergewaltigt und entführt worden. Wenn man sich in die hinterste Ecke der Küche stellte, mit dem Kopf zum Besenschrank, konnte man zur Videothek hinübersehen, und man konnte die Ecke sehen, von der sie kommen würde, wenn sie die Überführung nahm und nicht den Tunnel. Und natürlich würde sie die Überführung nehmen, sie war doch wohl nicht so dumm, um diese Uhrzeit durch den Tunnel zu gehen? Oder doch? Plötzlich war er sich sicher, dass sie den Tunnel gewählt hatte und dies der letzte Fehler ihres Lebens gewesen war. Er spähte zu der Ecke hinüber. Der Besitzer der Videothek stand auf der Straße und rauchte. Ein Nachtbus hielt und fuhr weiter. Sie kam nicht. Sie lag zerstückelt in einem Kofferraum. Ihre Überreste wurden in einem ätzenden Säurebad versenkt. Er bekam eine Idee. Er hatte gerade die Kraft der Musik entdeckt, und wenn er «Part Time Mutha» von Tupac hörte und es ihm das ganze Lied über gelingen würde, die Luft anzuhalten, käme seine Mutter unversehrt nach Hause zurück. Er holte die glitzernde, nagelneue CD. Er legte sie in den Player in der Küche. Er wartete bis zum Anfang der ersten Strophe, dann holte er tief Luft. Bald wurde ihm klar, dass es nicht ging. Es war unmöglich. Er änderte die Regeln. Wenn es ihm gelingen würde, während der ersten Strophe die Luft anzuhalten, beim Refrain zu atmen und sie dann wieder während der zweiten und dritten Strophe anzuhalten, dann käme die Mutter unversehrt nach Hause zurück. Er versuchte es. Es war hart, aber er schaffte es. Beinahe. Er fragte sich, wo seine Schwester und er wohnen sollten, jetzt, da die Mutter tot war. Hier, mit dem Vater? Mit dem Vater bei Oma? Unter der Woche bei Oma und an den Wochenenden beim Vater? Die Oma und der Vater würden niemals zusammenwohnen wollen. Wir sind zu unterschiedlich, sagt der Vater. Ihr seid euch zu ähnlich, sagt die Mutter. Genauso stur, genauso egomanisch. Quatsch, erwidert der Vater und lacht. Du hättest dich niemals in mich verliebt, wenn ich wie deine Mutter wäre. Was ist, wenn ich mich genau deshalb in dich verliebt habe?, fragt die Mutter. Ein schrecklicher Gedanke. Die Eltern lächelten sich an. Wie würde der Vater auf die Nachricht reagieren? Er würde durchdrehen. Das wusste der Sohn. Jedes Mal, wenn jemand seine Familie bedrohte, verwandelte er sich von einem Verkäufer in T-Rex. Als der Sohn einmal mit seinen Kumpels in der Grünanlage Basketball gespielt hatte, traf der Ball versehentlich eine Familie, die im Hof zwischen den Mietshäusern grillte. Der Ball war nicht mitten im Essen gelandet, er hatte lediglich den Rücken einer der alten Tanten gestreift, und der Sohn wusste noch, dass er sich über die Gelegenheit gefreut hatte, um Entschuldigung zu bitten, als er den Ball holte. Während seine Kumpels Angst hatten, weil dem ältesten Bruder der Familie ein Ruf vorauseilte, sah er den Vorfall als Chance, der Familie näherzukommen, dies war der Moment, auf den er gewartet hatte, er würde in der Sprache seines Vaters um Entschuldigung bitten, und der brutale Typ mit der Narbe auf der Wange würde lächeln und sagen, ist doch nicht schlimm, und der Sohn und seine Kumpels wären herzlich eingeladen, ein bisschen von dem Essen zu probieren, wenn sie wollten. Doch der große Bruder der anderen Familie nahm seine Entschuldigung nicht an. Er rastete vollkommen aus, weil der Ball seine ältere Verwandte gestreift hatte. Er schnappte den Ball und schoss ihn ins Weltall, sodass er weit entfernt auf der anderen Seite des Sandkastens wieder heruntertrudelte, und der Sohn begriff nicht, was passiert war und warum seine Entschuldigung nicht zu der erhofften Reaktion geführt hatte. Er holte den Ball wieder und brach auf dem Weg nach Hause in Tränen aus. Der Vater hatte gesehen, was passiert war, und fünf Minuten später war er unten im Hof. Er ging zu dem großen Bruder und redete in ihrer gemeinsamen Sprache auf ihn ein, der Sohn verstand nur jedes dritte Wort, und alles, was er verstand, gehörte in keinem Fall zum Wortschatz, den er im muttersprachlichen Förderunterricht gelernt hatte, er hörte, wie der große Bruder um Verzeihung bat, wie die alten Onkels und Tanten versuchten dazwischenzugehen, wie die Mutter des großen Bruders den Vater überreden wollte, sich zu ihnen zu setzen und ein bisschen was mit ihnen zu essen, aber der Vater wollte sich nicht bestechen lassen, er schrie immer weiter: Gebt mir ja keinen Grund, noch mal wiederzukommen! Dann waren sie nach Hause gegangen, der Sohn und der Vater und der Basketball.

Der Sohn stand immer noch am Fenster. Er sah zur Straßenecke hinüber. Er hörte wieder und wieder dasselbe Lied. Als sie schließlich kam, roch sie nach Zigaretten und Alkohol. Sie hatte dieses geschminkte Gesicht, mit dem sie älter aussah als sonst. Aber mein Schatz, sagte sie, als er anfing zu weinen. Sieh mich an. Sieh dir diese Absätze an. Kein Vergewaltiger auf der ganzen Welt würde sich in meine Nähe wagen. Das verspreche ich. Der Sohn erzählte von dem Lied und dass er versucht hatte, die Luft anzuhalten und sicher gewesen war, sie würde nie wiederkommen. Sie betrachtete ihn mit einer Miene, die zugleich besorgt und geschmeichelt wirkte. Du brauchst dir keine Sorgen um mich zu machen, sagte sie. Es ist nicht deine Aufgabe, die Welt am Laufen zu halten.

Dreißig Sekunden vor der vereinbarten Zeit sieht er ihren Prius viel zu schnell heranrauschen. Sie fährt auf den Markt und belegt zwei Parkplätze. Kreativ geparkt, kommentiert der eine Handwerker, als sie zur Tür hereinkommt. Danke, erwidert sie lächelnd. Sie umarmt ihren Sohn und schleicht sich an den Wagen, um einen Blick auf ihren schlafenden Enkel zu erhaschen. Wie lieblich er schlummert, bemerkt sie. Jetzt, ja, sagt er. Sie gehen zum Bestellen an den Tresen. Der Sohn nimmt Daal mit Knoblauch-Naan. Die Mutter stellt zehn Fragen zu den unterschiedlichen Gerichten. Sie hätte gern Hühnchen in einer scharfen Sauce, aber sie mag keinen Blumenkohl. Am Ende verspricht ihr der Typ am Tresen, dass der Koch eine eigene Sauce für sie kreiert. Sie bedankt sich und zückt ihre Karte, um zu bezahlen. Das übernehme ich, sagt der Sohn. Kommt nicht in Frage, protestiert sie. Doch. Nein. Sie streiten sich dreißig Sekunden, bis der Typ hinter der Kasse die Geduld verliert und die Karte des Sohnes nimmt.

Sie holen sich Salat und Getränke und setzen sich. Eine schöne Deckenhöhe, sagt die Mutter. Das Haus muss aus den späten Vierzigern oder frühen Fünfzigern sein? Der Sohn zuckt die Achseln. Ich tippe auf 1951, beantwortet sie ihre eigene Frage. Als die Bedienung das Essen bringt, erkundigt sie sich nach dem Baujahr, ob das vor oder nach der Zeit der Siedlungshäuser war. Siedlungshäuser?, fragt er. Sie wissen nicht zufällig, wer das Gebäude entworfen hat? Keine Ahnung, antwortet er. Wir haben es vor zwei Jahren übernommen. Vorher war hier ein Chinarestaurant. Ich schätze mal 1951, erwidert die Mutter. Der Kellner stellt die dampfenden Teller vor ihnen ab und verschwindet. Ist es nicht unglaublich, wie wenig die Leute über ihre eigene Geschichte wissen, flüstert die Mutter.

Sie fangen an zu essen. Die Mutter redet. Sie erzählt von ihren Geschäftsreisen nach London und ihren Inspirationsreisen nach Italien, morgen geht sie zu einem Konzert in der Storkyrkan, und am Donnerstag beginnt ein französisches Filmfestival im Zita. Und ihr?, fragt sie. Bekommt ihr genug Schlaf? Ja, bei uns ist alles gut, antwortet der Sohn. Es läuft. Es ist schön, in Elternzeit zu sein.

Dein Vater hat es auch geliebt, sagt sie. Was meinst du? Die Elternzeit. Er war sowohl mit dir als auch mit deiner Schwester zu Hause. Er hat das unglaublich toll gemeistert. Hat eigene Brei aus Pastinaken und Karotten gekocht und ganz akribisch auf eure Schlafzeiten geachtet. Das war mir nicht klar, sagt der Sohn. Habe ich das nie erzählt?, fragt die Mutter. Anfangs war er ein ganz fabelhafter Vater. Erst als ihr älter wart, wurde er ein bisschen unberechenbar. Ich kapiere nicht, was du an ihm fandest, sagt der Sohn. Ihr seid so extrem unterschiedlich. Die Mutter legt das Besteck beiseite. Sie denkt nach. Er hat mich mit seinem Mut angesteckt, sagt sie. Und mit seiner Verachtung überflüssiger Regeln. Sie lächelt und blickt auf den Platz hinaus. Aber er hätte einen anderen Beruf wählen sollen. Ein Mann mit einem solchen Charisma sollte nicht durch die

Gegend ziehen und Bidets verkaufen. Er hätte auf die Bühne gehört. Oder vor eine Kamera. Hat er das je versucht?, fragt der Sohn. Nein. Daran war er vollkommen desinteressiert. Das Einzige, was er wollte, war schreiben. Jedenfalls bevor wir Kinder bekamen.

❱ ❱ ❱

Ein Großvater, der sich wie der Urgroßvater eines Ururgroßvaters fühlt, betritt ein Wartezimmer in der Stadt, weil er einen Termin bei seinem Hausarzt hat. Stimmt die Adresse noch?, fragt die Sprechstundenhilfe, als er sich anmeldet. Sie schiebt die Glasluke beiseite und zeigt ihm einen grauen Bildschirm. Der Großvater setzt seine Lesebrille auf und kneift die Augen zusammen. Die Sprechstundenhilfe weicht zurück, als sie seine Fahne riecht. Der Großvater zieht eine weitere Lesebrille über die erste und beugt sich noch weiter vor. Ja, antwortet er. Die Adresse stimmt noch. Sie wissen aber, dass Sie die Möglichkeit hätten, zu einem nähergelegenen Hausarzt zu wechseln?, fragt die Sprechstundenhilfe. Ja, danke, das weiß ich, sagt der Großvater. Aber den Ärzten dort kann man nicht über den Weg trauen. Die Sprechstundenhilfe widerspricht nicht, was heißen muss, dass sie ihm zustimmt. Der Großvater wird ins nächste Wartezimmer gebeten, er setzt sich auf eine Bank, er sammelt seine Kräfte und versucht, nicht einzuschlafen. Es ist doch merkwürdig, wie man einen so trockenen Mund davon bekommen kann, so viel zu trinken.

Er erinnert sich noch an die Zeit, als dieser Körper sein Freund war. Er war unsterblich. Er konnte ihn mit allem Möglichen füllen, er überlebte alles. Jetzt hat dieser Körper sich gegen ihn gewandt. Er betreibt eine Meuterei. Er ist wie sein alter Passat, der vollkommen reibungslos funktionierte, bis er eines Tages nicht mehr funktionierte, und dann ging alles auf einmal kaputt, die Rückspiegel fielen ab, die Fensterheber quittierten den Dienst, der Tankdeckel löste sich, und sogar die Tür ließ sich nur noch schwer schließen, wenn man sie dabei nicht gleichzeitig anhob.

Die Sprechstundenhilfe ruft ihn auf. Wo sollen wir anfangen?, fragt der Hausarzt, noch bevor er sich hingesetzt hat. Die Füße tun weh, die Knie schmerzen, seine Oberschenkel brennen, genau heute hat er außerdem Kopfweh, manchmal auch Bauchweh, ziemlich oft spürt er einen Druck auf der Brust, vor allem, wenn er schlafen will, er wacht schweißgebadet auf, muss nachts mehrmals sein T-Shirt wechseln, weil es so nass ist. Haben Sie Albträume?, fragt der Arzt. Nein, keine Albträume, antwortet der Vater. Nur seltsame Träume. Letzte Nacht bin ich stundenlang durch Marseille gelaufen. Aber es war nicht das Marseille von heute. Es war das Marseille von früher. Alle Autos waren alt, die Zigarettenreklameplakate auch, sogar die Musik, die aus einem Café herausplätscherte, kam aus den Siebzigern. Er war auf der Rue de Lodi Richtung Norden gegangen, dann rechts in die Rue Fontagnes abgebogen und dann wieder links in die Rue des 3 Rois und dann seltsamerweise wieder rechts auf die Rue Sibie, obwohl ja alle wussten, dass man schneller zum Bahnhof kommt, wenn man geradeaus auf der Rue de Trois Mages weitergeht und dann links in den Boulevard Garibaldi, der zum Boulevard Dugommier wird, der zum Boulevard d'Athènes wird. Doch in seinen Träumen war er nicht groß in Eile, er hatte kein Gepäck, keine schmerzenden Füße, er ließ sich einfach nur durch die laue Frühlingsluft treiben, auf diese schwerelose Art, wie er es getan hatte, als er um die Zwanzig war und feiern gewesen und im Morgengrauen in einer fremden Wohnung aufgewacht und in die flirrende Sonne hinausgegangen war, ohne zu wissen, wo er sich befand, und einfach nur in eine Richtung gegangen war, bis er etwas gesehen hatte, das er wiedererkannte, einen Springbrunnen, eine Bar, ein Kino, das gerade einen neuen Film von Alain Tanner zeigte. Im Traum wusste er aber genau, wo er war und wohin er gehen wollte, er lief auf der Rue Sibie den ganzen Weg weiter bis zur Place Jean Jaurès, wo er links abbog, zur Rue Curiol zurückfand, dann links auf die La Canebière und rechts auf den nächsten Boulevard, und erst als er die Treppen des burgähnlichen Bahnhofsgebäudes erklommen hatte, begriff er, dass er allein war. Das Bahnhofsgebäude war menschenleer. Die Züge verlassen. Die Fahrkartenschalter geöffnet, aber nicht besetzt. Ihm wurde bewusst, dass er den ganzen Weg von der Rue de Lodi bis zum Bahnhof gegangen war, ohne einem einzigen Menschen zu begegnen. Und im Traum bekam er keine Angst, sondern fühlte sich eher erleichtert.

Aha, sagte der Arzt und wirkte nachdenklich. Und wissen Sie, was am Allerkomischsten ist?, fragte der Vater. Ich habe nie jemanden gekannt, der in der Rue de Lodi wohnte. Meine Exfrau wohnte in der Rue de Marengo, zwei Ecken weiter. Aber da hatte ich meinen Spaziergang ja nicht angefangen. Der Arzt nickt und notiert etwas.

Und Sie haben nicht aufgehört, Ihre Medikamente zu nehmen?, fragt der Arzt. Aufgehört nicht, antwortet der Vater. Ich nehme meine Medikamente. Manchmal lege ich aber kleine Pausen ein. Ich möchte nicht abhängig werden. Hatten wir genau diese Diskussion nicht schon beim letzten Mal?, fragt der Arzt und überfliegt auf dem Bildschirm die Patientenakte des Vaters. Hatten wir uns nicht darauf geeinigt, dass Sie Ihre Medikamente nehmen müssen, was auch immer passiert? Der Großvater schweigt. Sie müssen begreifen, dass Depressionen eine ernste Krankheit sind. Wenn Sie aufhören, Ihre Medikamente zu nehmen, hat das Konsequenzen. Der Großvater nickt. Vor allem, wenn Sie vom einen auf den anderen Tag damit aufhören. War das so, oder haben Sie sie nach und nach ausgeschlichen? Ich möchte nicht abhängig werden, sagt der Großvater. Sie werden nicht abhängig, erwidert der Arzt. Aber wie lange muss ich sie noch nehmen?, fragt der Großvater. So lange, wie Sie sie brauchen, antwortet der Arzt. Ich will sie nicht brauchen, sagt der Großvater. Das verstehe ich, sagt der Arzt. Aber wenn Sie wollen, dass es Ihnen gutgeht, müssen Sie Ihre Medizin nehmen. Wenn Sie wollen, dass es Ihnen schlechtgeht, können Sie aufhören. Ich möchte ein MRT, sagt der Großvater. Dafür gibt es nicht den geringsten Grund, erwidert der Arzt. Ich kann Ihnen ein Rezept für die medizinische Fußpflege und für Antidepressiva und einen neuen Vorrat an Spritzen und Insulin ausstellen. Ist noch etwas? Meine Augen, murmelt der Großvater. Irgendwas stimmt nicht mit meinen Augen.

Eine Mutter, die eine Großmutter ist und alleinverantwortliche Innenausstatterin, fährt mit neunzig durch eine Vierzigerzone. Sie ist auf dem Weg zurück zu dem Bauprojekt im Norden der Stadt, das schon vier Monate in Verzug ist. Das Bauunternehmen hat Ärger mit der Gewerkschaft wegen zwei Angestellten, die vor einigen Monaten bei einem Arbeitsunfall verletzt wurden, jetzt steht ein Rechtsstreit bevor, und zu allem Überfluss sind die Spots, die sie vor acht Monaten bestellt hat, bis heute nicht aufgetaucht. Obwohl die Firma eine Lieferung bis spätestens Ende September garantiert hat. Es ist das letzte Mal, dass sie diese Amateure beauftragt. Sie ist es so leid, von Mittelmaß umgeben zu sein. Ihr ganzes Leben hat sie darauf gewartet, einmal mit Menschen zusammenzuarbeiten, die dasselbe leisten wie sie. Schon als sie als kleines Mädchen zu einer Tagesmutter ging und von sabbernden Kleinkindern umgeben war, dachte sie, alles würde sich ändern, wenn sie erst in der Schule anfinge. Dann würde sie ihren Lehrern zeigen, dass sie schon lesen konnte. In den Pausen würde sie mit ihren Schulkameraden über den Lehrstoff diskutieren. Doch die Schule entpuppte sich als Enttäuschung. Die Jungs konnten kaum sprechen. Die Mädchen verwendeten ihren Wortschatz zum Tratschen oder um zu diskutieren, ob Paul oder John besser aussah. Sie träumte davon, dass es auf dem Gymnasium besser werden würde. Doch es war genau dasselbe, nur schlimmer. Überall Idioten. Unbegabte Lehrer. Pickelige Jüngelchen. Auf ihr Aussehen fixierte Mädchen. Minderbemittelte Rektoren. Niemand dachte große Gedanken. Alle waren in ihrem Alltag gefangen. Sie gingen auf Partys, verliebten sich, machten Schluss, verreisten. Sie benahmen sich, als würden sie nicht kapieren, dass das Leben bald wieder zu Ende war. Ihre Eltern machten sich Sorgen, als sie sich entschied, mit niemandem Zeit zu verbringen. Sie sagten, sie solle weniger lernen und mehr schlafen. Aber sie hasste schlafen. Sie wusste schon damals, dass Schlaf reine Zeitvergeudung war. Sie schlief höchstens fünf Stunden pro Nacht, ohne dass es sie nennenswert beeinträchtigte. Natürlich fühlte sie sich manchmal müde, aber besser ein müder Mensch als ein Mensch, der sein halbes Leben verpennt. Als sie achtzehn war, wollten ihre Eltern, dass sie mit einem Pfarrer sprach, der ein Freund der Familie war. Widerwillig ließ sie sich darauf ein. Sie saß auf einem harten Hocker in der Küche des Pfarrers, während er Fleischwurst briet und Steckrübenmus kochte. Ihre Mutter sagte, die Tochter würde nicht essen, nicht schlafen, sondern immer nur lesen, lesen, lesen. Das klingt doch hervorragend, sagte der Pfarrer und lächelte sie an. Sie behauptet, alle Menschen auf der Welt wären Idioten, erklärte der Vater. Alle außer ihr selbst. Was liest du denn so?, fragte der Pfarrer. Sie nannte einige Namen. Nicht übel, meinte der Pfarrer. Ich bin überzeugt, dass ihr euch keine Sorgen zu machen braucht, sagte der Pfarrer zu ihren Eltern. Das ist nur eine Phase. Diese Phase hält aber schon lange an, sie hat angefangen, als sie noch klein war, wandte der Vater ein. Als sie sich selbst das Lesen beigebracht hatte, ergänzte die Mutter. Bald wird sie auch verstehen, dass es mehr im Leben gibt als Bücher, sagte der Pfarrer. Aber was, wenn es nicht so ist, flüstert die Mutter. Das wird sie, sagte der Pfarrer. Vertraut mir. Die Eltern vertrauten dem Pfarrer, und sechs Monate später besuchte sie ihre Tante, die in Marseille eine Fortbildung machte. Sie gingen zu einem Jazzkonzert, und als die Deckenlampen wieder eingeschaltet wurden, saß sie am selben Tisch wie ein junger Mann mit dunklen Locken und Grübchen. Was hatte sie in ihm gesehen? Sie verstand es nicht richtig. Sie wusste nur, dass ihre Welt größer wurde, als er sie anschließend besuchte. Und alles wieder schrumpfte, als er zu seiner Tochter zurückfuhr. Er empfand das Gleiche. Er zog zu ihr. Bald erwartete sie ein Kind. Sie heirateten. Er versprach, sein Geschäft aufzugeben und einen richtigen Job anzunehmen. Er musste nur eben noch die paar Sachen verkaufen, die im Schrank lagerten. Er musste nur noch kurz eine Geschäftsreise nach Italien unternehmen. Anfangs wusste sie nicht genau, was er machte, aber er hatte immer Bargeld. Import-Export, sagte er selbst, bis er probeweise als Verkäufer bei diesem dänischen Sanitärgroßhändler arbeiten durfte.

Sie hatte immer noch den Traum, eine Beschäftigung zu finden, die zu ihr passte. Als ihr Sohn in die Kita ging, testete sie an der Uni Literaturwissenschaft. Ein halbes Jahr lang saß sie in endlosen Seminaren, wo pfeiferauchende Kommunisten mit Bartflaum und ausgefransten Westen darüber diskutierten, ob Kafka subversiv genug war, um gut zu sein. Im Frühjahr fing sie stattdessen mit Politikwissenschaft an. Ein halbes Jahr war sie zur Gruppenarbeit mit Leuten gezwungen, die so dämlich waren, dass sie nicht mal ihren eigenen Schatten erkannt hätten. Sie schmiss das Studium hin. Sie bewarb sich auf eine Stelle in einem Reformhaus. Dort arbeitete sie, bis ihr Mann sie überredete, sich an der Fachhochschule für Architektur zu bewerben. Er hatte ihre Skizzen gesehen. Er behauptete, sie sei zu etwas Höherem bestimmt, als in einem nach Räucherstäbchen stinkenden Laden zu stehen. Architektin? Darauf war sie selbst nie gekommen. Sie wurde angenommen. Sie absolvierte das fünfjährige Studium in viereinhalb Jahren. Zum ersten Mal hatte sie ein bisschen mehr Geduld mit den Idioten, die sie umgaben, denn diese Idioten hatten wenigstens Ambitionen: Sie träumten davon, etwas zu bauen, was sie überdauerte. Direkt nach dem Studium bekam sie eine Stelle, sie arbeitete einige Jahre in einem Büro, dann machte sie sich mit zwei ehemaligen Kommilitonen selbständig, es war direkt nach der Krise, und alle sagten, es würde nicht funktionieren, die Risiken seien zu groß, aber sie schafften es, sie überstanden diese Krise und auch die nächste, und jetzt hatten sie sieben Angestellte und vier Praktikanten, und sie konnte sich die Zeit nehmen, bis ans andere Ende der Stadt zu fahren, um mit ihrem Sohn in einem versifften Imbiss Mittag zu essen.

Doch der Sohn, der ein Vater ist, interessiert sich genauso wenig für ihre Welt wie ihr Exmann. Er stellt nicht eine Frage zu dem neuen Bauprojekt. Er will nicht über die Architektur im Viertel sprechen oder über Rem Koolhaas' Lichtlösungen in der Fondazione Prada oder Mona Hatoums Ausstellung in der Tate Modern in London. Stattdessen will er alles aufzählen, was er vor dem Mittagessen gemacht hat: aufwachen, die Spülmaschine einräumen, eine Wäsche anstellen, etwas, das er Vorfrühstück nennt, für die Kinder zubereiten, die Vierjährige in die Kita bringen, die Wäsche aufhängen, das Altglas und das Altpapier wegbringen, das Gerümpel aus dem Kofferraum räumen, den alten Kindersitz gegen einen neuen austauschen. Der Einjährige war die ganze Zeit dabei, er hing im Tragegurt und sabberte. Es gab nur ein Missgeschick, als der Vater die hintere Autotür wieder zuwerfen wollte, während er zwei Tüten mit Handbüchern und vergessenen Spielsachen trug, und sein kleiner Finger dazwischengeriet, und jetzt war der Nagel geschwollen und blauschwarz. Ich habe Aloe vera dabei, sagt die Mutter und holt eine Tube aus der Tasche. Stiche, Entzündungen, Juckreiz, alles wird besser mit Aloe vera. Auch Vater-Sohn-Beziehungen?, fragt er. Ja, ganz zweifelsohne, antwortet sie und reicht ihm die Tube.

Ich habe die Vaterklausel aufgehoben, erklärt der Sohn, der ein Vater ist, während er den verletzten Nagel eincremt. Oh, sagt sie. Ich kann nicht mehr, sagt er. Das geht schon viel zu lange so. Jetzt muss jemand anders übernehmen. Aber es war doch schon eine Abmachung?, fragt die Mutter. Ja, aber die kann ja wohl nicht für immer gelten?, erwidert er. Vor allem nicht, wenn man bedenkt, in welchem Zustand der Vater das Büro hinterlässt. Der Sohn beschreibt kaputte Küchenschranktüren. Bergeweise Müll. Verschwundenen Instantkaffee. Gestohlenes Wechselgeld. Seine Aufzählung nimmt gar kein Ende mehr. Das musst du wissen, unterbricht sie ihn. Wie meinst du das? Du kannst selbst entscheiden, ob du Kontakt zu ihm haben willst oder nicht. Und wenn ich die Verantwortung für ihn nicht übernehmen will, bricht er den Kontakt zu mir ab? Ich weiß es nicht, antwortet sie. Es wäre aber nicht das erste Mal, dass er das macht. Wie bei seiner ersten Tochter?, fragt der Sohn. Die Mutter isst weiter. Was genau ist eigentlich mit ihr passiert? Du weißt, was passiert ist, antwortet die Mutter. Aber warum reden wir nie darüber? Was gibt es da zu reden? Stimmt es, dass sie Prostituierte war?, fragt der Sohn. Das musst du ihn fragen, antwortet die Mutter. Er will nicht darüber reden, sagt der Sohn. Ich weiß keine Details, sagt sie. Ich weiß nur, dass er mal ein toller Mann war, der jetzt verwandelt ist. Und ich nehme an, bei dir kann er nicht wohnen?, fragt der Sohn. Sie antwortet ihm mit einem Blick. Ich habe ihm genug geholfen, sagt sie. Ich auch, sagt der Sohn. Aber ich habe ihn mir nicht ausgesucht. Im Gegensatz zu dir. Er hat sich dich auch nicht ausgesucht, erwidert sie.

Sie essen auf. Jetzt muss ich los, sagt sie. Sonst installieren diese Pfuscher die Leuchtstoffröhren noch im Parkett. Der Sohn lacht nicht. Er ist sauer. Er ist ein Experte darin, aus einem Fünkchen einen Waldbrand zu machen und aus einer Laus einen Elch. Es hilft auch nichts, dass sie ihm anbietet, in nächster Zeit mal auf die Kinder aufzupassen. Er scheint nicht zu begreifen, dass sie ihr ganzes Leben damit zugebracht hat, Männern zu helfen. Erst hat sie sich um ihren Vater gekümmert, dann um ihren Mann, dann um ihren Sohn. Jetzt hat sie einen Schlussstrich gezogen. Ihre Geduld mit den Männern ist am Ende, denkt sie, nachdem sie sich verabschiedet hat, ohne dass ihr Enkelkind aufgewacht ist, und wieder zur Baustelle fährt.

Ihr Handy klingelt. Sie wirft einen Blick auf das Display. Es ist ihr Exmann. Sie drückt das Gespräch weg. Er ruft wieder an. Sie lässt es klingeln. Er ruft wieder an. Sie geht ran. Er sagt, er sei gerade beim Arzt gewesen. Sie hätten seine Augen untersucht. Er müsse operiert werden. Erst hätten sie ihm einen

Termin in ein paar Wochen geben wollen, doch als er gesagt hätte, er wohne im Ausland, habe die nette Sprechstundenhilfe doch noch einen Termin für morgen gefunden, weil eine kurzfristige Absage hereingekommen sei. Die OP wird von der Kasse bezahlt, sagt er. Wie gut, sagt sie. Ich möchte nicht allein hingehen, sagt er. Frag deine Kinder, erwidert die Mutter. Wir haben uns gestritten, erklärt er. Sie haben nie Zeit für mich. Sie sind immer nur am Arbeiten und haben nie Zeit für mich. Ruf deinen Sohn an, sagt die Mutter. Er ist gerade in Elternzeit.

Sie legen auf, ohne dass er ihr eine einzige Frage gestellt hat. Sie fährt weiter. Wo ist er? Der Mann, in den sie sich einmal verliebt hatte? Der sogar ihre völlig humorlose Mutter zum Lachen bringen konnte? Der Mann mit den funkelnden Augen, den schnipsenden Fingern, dem breiten Nacken, der keine Bassmelodie hören konnte, ohne sich im Takt zu bewegen. Der sie mit jeder betrog, die nicht bei vier auf den Bäumen war. Wenn sie es ihm vorwarf, leugnete er alles. Wenn sie ihn warnte, lachte er nur. Wenn sie ihm eine allerletzte letzte Chance gab, machte er es wieder und wieder und wieder. Doch es war nicht seine Untreue, die sie am Ende müde werden ließ. Die Untreue konnte sie verkraften. Und sie hatte auch ihre Abenteuer. Woran sie sich nie gewöhnte, war seine Unberechenbarkeit. Dass er verschwand, wenn er am meisten gebraucht wurde. Am Ende hatte sie die Nase voll. Sie reichte die Scheidung ein. Er stimmte zu und verschwand. Mehrere Jahre meldete er sich nicht bei seinen Kindern. Dann kehrte er als Schatten seiner selbst zurück und erzählte, seine Tochter sei tot. Er wollte, dass sie einen neuen Versuch wagten. Sie sagte, sie habe schon lange abgeschlossen. Er fragte, ob sie einen anderen hätte, sie lachte nur darüber, wie idiotisch es war, dass er überhaupt auf die Idee kam, sie hätte dafür Zeit gehabt, sie war die letzten Jahre damit beschäftigt gewesen, Vater, Mutter, Selbständige, Berufsberaterin, Mediatorin, Grenzensetzerin, Kindergeldsparerin, Ausschimpferin, Motivatorin, Tränentrocknerin, Gelfrisurenstylistin, Rasierlehrerin, Fußballtrainerin und Fußballpublikum zu sein, und einmal (wirklich nur einmal), als der Schiedsrichter, der das Spiel der Tochter pfeifen sollte, akute Migräne hatte: Fußballschiedsrichterin (ihre letzte Frage, als sie die Pfeife entgegennahm und auf den Platz rannte: Abseits? Was war denn noch mal Abseits?). Es gab lediglich einen Fall, den sie nicht gemeistert hatte, als der Sohn zum Abschlussball gehen wollte und seine erste Krawatte gekauft hatte, er brauchte Hilfe mit dem Knoten, sie rief ihren Bruder an, der versuchte, am Telefon Anweisungen zu erteilen, sie versuchte es einmal, zweimal, die Krawatte verknitterte immer mehr, der Sohn wurde immer verzweifelter, er musste bald gehen, er würde zu spät kommen, die Krawatte wurde zu kurz, zu lang, der Knoten zu schmal, er erinnerte an einen Kreuzknoten, und am Ende schlug die Mutter vor, einen Nachbarn zu fragen. Der Maler ein Stockwerk tiefer nahm die Krawatte entgegen und band einen perfekten Knoten, dann streckte er die Arme aus und legte sie dem Sohn um den Hals wie eine Medaille. Der Nachbar zog den Knoten fest und sagte: Du siehst aus wie ein Prinz. Der Sohn rannte zu seinem Ball, die Mutter blieb in der Küche sitzen, sie schaltete die Deckenlampe aus und folgte ihm mit dem Blick, während er zur Schule trabte, die langen Beine, die rutschigen feinen Schuhe, die silbrige Krawatte, die über seine Schulter flatterte und in der Sommerdämmerung glänzte. Sie schaltete die Lampe aus, um ihn besser sehen zu können. Sie schaltete die Lampe aus, damit die Nachbarn ihre Augen nicht sahen. Der Exmann verschwand, aber sie war noch da. Sie schmierte weiter Pausenbrote und zog weiter Splitter, sie plante Familienbudgets und Frauenabende, sie wechselte Schnürsenkel und kaputte Reißverschlüsse, sie zeichnete einen Krankenhauseingang, ein Parkhaus, den Umbau einer Warenannahme und den Ausbau eines Dachgeschosses für einen Privatkunden, sie kaufte Familienpackungen mit gefrorenen Piroggen und verband verstauchte Basketballfinger, sie vermittelte in Geschwisterstreits und übte vor Schularbeiten, sie kaufte Angebotswein für Abiturfeiern und reparierte Fernsehspielkonsolen, erst mit Klebmasse, dann mit Isolierband, sie kaufte Markenklamotten für die Kinder, aber nie für sich. Sie sagte, sie hätte keine Zeit für die Liebe, wenn ihre Freunde versuchten, sie mit einem bärtigen, geschiedenen Stadtplaner zu verkuppeln. Jedenfalls nicht im Moment, fügte sie hinzu, wenn die Freunde nicht lockerließen. Jetzt muss ich für meine Kinder da sein, sagte sie und stellte ihr Leben auf Pause, bis ihre Tochter Abitur gemacht hatte. Als die Tochter die Treppe vor der Schule heruntersprang, jubelte die Mutter so laut, dass sie die Stimme verlor. Erst redete sie mit heiserer Stimme auf der Abifeier weiter. Sie krächzte eine Note hervor. Am Tag darauf konnte sie nicht mal mehr flüstern. Mehrere Wochen lief sie mit einem Block durch die Gegend und schrieb alles auf, was sie sagen wollte. Der Arzt sagte, lachen sei schlecht, flüstern sei schlecht, das Einzige, was sie machen könne, um ihre Stimme zurückzugewinnen, sei es, zehn Tage lang vollkommen still zu sein. Ansonsten bestehe die Gefahr, dass sie bleibende Schäden an den Stimmbändern davontrage. Das schaffst du nie, sagten ihre Kinder. Wie solltest ausgerechnet du zehn Tage lang mucksmäuschenstill sein? Unmöglich. Doch sie schaffte es. Genau wie sie alle anderen Widerstände überwunden hatte. Ihre Stimme kam zurück. Ihr Exmann aber war und blieb verschwunden. Keiner wusste genau, was er trieb und wo er sich aufhielt, und inzwischen waren seit der Scheidung so viele Jahre vergangen, dass sich auch niemand mehr nach ihm erkundigte.

Sie erreicht das Gebäude und parkt an der Stelle, die den Zeichnungen nach eigentlich eine Rasenfläche sein sollte, bisher aber nur eine Mischung aus Kies und Pfützen ist. Sie eilt in den provisorisch eingerichteten Konferenzraum, in dem immer noch keine Spots eingebaut sind.

Ein Sohn, der ein Vater ist, verlässt den Ecktisch, um sich Kaffee zu holen, und sieht zu dem Einjährigen. Wie der auf einmal schläft, sagt er. Die Mutter wirft einen Blick auf die Uhr. Sie stürzt ihren Kaffee hinunter. Musst du zurück?, fragt der Sohn. Sie nickt. Sagt Bescheid, falls ihr in nächster Zeit mal einen Babysitter braucht. Ja, das wäre toll, sagt er. Wir könnten wirklich mal eine Auszeit gebrauchen. Nächste Woche vielleicht? Die Mutter schaut in ihren Kalender. Von Mittwoch bis Freitag bin ich in Göteborg. Göran und ich haben ein Meeting mit einem potenziellen Kunden. Am Wochenende vielleicht?, fragt der Sohn. Da ist es leider etwas kompliziert. Samstag ist eine Vernissage im Magasin III, und am Sonntag gehe ich mit den Mädels in die Berwaldhallen. Aber das Wochenende drauf vielleicht? Wir können ja noch mal sprechen, antwortet der Sohn, um sie dafür zu bestrafen, dass sie ein eigenes Leben hat. Aber zu der Geburtstagsfeier am Sonntag kommst du doch? Ja, natürlich, antwortet die Mutter. Möchtest du die Aloe vera behalten? Gern, antwortet der Sohn. Sie kostet 119 Kronen, sagt sie und reicht ihm die Tube. Der Sohn bedankt sich und trägt ein wenig mehr Creme auf. Sie ist durchsichtig und grün. Fühlt sich gut an, sagt er. Irgendwie kalt. Aloe vera ist großartig, sagt die Mutter. Das ist ein Direktimport. Sie lindert alle Arten von Entzündungen. Als ich noch im Reformhaus war, habe ich die neun von zehn Kunden empfohlen. Der Sohn bedankt sich. Sie kostet 119 Kronen, wiederholt sie. Du kannst mir das Geld per Swish schicken. Oder überweisen. Der Sohn sieht die Mutter an. Meinst du das ernst?, fragt er. Es ist derselbe Preis, für den ich sie auch kaufe, erklärt die Mutter. Ich schlage nichts drauf. Der Sohn nickt. Er gibt ihr das Geld in bar. Bist du jetzt sauer?, fragt die Mutter. Nein, gar nicht, antwortet der Sohn und versucht zu lächeln. Sie verabschieden sich, die Mutter hetzt zu ihrem Auto und sitzt hinter dem Steuer, noch ehe die Restauranttür wieder zugefallen ist.

Er bleibt mit seinem schlafenden Sohn sitzen. Als das Auto außer Sichtweite ist, steht er auf und spaziert nach Hause. Er biegt unterhalb des Hangs rechts ab. Er passiert die Schranke, die jeden Morgen zwischen sieben und neun und jeden Nachmittag zwischen sechzehn und achtzehn Uhr unten ist. Er versucht, an etwas anderes zu denken, er versucht, einen Merksatz dafür zu finden, wann die Schranke unten ist, er denkt, dass man mit sechs oder sieben Jahren in die Schule kommt und nach der Neunten die Hauptschule abgeschlossen hat und dann achtzehn wird und den Führerschein macht, er betrachtet die vorbeifahrenden Autos und sagt im Kopf die Marken und Modelle auf, ein Honda Civic, ein Toyota Prius, ein Volvo V70, noch ein Volvo V70, ein Mazda 3. Er setzt seinen Weg fort, vorbei an den Einfamilienhäusern und den Apfelbäumen, den Hochhäusern und der Baustelle, wo sie angefangen haben, den Fels wegzusprengen, um Platz für eine Kanalisation und neue Baugrundstücke zu schaffen, jeden Tag um zehn, zwölf und sechzehn Uhr wird die Straße gesperrt, und laute Warnsirenen ertönen, dann ein dumpfes Grollen, dann ein langer Ton, der signalisieren soll, dass die

Sprengung vorbei ist. Jetzt ist es nicht mehr weit, er hält die Gedanken am Laufen, er denkt an die Parkregeln, er denkt an den Alten mit dem kleinen weißen Hund, der oft eine Weste trägt, aber nicht heute, er denkt an den Typen vom Pflegedienst mit dem orangefarbenen T-Shirt und dem großen Schlüsselbund, der immer lächelt, wenn sie sich im Treppenhaus begegnen, er biegt auf den Hof ein, er piepst sich durch die Eingangstür, aber im Aufzug bricht alles aus ihm hervor, er weiß nicht, warum, aber er kann nicht mehr aufhören, es ist genau wie damals, als er klein war, er schließt auf und betritt den Flur, er parkt den Kinderwagen, er landet im Schlafzimmer, er schreit in Kissen, er wirft Decken gegen Wände, er entdeckt sich selbst im Spiegel und beruhigt sich, er hockt still auf der Bettkante und versucht zu begreifen, was gerade passiert. Im Flur wird sein Sohn wach. Der Vater geht hinaus und nimmt ihn hoch. Der Einjährige betrachtet die Augen des Vaters. Er streckt seine Hand aus und berührt eine kalte Träne, die noch auf der Wange hängt. Beide lachen, als die Träne zerspringt und zu nichts wird.

Ein Vater, der ein Großvater ist, kommt mit klopfendem Herzen vom Arzt. Er ruft seine Exfrau an. Sie hat keine Zeit für ihn. Sie muss ein Haus bauen, Ausstellungen besuchen und mit jüngeren Liebhabern Tango tanzen. Er ruft seinen Sohn an. Der geht ans Telefon. Seine Stimme klingt komisch. Bist du erkältet?, fragt der Vater. Nein, antwortet der Sohn. Das liegt daran, dass du keine Mütze trägst, sagt der Vater. Ich bin aber nicht erkältet, entgegnet der Sohn. Was war gestern los? Wir haben mehrere Stunden auf dich gewartet. Warum bist du nicht zum Essen gekommen? Ich war leider verhindert, erwidert der Vater. Deine Tochter war enttäuscht, sagt der Sohn. Sie hatte ihre Lasagne gemacht. Ich werde mit ihr reden, sagt der Vater. Sie schweigen. Morgen werde ich an den Augen operiert. Echt? Ja. Willst du, dass wir kommen?, fragt der Sohn. Wer sind wir?, fragt der Vater. Ich bin doch in Elternzeit, antwortet der Sohn. Okay, sagt der Vater. Wenn ihr kommen wollt, dürft ihr das gerne.

DIENSTAG

Eine Tochter, die eine Enkelin ist und ein Fußballprofi und eine Drachenbändigerin und ein Ninja mit Feuerkraft, ist vier Jahre alt, aber neunzehn Milliarden Jahre stark. Nein, nicht vier. Viereinhalb. Nein, vier und so viele Monate, dass sie fast genau fünf ist. Sie spielt besser Fußball als Zlatan. Sie rennt so schnell wie keine sonst auf der Welt, fast schneller als eine Weltraumrakete, obwohl nichts und niemand eine Weltraumrakete überholen kann. Nur Blixten McQueen, weil er Feuer an den Seiten hat, richtiges Feuer, heißer als Lava. Lava kommt aus Vulkanen. Hier gibt es keine Vulkane und keine Dinosaurier und keine Säbelzahntiger, aber dafür Tiger, die im Zoo wohnen und nachts nicht herkommen, weil sie den Code nicht wissen und nicht allein mit dem Fahrstuhl fahren können, und selbst wenn ihnen jemand unten die Haustür aufmachen würde, würden sie nicht in die Wohnung kommen, denn sie haben keine Schlüssel und keine Hosentaschen. Der Löwe ist schneller als die Nashörner. Die Nashörner haben zwei Hörner, die so hart sind wie harte Nasen, deshalb heißen sie Nashörner, weil ihre Nasen wie harte Hörner sind. Der Zinkensdamm heißt Zinkensdamm und nicht Stinkensdamm, aber das reimt sich. Andere Sachen, die sich reimen, sind Ball und Gummiball, Handy und Andy, cool und uncool, toll und supertoll. Man darf nicht auf Einjährige sauer sein, weil sie erst ein Jahr alt sind und nicht verstehen, warum man nicht in Ballons beißen oder Weltallbücher zerreißen oder Legoräder aufessen oder gelbe Krokodile in den Mülleimer werfen soll. Einjährige können gar nichts, sie können nicht sprechen, nicht Roller fahren, nicht Fußballspielen, alles, was sie können, ist Sachen aufessen und sabbern und ihre Nase laufen lassen. Man darf Einjährige nicht beißen, auch wenn man es gerne würde. Man darf sie nicht in den Bauch hauen, nicht auf den Kopf, nicht in den Rücken, nicht mal leicht auf den Fuß. Nur ab und zu darf man Einjährige treten, ganz leicht, wenn sie zum Beispiel etwas ganz ganz Dummes gemacht haben, wie einen Trollstift ins Klo fallen zu lassen, obwohl es nicht der eigene Trollstift ist. Vierjährige haben keine Windeln. Vierjährige gehen in die Kita und spielen Fußball und mögen Ballonbaseball. Samstags bekommen Vierjährige Süßigkeiten, Einjährige bekommen nichts, höchstens ein bisschen Mais, und einmal durfte der Einjährige auch eine Rosine probieren. Aber Einjährige bekommen keine PEZ und keine Schaumzuckererdbeeren, sie dürfen nicht mal M&M's probieren, und erst recht keine Lakritze. Vierjährige mögen Lakritze und Cornflakes und Mandarinen und braune Birnen, die ganz hart sind, vor allem, wenn sie im Kühlschrank gelegen haben. Und Eiswürfel im Mund, wenn man sich in die Backe gebissen hat, und Eis, alle möglichen Sorten, aber vor allem Birne und Schokolade. Es gibt keine Süßigkeiten mit Eis drin. Dann würde das Eis in der Süßigkeit schmelzen. Ihre Mutter mag kein Eis. Ihre Mutter mag Schokolade, Datteln und diese grünen Kürbiskerne, die man auch über den Joghurt streut. Ihr Vater mag Eis, Süßigkeiten und Wein und Bier. Ihre Mutter trinkt nur ein bisschen Wein und sagt, er würde eklig schmecken. Ihre Mutter möchte nie Wurst probieren. Ihre Mutter sagt, sie würde andere Sachen lieber mögen als Wurst. Was ist besser als

Wurst? Halloumi, zum Beispiel. Vierjährige mögen Halloumi und Wurst. Wurst aber lieber. Denn Wurst ist das Beste auf der ganzen Welt. Wurst. Halloumi. Süßigkeiten. Eis. Und Wurst. Einjährige bekommen keine Wurst. Sie bekommen schon Wurst, aber sie bekommen nur dann Wurst, wenn die Wurst in miniminiminiminikleine Stücke geschnitten wurde. So miniklein. So klein, dass sie kleiner sind als Fingernägel. So klein, dass man sie kaum sieht. Vor allem, wenn ihre Mutter die Wurst schneidet. Wenn ihr Vater sie schneidet, sind die Stücke größer. Ihre Mutter sagt, Würste könnten in den Hälsen von kleinen Babys stecken bleiben, und wenn sie keine Luft mehr bekommen, müssen sie ins Krankenhaus und können sogar sterben. Leos Opa ist tot. Eichhörnchen können sterben, aber nicht Elefanten, es sei denn, sie fallen in einen Vulkan. Vierjährige sind immer ganz nett zu Einjährigen. Einjährige dürfen sich Spielsachen ausleihen. Einjährige dürfen im Tor stehen. Einjährige lernen richtig schnell, sich zu ducken, wenn Vierjährige so fest schießen, wie sie nur können. Wenn Vierjährige satt sind, bekommen Einjährige Wurst. Aber Einjährige sind zu dumm, um zu verstehen, dass Wurst Wurst ist. Zweimal wirft der Einjährige die Wurst wieder auf den Boden. Die Vierjährige muss die Wurst wieder und wieder aufheben und sie ihm noch mal geben. Die Eltern merken nichts, weil sie drüben am Herd stehen und sich unterhalten. Ihre Mutter sagt: Warum hast du es ihm angeboten?, und ihr Vater sagt: Ich weiß nicht, und ihre Mutter sagt: Wenn du willst, dass er allein zurechtkommt, musst du einen Schritt zurücktreten, und ihr Vater sagt: Er hat eine Operation. Sie sagen, sie würden diskutieren, aber in Wirklichkeit streiten sie sich, das hört man an den Stimmen. Irgendwann kapiert der Einjährige, dass das große Stück Wurst auch Wurst ist. Der Einjährige lacht. Der Einjährige hustet. Der Einjährige sieht lustig aus. Sein Gesicht wechselt die Farbe wie ein Chamäleon, wie ein Dinosaurier mit Zacken, der auch die Farbe wechseln kann. Erst ist der Einjährige hellbraun, dann blau, dann lila. Ihre Mutter sagt, dass der Vater endlich Verantwortung übernehmen muss, ihr Vater sagt, genau das würde er doch machen. Die Vierjährige ruft: Guckt mal, wie lustig der Einjährige aussieht! Soooo lustig! Guckt doch mal, wie lustig! Nicht jetzt, sagt ihr Vater. Wir müssen das nur kurz zu Ende besprechen, Schatz, sagt ihre Mutter. Die Vierjährige geht zum Einjährigen. Er macht lustige Geräusche. Ihre Mutter dreht sich um. Oh Gott, schreit sie. Ihr Vater springt herbei und reißt den Einjährigen aus dem Kinderstuhl. Der Teller fällt auf den Boden, und die Fußballshorts der Vierjährigen werden mit Ketchup beschmiert, ihre Mutter dreht den Einjährigen auf den Kopf, ihr Vater schlägt dem Einjährigen auf den Rücken, die Wurst kommt raus und landet auf dem Boden, es sind kleine Zahnabdrücke darauf, nicht besonders groß. Hast du ihm das gegeben?, fragt ihr Vater. Nein, antwortet die Vierjährige. Sag die Wahrheit, mahnt ihre Mutter. Ich habe Ketchup auf meinen Fußballshorts, sagt die Vierjährige. Hast du ihm das gegeben?, fragt ihr Vater noch einmal, aber eigentlich sagt er es nicht, sondern brüllt es so laut, dass die Ohren der Vierjährigen fast kaputtgehen. Die Vierjährige hat nie Angst, aber jetzt doch ein bisschen. Ihr Vater hält ihr die Wurst vor die Nase. Er schüttelt sie so, dass sie abbricht und auf den Boden fällt. Man darf kein Essen auf den Boden werfen, sagt die Vierjährige. Ihr Vater packt sie hart am Arm und zerrt sie aus der Küche, er brüllt, dass Vierjährige nett zu ihren kleinen Brüdern sein müssen und dass er fuchsteufelswild wird, wenn jemand versucht, seiner Familie etwas anzutun. Als sie im Kinderzimmer ankommen, sagt ihr Vater, dass er keine Lust mehr hat, Vater zu sein, und lieber ein Kind wäre. Jetzt hör aber auf, Liebling, ruft ihre Mutter. Hör doch selber auf, ruft ihr Vater. Mach mal eine Pause, sagt ihre Mutter und kommt mit dem Einjährigen auf dem Arm angerannt. Ihr Vater lässt die Vierjährige los und geht auf die Toilette, ihre Mutter geht mit dem Einjährigen zurück in die Küche, aus dem Bad kommen komische Geräusche. Die Vierjährige steht davor. Sie klopft an. Nicht jetzt, sagt ihr Vater. Er klingt, als würde er gerade knien und versuchen, eine ganz feste Schraube zu lockern. Er klingt, als würde er die Kinderwagenreifen mit dieser Pumpe aufpumpen, die den falschen Aufsatz hat, sodass man ganz fest zudrücken muss, fester, als es irgendein Kind jemals könnte. Ihre Mutter kommt zurück. Sie umarmt die Vierjährige. Hast du Angst bekommen?, fragt ihre Mama. Nein, antwortet die Vierjährige. Ich habe vor nichts Angst. Nur ein ganz bisschen vor Säbelzahntigern und vor dem Roboter Taurus' aus dem Kinderkanal. Ihre Mutter lacht. Du weißt, dass in Taurus' Rüstung ein echter Mensch steckt, oder? Nein, antwortet die Vierjährige. Taurus ist ein Roboter. Er ist wirklich ein Roboter. Deshalb bewirft er Kinder, die zu langsam sind, mit dem Superschleim. Ja, aber in der Rüstung steckt ein ganz normaler Schauspieler, erklärt ihre Mutter. Nein, protestiert die Vierjährige. Bill aus der Kita sagt, er ist ein echter Roboter. Na gut, sagt ihre Mutter. Aber du brauchst keine Angst vor Taurus zu haben, weil er ein ganz normaler Mensch ist. Du hast keine Ahnung, schreit die Vierjährige und rennt in ihr Zimmer. Sie schlägt die Tür hinter sich zu. Sie holt ihre Wachsmalstifte und malt auf den Tisch, obwohl sie es nicht darf. Sie klebt Dinosaurieraufkleber an die Wände. Sie reißt alles aus der Verkleidungskiste heraus und bringt es durcheinander. Keiner kommt. Sie setzt sich eine Spider-Man-Haube auf und zieht eine Pippi-Langstrumpf-Perücke drüber und legt sich eine Tiara wie eine Kette um den Hals und um die Taille einen dunkelbraunen Piratengürtel, in dem ein Plastikkleiderbügel als Bogen und vier Strohhalme als Pfeile stecken. Sie schleicht in die Küche. Der Einjährige sitzt wieder auf seinem Stuhl. Er isst eine Mandarine. Alle Scheiben sind in minikleine Stückchen geschnitten, so klein, dass sie eher aussehen wie winzige Kugeln. Er lacht. Ihre Mutter und ihr Vater stehen am Herd. Sie umarmen sich. Sie sind beide mehrere Kilometer groß, aber am größten ist der Vater, weil er die Decke berühren kann, wenn er die Hände ausstreckt, ihre Mutter ist nicht ganz so groß, aber trotzdem größer als die meisten Erzieherinnen in der Kita, außer Karro. Ihr Vater entdeckt die Vierjährige. Er nimmt sie auf den Schoß. Er entschuldigt sich dafür, dass er so laut mit ihr geschimpft hat. Er erzählt, dass er heute mit Opa bei einer Operation war. Eine echte Operation?, fragt die Vierjährige. Mhm, antwortet ihr Vater. Sie haben Opas Augen operiert. Das ist Quatsch, sagt die Vierjährige. Nein, das ist hundert Prozent wahr, erwidert ihr Vater. War das gefährlich?, fragt die Vierjährige. Nein, nicht so richtig. Opa hat gedacht, es wäre gefährlich, aber es war ein Routineeingriff. Was ist ein Routineeingriff? Etwas, was man jeden Tag macht. So wie Zähneputzen? Ja, so ungefähr. Aber weißt du, was sie vor der Operation gemacht haben? Sie haben ein Superfoto von Opas Auge gemacht, mit einer speziellen Superkamera, die so nah an sein Auge herangezoomt hat, dass sie es ganz, ganz nah gesehen haben, weil sie etwas sehen wollten, was man gelber Fleck nennt. Der sitzt da, wo man sieht. Und weißt du, wie der gelbe Fleck aussah? Nein, antwortet die Vierjährige. Er sah aus wie etwas im Weltall. Wie ein Vulkan auf einem grünen Planeten. Wie ein Stern in einem Sonnensystem, obwohl er ganz tief in Opas Auge drin war. Dann haben sie Tropfen in Opas Auge getropft und es mit einem Laser sauber gemacht, und jetzt sieht Opa fast genauso gut wie du und ich. Die Vierjährige lacht. Sie schmiegt sich in die Falte zwischen dem Oberarm und dem Unterarm ihres Vaters. Ganz in echt? Wie denn? Hatte er das Weltall im Auge? Mhm. Die Vierjährige lacht. Ihr Vater lacht. Der Einjährige hebt seinen rosa Plastikteller mit den Mandarinenstückchen. Er streckt sie der Vierjährigen entgegen. Er möchte, dass die Vierjährige probiert. Die Vierjährige nimmt zwei Stückchen und schluckt sie hinunter. Danke, sagt sie zum Einjährigen. Danke, dass ich probieren durfte. Wollen wir spielen, dass du eine Zielscheibe bist? Muuuh, macht der Einjährige. Zeit fürs Bett, sagt ihr Vater.

Ein Einjähriger, der ein Enkel ist, der das jüngste Familienmitglied ist, räuspert sich und macht: Muuuh. Muuuh? Ihr macht Witze. Sehe ich so aus, als hätte ich vier Mägen? Kann ich Fliegen mit dem Schwanz vertreiben? Käue ich mein Essen wieder? Ist Milch das Beste, was ich kenne? Na gut, ich geb's ja zu. Ich mag Milch, Milch ist gut, Milch ist gesund, Milch kann man heiß, kalt und lauwarm trinken. Aber mal ehrlich. Wer auf diesem Planeten (mit Ausnahme meiner Mutter) mag keine Milch? Das macht noch lange keinen muhenden Idioten aus mir. Ich bin klein. Ich trage eine Windel. Ich habe ziemlich wenige Zähne. Ich kann noch nicht richtig allein laufen. Ich bin fasziniert von meinen eigenen Zähnen und lache laut auf dem Wickeltisch, wenn ich entdecke, dass ich einen Pimmel habe. ABER! Dafür, dass ich erst ein Jahr alt bin, bin ich in Wirklichkeit extrem selbständig. Dinge, die ich letzte Woche gemacht habe, als ihr mich nicht gesehen habt: Erde aus dem Blumentopf im Schlafzimmer gegessen. Drei Seiten aus dem Buch ausgerissen, das bei meinem Vater auf dem Nachttisch liegt. Einen schwarzen Gummiploppen von einem Kopfhörer gegessen. Dann noch einen. Das gelbe Plastikkrokodil meiner Schwester in den Mülleimer in der Küche geworfen. Eine Fernbedienung in die Altpapierkiste gelegt. Aber ihr merkt nichts von alledem, weil ihr die ganze Zeit damit beschäftigt seid, auf Nachrichten zu antworten, darum zu streiten, wer die Spülmaschine ausgeräumt hat, oder meiner großen Schwester dabei zuzusehen, wie sie ein und denselben Gummiball im Wohnzimmer hin und her kickt.

Wenn ihr mich so sehen würdet, wie ihr meine Schwester gesehen habt, als sie klein war, würdet ihr allerdings entdecken, dass es hundert verschiedene Nuancen von Muh gibt. Ein Muh bedeutet: Ich bin aber noch gar nicht müde. Ein anderes Muh bedeutet: Nein, tut mir leid, ein gelbes Plastikkrokodil habe ich nicht gesehen. Ein drittes Muh bedeutet: Ich war's nicht. Ein viertes: ACHTUNG, DA KOMMT EIN BÄR!, Und ein fünftes: Oh, sorry, hab mich verguckt. Ein sechstes: Gut, anscheinend wird hier erwartet, dass ich diesen fremden Mann, den alle Opa nennen, auf die Wange küssen soll, obwohl er 200 Jahre alt ist und faulige Zähne und einen stacheligen Bart hat, und jetzt mache ich es, ich küsse ihn auf die Wange und sabbere ein bisschen auf sein Hemd, aber im Gegenzug erwarte ich dann auch, dass ihr euch daran erinnert, wie ich mich zur Verfügung stelle, wie ich mich für die Gemeinschaft opfere, und das sollte mir heute Abend zugute kommen, wenn wir eine Geschichte aussuchen.

Aber niemand versteht etwas, weil niemand je zuhört, niemand hinsieht, nur ich, der am kleinsten ist, hat funktionstüchtige Augen. Heute Vormittag habe ich etwas Merkwürdiges beobachtet. Ich wurde wach. Ich lag im Wagen. Allmählich sickerte das Bewusstsein in mich zurück. Ich erinnerte mich an den Morgen bis jetzt, wie wir meine Schwester in die

Kita gebracht hatten, an den Stress, als wir dorthin rannten, an die atemlose Entschuldigung meines Vaters gegenüber den Erzieherinnen, weil wir zu spät waren. Inzwischen stand der Wagen im Café des Altenwohnheims, direkt vor dem kleinen Springbrunnen auf dem Platz. Ich sah den Rücken meines Vaters. Er war der Einzige im ganzen Raum. Er hatte eine türkisfarbene Tasse vor sich und saß über sein Telefon gebeugt. Doch ungefähr einmal in der Minute schaute er auf den Platz hinaus. Draußen auf einer Parkbank sah ich seinen Vater. Also die Person, die wir am Freitag getroffen hatten und die alle Opa nennen. Er saß einfach nur da, in der Herbstsonne auf einer Parkbank. Auf seinen Knien lag eine Zeitung, die er aber nicht las. Opa sah meinen Vater nicht, und mein Vater sah mich nicht. Dann ertönten Schreie und Kinderlachen. Auf dem Fußweg näherte sich eine Kitagruppe. Das Personal trug signalrote Jacken, die Kinder neonfarbene Westen.

Alle hielten sich an einer langen Schnur fest. Ich sah den lila Overall meiner Schwester und ihre fusselige graue Mütze mit Ohrenschützern. Sie ging neben einer Freundin, sie lachten, sie hüpften, sie sprangen an dem bärtigen Mann vorbei, ohne ihn zu bemerken. Mein Vater sah zu seinem Vater. Opa sah zu seiner Enkelin. Keiner sagte etwas. Meine Schwester verschwand. Mein Vater blieb sitzen. Ich beugte mich vor, um ihn daran zu erinnern, dass wir beide, egal, was zwischen ihm und seinem Vater passiert war, eine einzigartige Beziehung hatten, und dass es eine der wahren Herausforderungen in diesem Leben ist, sich nicht von seinen familiären Voraussetzungen bestimmen zu lassen. Doch alles, was er hören konnte, war: Muuuh. Bist du wach, mein kleiner Schatz?, fragte mein Vater und lächelte. Ich nickte oder schüttelte jedenfalls nicht den Kopf, was ungefähr dasselbe ist. Wir gingen auf den Platz hinaus. Opa sah uns. Wo kommt ihr denn her?, fragte er. Wir saßen drinnen im Café. Habt ihr mich denn nicht gesehen?, fragte Opa. Nein, antwortete mein Vater. Doch, haben wir wohl, dachte ich. Hier gibt es keine Kühe, sagte Opa.

Wir verließen den Platz. Mein Vater legte eine Karte auf eine Metallsäule, und vor meinem Wagen glitten zwei Glasvierecke zur Seite. Wir fuhren in einen kleinen Metallraum, der nach Windelmülleimer roch. Jetzt mal kurz Luft anhalten, sagte mein Vater und drückte auf einen Knopf. Opa winkte uns von außen zu. Die Tür wurde geschlossen, und der kleine Raum senkte sich unendlich langsam in die Tiefe hinab. Als wir wieder in die normale Luft hinausgelangten, kam eine blaue Schlange angefahren, die aber Türen wie ein Bus und Lampen wie eine Küche hatte. Wir gingen in die Schlange hinein, die, wie sich herausstellte, ein Zug war. Mein Vater und Opa sagten nichts zueinander. Doch, eine Sache. Als wir aus dem Zug ausgestiegen waren und auf den nächsten warteten, sagte mein Vater: Nur dass du es weißt, es gibt auch einen schnelleren Weg zum Fridhemsplan. Wir hätten den Bus von Hornstull nehmen können. Oder die blaue Linie vom Hauptbahnhof. Wir haben es nicht eilig, sagte Opa und setzte sich auf eine Bank. Wir verließen den nächsten Zug, fuhren mit einer rollenden Treppe und dann wieder in einem kleinen Raum nach oben und kamen auf die Straße, wo die Sonne schien und die Menschen so schnell liefen, als würden sie nicht merken, dass die Straße voller Doppelbusse, Lastwagen, Tankwagen, Rettungswagen und (echt wahr) zwei Polizeimotorrädern war. Ui, rief ich, damit mein Vater und Opa die ganzen wahnsinnigen Sachen nicht verpassten, aber keiner von ihnen antwortete mir. Sie gingen einfach nur geradeaus und richteten ihre Blicke auf alles außer den anderen.

Wir gelangten zu einem großen weißen Haus. Wir gingen durch die Glastüren. Mein Vater soll operiert werden, sagte mein Vater zu einer Frau, deren Haut so weiß war wie Brei. Die Frau nickte und gab meinem Vater zwei Plastikmappen, in der einen ging es um die Untersuchung, in der anderen um die Operation. Folgen Sie der gelben Linie auf dem Boden zur Untersuchung, sagte sie. Die blaue Linie führt zum OP. Wie lange wird das ungefähr dauern? Der eigentliche Eingriff dauert höchstens eine Stunde, antwortete die Frau. Aber die Wartezeit ist lang. Ich muss meine Tochter aus der Kita abholen, erklärte mein Vater, obwohl ihn niemand nach seinen Nachmittagsplänen gefragt hatte. Opa stand neben ihm, aber es war mein Vater, der die Mappen entgegennahm, der meinen Wagen in Richtung der Klos schob, um dann umzudrehen und festzustellen, dass der kleine Raum, der uns ins richtige Stockwerk bringen würde, am entgegengesetzten Ende des Hauses lag.

Vor dem Wartezimmer hingen fünf große Bilder, die gleich waren und trotzdem anders. Ein lächelndes Mädchen mit rosa Kleid und ausgefransten Konturen. Dasselbe Mädchen mit verschwommenen Rändern. Dasselbe Mädchen, diesmal mit einem Gesicht voll wurmähnlicher schwarzer Punkte. Dasselbe Mädchen, das in einer dunkelgrauen Pfütze drin war. Mein Vater stand vornübergebeugt, um meinen Wagen abzuschließen. Er zeigte auf die Bilder. Wie sieht das für dich aus?, fragte er. Opa drehte sich um und schaute. Ich erkenne keinen großen Unterschied, sagte er.

Wir saßen ziemlich lange herum und warteten darauf, dass etwas passierte. Als mir langweilig wurde, holte mein Vater eine Zeitung, die ich zerreißen durfte. Dann trafen wir eine großartige Krankenschwester. Ich verstand sofort, dass sie Humor hatte, denn sie erblickte mich, versteckte sich hinter ihren Händen, schaute wieder hervor und sagte dabei laut: Kuckuck! Nichts zeigt so sehr, dass man Humor hat, wie Kuckuckspielen. Wir folgten ihr in einen Raum, wo Holzleitern an der Wand hingen und ein weißer Fernseher mit schwarzen Insekten drauf. Sie holte eine Pistole hervor und schoss Opa Luft in die Augen. Dann nahm sie ein großes weißes Telefon und fotografierte damit tief in seine Augen hinein. Anschließend setzte sie ihn vor den Fernseher, gab ihm eine graue Plastikbrille mit einem Schutz für das eine Auge und fragte, ob er die erste Reihe lesen könne. Ich kann nicht mal die Tafel richtig erkennen, antwortete Opa. Okay, sagte die Krankenschwester und setzte ein rundes Extraauge in seine Brille ein. Besser, schlechter oder gleich? Etwas besser, antwortete Opa. Beim fünften Versuch konnte er die Insekten im Fernseher erkennen, er sagte ihre Namen auf, sie hießen so was wie A, E, X und Z.

Tragen Sie im Alltag eine Brille?, fragte die Krankenschwester. Ich habe eine Lesebrille, antwortete Opa. Aber die habe ich zu Hause vergessen. Wissen Sie, was für eine Stärke sie hat?, fragte die Krankenschwester. Ich habe sie an einer Tankstelle gekauft, erklärte Opa. Manchmal trägt er zwei Lesebrillen übereinander, um eine bessere Wirkung zu erzielen, ergänzte mein Vater. Okay, sagte die Krankenschwester noch einmal. Aber das heißt, Sie waren noch nie bei einem Optiker?

Nach der Untersuchung folgten wir der grünen Linie am Boden in die Kantine. Opa lud meinen Vater zum Essen ein. Ich aß ein Glas vegetarische Lasagne. Mein Vater bat darum, dass sie in der Mikrowelle aufgewärmt wurde, und ich löffelte sie ganz allein in mich hinein, mit ein paar Gurkenstückchen, Maiskörnern und Brot vom Teller meines Vaters.

Danke für die Einladung, sagte mein Vater zu Opa. Opa erwiderte nichts. Weißt du, was ich morgen vorhabe? Ich werde Stand-up ausprobieren. Stand-up?, fragte Opa. Stand-up-Comedy. Vor einem richtigen Publikum. Du willst Clown werden?, fragte Opa. Kein Clown, Komiker, erwiderte mein Vater. Ich wollte das immer schon mal ausprobieren, habe mich aber nie getraut. Wirst du eine rote Nase tragen?, fragte Opa. Ach, hör doch auf, sagte mein Vater. Du musst viel weiße Schminke auftragen, fuhr Opa fort. Und riesengroße Schuhe. Sonst werden sie nicht lachen. Du bist nicht lustig, sagte mein Vater. Du auch nicht, sagte Opa. Ich hätte gedacht, du würdest stolz sein, sagte mein Vater. Stolz?, fragte Opa. Worauf denn? Darauf, dass ich meinen eigenen Weg gehe, antwortete mein Vater. Sie schwiegen. Mama hat erzählt, du hättest davon geträumt, Schriftsteller zu werden, als du jung warst. Sie übertreibt, sagte Opa. Und schreiben ist doch einfach. ABCD. Alle können schreiben. Ich habe mein Insulin vergessen. Opa zog einen blauen Stift mit einer langen Mine hervor und stach sich damit in den Bauch. Sie aßen weiter. Willst du, dass ich komme?, fragte Opa. Morgen? Willst du denn kommen?, fragte mein Vater. Ich komme, wenn du willst, dass ich komme, antwortete Opa. Ich will, dass du nur kommst, wenn du wirklich kommen willst, sagte mein Vater. Ich saß in meinem Kinderstuhl und kam mir am erwachsensten von allen vor. Nach einer Weile einigten sie sich darauf, dass Opa kommen würde. Vorausgesetzt, seine Augen wären nach der Operation wieder in Ordnung.

Als wir fertig gegessen hatten, verschwand mein Vater mit einem Stapel Servietten unter mir auf dem Boden. Endlich spielen wir noch mal Kuckuck, dachte ich, aber er tauchte nicht wieder auf. Kümmer dich doch nicht darum, sagte Opa. Du arbeitest nicht hier. Wir können das nicht einfach so hinterlassen, erwiderte mein Vater. Am Ende kam er doch wieder hoch, aber er sagte auch diesmal nicht Kuckuck. Ich hatte kein einziges Mal geweint, seit ich im Café wach geworden war. Aber dafür erntet man keinen Applaus. Niemand hob mich aus dem Wagen und lobte mich dafür, was für ein tolles Baby ich war. Nein, stattdessen fiel ihnen nur auf, dass ich vollkommen unbeabsichtigt ein kleines bisschen Essen und ein paar Brotkrümel auf den Boden hatte fallen lassen. Ich rieb mir die Augen, um zu signalisieren, dass ich müde war. Mein Vater legte mich in den Wagen, und wir folgten der blauen Linie zum Wartezimmer für die Operation.

Du kannst ja ein paar Witze an mir testen?, schlug Opa vor. Nein danke, antwortete mein Vater. Wir haben einen viel zu unterschiedlichen Humor. Das stimmt, erwiderte Opa. Mein Humor ist lustig. Dein Humor handelt ausschließlich von zermatschten Tomaten und geizigen Juden, erwiderte mein Vater. Man muss über alles Witze machen dürfen, sagte Opa.

Wir verabschiedeten uns. Als ich aufwachte, waren wir allein. Mein Vater schaute durch das Zugfenster. Er sah traurig aus. Ich kackte. Es wurde warm und dann ziemlich schnell kalt. Ein normales Baby hätte geschrien. Vielleicht sogar eine Szene gemacht. Ich nicht. Ich bin viel gerissener. Ich wusste, dass wir bald in der Kita sein mussten, um meine große Schwester abzuholen, und danach würden wir nach Hause gehen, und ich wollte meinen Vater nicht unnötig reizen. Ich hielt den Mund. Mein Vater sprach am Telefon mit jemandem, ich nahm an, es war meine Mutter, denn er hatte diese Stimme, die ihn ganz klein klingen ließ, obwohl er schon groß war. Er sagte, alles wäre gutgegangen und Opa hätte versprochen, sich ein Taxi nach Hause zu nehmen, wenn es überstanden war. In der Kita bemerkte mein Vater die undichte Kackwindel. Du liebe Güte, mein kleiner Schatz, wie lange hast du denn schon so gelegen?, fragte er und tätschelte mir die Wange. Ich zuckte mit den Schultern und lächelte. Mit meinem Lächeln sagte ich ihm, es wäre nicht schlimm. Er müsste sich keine Sorgen machen. Meine Rache kommt heute Nacht.

MITTWOCH

Eine Nacht, die keine Nacht ist, will niemals enden. Der Einjährige weckt die Vierjährige, die den Einjährigen weckt, der die Vierjährige weckt, der Vater bleibt eine Stunde lang geduldig, holt Hafermilch und singt Lieder, sie machen einen Gespensterspaziergang durch die dunkle Wohnung, um all die lichtlosen Nachbarfenster anzusehen, sie schleichen extra leise an der Tür vorbei, hinter der die Mutter liegt, denn die Mutter muss schlafen, die Mutter muss arbeiten, die Mutter hat noch ein Leben außerhalb dieser Familie. Sie kehren ins Kinderzimmer zurück, sie lesen eine Gutenachtgeschichte, die Vierjährige pinkelt auf dem Topf, der Einjährige kackt in die Windel, nach neunzig Minuten schlafen beide ein. Der Vater schleicht sich hinaus. Die Vierjährige wacht auf. Mit ihren Rufen weckt sie den Einjährigen. Der Vater kehrt zurück, alles wiederholt sich, nur dass die Geduld des Vaters jetzt am Ende ist, er droht mit dem Entzug der Süßigkeiten am Samstag, er sagt, er würde alle Lieblingsspielsachen der Vierjährigen in den Müll schmeißen, woraufhin die Vierjährige endlich den Mund hält, der Vater setzt sich auf den Stuhl, holt sein Telefon hervor und liest dieselben Artikel, die er schon einmal gelesen hat, der Einjährige scheint einzuschlafen, die Vierjährige auch, der Vater schleicht sich erneut in sein Bett, er liegt drei Minuten darin, ehe der Einjährige losbrüllt, die

Vierjährige wach wird. Als die Morgendämmerung anbricht, sind alle blass und rotäugig, bis auf die Mutter, die geschminkt aus der Dusche kommt und fragt, ob sie nicht heute mal die Vierjährige in die Kita bringen soll. Nein, schon gut, antwortet der Vater. Ich übernehme das.

Als die Mutter wieder von der Arbeit kommt, schlafen die Kinder, und die Wohnung ist in eine herrliche Stille getaucht. Lief alles gut?, fragt sie. Klar, antwortet er. Er erzählt nicht, dass der Einjährige im Bad saß, als der Vater in der Küche das kochende Kartoffelwasser ausstellen wollte und es der Vierjährigen gelang, sich und den kleinen Bruder im Bad einzuschließen. Der Vater stand draußen, er hörte drinnen das Wasser laufen und versuchte, die Vierjährige dazu zu bewegen, die Tür aufzusperren, aber sie lachte nur, und am Ende musste er ein Küchenmesser holen und das Schloss von außen öffnen. Warum sollte er so etwas erzählen? Er ist erwachsen. Er ist genauso kaputt, wie er sich fühlt. Außerdem hat er beide Kinder ins Bett gebracht, und als er nach ihnen sieht, liegen sie noch in genau derselben Pose da, auf dem Rücken, mit leicht geöffneten Mündern und sanft zuckenden Lidern. Er liebt sie nie so sehr, wie wenn sie schlafen.

Die Mutter sitzt in der Küche und überweist Rechnungen. Sie hat den Abendbrottisch abgeräumt und die Wäsche sortiert. Weißt du, was das hier ist?, fragt sie und zeigt auf einen ausgehenden Posten auf ihrem gemeinsamen Konto. Büromaterial, antwortet er. Wichtiges Büromaterial?, fragt sie. Ja, sonst hätte ich es nicht gekauft, antwortet er. Genauso wichtig wie dieses blinkende viereckige Gerät, das du gekauft hast, als du noch Musikproduzent werden wolltest? Das war ein visueller Drum Computer, erwidert er. Geht live richtig fett ab. Sie sieht ihn an. Wurdest du denn für Auftritte gebucht? Er antwortet nicht. Und das hier? Weißt du, was das hier ist? Inspirationslektüre, antwortet er. Was denn für eine Lektüre? Biographien bekannter Komiker, sagt er. Biographien für zwölfhundert Kronen?, fragt sie. Kann ich sicher absetzen, murmelt er. Sie seufzt. Es ist ein Seufzer, der all die Sachen umfasst, die sie schon so oft angedeutet hat, dass er sie allmählich fast selbst glaubt. Sie hätte jemand anderen verdient. Jemand Besseren. Sie möchte jemanden wie ihren Vater, der mit achtzig noch mit dem Fuchsschwanz in hohe Bäume klettert und Äste absägt, obwohl er sich in der Nachbarschaft eine moderne Motorsäge ausleihen könnte. Sie möchte einen Partner wie ihre Mutter, die mit verbundenen Augen einen Volvomotor zerlegen und wieder zusammenschrauben kann. Sie möchte einen Menschen, der sich das Leben nicht so verdammt schwermacht.

Er zieht sich um und macht sich bereit. Wie fühlst du dich?, fragt seine Freundin, als er im Flur seine Jacke anzieht. Ein bisschen nervös, antwortet er. Aber auf eine gute Art nervös. Denk immer dran, sagt sie. Du bist toll. Niemand ist toller als du. Denkst du dran? Er nickt. Ganz egal, wie es heute Abend läuft? Sie umarmen sich. Mein Vater wollte vielleicht vorbeikommen und zugucken, sagt er. Okay, sagt sie. Willst du das denn wirklich? Besser ein Zuschauer, der applaudiert, als gar keiner, meint er. Ruf mich danach an und erzähl, wie es war, bittet sie. Klar, mache ich.

Er fährt mit dem Aufzug ins Erdgeschoss, geht rechts und dann wieder rechts, um die Stufen runter zum Parkplatz zu nehmen. An dieser Stelle denkt er jedes Mal daran, wie die Vierjährige einmal mit ihrem Roller vor ihm herfuhr. Er hatte die Arme voller Altpapier, und die Tochter spielte Motorrad und sauste an den parkenden Autos vorbei. Ein Auto wurde angelassen und setzte zurück, der Vater brüllte etwas, ein heiserer Schrei, ein ganz neuer Laut, die Tochter erhöhte das

Tempo und rammte das Auto des Vaters, der Autofahrer stieg aus und schlug die Hände über dem Kopf zusammen. Ich habe ihn nicht gesehen, sagte er wieder und wieder. Ich habe ihn nicht gesehen. Ich habe ihn nicht gesehen. Ist schon in Ordnung, das war mein Fehler, erwiderte der Vater und versuchte, dabei gelassen auszusehen. Ich bin kein er, stellte die Tochter klar. Was ein Glück, dass Sie nicht schneller ausgeparkt haben, meinte der Vater und versuchte zu lächeln. Es lag noch ein gutes Stück dazwischen, sagte der Vater zur Freundin, die ganz blass war und die Tochter tröstete. Ich verstehe ja, dass alle einen Schreck bekommen haben, aber mal ganz ehrlich, ich hatte die Situation unter Kontrolle. Ich habe gesehen, dass das Auto zurücksetzte. Ich habe geschrien. Sie ist schnell weggeflitzt. Ganz so gefährlich war es nicht. Dasselbe erzählte er auch sich selbst, wenn er nachts schweißgebadet aufwachte. Ich hatte alles unter Kontrolle. Es war nicht gefährlich.

Er überquert den Parkplatz und nähert sich dem Auto. Die Scheiben sind vereist. Als er sie fast frei gekratzt hat, kommt eine Nachbarin. Sie nicken sich zu. Sie öffnet die Autotür und lässt beim Eiskratzen den Motor laufen. Er schaut zu ihr hinüber. Er überlegt, ob man das vielleicht immer so macht. Er versucht, nicht zu denken, dass er einen Fehler gemacht hat. Er entfernt das letzte bisschen Eis und schwingt sich hinter das Steuer. Jetzt ist es so weit. Jetzt wird es passieren. Er legt den Rückwärtsgang ein und rollt vom Parkplatz. Dann fährt er den Hang hinauf, im Kreisel links und dann geradeaus den ganzen Weg bis in die Stadt. Wenn sie irgendwo hinfahren, erzählt der Vater seiner Tochter ziemlich oft, dass es mit den Öffentlichen fünfundvierzig Minuten dauert. Was sind Öffentliche? Bus oder U-Bahn, antwortet der Vater. Und S-Bahn?, fragt die Tochter. Ja, und S-Bahn. Und Roller? Nein, der Roller zählt nicht zu den Öffentlichen, antwortet der

Vater. Aber weißt du, wie lange man mit dem Auto braucht? Nur eine Viertelstunde! Wow, sagt die Tochter, obwohl beide genau wissen, dass sie keine Ahnung hat, dass eine Viertelstunde fünfzehn Minuten sind. Die Tochter soll einfach dankbar sein, weil sie ein Auto haben. Der Vater hatte den Autokauf ein halbes Jahr vorbereitet. Er las unendlich lange Threads, in denen sich verschiedene Aliasse darüber stritten, welcher gebrauchte Kombi am besten als Familienkutsche geeignet war. Er las Neuwagentests, Gebrauchtwagentests, Interviews mit Autohändlern, TÜV-Protokolle. Je mehr er über die verschiedenen Automarken und Modelle lernte, desto schwieriger fiel die Entscheidung, anscheinend war die Qualität des Prius herausragend, aber die Innenausstattung machte einen etwas billigen Eindruck, der Audi punktete mit Fahrspaß, aber die Werkstätten waren teuer, der Hyundai war supersparsam, aber irgendwie austauschbar, der Ford günstig im Einkauf, aber anfällig bei der Elektronik, der Mazda überzeugte ebenfalls durch seine gute japanische Qualität, aber die älteren Modelle rosteten schnell, der Volvo rostete nie, war aber teuer und ein bisschen langweilig, das sagten jedenfalls alle außer den Eltern seiner Freundin. Er lag neben dem Gitterbettchen, als ihre Tochter lernen sollte, selbst einzuschlafen, und informierte sich über verschiedene Kraftstoffe und Vorder- und Hinterradantrieb. Er hatte sich schon fast entschieden, als ihm ein Kumpel Gas empfahl. Zwei Wochen lang las er überall, wie umweltfreundlich Gas war. Dann erzählte derselbe Kumpel, sein Gastank sei gerostet, das Auto müsse in die Werkstatt, es sei ein Garantiefall, aber lass bloß die Finger vom Gas, warnte der Kumpel. Anschließend recherchierte er wieder nach normalen Benzinern. Er lud sich eine App herunter, die alle Gebrauchtwagen, die in Schweden zum Verkauf standen, nach Baujahr, Preis und Kilometerstand sortierte. Er zog einen Prius in Betracht, einen Seat, einen Mazda. Der Prius war das Auto, das alle Leute empfahlen, die Qualität angeblich hervorragend, das Fahrgefühl ganz okay, der Kofferraum ein bisschen klein, aber dennoch, vielleicht sollten wir zuschlagen, sagte er zu seiner Freundin. Wie fährt er sich denn?, fragte sie. Bitte? Ja, wie fährt er sich, wenn du eine Probefahrt machst? Ich habe noch keine Probefahrt gemacht, sagte er. Ich lese mich gerade erst ins Thema ein. Du hast dich ein halbes Jahr eingelesen, ohne ein einziges Auto Probe zu fahren?, fragte sie. Er nickte. Nächste Woche gehen wir zu einem Händler und machen eine Probefahrt, entschied sie. Sie gingen zu einem Gebrauchtwagenhändler. Sie streiften zwischen den Modellen umher. Sie setzten sich auf die Rückbank eines Prius, das Dach war zu niedrig, er konnte nicht aufrecht sitzen, die Türen ließen sich nicht von innen öffnen. Das war nur die Kindersicherung, erklärte der Verkäufer, als er sie wieder befreite. Er wollte trotzdem eine Probefahrt machen, der Verkäufer fuhr das Auto vor. Es hatte bis vor kurzem der Kommune gehört, weshalb man in ein Promillemessgerät pusten musste, ehe man den Motor starten konnte. Er blies in das Gerät. Der Motor sprang an. Sie überquerten die Liljeholmsbron, das Auto schwebte voran wie ein Raumschiff, es zu fahren war so, als trüge man einen Anzug aus den Achtzigern, das Auto war nicht verkehrt, aber es passte nicht zu ihm. Er fuhr auch einige andere Autos Probe, im Seat hatten seine Beine keinen Platz, der Volvo erschien ihm zu spießig, der Audi zu teuer. Dann testete er den Mazda und fühlte sich wie zu Hause. Kauf ihn, sagte die Freundin. Nicht jetzt, erwiderte er. Ich muss erst noch ein bisschen überlegen. Er ging nach Hause und verbrachte vier Monate damit, Tests und Auswertungen und Vergleiche verschiedener Baujahre zu studieren. Als er bereit war, das

Auto zu kaufen, wusste er alles darüber, er wusste, dass der Kofferraum 519 Liter fasste und dass sich die Rückbank automatisch umklappen ließ, er wollte am liebsten ein Modell mit AUX-Eingang und am liebsten einen schwarzen Kombi mit Winterreifen. Genau so eines war zwei Wochen später in Segeltorp im Angebot. Er wusste, dass der Preis gut war, er fuhr früh am nächsten Tag hin. Während er auf die Schlüssel für die Probefahrt wartete, kam ein anderes Paar, aber er war als Erster dran, er fuhr mit dem Mazda auf die Straßen hinaus, er jagte den ziemlich schwachen Motor hoch, er roch den Neuwagenduft, er dachte, das hier, genau das, werde ich genießen, das ist mein Luxus. Er handelte ihn herunter und nahm dem Verkäufer sogar das Versprechen ab, die Bremsklötze zu erneuern, falls es nötig werden sollte. Dann bezahlte er und fuhr nach Hause. Er hatte ein Auto gekauft. Kein neues Auto. Kein Auto zum Angeben. Aber ein eigenes Auto. Er kam nach Hause und parkte auf dem Gästeparkplatz. Er umrundete es. Es war das schönste Auto, das er je gesehen hatte. Für einen hervorragenden Preis. Mit Winterreifen. In der richtigen Farbe. Mit AUX-Eingang. Am Abend bekam er nur schwer Luft. Er wälzte sich im Bett. Er überlegte, ob er die richtige Entscheidung getroffen hatte. Er dachte an all die Tests, die bewiesen, dass der Prius eine noch bessere Qualität hatte, noch billiger im Unterhalt war, das optimale Auto für eine kleine Familie. Aber Schatz, sagte seine Freundin. Du hast doch eine Probefahrt gemacht. Du mochtest ihn nicht. Nein, aber vielleicht hätte ich mich an ihn gewöhnt, sagte er. Manchmal muss man sich einfach auf sein Gefühl verlassen, sagte sie. Und dein Gefühl hat doch viel mehr zu diesem Modell tendiert als zum Prius. Oder? Er nickte. Und wir hätten keine zwei Kinderwagen im Prius unterbringen können. Er nickte. Und außerdem ist er hässlich! Er nickte. Versuch jetzt zu schlafen, mein Liebster. Er schloss seine Augen. Er machte diese Übung, bei der man an fünf Sachen denken soll, für die man dankbar ist, jede Nacht andere. Er dachte an fünf Sachen, dann an fünf weitere Sachen. Trotzdem konnte er nicht schlafen. Anschließend vergingen einige Wochen, die Bremsen fingen an zu quietschen, er brachte das Auto in die Werkstatt, und die Bremsen wurden kostenlos ausgetauscht, er fuhr zufriedener denn je zuvor von dort weg, aber das erste halbe Jahr hatte er ständig diese merkwürdige Panik, einen Fehler gemacht zu haben, sich übernommen zu haben, eine Grenze überschritten zu haben, denn tief in seinem Inneren wusste er ja, dass er eigentlich nicht zu denen gehörte, die ein Auto besaßen, er konnte nicht durch die Welt laufen und einen Parkplatz hinter dem Haus haben und einen Autoschlüssel aus der Tasche ziehen wie ein erwachsener Mensch.

Ein Vater, der ein Großvater ist, wird endlich seine Tochter sehen. Wie sehr hat er darauf gewartet. Sie treffen sich am üblichen Ort, an der Ecke vor der Parfümabteilung von Åhléns. Sie ist hinreißend. Er kann nicht glauben, dass er an der Entstehung eines so wunderbaren Menschen beteiligt gewesen ist. Sie trägt eine glänzende Handtasche, teures Parfüm und gepflegte Schuhe. Wie geht es dir?, fragt sie, nachdem sie sich umarmt und auf die Wange geküsst haben. Was meinst du?, fragt er zurück. Du siehst erschöpft aus, antwortet sie. Ich wurde gestern an den Augen operiert, erklärt er. Das war doch nur ein Routineeingriff, oder? Sie haben mich betäubt und sind mit dem Laser direkt ins Auge hineingegangen, sagt er. Ich weiß, meine Kollegin Irène hatte das auch mal. Sie war schon am Tag danach wieder im Büro. Sie gehen in Richtung

Kulturhuset. Als sie die Rolltreppen hinauffahren, klingelt sein Handy. Er geht ran, obwohl es sein Sohn ist. Wie geht's dir?, fragt der Sohn. Sehr gut, antwortet der Vater. Ich darf endlich mit meiner geliebten Tochter Abendessen gehen. Wie schön, sagt der Sohn ohne große Begeisterung. Wo seid ihr? Kulturhuset, antwortet der Vater. Ich wäre gern mitgekommen, sagt der Sohn, aber ich kann nicht. Aha, sagt der Vater. Ich habe doch heute den Auftritt. Stand-up. Es geht gleich los. Du kommst doch? Ja, gut möglich, antwortet der Vater. Sie beenden das Gespräch. Was ist?, fragt die Tochter. Dein Bruder, sagt der Vater. Er hat so viele komische Ideen.

Ein Sohn, der bald eine neue Karriere einschlagen wird, findet einen guten Parkplatz. Er sitzt reglos hinter dem Lenkrad und atmet. Er überprüft im Rückspiegel seine Frisur, dann steigt er aus und stellt sich auf seine Beine, die ihm gummiartiger vorkommen als sonst, und geht zur Bar. Als er hereinkommt, richten sich alle Blicke auf ihn. Das Publikum ist nicht groß, vielleicht dreißig, vierzig Leute. Sie sitzen auf Klappstühlen aus Plastik vor einer niedrigen Bühne. Sie sehen ihn an, als wollten sie herausfinden, ob er einer ist, der liefert, oder einer, der nur lauscht. Er geht zur Bar. Auf der Bühne steht ein rothaariger Typ. Er sagt, er würde beim Sex so sehr schwitzen, dass er ein Schweißband um den Kopf tragen müsse. Und an den Handgelenken. Und so ein kleines Schweißband für Babys um den Schwanz. Er sagt, die Mädchen würden immer neugierig fragen, wie seine Schamhaare aussehen, ob rot oder blond oder braun, weil sie noch nie mit einem Rothaarigen im Bett waren. Deshalb kann er alles Mögliche behaupten. Meistens sagt er, er hätte keine Schamhaare. Er hätte Feuerflammen um den Schwanz. Er hätte einen italienischen Kräutergarten. Er hätte ... Er verliert den Faden, macht aber einen Scherz darüber, dass er den Faden verliert, er sagt, jetzt fiele ihm nichts mehr ein, und das würde normalerweise dazu führen, dass die Frauen mit ihm ins Bett stiegen. Das Publikum geht mit, es hilft ihm, er bekommt sogar einen spontanen Applaus, als er versucht, mit dem Mikro seinen Schwanz zu simulieren und sagt: Mit einem kabellosen Mikro klappt das besser.

Der Sohn, der ein Vater ist, stellt sich in die hinterste Ecke der Bar, um sich einen Überblick zu verschaffen und seine Nerven zu beruhigen und zu versuchen, mit der Umgebung zu verschmelzen. Bist du dabei?, fragt der Barkeeper. Sieht der Barkeeper es daran, wie seine Hände zittern, als er sein Colaglas hebt? Sprich mit Valle, der kümmert sich um den Ablauf, sagt der Barkeeper und zeigt auf einen Typen mit einer runden Brille und einer Frisur, die nahtlos in seine Rückenbehaarung übergeht. Er hat einen abgegriffenen Collegeblock gegen die Brust gedrückt und ein breites Grinsen im Gesicht. Der Rothaarige ist fertig, Valle geht auf die Bühne und kündigt den nächsten Künstler an, er sagt, dies wäre die Frau, die dem Rahmkäse ein Gesicht gegeben hätte, Lidköpings zweitbekannteste Comedy-Queen. Er brüllt ihren Namen. Merkwürdigerweise ist sie auch rothaarig, was sie sofort für eine Pointe nutzt. Sie sagt, das wäre heute ein Themenabend, nach ihr käme Pippi Langstrumpf mit einer Routinenummer (Gelächter). Und dann Tintin (Gelächter). Und dann Lucille Ball (Stille). Echt jetzt? Ihr wisst nicht, wer Lucille Ball ist? Das ist nicht wahr.

Der Moderator krümmt sich vor Lachen fast über seinem Block. Der Sohn geht hin und meldet sich an. Bist du schon mal aufgetreten? Der Sohn schüttelt den Kopf. Okay, dann mach dich mal bereit, meint der Moderator und klopft dem Sohn auf die Schulter, als wüsste er bereits, was gleich bevorsteht.

Die nächste Frau auf der Bühne ist dick und aus Schonen und macht sich darüber lustig, dass sie dick und aus Schonen ist. Dann kommt ein junger Typ mit Kapuzenpullover, der über Vogelbeobachtung spricht. Dann ein bleiches Mädchen mit schwarzem Pony und Schultertätowierungen. Sie sagt, sie mache schon eine ganze Weile Stand-up, wäre aber total schlecht darin, mit dem Publikum zu sprechen, deshalb wolle sie heute hier üben. Sie hätte aber nur eine Nummer, über einen bestimmten Beruf, und wenn das Publikum die falsche Antwort geben würde, wäre der Witz futsch. Sie fragt die erste Reihe, was sie beruflich macht, einer ist Lehrer, der andere macht irgendwas mit Isolierung. Ganz heiß, sagt die Tätowierte. Aber eigentlich wollte ich etwas über Klempner erzählen. Gibt es keine Klempner im Publikum? Tja, dann war's das. Vielen Dank.

Sie verbeugt sich, als die Zuschauer höflich applaudieren, der Ansager übernimmt das Mikro und bittet um einen weiteren Applaus für all die mutigen Comedians, er erinnert das Publikum daran, dass der Eintritt heute umsonst ist, weil Mittwoch ist und Mittwoch der offiziell beste Abend, um sich volllaufen zu lassen, also besauft euch, gebt euer Geld an der Bar aus, damit wir weiter hier sein dürfen, erzählt euren Freunden, dass es diesen Club gibt und macht euch bereit für den nächsten Künstler. Er heißt. Er sagt den Vornamen. Er blickt auf seinen Block. Er sagt den Nachnamen. Ein Sohn, der ein Vater ist, betritt die Bühne.

Ein Großvater, der ein Vater ist, sitzt mit seiner Lieblingstochter an einem Fenstertisch im Kafé Panorama beim Abendessen. Sie erzählt von ihren Telefonkonferenzen mit Tokio, von der Wohltätigkeitsgala zur Bekämpfung von Mobbing, von der Markteinführung eines neuen Weichspülers, der viel länger duftet als normaler Weichspüler. Und dein Sohn?, fragt der Vater. Geht es ihm gut? Er wohnt immer noch bei seinem Vater, antwortet die Tochter. Warum?, fragt der Vater. Weil er es will. Er ist zu klein, um so was zu entscheiden, entgegnet der Vater. Wie alt ist er noch mal? Sieben? Neun? Dreizehn, antwortet die Tochter, die nicht daran erinnert zu werden braucht, dass sie eine Mutter ist. Ab einem Alter von zwölf haben die Kinder einen größeren Einfluss darauf, wo sie wohnen dürfen. Wer sagt das?, fragt der Vater. Das ist die schwedische Rechtspraxis, antwortet die Tochter. Idiotische Praxis, sagt der Vater. Zwölf, das ist doch gar nichts. Er braucht seine Mutter. Dem stimme ich zu, sagt sie. Ich weiß nur nicht, was ich noch machen soll, außer mich bei ihm zu melden. Sie starrt auf die Autos hinunter, die um die erleuchtete Glasstatue fahren. Aber heute ist er tatsächlich mal rangegangen, als ich angerufen habe, sagt sie. Und was hat er gesagt?, fragt der Vater. Er hat sofort wieder aufgelegt, als er hörte, dass ich dran war. Aber normalerweise geht er gar nicht erst ran.

Ein kompakter Mann, so breit wie kurz, unterbricht sie. Der Vater reicht ihm zur Begrüßung die Hand, aber der Mann streckt die Arme aus und zieht ihn an sich. Dann beugt er sich vor und küsst die Tochter auf den Mund. Schön, dass wir uns endlich kennenlernen, sagt der Mann. Wer sind Sie?, fragt der Vater. Ich bin mit Ihrer Tochter zusammen, erklärt der Freund. Es ist noch ganz frisch, fügt die Tochter hinzu. Wenn man ein Jahr als frisch bezeichnen kann, erwidert der Freund. Hast du es noch nicht erzählt? Nein, antwortet sie. Was denn?, fragt der Vater. Nun mach schon, sagt der Freund. Nichts, sagt sie. Was denn?, fragt der Vater noch einmal. Der Freund sieht aus, als würde er gleich platzen. Er beugt sich vor und legt seine tätowierte Hand auf den Bauch der Tochter. Es ist noch früh, aber ... Sie schüttelt den Kopf. Im Ernst?, fragt der Vater. Die Tochter nickt. Du hast doch schon ein Kind, sagt der Vater. Sie schweigen. Und jetzt bekomme ich vielleicht noch eins, sagt sie dann. Wie schön, erwidert der Vater. Kinder sind toll. Kinder sind das Beste. Ich wünschte, ich hätte mehr als zwei Kinder. Warum habt ihr denn nicht mehr Kinder bekommen?, fragt der Freund. Wir haben es nicht mehr geschafft. Ihre Mutter hatte die Nase voll von mir. Sie hat mich vor die Tür gesetzt. Mein Leben war zerstört. Drei Kinder, sagt die Tochter. Was?, fragt der Vater. Nicht zwei Kinder. Drei Kinder. Das stimmt. Drei Kinder, aber eins ist gestorben. Ist der Kaffee inklusive? Die Tochter nickt und steht auf, um welchen zu holen.

Woran ist das dritte Kind gestorben?, fragt der Freund. Wie bitte? Dein drittes Kind. Woran ist es gestorben? Sie ist einfach nur gestorben, antwortet der Vater. Erst hat sie gelebt, dann ist sie gestorben. Warum willst du das wissen? Bist du Polizist? Arbeitest du für den FBI oder den Mossad? Auf keinen Fall, sagt der Freund und streckt seine Arme zur Decke. Ich bin Sportlehrer. Und Filmwissenschaftler. Nicht mal als er das Wort Sportlehrer sagt, hört er auf zu lächeln. Wer ist dieser seltsame Mensch? Der Vater betrachtet den Mann, der kein Mann ist, denn kein Mann kann lächelnd zugeben, dass seine Arbeit darin besteht, mit Schulkindern Gymnastik zu machen, ohne sich dafür zu schämen.

Seine Tochter steht an der Kaffeemaschine und schenkt Kaffee ein. Sie schnäuzt sich in ein Papiertaschentuch. Dann blinzelt sie und holt Luft, ehe sie mit drei Tassen Kaffee auf einem viereckigen Tablett mit runden Ecken wieder zurückkommt. Erzähl doch mal von deiner Abschlussarbeit, sagt sie, und ihr Freund fängt an zu erzählen, er wolle etwas über Temporalität schreiben, erzählt er, wie Zeit in verschiedenen Filmen gestaltet wird, er zählt eine Menge Namen von Regisseuren auf, die der Vater natürlich noch nie gehört hat, Bergman und Tarkowski, Resnais und Lang. Das Wichtigste ist, einen guten Job zu haben, sagt der Vater. Und wer etwas verkaufen kann, der findet überall auf der Welt einen Job. Das wollte ich auch meinem Sohn beibringen, aber leider hat er nicht auf mich gehört.

❯ ❯ ❯

Ein Sohn betritt die Bühne. Er nimmt das Mikro entgegen. Sein Mund ist trocken. Sein Herz klopft. Das Gegenlicht sorgt dafür, dass das Publikum zu einer Kulisse aus schwarzen Silhouetten wird. Die Tür geht auf. Jemand kommt rein. Er weiß, dass es sein Vater ist. Sein Vater ist hier. Er ist gekommen. Ein bisschen spät, aber er ist gekommen. Er hat gespürt, dass sein Sohn ihn heute Abend auf dieselbe Weise braucht, wie er gestern den Sohn brauchte. Der Blick des Vaters erfüllt den Sohn mit Mut. Er weiß, die Sache wird gutgehen. Er muss einfach nur anfangen, sonst nichts. Er muss einfach loslegen. Der Sohn räuspert sich. Seine Lippen sind trocken. Er hat ein ziemlich gutes Intro. Einen ganz annehmbaren Mittelpart. Einen richtig lustigen Schluss. Vor allem das Intro ist großartig. Er weiß, dass er das Publikum zum Lachen bringen wird. Er hält sich das Mikro vor den Mund. Es riecht nach Strom und Staub. Wenn er eines daraus gelernt hat, monatelang Standup-Clips zu hören, ist es die Tatsache, dass man ein lustiges Intro braucht. Das Intro ist alles. Vor allem, wenn man nur fünf Minuten Zeit hat, muss das Intro sitzen. Er blickt in den

Saal. Er räuspert sich. Er sagt, er sei mit einem Auto hergekommen. Einem Mazda. Als ich klein war, habe ich immer von einem Audi geträumt. Aber es wurde ein Mazda. Stille. Er späht in den Saal. Er überlegt, ob das Mikro eingeschaltet ist. Es muss so sein, denn der Barkeeper blickt mit einer gequälten Miene zu ihm auf.

Ein Großvater, der auch Vater einer Mutter ist, hat eine halbe Stunde damit zugebracht, der Tochter und ihrem Freund zu erklären, warum er von seinem Sohn enttäuscht ist. Er hat erzählt, der Sohn habe die alte Wohnung unter der Bedingung übernommen, dass der Vater dort immer wohnen dürfe, und außerdem habe er, der Vater, die nachgemachten Schlüssel bezahlt. Er zieht das Schlüsselbund aus der Tasche und schwenkt es wie eine Fahne. Ich verstehe nicht, warum ihr euch streitet, sagt die Tochter. Ihr benehmt euch wie Kinder. Ich überlege, ob ich ihn verklagen soll, fährt er fort. Jetzt hör aber auf, sagt die Tochter. Weswegen willst du ihn denn verklagen? Vertragsbruch, antwortet der Vater. Wir hatten eine Vereinbarung. Aber Papa, sagt die Tochter. Wann habt ihr das Ganze eigentlich vereinbart? War das nicht vor ungefähr siebzehn Jahren? Seit siebzehn Jahren hast du zweimal im Jahr bei ihm gewohnt. Vielleicht wäre es an der Zeit für eine Neuverhandlung? Ihr Freund räuspert sich. Wobei, abgemacht ist ja schon abgemacht, sagt er. Und es klingt doch wohl ziemlich absurd, dass ein Vater nicht bei seinem eigenen Sohn wohnen darf? Der Vater nickt. So langsam fängt er an, diesen Sportlehrer zu mögen. Er hat große Muckis und lächelt ununterbrochen, aber er scheint nicht auf den Kopf gefallen.

☽ ☽ ☽

Ein Sohn, der ein Vater ist, gibt nicht auf. Er hat sich vorbereitet. Er hat es drauf. Er hat seine Idole studiert. Er sollte das locker schaffen. Die Reaktion auf das Intro war nicht wie erhofft. Wie lange steht er jetzt schon schweigend da? Fünf Sekunden? Sieben? Fünfzehn? Sein Rücken ist schweißnass. Die Oberlippe feucht. Er müsste jetzt einen Scherz darüber machen, wie schlecht es läuft. Er müsste in ein unsichtbares Notizbuch schreiben, dass das Intro nicht ankam. Er müsste das Schweigen wie von außen kommentieren, mit einer schrillen Stimme, die zu der des Publikums wird. Doch er tut es nicht. Stattdessen steht er einfach nur auf dieser kleinen Bühne und atmet ins Mikro. Er atmet ein. Er atmet aus. Nachdem es dreißig Sekunden lang still war, muss der Moderator lachen. Dann wird es wieder still. Der rothaarige Komiker ruft: Zugabe! Zugabe! Das Publikum lacht.

☽ ☽ ☽

Eine Tochter versucht, das Gespräch auf ein anderes Thema zu lenken. Erzähl doch noch mal, wie du überhaupt an diesen Mietvertrag gekommen bist, bittet sie den Vater. Er lacht. Das ist eine seiner Lieblingsgeschichten. Ich habe sie den Behörden abgeschwatzt, antwortet er. Wie kann man jemandem in Stockholm eine Wohnung abschwatzen?, fragt der Freund. Das ist unmöglich. Nicht für mich, sagt der Vater. Ich kann den Bienen Honig verkaufen, ich habe Bidets an Menschen verkauft, die sie nur als Fußbad verwendet haben, ich habe Uhren an Touristen verkauft, die … Erzähl einfach, wie du es gemacht hast, unterbricht ihn die Tochter. Ich bin zum Büro des Städtischen Wohnungsbeauftragten gefahren, beginnt der Vater. Dort habe ich mich vor die Tür gesetzt und der Sekretärin gesagt, ich würde so lange nicht gehen, bis sie mir geholfen hätten, eine Wohnung zu finden. Nach ein paar Stunden kam ein Mitarbeiter und hat gesagt, das Sozialamt könnte vielleicht etwas in einem Vorort in der Pampa finden. Aber ich habe nein gesagt. Klipp und klar. Ich habe gesagt, ich will eine zentrale Lage, sonst nichts, weil ich in der Nähe meiner Kinder bleiben muss. Am Ende habe ich eine kleine Einzimmerwohnung in der Stadt mit einer Kochnische bekommen. Die hatte ich untervermietet, bis der Vermieter sagte, das wäre nicht erlaubt, und da habe ich meinem Sohn angeboten, dort zu wohnen. Er durfte den Mietvertrag übernehmen, ohne dass für ihn dadurch Zusatzkosten entstanden. Dann durfte er sie kaufen, als sie in eine Eigentumswohnung umgewandelt wurde. Irgendwann hat er sie weiterverkauft, ohne den Gewinn mit mir zu teilen. Und jetzt will er mich auf die Straße setzen. Niemand will dich auf die Straße setzen, sagt die Tochter. Aber wenn ich nicht mehr bei ihm wohnen darf, kann ich ja immer noch bei euch unterkommen, sagt der Vater. Klar, erwidert der Freund, ohne die Miene seiner Freundin zu bemerken.

Ein Sohn, der eine Statue ist, der ein im Fernlicht gefangenes Reh ist, der ein Komiker ist, der kein Komiker ist, sollte von der Bühne gehen. Er sollte sich entschuldigen. Er sollte erklären, dass er der Kinder wegen an einem schweren Schlafdefizit leidet. Er sollte wie geplant seinen Fünfer durchziehen, seiner Setlist folgen, von Traumautos zu Autogerüchen über verschiedene Furzgerüche bis hin zu seinem Schlusspart, welche Nüsse man am schwersten so essen kann, dass es cool aussieht (Platz eins: Pistazien). Er sollte von seinem Vater erzählen, dass sie eine komplizierte Beziehung zueinander haben, sich aber trotzdem lieben oder jedenfalls der Sohn den Vater, denn er hatte nie das Gefühl, der Vater würde auch den Sohn lieben, weil der Sohn einen Schaden hat, irgendwas ist bei ihm so richtig schiefgelaufen, irgendwo tief in seinem Inneren ist er so kaputt, dass sein Vater einfach abhauen konnte. Er sollte sagen, dass er nicht in der Lage ist, echte Gefühle zu zeigen und alles immer nur spielt, er liebt seine Kinder nicht, seine Freundin nicht, seine Freunde nicht, sein Leben nicht. Stattdessen steht er einfach nur da. Mit dem Mikro in der Hand. Dann lässt er das Mikro sinken und geht von der Bühne. Die Tür wird geöffnet und geschlossen. Wenn der Vater hier war, weiß der Sohn, dass er jetzt weg ist.

Okaaaay, ruft der Moderator. Vielen Dank für diesen Beitrag. Er war nicht ganz so lustig, aber ziemlich interessant, wie mein Stand-up-Lehrer nach meinem ersten Auftritt sagte. Scherz beiseite, cool, dass du da warst. Und komm gern mal wieder, wenn du dein Repertoire ein bisschen erweitert hast. Wir machen mit einem Künstler weiter, der uns versprochen hat, wirklich lustig zu sein, und der den Unterschied zwischen Stand-up-Comedy und Shut-up-Comedy kennt, Växjös Antwort auf Nisse Hellberg, ich habe keine Ahnung, was das eigentlich heißen soll, aber hier ist er! Der Moderator sagt einen Namen, und ein Typ in einem karierten Hemd springt auf die Bühne. Er boxt in die Luft. Der Sohn, der seine Familie nicht versorgen, seine Kinder nicht zum Schlafen bringen und seine Freundin nicht glücklich machen kann, geht durch die Tür hinaus und verschwindet.

Ein Freund, der endlich zum Freund aufgewertet wurde, hat schon lange begriffen, dass die Menschen so vorhersehbar sind wie Collegefilme. Er muss nur die Namen des Casts sehen, um zu verstehen, wer das hässliche Mädchen ist, das am Ende schön wird, wer der nerdige Typ, der eigentlich lustig ist, wer der Sportliche, der nichts in der Birne hat, und wer die fiese reiche Tussi, die sich am Ende blamiert. Dann kann er jeden Dialog mitsprechen. Über Witze lachen, noch bevor sie erzählt werden. Jede dramatische Wendung kündigt sich schon eine Viertelstunde vorher an. Alle Menschen, mit denen er bisher zusammen war, haben sich im Grunde als ein und dieselbe Person entpuppt, genauso vorhersehbar, genauso gewöhnlich. Bis er seine Freundin traf. Sie ist ein Mysterium. Sie ist das genaue Gegenteil. Sie rastet wegen Kleinigkeiten aus und lacht über Dinge, die andere Frauen zum Heulen gebracht hätten. Sie stellt ihn als einen Kumpel vor und sagt gleichzeitig, ihre gemeinsamen Kinder würden wunderschön werden. Sie küsst ihn, wenn er von seiner Kindheit erzählt und scheuert ihm eine, wenn er vergisst, dass er auf keinen Fall seinen Rasierer in das unterste Fach im Badezimmerschrank legen darf. Mit ihr zusammen zu sein ist, wie rückwärts einen David-Lynch-Film in rumänischer Synchronisation zu sehen. Und trotzdem fühlt es sich die ganze Zeit so richtig an. In den letzten Tagen hat er all seine Zeit dazu genutzt, ihr zu beweisen, dass er dazu bereit ist, Vater zu werden. Er kauft ihr Blumen, um zu zeigen, dass er sie liebt. Als sie gereizt reagiert, hört er auf, Blumen zu kaufen, um ihr zu zeigen, dass er auf keinen Fall zu verschwenderisch ist, um eine Familie zu haben. Er trainiert weniger, damit sie nicht sagen kann, er würde sich und seinen Bizeps zu wichtig nehmen. Er verspricht ihr, seine Abschlussarbeit der Filmwissenschaft fertig zu schreiben, sich nicht mehr mit bestimmten Freunden zu treffen und die

Telefonnummern seiner Exfreundinnen zu löschen. Er bietet ihr an, einen Großteil der Elternzeit zu übernehmen, damit ihre Karriere nicht unter den Kindern leidet. Ich könnte sogar überlegen, meine Tätowierungen entfernen zu lassen, sagt er. Aber das kostet einiges. Wir kennen uns nicht gut genug, um ein Kind zu bekommen, sagt sie. Frag mich, was du willst, und ich antworte. Wie hieß deine erste Freundin?, fragt sie. Louise Wallander, antwortet er. Ich war achtzehn, sie zwanzig, sie ging in Sigtuna aufs Internat, ihr Vater fuhr einen Jaguar, er trug Polohemden und Chinos, aber anstelle von normalem Golf hat er merkwürdigerweise Frisbeegolf gespielt, wir waren acht Monate zusammen, dann hat sie Schluss gemacht, sie sagte, ihr Vater würde ihr damit drohen, den Kontakt zu ihr abzubrechen, wenn wir uns weiter treffen, aber als es dann aus war, hat sich ihr Vater bei mir gemeldet und gesagt, er fände es traurig, dass es ein solches Ende mit uns genommen hätte. Warum magst du keine Oliven?, fragte sie. Weiß nicht, antwortete er. Meine Mutter behauptet, früher hätte ich Oliven gemocht, vor allem schwarze, aber vielleicht hätte ich mich daran überfressen. Warum willst du Kinder mit mir haben?, fragt sie. Das ist einfach, sagt er. Ich liebe dich. Ist das so schwer zu verstehen? Ich liebe dein Muttermal. Ich liebe deine goldige Unzufriedenheitsfalte, deine großen Hohlfüße, deine behaarten Unterarme, deine komische Frisur. Ich liebe es, dass du Bettlern immer Geld gibst, aber nur, wenn es Frauen sind. Ich liebe es, dass du glaubst, du könntest kraulen. Ich liebe es, dass du nie merkst, wie die Bademeister im Schwimmbad reagieren, wenn du kraulst. Ich liebe es, dass du unten im Hof nie dein Fahrrad abschließt. Dass du die Tür zur Waschküche offen lässt. Dass du mir schon nach unserer dritten Nacht deinen Schlüssel gegeben hast. Ich liebe es, dass du dich von nichts kaputtmachen lässt, nicht von deinem manipulativen Exmann, nicht von deinem paranoiden Bruder, nicht von deinem Vater, der ehrlich gesagt ziemlich schwierig wirkt. Du bist einfach immer weiter du selbst, und ich verstehe nicht, wie du das machst. Ich liebe es, dass du dieselbe Serie wieder und wieder gucken kannst. Ich liebe es, dass du ganz ehrlich zugibst, wie sehr du russische Stummfilme hasst. Ich liebe es, dass du die Briefe von der Staatlichen Rentenversicherung ungeöffnet in den Müll wirfst. Ich liebe es, dass du mich nie für meine Jugendzeit verurteilt hast. Alle verändern sich mir gegenüber, wenn ich davon erzähle. Aber bei dir hatte ich nie das Gefühl, ich müsste mich gegen mein altes Ich verteidigen. Ich liebe es, dass du so gut Salsa tanzen kannst, aber immer ein bisschen verwirrt aussiehst, wenn du beim Techno den Takt finden sollst. Ich liebe deinen natürlichen Umgang mit Taxifahrern, Rezeptionsdamen und irgendwelchen Leuten, mit denen du zufällig im Aufzug stehst. Ich liebe es, dass du mit der Welt im Reinen bist und ganz allgemein so ein großartiger Mensch. Kurzum: Ich liebe dich. Alles an dir. Danke, sagt sie. Du bist auch ganz okay. Sie lächeln sich an. Aber trotzdem sind wir erst viel zu kurz zusammen. Wieso denn zu kurz?, fragt er. Wir haben uns doch schon vor über einem Jahr kennengelernt? Alles verändert sich, wenn man Kinder bekommt, sagt sie. Ich habe mich längst verändert, erwidert er. Mit dir bin ich ein neuer Mann. Ich bin glücklicher, gelassener und viel mehr ich selbst, als ich es je war. Ich weiß nicht, ob ich noch mehr Kinder möchte, sagte sie. Meinst du das ernst?, fragt er. Du bist doch noch jung. Nicht besonders, entgegnet sie. Und ich weiß nicht, ob ich den Schmerz noch mal durchstehen will. Du kannst dich doch betäuben lassen, sagt er. Ich meine nicht die Entbindung, erwidert sie. Ich spreche von all dem, was nach der Geburt kommt. Er schweigt. Ich bin nicht dein Exmann, sagt er dann. Ich bin ich. Und ich möchte niemals ohne dich sein. Deshalb will ich auch deinen Vater kennenlernen. Bist du ganz sicher? Mein Vater ist ein seltsamer Mensch, sagt sie. Mit einem bizarren Humor. Welcher Vater hat schon einen normalen Humor?, fragt er. Am Ende lässt sie sich darauf ein.

Der Mann, der der Großvater seines Kindes werden wird, erweist sich als gealterter Gentleman. Er erzählt keine zweifelhaften Witze. Er macht keine gemeinen Bemerkungen über das Gewicht der Tochter. Stattdessen erzählt er lustige Geschichten über den Sommer, als er auf einem Jazzfestival T-Shirts verkaufte und die Crew im Backstagebereich so lange belaberte, bis er Miles Davis kennenlernen durfte (Zu mir sagte er Hallo, zu dem Techniker, der ihn um ein Autogramm bat, sagte er: Fuck off). Warum hast du das nie erzählt?, fragte seine Tochter. Ihr habt mich nie gefragt, antwortete der Vater. Als sie erzählen, dass seine Tochter schwanger ist, hat er Tränen in den Augen und murmelt: Kinder sind das Beste.

Auf dem Heimweg ist seine Freundin sauer. Sie behauptet, sie hätte nichts von der Schwangerschaft erzählen wollen. Warum hast du es dann getan?, fragt er. Du hast mich dazu gezwungen, antwortet sie. Warum willst du unsere Freude denn nicht teilen?, fragt er. Weil ich mich noch nicht entschieden habe, sagt sie. Hör auf damit, sagt er. Das ist meine Entscheidung, sagt sie. Aber es ist unser Kind, sagt er. Aber es ist mein Körper, sagt sie und schüttelt den Kopf, ohne ihn anzusehen.

Vier betrunkene Jugendliche kommen in die U-Bahn und setzen sich auf die andere Seite des Mittelgangs. Das alte Ich des Freundes wäre zu ihnen gegangen und hätte sich vor ihnen aufgebaut. Er hätte sich den größten von ihnen vorgeknöpft und gegen die Fensterscheibe gedrückt und ihn gezwungen, seinen Snus auszuspucken und sich bei den anderen Fahrgästen für seine Ausdrucksweise zu entschuldigen. Aber sein neues Ich macht so was nicht. Stattdessen lehnt er sich über den Mittelgang und bittet sie, etwas leiser zu sein. Ganz freundlich. Ohne Gewaltandrohung. Erst sind sie ganz still. Dann versuchen sie zwei Stationen lang, ihr Lachen zu unterdrücken. Anschließend steigen sie aus, und als die Türen wieder geschlossen sind, schlagen sie gegen die Scheibe und machen obszöne Gesten. Er, der ihr Freund ist, lächelt, um zu zeigen, dass er es ihnen nicht übelnimmt. Er regt sich nicht grundlos auf. Doch als sie nicht aufhören, öffnet er das Oberlicht und faucht drei Wörter, die die Typen dazu bringen, zurückzuweichen und den Mund zu halten.

Als sie nach Hause kommen, massiert er ihr die Füße und entschuldigt sich dafür, dass er sie genötigt hat, ihrem Vater von der Schwangerschaft zu erzählen. Und entschuldige, dass ich in der U-Bahn ausgetickt bin. Natürlich ist es ihre Entscheidung, sie darf machen, was sie will, und sollte sie sich dagegen entscheiden, dass ihr Kind geboren wird, fände er das natürlich schade, er wäre traurig, er hielte das wirklich nicht für die richtige Entscheidung, aber er würde trotzdem für sie da sein, mit ihr zum Arzt gehen, ihre Hand halten, obwohl er eine gewisse Angst vor Krankenhäusern und Spritzen hat. Danke, sagt sie. Es ist wichtig für mich, dass wir das zu zweit entscheiden. Hast du Freitag Unterricht? Warum?, fragt er. Weil ich da eventuell einen Termin bekommen habe. Einen Termin für was? Was glaubst du?, fragt sie. Er stößt versehentlich mit dem Ellbogen die Leselampe um und kommt mit dem Fuß an den Wohnzimmertisch. Er schlägt mit der Faust gegen die Wand, aber weil sie aus Beton ist, entsteht dabei kein lautes Geräusch. Ihre einzige Reaktion ist ein kurzes Blinzeln. Sie sieht ihn an. Entschuldigung, sagt er. Er steht auf und geht in die Küche. Er legt ein Kühlpad auf die Hand, damit die Schwellung zurückgeht. Er nimmt den Handfeger, um die Porzellanscherben aufzufegen, und den Staubsauger für die Glassplitter. Er entschuldigt sich erneut, er sagt, es sei sein altes Ich gewesen, das so reagiert hat, er hätte es wirklich nicht gewollt, dermaßen auszurasten. Du kannst all meine Exfreundinnen anrufen, sagt er. Ich bin keiner gegenüber gewalttätig gewesen. Aber das kommt mir einfach nur so krank vor. Dass du das Recht haben sollst, jemanden umzubringen, der zur Hälfte ich ist, ohne dass ich den geringsten Einfluss darauf habe. Sie blickt ihn an, und für eine Sekunde sieht er ein Lächeln über ihre Lippen huschen.

Ein Sohn, der ein Vater ist, sollte auf direktem Wege nach Hause fahren. Stattdessen schreibt er seiner Freundin eine Nachricht, dass er noch in den Großmarkt will. Wie ist es gelaufen?, fragt sie. Nicht so toll, antwortet er. Haben sie nicht gelacht? Das war schwer zu erkennen, es war so dunkel im Raum. Immerhin stand ich auf der Bühne. Mit dem Mikro. Ich habe mein Intro gehalten. Aber du konntest doch bestimmt hören, ob sie gelacht haben oder nicht? Ich habe nicht besonders viel gesagt. Sie ist still. Ich hatte einen Blackout. Sie sagt nichts. Und er war nicht da. Wer? Mein Vater. Sie schweigen. Das spielt keine Rolle, sagt sie schließlich. Es war total mutig, dass du es versucht hast. Dann fügt sie hinzu: Mit dir und zwei Kindern zusammenzuleben ist so, wie mit drei Kindern zusammenzuleben. Wie kannst du immer einfach alles verkacken, was du dir vornimmst? Meine Familie kämpft sich seit drei Generationen durch, sie haben Berge und Grenzen und Meere überquert, um mir das Leben zu ermöglichen, das sie nie hatten, haben doppelte Schichten in der Fabrik geschoben, haben Apfelbäume beschnitten und Winterreifen gewechselt, haben Scheibenwischer zusammengebaut und Fenster geputzt, haben Gardinen genäht und die Raten für ihren Hauskredit heruntergehandelt. Und was machst du? Alles, was du kannst, ist, dir das Leben schwerzumachen, und ich habe die Schnauze so was von voll. Das alles sagt sie nicht. Aber sie denkt es. Ich fahr jetzt einkaufen, sagt er. Bis bald. Fahr vorsichtig, mahnt sie. Er legt das Handy zurück in die Hülle und aktiviert den Flugmodus, um weiteren Gesprächen zu entgehen.

Er findet einen guten Parkplatz direkt hinter den Einkaufswagen. Er steckt einen Zehner in das Münzfach, zieht den Wagen heraus und schiebt ihn die Rampe zum Großmarkt hinauf. Einkaufen kann er immerhin. Er nimmt sich einen Selbstscanner, geht durch die Metallschranken und öffnet die Einkaufsliste auf seinem Handy. Eigentlich ist die Liste völlig überflüssig, denn er muss alles kaufen. Er fängt auf der linken Seite an, kauft einen ganzen Zopf Knoblauch, einen Sack gelbe Zwiebeln, einen Sack rote Zwiebeln, einen Bund Lauchzwiebeln. Er kauft Biokartoffeln, Rucola, Römersalat. Er kauft Süßkartoffeln, Broccoli, normale Karotten für die Erwachsenen und Biokarotten für die Kinder. Er überlegt, ob er ein paar frische Kräuter im Topf kaufen soll, weil die im Angebot sind, zwei für dreißig Kronen, normalerweise kosten sie neunzehn das Stück. Er nimmt sie in die Hand, er schnuppert daran, dann stellt er sie wieder zurück und geht zum Obst. Er kauft Birnen in einer durchsichtigen Plastikschale zum Spezialpreis, Avocado im Netz zum Angebotspreis, Äpfel zum Sonderpreis und dann noch ein paar irrsinnig teure Bioäpfel für den Einjährigen. Er geht weiter zu den Rosinen und Walnüssen, er packt getrocknete Aprikosen ein und unfassbar teure Mandeln, er versucht, nicht an Vergleichspreise zu denken oder an die ständig wachsende

Summe auf der Anzeige des Piepsers, mit dem er jede Ware scannt. Es ist kein Problem, seine Freundin hat ihre Stelle, er hat seine Kunden, die Welt wird nicht untergehen, alles wird sich regeln. Er schiebt den Wagen zur Fleischtheke (Putenwurst für die Kinder) und dann weiter zu den Eiern (Bio-Eier im Fünfzehnerpack) und vorbei am Kühlregal mit den Milchprodukten (Halloumi, Joghurt, Sauermilch, zehn Liter Hafermilch). Er füllt den Wagen mit Tiefkühlware, dem billigsten Dorsch und Lachs in Form von Ziegelsteinen, um den Kilopreis ein wenig zu reduzieren, mit gefrorenen Kräutern und einer großen Margarine. Dann kommt das Regal mit den Tacos und Thaiprodukten, er wirft einen Blick auf die Liste und kauft fünfmal Kokosmilch im Tetrapack. Außerdem wählt er schwarze Bohnen im Tetrapack, geschälte Tomaten im Tetrapack, Hirseflocken, Maismehl. Aus irgendeinem Grund steht auf der Liste ausdrücklich, dass er bestimmte Waren im Tetrapack nehmen soll und nicht in der Konservendose, und er hält sich immer genau an die Anweisungen. Er scannt jede Ware. Er denkt nicht daran, wie wenig davon für ihn ist und wie viel er für den Rest der Familie kauft. Vor allem für sie. Sie, die nie den Großeinkauf macht, weil sie keinen Führerschein hat, schreibt das, was sie haben will, auf die Liste und spezifiziert es genau, damit er nichts Falsches kauft. Teuren Thunfisch, schreibt sie, weil sie den billigen nicht mag. Gefrorene Himbeeren und Blaubeeren, weil sie findet, Marmelade würde zu viel Zucker enthalten. Mandeln, schreibt sie, weil sie nicht begreift, dass eine kleine Tüte so viel kostet wie ein ganzes Steak. Er versucht sich zu beruhigen. Bloß nicht die Konzentration verlieren. Er ist verschwitzt, die Leute starren ihn an, sein Wagen ist so vollgepackt, dass die Räder schon quietschen, und das obwohl er noch nicht mal die Sachen für den Kindergeburtstag eingekauft hat: Pappteller und knallbunte Plastiktassen, Strohhalme und Baisers, Servietten und Eispackungen, Zuckerstreusel und Schokostreusel, Karamellsauce, Schokoladensauce und Erdbeersauce und einen großen Eimer mit gemischten Süßigkeiten für das anschließende Fischeangeln. Die Windeln und das Klopapier kommen am Ende, dann schaut er noch einmal auf die Liste und sieht, dass sie neue Sachen ergänzt hat, sie möchte rote Currypaste haben und Tahini und Flohsamenschalen, er parkt den Wagen neben der Eistheke und geht zurück, er findet die Currypaste und die Tahini, aber keine Flohsamenschalen, er fragt eine Angestellte, sie klettert von ihrer Leiter und blickt nachdenklich drein, sie ruft einen Kollegen an, nein, die führen wir leider nicht. Mit einer schwelenden Wut im Körper marschiert er zurück zum Wagen, er ist sich nicht sicher, wo sie herkommt, liegt es daran, dass er versagt und die Flohsamenschalen nicht gefunden hat, oder daran, dass sie die Frechheit besitzt, etwas zur Liste hinzuzufügen, er weiß es nicht, aber er hat das Gefühl, er müsste jetzt etwas für sich kaufen, er hätte auch etwas verdient, er überlegt, was er haben wollen könnte, er eilt zu den Chips, geht weiter zu den Nüssen, steht fünf Minuten vor dem Süßigkeitenregal, aber er findet nichts, was seiner Meinung nach zu ihm passt, alles, was er sieht, ist entweder zu teuer oder zu überflüssig oder die Tüte zu groß oder der Inhalt zu ungesund. Er gibt es auf, etwas für sich zu kaufen, scannt die letzten Waren und lenkt den Einkaufswagen zu den Schranken, wo man seinen Piepser zurückgibt und ein Angestellter manchmal Stichproben macht, ob man auch wirklich alle Waren eingescannt hat.

Er liefert den Piepser ab. Der kleine Bildschirm informiert ihn darüber, dass jemand seine Waren testscannen wird. Er stößt einen lauten Fluch aus. Dann schiebt er den segelbootschweren Wagen zu der Frau an der Kasse. Sie sagt, das Ganze sei schnell erledigt, sie streckt sich zum Wagen und wählt fünf verschiedene Waren aus, die erste ist gescannt, die zweite ebenso und auch die dritte. Die vierte offenbar nicht. Ups, sagt sie. Hier scheint ein Fehler passiert zu sein. Die fünfte ist auch nicht gescannt. Ich glaube, Sie haben ein paar Sachen vergessen, sagt sie. Aber das ist kein Problem. Ich muss Sie nur bitten, hier herumzugehen, sich an einer normalen Kasse anzustellen und alle Waren aufs Band zu legen, dann lösen wir das eben auf diesem Weg. Die anderen Selbstbedienungskunden glotzen ihn an. Er versucht, möglichst ungerührt auszusehen. Er denkt an die Zeit, die das in Anspruch nehmen wird. Die gefrorenen Sachen werden antauen. Er verspürt den Impuls, einfach das Geschäft zu verlassen. Gleichzeitig fühlt er sich schuldig, weil er einen Fehler gemacht hat. All die anderen Male ist er immer durchgekommen, jetzt dauert es noch mal eine Viertelstunde länger, und als endlich alles fertig ist und die Waren unsortiert in blauen Ikeatüten in dem zum Bersten gefüllten Wagen liegen, blickt die Frau auf den Kassenzettel und sagt: Tja, offensichtlich waren es nur diese beiden Waren, die nicht gescannt waren. Kann ich noch etwas für Sie tun? Der Sohn schüttelt den Kopf. Er steckt die Karte und den Kassenzettel ins Portemonnaie und schiebt den Wagen in Richtung Parkplatz. Auf der Rampe nach unten muss er mit seinem ganzen Körpergewicht dagegenhalten, damit der Wagen nicht losschießt und den Bettler überfährt, der auf einem Stück Pappe strategisch günstig genau zwischen der Rampe und dem Einkaufswagenständer sitzt.

Der Sohn rollt den Wagen zum Auto. Er legt sein Portemonnaie aufs Dach und füllt den Kofferraum, die Rückbank und den Beifahrersitz mit Windeln, Hafermilchpackungen und Dosenmais mit Biosiegel. Die Eier platziert er hinten ganz oben, damit sie nicht kaputtgehen. Obwohl es nur zehn Meter bis zum Einkaufswagenständer sind, schließt er sein Auto ab. Er schiebt den Wagen ganz tief in das hinein, was aussieht wie eine lange Eisenlarve, nimmt seinen Zehner zurück und legt ihn in den Kaffeebecher des Bettlers. Er bewegt sich besonders langsam, damit die Leute sehen, dass er ein netter Typ ist, der nicht nur an sich denkt. Der Bettler blickt zu ihm auf. Er bedankt sich nicht. Er grinst nur, und sein Grinsen hat einen ironischen Zug. Als hätte er den vollen Einkaufswagen registriert und würde jetzt denken: War das alles? Bitte schön, sagt der Sohn. Der Bettler sieht weg. You're very welcome, sagt der Sohn. Wo liegt das Problem?, fragt jemand drüben bei den Einkaufswagen. Der Sohn schaut hin. Da stehen zwei Schränke in gleichen Trainingsanzügen. Sie sehen gefährlich aus. Der Sohn dreht sich um, geht schnell wieder zum Auto zurück. Er glaubt, die Typen lachen zu hören. Als er hinter dem Steuer sitzt, legt er den Rückwärtsgang ein und parkt aus. Die Typen in den Trainingsanzügen empfinden sein Ausparken als unnötig rasant. Sie springen beiseite und brüllen etwas. Der Sohn fährt schnell vom Parkplatz. Einer der Typen bückt sich, hebt einen Stein auf und überlegt, ihn zu werfen.

Der Sohn fährt auf der Geraden zur Autobahn, als ein Auto hinter ihm aufblendet. Im ersten Moment denkt er, es wäre eine Zivilstreife, die ihn überholen will. Er bremst ab und signalisiert, dass er an den Straßenrand fährt. Doch als er anhält, stoppt der andere Wagen auch. Einer der Typen vom Parkplatz stürmt heraus. Er hält etwas in der Hand. Der Sohn legt den ersten Gang ein und tritt das Gaspedal durch. Im Rückspiegel sieht er, wie der Typ wieder auf den Beifahrersitz springt.

Als der Sohn die Autobahn erreicht, fährt er auf die Brücke, die hinüberführt, er blinkt links, aber das Auto ist immer noch hinter ihm, ein dunkelblauer Audi mit getönten Scheiben, der erneut aufblendet. Statt links abzubiegen, biegt der

Sohn rechts auf die E4. Er will nicht, dass diese Irren erfahren, wo er wohnt, und auf der Autobahn gibt es mehr Fahrspuren und mehr Zeugen, falls etwas passieren sollte. Aber Gott, was soll schon passieren? Es ist kurz nach neun, ein ganz normaler Mittwochabend. Er sitzt im Süden von Stockholm im Auto. Er wird von zwei aufgepumpten Typen verfolgt, die sich daran aufgeilen, ihm Angst einzujagen. Sie werden nie im Leben wirklich irgendetwas tun. Was sollen sie schon machen? Ihn von der Straße abdrängen? Ihre Ak-70s hervorholen und ein Drive-by-Shooting veranstalten? Ihren Arsch aus dem Fenster halten? Er schaltet das Radio ein und ignoriert sie. Sie halten sich immer noch hinter ihm. Manchmal signalisieren sie ihre Anwesenheit durch Aufblenden. Einmal fahren sie neben ihn und starren in sein Auto. Der Sohn richtet seinen Blick stur geradeaus, er registriert im Augenwinkel, dass der Typ auf dem Beifahrersitz irgendetwas schwenkt, vielleicht einen Totschläger, vielleicht einen Schlagring. Der Sohn tut so, als würde er sie nicht sehen. Er erhöht die Geschwindigkeit. Er drückt das Gaspedal durch. Er treibt den Mazda von 120 auf 130 und schließlich 140 und lacht, als seine Verfolger an der nächsten Abfahrt rausfahren.

Er bleibt auf der linken Spur. Er ist eins mit dem Auto. Er hat die totale Kontrolle. Er will einfach nur vorwärts. Dies ist die Geschwindigkeit, für die er geschaffen ist, alles andere ist falsch, er muss voranrasen, er wird nie mehr stillstehen, er wird auf Höchstgeschwindigkeit beschleunigen und noch ein bisschen weiter, hier, auf der linken Spur, als er seinen Verfolgern davonjagt, geht es ihm bestens. Er bemüht sich, den rechten Fuß vom Gaspedal zu nehmen. Aber es geht nicht. Nachdem er die Geschwindigkeit einmal verinnerlicht hat, scheint es ihm vollkommen unverständlich, dass man sich auch mit 110 Stundenkilometern fortbewegen kann. Es ist ein Gefühl, als würde man in Sirup joggen oder einen Rollator durch Sand schieben. Er versucht, in den Vierten runterzuschalten, er erinnert sich daran, dass seine Verfolger weg sind und er jetzt umdrehen und nach Hause fahren kann. Doch dann kommt ein gutes Lied im Radio, und bald merkt er, dass er wieder schneller wird, er fährt weiter als geplant, auf den Schildern taucht schon Södertälje auf, er fährt, ohne einen Plan zu haben, aber es geht ihm gut, die gefrorenen Himbeeren sind nicht mehr gefroren, die Blaubeeren auch nicht, wahrscheinlich muss er den Lachs und den Dorsch wegwerfen oder morgen einen riesigen Fischeintopf machen, mit Lachs, Dorsch, Himbeeren und Blaubeeren, aber das ist egal, inzwischen ist alles egal, er rechnet nicht mal mehr zusammen, was der Lachs und der Dorsch und die Blaubeeren und Himbeeren gekostet haben, und falls er es doch tut, vergisst er die Summe gleich wieder, weil er frei ist, er ist allein, er hat vier Ikeatüten voll Essen und ein eigenes Auto mit zwei Kindersitzen, und er kann fahren, wohin er will. Wie lange fährt er schon? Er weiß es nicht. Aber nicht sehr lange. Nach einer Weile biegt er von der Autobahn ab und kurvt in einem Industriegebiet herum. Dann kommt er an einem Hafen und einem Wald und einem See und einem Reihenhausgebiet vorbei. Er biegt auf den leeren Parkplatz einer Sporthalle, um ein bisschen mit dem Auto im Kies zu schleudern. Er entdeckt, dass die Benzinanzeige blinkt, und als er zur Tankstelle kommt, ist es fast elf. Erst als er an der Kasse steht, um zu bezahlen, und nach dem Portemonnaie greift, das immer in derselben Innentasche steckt, bemerkt er, was passiert ist. Er schlägt sich auf den Brustkorb. Er tastet seine Hosentaschen ab. Hinten und vorn. Es sieht aus, als würde er sich selbst einer Leibesvisitation unterziehen. Er entschuldigt sich bei dem Kassenmädchen mit dem Snus unter der Oberlippe und geht zurück zum Auto. Obwohl er weiß, dass es aussichtslos ist, schaut er ins Fach zwischen den Sitzen, auf dem Boden, im Kofferraum, wo die gefrorenen, aber bald geschmolzenen Blaubeeren inzwischen aus der Ikeatüte tropfen. Als er zurückkommt, hat das Mädchen einen Kollegen dazugerufen. Es tut mir total leid, sagt der Sohn, aber ich finde mein Portemonnaie nicht.

☽ ☽ ☽

Ein Großvater, der ein Nickerchen auf dem Sofa gemacht hat, wird davon wach, dass sein Handy immer wieder klingelt. Er reibt sich die Augen, er wirft einen Blick auf den Fernseher, es ist schon nach elf. Die Freundin seines Sohns ruft an. Sie, an deren Namen er sich nie richtig erinnern kann. Ist er bei dir?, fragt sie. Wer?, fragt der Großvater, der immer noch nicht ganz versteht, ob er träumt. Ist er nicht da? Ist er bei dir oder nicht? Hier ist niemand, sagt der Großvater, und dann wird das Gespräch unterbrochen, aber kurz bevor sie auflegt, hört er ein heiseres Fluchen. Der Großvater setzt sich auf. Er ist verwirrt. Er versucht, wieder einzuschlafen. Er kann nicht wieder einschlafen. Er ruft seine Tochter an, die sagt, der Bruder wäre verschwunden, er wollte sich als Stand-up-Comedian versuchen und dann einen Großeinkauf machen und ist immer noch nicht zu Hause. So ein Quatsch, sagt der Großvater. Wie bitte?, fragt die Tochter. Man kann doch nicht so lange einkaufen, erklärt der Großvater. Tja, sagt die Tochter. Es ist aber passiert. Er ist nicht zu Hause. Ich bin gerade hier angekommen. Ich komme auch, sagt der Großvater. Bin schon unterwegs. Bestell mir ein Taxi, und ich komme. Der Großvater steht auf, er läuft in der Wohnung herum, er versucht sich im Dunkeln anzuziehen, bis ihm einfällt, dass er ja auch das Licht einschalten kann. Er ist kurz davor, sich das

Deo außen aufs Hemd zu schmieren. Er kontrolliert seinen selbstgemachten Kalender, der aus zehn Datumsangaben besteht, die er durchstreicht, eine nach der anderen. Noch zwei Tage, bis er wieder fährt. Zum Glück ist es noch nicht morgen, denkt er, als er die Treppe hinuntergeht und in das Taxi steigt, das vor der Tür wartet. Der Großvater sagt den Namen der U-Bahn-Station, in deren Nähe der Sohn mit seiner Familie wohnt. Klar, sagt der Taxifahrer. Ich fahre zu meinem Sohn, erklärt der Vater. Wie nett, erwidert der Taxifahrer. Er ist ein sehr erfolgreicher Steuerberater. Aha. Er hat zwei Kinder. Das ist schön. Ich bin sehr stolz auf ihn. Wie toll. Sie wohnen ganz oben. Das freut mich für die beiden, meint der Taxifahrer. Wir haben eine sehr gute Beziehung zueinander, sagt der Vater. Klingt gut, sagt der Taxifahrer. Wir sind gleich da. Wissen Sie die genaue Adresse? Ich zeige es Ihnen, wenn wir dorthin kommen, sagt der Vater, der vieles großartig kann, aber immer schon leichte Schwierigkeiten hatte, sich an Straßen, Hausnummern, Gesichter, Geburtstage und die Namen von Freundinnen, Freunden und Enkeln zu erinnern.

Hier ist es gut, sagt der Vater, als das Taxi vor den deprimierend hohen braunen Zementklötzen hält. Bar oder mit Karte?, fragt der Taxifahrer. Raten Sie mal, sagt der Vater und hält ihm einen Schein vor die Nase. Er bleibt auf der Rückbank sitzen, bis er das Wechselgeld und eine Quittung bekommen hat. Dann bleibt er noch ein bisschen länger sitzen und hofft, dass der Taxifahrer ihm die Tür aufhält.

Ein Sohn, der sich von einem Vater in einen Benzindieb verwandelt hat, erklärt den Angestellten, was passiert ist. Aber Sie haben doch das ganze Auto voller Lebensmittel, sagt das

Mädchen mit einem Blick auf die Überwachungskamera. Ja, mir muss das Portemonnaie geklaut worden sein, nachdem ich eingekauft hatte, sagt der Sohn. Und ich nehme an, bei der Gelegenheit ist auch Ihr Führerschein verschwunden?, fragt der Mann, der nach Rasierwasser riecht und merkwürdig glasige Augen hat. Ja, leider, sagt der Sohn. Sie haben also kein Geld? Keinen Personalausweis? Keinen Führerschein?, fragt das Mädchen. Nicht mal ein Handy, sagt der Sohn. Sie sehen ihn an. Ich hatte so eine Kombination aus Geldbörse und Handyschutzhülle. Der Sohn sieht, dass das Mädchen bereits sein Nummernschild auf einem gelben Post-it notiert hat. Wenn ich mein Handy hätte, könnte ich das Geld ja per Swish überweisen, sagt der Sohn. Es sollte witzig sein, aber niemand lacht. Und was machen wir jetzt?, fragt der Typ. Mein Vorschlag wäre, dass Sie mir eine Kontonummer geben. Dann könnte ich auf direktem Weg nach Hause fahren und das Geld überweisen. Die Angestellten sehen darin keine Alternative. Ich finde, wir machen das so, sagt das Mädchen. Sie schreiben Ihre Personennummer auf. Und wir haben Ihr Nummernschild notiert. Jetzt haben Sie eine Stunde, um das Geld zu besorgen. In einer Stunde rufen wir die Polizei und erstatten Anzeige. Eine Stunde?, fragt der Sohn. Ich schaffe es doch nicht, all meine Karten zu sperren und Bargeld zu besorgen innerhalb von ... Bald sind es nur noch neunundfünfzig Minuten, mahnt der Typ. Geben Sie mir zwei Stunden, sagt der Sohn. Wenn Sie mir zwei Stunden geben, werde ich rechtzeitig mit Ihrem doofen Geld zurück sein. Neunundfünfzig, sagt das Mädchen. Bald nur noch achtundfünfzig, ergänzt der Typ. Verdammte Hacke, ruft der Sohn und stürzt wieder zum Auto. Er blickt sich um. Wo ist er überhaupt? Kennt er jemanden, der in einer halben Stunde von hier erreichbar wäre? Jemanden, der nachts wach ist? Jemanden, dessen Telefonnummer er auswendig weiß? Wobei er ja kein Handy dabeihat. Jemanden, der in einem Mietshaus wohnt, dessen Haustür nachts nicht abgeschlossen wird? Alle Haustüren werden doch wohl nachts abgeschlossen. Jemanden, der in einem Einfamilienhaus wohnt, jemanden, der vierhundertfünfundvierzig Kronen in bar hat? Rein theoretisch würde er es zum Büro schaffen, er hat den Schlüssel, sein Vater hat immer Bargeld. Wenn er etwas hat, dann ist es Bargeld. Er wirft einen Blick auf die Uhr. Er denkt, es könnte klappen. Solange er die Kurven schnell genug nimmt. Er rast auf die Autobahn, in siebenundfünfzig Minuten muss er zurück sein.

Ein Großvater läuft in der Wohnung seines Sohnes herum und registriert, dass einiges passiert ist, seit er das letzte Mal hier war. Sie haben endlich ein paar Bilder an die Wand gehängt. Allerdings sind die Bilder keine Bilder, die der Großvater gewählt hätte. Statt schöner Bilder von guten Malern wie Salvador Dalí hängen beim Sohn und seiner Freundin Plakate mit einem blauen Auge und einem polnischen Text, eine Darstellung von einer bärtigen Frau und einem Affen, ein Gemälde, das zwei traurige eingesperrte Vögel zeigt, die sich zu befreien versuchen, indem sie gegen den Boden ihres Käfigs treten. Rechts im Bild sieht man den Kopf eines lachenden Mannes. Sein Hals ist durchtrennt. Der Großvater seufzt. Keiner nimmt von ihm Notiz. Die Frauen in der Wohnung sind mit anderen Dingen beschäftigt. Seine Tochter geht mit dem Handy am Ohr auf und ab, der Großvater hört ihrer Stimme an, dass sie mit irgendeiner offiziellen Stelle spricht, sie spricht bestimmt und überdeutlich, sie wiederholt die Personennummer des Bruders, sie buchstabiert seinen Nachnamen, sie bittet den Menschen am anderen Ende der Leitung, sie zurückzurufen, sobald er etwas hört. Die Freundin sitzt mit den Haaren vor dem Gesicht in der Küche und tippt Kurznachrichten. Als sie aufsieht, hat sie rote Augen. Der Vater setzt sich neben sie auf das türkisfarbene Küchensofa. Er sagt der Tochter, die gerade Teewasser aufsetzt, dass er auch gern einen Tee hätte, am liebsten mit etwas Süßem dazu. Er tätschelt die Schulter der Freundin und sagt, er wisse mit hundertprozentiger Sicherheit, dass nichts Ernstes passiert sei. Er kommt bald zurück, erklärt der Großvater. Woher willst du das wissen?, fragt sie. Weil ich meinen Sohn kenne, antwortet der Großvater. Er braucht nur mal eine Pause. So was passiert, wenn man Familienvater ist. Frag mich, ich habe drei Kinder großgezogen, ich weiß, wie anstrengend das ist. Die Freundin blickt ihn mit ihren verheulten Augen an. Drei?, fragt sie. Zwei Kinder hier, antwortet der Großvater. Und eine Tochter in Frankreich. Sie sieht ihn an. Er ist nicht wie du, sagt sie. Dann legt sie das Handy ans Ohr und spricht eine weitere Nachricht auf die Mailbox des Sohnes.

Seine Tochter stellt Teetassen heraus. Hättet ihr was Süßes für mich?, fragt der Großvater. Ein bisschen Schokolade? Kekse? Im Schrank, sagt die Freundin. Du hast Diabetes, du solltest keine Kekse essen, sagt die Tochter. Und zieh doch endlich deinen Mantel aus. Der Großvater schält sich aus dem Mantel und legt ihn auf die eine Armlehne des Küchensofas. Er ist kein bisschen beunruhigt. Alles wird gutgehen, murmelt er. Er ist bald zurück.

Ein Sohn biegt mit viel zu hoher Geschwindigkeit von der Autobahn ab, er gerät in der Rechtskurve ins Schlittern, dann erlangt er die Kontrolle über das Auto zurück und fährt links in die kleine Straße, die parallel zur Autobahn verläuft. Hier ist er allein. Keine entgegenkommenden Fahrzeuge. Die rote Ampel springt auf Grün, als er sich nähert. Er blinkt links und fährt in den Tunnel unter der Autobahn. Er fragt sich, ob der Vater wach ist. Garantiert nicht. Er wird nervös sein und eine Menge Erklärungen verlangen, aber der Sohn hat keine Zeit dafür, gib mir das Geld, dann erkläre ich es dir morgen, wird er sagen. Das Portemonnaie braucht er nicht zu erwähnen. Nicht heute. Nicht jetzt, wo seine Zeit so knapp bemessen ist. Er biegt links in den Kreisel, fährt rechts den Hang hinauf. Dort stehen die niedrigen Ziegelhäuser mit den schwarzen Hauseingängen, den ramponierten Rasenflächen. Er blockiert zwei Parkplätze, schaltet den Warnblinker ein und springt die Treppe hinauf. Erst klingelt er. Dann öffnet er die Tür. Er steht in einem hell erleuchteten Flur. Der Fernseher läuft. Der Globus leuchtet. Eine halbgegessene Pizza liegt in einem Karton auf dem Wohnzimmertisch neben einer offenen Packung Himbeerkeksen. Ob sein Vater ausnahmsweise im Schlafzimmer schläft? Der Sohn späht durch die Tür. Nein. Das Bett steht noch genauso frisch bezogen und unbenutzt da wie vor einer Woche, als er das Büro verließ. Der Vater ist nicht da. Wo er wohl steckt? Der Sohn fängt an, die Sachen des Vaters zu durchsuchen. Er sieht im Koffer nach. Er durchwühlt die Taschen seines Jacketts. Mit noch achtundzwanzig Minuten Zeitguthaben findet er einen Umschlag. Er steckt in einem Necessaire, das in einer Plastiktasche liegt, die aus irgendeinem Grund im Badezimmerschrank steht. Der Sohn zählt das Geld. Es sind mehr als zehntausend Kronen. In lauter Fünfhunderterscheinen. Er nimmt einen Fünfhunderter. Dann noch einen, sicherheitshalber. Dann schleicht er sich aus dem Büro und wieder hinunter zum Auto.

)))

Ein Großvater, der tatsächlich ein Vater ist, schleicht ins Kinderzimmer, um nach seinen Enkeln zu sehen. Die Lampen sind eingeschaltet. Beide Betten sind leer. Er geht zum Fenster und zieht das Rollo hoch. Dort liegt das Industriegebiet. Die großen weißen Schornsteine, der kleinere aus Metall, große weiße Lastwagen, die in langen Reihen parken. Einsame Autos, die zu schnell auf der geraden Straße fahren. Von hier kann man bis zur Stadt schauen. Er sieht die goldene Spitze der Högalidskyrkan, er sieht die Lichter und die Konturen eines Gebäudes, es muss der Kaknästornet sein, schräg rechts davon steht das neugebaute Hochhaus mit den grünen Balkonen und einer Lampe am Hauseingang, die ständig an- und dann wieder ausgeht. Der Vater betrachtet die Lampe. Er denkt, sie ist wie ein Leuchtturm. Er denkt, wenn es ihm gelingt, den Atem so lange anzuhalten, bis sie zwanzigmal an- und wieder ausgegangen ist, wird der Sohn nach Hause kommen. Er atmet tief ein, er hält die Luft an, er zählt, wie oft die Lampe an- und wieder ausgeht, an und aus, bei vierzehn ist er kurz vorm Aufgeben, er braucht Luft, seine Lungen können nicht mehr, er sieht Sternchen, er wird ohnmächtig werden, aber er spürt, dass sein Körper sich weigert, jetzt schon aufzugeben, sein Mund ist verschlossen, seine Lippen sind zusammengekniffen, fünfzehn, sechzehn, er denkt, er ist ein verschlossener Tresor, er ist ein Taucher, der sieht, wie die Wasseroberfläche näher kommt, siebzehn, achtzehn, er lässt die Luft vorsichtig entweichen, damit der Körper versteht, dass bald wieder Sauerstoff kommt, neunzehn, zwanzig. Er schafft es. Jetzt weiß er, dass sein Sohn unversehrt zurückkehren wird. Er blickt auf den Parkplatz hinaus. Er wartet darauf, das schwarze Auto des Sohnes heranfahren zu sehen. Er wartet ein Auto ab. Zwei Autos. Drei Autos. Sein Sohn hat sich nicht totgefahren. Er ist nicht über eine Brücke gebrettert und absichtlich durch das Geländer gerast. Er wurde nicht von Nazis zusammengeschlagen oder von einer Jugendgang gekidnappt. Er hat nur eine kleine Pause gemacht, und jetzt ist er auf dem Weg nach Hause. Bald kommt er. Jetzt kommt er. Da ist er. Der Vater lächelt. Ein schwarzer Kombi hält an. Zwei ältere Damen steigen aus. Dann wird das Taxischild auf dem Dach eingeschaltet.

❱ ❱ ❱

Ein Sohn, der ein Vater ist, fährt acht Minuten vor der Zeit auf die Tankstelle. Da haben Sie ja noch mal Glück gehabt, sagt das Mädchen hinter der Kasse. Er erwidert nichts. Er reicht ihr nur den Fünfhunderter, um das Benzin zu bezahlen. Dann nimmt er noch einen Kaffee, eine Tüte Süßigkeiten und ein Päckchen Kaugummi, ohne darauf zu achten, wie teuer es hier im Vergleich zum Supermarkt ist. Sie gibt ihm sein Wechselgeld und wirft den Zettel mit dem Nummernschild in den Papierkorb. Er geht in die Nacht hinaus. Er ist zurück. Sie glauben, es wäre unmöglich, aber er hat es geschafft. Sie wollten ihn fertigmachen, aber er hat sie auf der Zielgeraden abgehängt. Er ist bei neun wieder auf die Füße gekommen. Er hat die Zeche sogar mit Vorsprung bezahlt. Kann das gehen? Es muss! Alles geht, solange man niemals aufgibt. Er trinkt einen Schluck Kaffee, öffnet die Süßigkeitentüte und dreht den Zündschlüssel um. Sie können ihn alle mal. Wer? Alle. Seine Freundin. Seine Kinder. Seine Freunde. Seine Karriere. Der aufgetaute Fisch im Kofferraum. Leckt mich. Er allein gegen den Rest der Welt. Er fährt auf die Autobahn. Seine Wohnung liegt im Norden. Er fährt Richtung Süden.

IX. DONNERSTAG

Eine Freundin, die eine Mutter ist, steht im dunklen Flur und verabschiedet sich von der Tante ihrer Kinder. Es ist fast eins, und sie muss am nächsten Tag arbeiten. Mehr können sie sowieso nicht tun. Alles wird gut, sagt die Schwester. Du kannst mich jederzeit anrufen. Und denk an die gekochten Spaghetti, wenn du nicht schlafen kannst. Sie versuchen zu lachen und umarmen sich. Seine Schwester zu umarmen ist so, wie ihn zu umarmen, nur mit einem anderen Parfüm und fülliger und mit längeren Haaren. Bist du sicher, dass ich ihn nicht mitnehmen soll?, fragt die Tante mit einem Nicken zur Küche. Nein, kein Problem, sagt die Freundin. Lass ihn nur schlafen. Es ist doch ein schönes Gefühl, wenn wenigstens *einer* schläft. Der Großvater liegt rücklings ausgestreckt auf dem Küchensofa und schnarcht so sehr, dass die Teetassen auf dem Tisch wackeln. Lass uns morgen telefonieren, sagt die Freundin. Und wer zuerst etwas hört, schreibt eine Nachricht, sagt die Tante.

Die Freundin macht die Tür zu, schließt ab, legt das Auge an den Spion, sieht die Lampen im Treppenhaus ausgehen, als die Bewegungsmelder niemanden mehr orten. Sie nimmt ihr Telefon und versucht anzurufen. Sein Handy ist immer noch genauso ausgeschaltet wie seit ihrem letzten Gespräch, als er sagte, er würde in den Großmarkt fahren. Verdammt. Sie putzt sich die Zähne, nimmt ihre Linsen raus und versucht es noch einmal. Sie legt sich auf das Sofa im Wohnzimmer, deckt sich zu, löscht das Licht und versucht zu schlafen. Sie atmet ruhig und regelmäßig. Sie macht eine Körperreise. Sie steht auf und nimmt eine Schmerztablette, damit ihre Muskeln entspannen. Am Ende versucht sie sich ihren Körper als gekochte Spaghetti vorzustellen, weil dieser Tipp angeblich immer bei Kunden mit Schlafproblemen half, als die Großmutter der Kinder noch im Reformhaus arbeitete. Die Freundin nimmt ihr Handy und loggt sich auf das gemeinsame Bankkonto ein, um zu prüfen, ob es neue Geldausgänge gab. Nein. Die letzte Ausgabe war im Großmarkt. Die Karte ist noch nicht gesperrt.

Aus der Küche ertönt das Schnarchen des Großvaters. Er scheint sich immer noch nicht sicher zu sein, wie man ihren Namen ausspricht. Trotzdem ist es irgendwie beruhigend, dass er dort auf dem Küchensofa liegt. Ihre erste Begegnung hatte stattgefunden, als er sie in der Einzimmerwohnung besuchte, nachdem ihre Tochter zur Welt gekommen war. Sie war immer noch von der Geburt geschwächt. Wie fühlt es sich an, Großvater geworden zu sein?, fragte sie und nahm ihm den Mantel ab. Danke, gut, antwortete er und ging weiter ins Schlafzimmer. Er hatte kein Geschenk dabei. Ich hätte Blumen mitbringen sollen, sagte er. Ach, das ist doch nicht wichtig, erwiderte der Sohn, der jetzt Vater war und seinem Vater das zweite Enkelkind der Familie reichte. Das Wichtigste ist, dass ihr euch kennenlernt. Hier ist sie. Er sagte ihren Namen. Der Großvater hielt den kleinen Körper an seine Schulter. Beide schlossen die Augen. Der Großvater machte ein paar schnelle Schritte zur Seite, erst dachte sie, er würde ohnmächtig werden, aber dann verstand sie, dass er tanzte, er hielt das drei Wochen alte, schlafende, warme, schielende Baby und tanzte mit ihm durch die kleine Wohnung, während sein Sohn die gute Kamera hervorholte, die nur zum Einsatz kam, wenn abwesende Verwandte in der Familiendokumentation so rüberkommen sollten, als wären sie präsent.

Als der Großvater gegangen war, saßen sie mit ihrer Tochter zwischen sich auf dem Bett. Sie hielt den Kopf. Er hielt die Beine. Sie mussten ganz dicht zusammenrücken, weil der Körper nicht größer war als ein Lineal. Er fühlte sich so klein an, als könnte man ihn leicht verlieren. Was für ein ausgesprochen netter Besuch, bemerkte der Sohn. Aber wirklich, meinte sie. Welch tiefsinnige Gespräche!, sagte er. Und so viele Fragen!, sagte sie. Ungeheuer inspirierend! Fast wie eine Reise ins Weltall! Eine Expedition ins Innerste der Seele! Sie lächelten sich an. Ist dir klar, dass mir dein Vater während der ganzen Zeit, in der er hier war, nicht eine einzige Frage gestellt hat?, fragte sie. Mir auch nicht, sagte er. Oder doch, er hat mich gefragt, ob ich seine Bankunterlagen ausgedruckt hätte. Das ist schon unglaublich. Es müsste doch Sachen geben, über die man reden könnte. Zum Beispiel? Keine Ahnung. Wie war die Geburt? Ein Klassiker. Oder: Wie fühlt man sich als Eltern? Genau. Aber das wurde natürlich durch all die magischen Geschenke kompensiert? In der Tat. Ich liebe Luftgeschenke. Unsichtbare Blumen sind mein Favorit. Dieser durchsichtige Morgenmantel im durchsichtigen Geschenkpapier war wirklich hinreißend. Sie lächelten sich an. Sie existierten. Dieser kleine Dreiwochenmensch, der in regelmäßigen Abständen zuckte und in die Luft griff, als würde er von einem unsichtbaren Zweig fallen, existierte. Und selbst wenn alle anderen verschwanden, würden sie existieren. Dass es sie gab, wirkte wie ein Airbag gegen die Außenwelt, nichts traf einen mehr so hart oder verursachte dieselben Schmerzen.

Familie, sagte sie. Can't live with them, sagte er. Pass the beernuts, sagten beide. Sie lachten. Ihre Tochter wurde wach.

Sie schlug ihre blaugrauen Augen auf und betrachtete sie mit dieser Miene, die eine Mischung aus weisem Kung-Fu-Meister und blinder neugeborener Katze war. Wir werden dich nie so verkorksen wie unsere Eltern uns verkorkst haben, sagte er und schmuste sich an ihren blutigen abgeschnittenen Nabelstumpf heran. Wir werden dich ganz anders verkorksen, sagte sie und tätschelte die schrumpelige Stirn der Tochter.

Sie blickt auf ihr Handy. Keine verpassten Gespräche, keine Nachrichten. Wie konnte es so weit kommen? Bevor sie Eltern wurden, hatten sie sich kaum je gestritten. Jetzt liegt sie allein auf ihrem gemeinsamen Sofa und fragt sich, ob er lebendig oder tot ist, ob er auf einer Tanzfläche steht oder im Krankenhaus liegt oder bei irgendeiner Exfreundin im Bett oder bewusstlos im Straßengraben.

Als sie schwanger wurde, stritten sie sich zum ersten Mal richtig. Es ging um den Nachnamen ihres künftigen Kindes. Er wollte, dass es seinen bekam. Sie wollte, dass es beide Namen bekam. Er lenkte nicht ein, sie auch nicht. Warum ist dir das so wichtig?, fragte sie. Mein Name ist alles, was ich habe, antwortete er. In dir entsteht ein Leben, und wenn dieser Mensch nicht meinen Nachnamen trägt, fühlt sich das an, als würde ich meine Verantwortung als Vater nicht wahrnehmen. Du hilfst doch auf andere Weise, sagte sie. Und das stimmte. Während sie Arme, Beine, Immunsystem und Hirnsubstanz produzierte, machte er sich auf die Suche nach einem geeigneten Kinderwagen. Er erstellte ein spezielles Dokument mit einer Übersicht sämtlicher Modelle, in denen das Kind sowohl sitzen als auch liegen konnte, er schnitt Zitate aus unterschiedlichen Foren aus und kopierte sie hinein, er markierte die Besten im Test mit Sternchen, fettete die Marken, die gut für große Menschen waren, verglich Preise, lernte etwas über die Qualität der verschiedenen Hersteller, prüfte die

Vor- und Nachteile, den Wagen selbst zusammenzuschrauben. Immer, wenn sie an seinem Computer vorbeiging, sah sie ihn wieder dort sitzen, gebeugt und mit Geierhals und einen langen deutschen Artikel lesend, den er mit Google Translate ins Schwedische übersetzt hatte, geschrieben von einer Krankengymnastin, die sämtliche ergonomischen Sitze als ungeheuer schlecht für den Kinderrücken verdammte. Geht es dir gut?, fragte sie. Mhm, antwortete er, ohne den Blick vom Bildschirm zu heben. Und sie hinderte ihn nicht daran. Ihr gefiel seine Genauigkeit und dass das, was er mit dem Kinderwagen tat, nur eine Kompensation dafür war, mit seinem Körper keinen eigenen Körper erschaffen zu können. Er war gezwungen, eine andere Art der Teilhabe zu finden, und der Kinderwagen wurde zu seinem Werkzeug. Nach monatelanger Recherche präsentierte er sein bevorzugtes Modell. Es war unglaublich kippfest, in den Foren beliebt, für große Eltern geeignet, preiswert. Aber auch ziemlich hässlich, befand seine Freundin. Wie bitte?, fragte er. Dieser Rahmen sieht irgendwie ein bisschen bullig aus. Findest du nicht? Er starrte sie mit wildem Blick an. Zurück zum Dokument. Er suchte andere Alternativen heraus. Er schrieb lange Listen, was wichtig beziehungsweise weniger wichtig war, er beleuchtete die Möglichkeit, einen Wagen direkt aus Deutschland zu importieren oder besonders günstig über amerikanische Webseiten zu bestellen oder das Auto seiner Mutter zu leihen und nach Södertälje zu fahren, um einen gebrauchten zu kaufen. Er informierte sich über verschiedenen Typen von Bremsen, er konnte das Volumen von Unterkörben aufsagen, er hatte den vollen Überblick, welche Haken und Tassenhalter zu welchen Modellen passten und auf welchen Internetseiten man am besten neue Schläuche nachbestellte, wenn die Reifen einmal platt waren. Manchmal stand sie aus dem Bett auf, schaltete seinen Computer aus und zwang ihn zu schlafen. Du kannst das nicht kontrollieren, sagte sie, wenn er sich wehrte. Egal, wie viel du googelst. Was in meinem Körper passiert, entzieht sich deiner Kontrolle.

Als er sich am Ende für einen Wagen entschieden hatte, schlug sie vor, in einen Laden zu fahren und ihn vor Ort zu begutachten. Als sie eine Testrunde drehten, kam er ihnen instabil und schwer vor. Doch direkt daneben stand ein anderes Modell, das in einem unabhängigen Test am besten abgeschnitten hatte und perfekt für große Menschen geeignet war. Preiswert, gut und in Dänemark hergestellt. Hattest du den hier schon in Betracht gezogen?, fragte sie. Er schüttelte den Kopf. Ich habe den Namen noch nie gehört, murmelte er und zog seine Übersicht hervor. Wie kann er mir nur entgangen sein? Er kratzte sich an der Stirn. Der Wagen war perfekt. Sie kauften ihn auf der Stelle und schoben ihn nach Hause. Geschafft, sagte sie. Wie schön. Jetzt haben wir einen Wagen. Ich kapiere nicht, wie er mir entgehen konnte, sagte er. Denk nicht mehr drüber nach, erwiderte sie. Ich finde, wir sollten das ab sofort immer so machen. Wir fahren hin und testen die Sachen. Wir vertrauen auf unser Gefühl, anstatt dass du wochenlang recherchierst. Abgemacht? Er nickte. Sie lächelten sich an. Einige Tage darauf begann er, das Angebot an Kinderstühlen in Augenschein zu nehmen.

Anfangs mochte sie es, dass er so gründlich war. Dann hasste sie es, dass alles so viel Zeit in Anspruch nahm. Als sie ihren Urlaub planten, ging sie einmal an seinen Computer, um den Namen des Hotels zu finden, das sie sich eine Woche zuvor angesehen hatten. Sie klickte sich durch seinen Verlauf. Sie ging Tag für Tag rückwärts, sah wieder und wieder dieselben Seiten, Boulevardzeitungen, seriöse Tageszeitungen, den Mailprovider, Facebook, Twitter. Und dann die Suchanfragen, die sie stutzig machten. Schon vor der Reise, die sie noch nicht einmal gebucht hatten, hatte er recherchiert, was man bei einem Urlaub mit Kind alles einpacken sollte, welches Nasenspray am ehesten für Einjährige geeignet war, welche Spielsachen für Langstreckenflüge empfohlen wurden. Er war auf Seiten mit Koffertests gewesen und auf Seiten, wo echte Touristen Bewertungen schreiben und ihr Hotel fotografieren, auf Seiten mit Tipps, wie man einen kinderfreundlichen Strand auswählt. Doch sie machte sich keine Sorgen. Sie sah es nicht als Zeichen dafür, dass das Zusammenleben mit ihm schwierig sein könnte. Sie dachte eher, er wäre einfach nur sehr darauf bedacht, ihre Reise so schön wie möglich zu gestalten.

Manchmal lieh sie sich auch sein iPad, und weil der Browser mit seinem Mailkonto verbunden war, konnte sie dort ganz in Ruhe seine Suchhistorie nachlesen, ohne an seinen Computer zu gehen. Dort ließ sich ihr gemeinsames Leben zurückverfolgen. Oder die Suchhistorie ihres gemeinsamen Lebens. Anfangs hatte er danach gesucht, wie man die Klitoris stimuliert, wie man seinen Orgasmus hinauszögern kann, was man bedenken sollte, ehe man ein zweites Kind bekommt. Dann handelten seine Nachforschungen von Doppelkinderwagen, Muskelstimulationsgeräten und Tipps für die perfekte Entbindung. Im Sommer suchte er danach, wie man einen guten Makler fand, wie man einen Schlüsselbund reinigt, wo man die Finanzen einer Baugenossenschaft einsehen kann, welche Balkonlage am begehrtesten war, wie groß ein Kinderzimmer sein sollte und ob es möglich ist, einen begehbaren Kleiderschrank zu einem Kinderzimmer umzubauen. Im Herbst verglich er Umzugsfirmen, Maler, Fliesenleger, Hausratsversicherungen und Kinderversicherungen. Irgendwann hatte er sogar nach einer Vergleichsseite gesucht, mit der man verschiedene Vergleichsseiten vergleichen konnte. Am meisten aber erstaunten sie die Recherchen nach Dingen, von denen sie nicht mal geahnt hatte, dass man sie recherchieren konnte. Dass er ermittelt hatte, wie man sich am besten einen Schal um den Hals band. Oder eine Mail beendete. Oder einen Heiratsantrag machte. Oder seine Schuhe schnürte. Oder das Auto wusch. Am besten. Es gab verschiedene Möglichkeiten. Aber eine war immer die beste. Und die wollte er finden. Allmählich verstand sie, dass er in der Überzeugung durch die Welt ging, dass es Milliarden falscher Möglichkeiten gab und eine einzige potenziell beste, und ihr wurde immer klarer, warum kleine Dinge, die anderen leichtfielen, für ihn so unendlich schwer waren.

Wir müssen über dieses merkwürdige Verhalten reden, dachte sie. Aber sie sagte nie etwas. Stattdessen hörte sie auf, seine Recherchen nachzuverfolgen. Vielleicht aus Angst davor, irgendwann auf eine Suche zu stoßen, wie man am besten Schluss machte. Oder am besten in Scheidung lebte, obwohl man Kinder hatte. Oder am besten seine Familie verließ.

Kinder zu haben beeinflusste nicht nur ihn allein. Sie spürte eine neue Unruhe in sich. Manchmal fragte sie sich, ob er sie damit angesteckt hatte. Gleichzeitig besaß er ein seltsames Grundvertrauen, dass ihre Kinder stark und gesund waren. Nur sie wachte mehrmals in der Nacht auf und musste nachsehen, ob die Kinder noch atmeten. Ich verstehe das nicht, sagte er. Warum sollten sie aufhören zu atmen? Weil es Kinder sind, antwortete sie. Kinder können doch supergut atmen, entgegnete er. Das gehört zu den wenigen Sachen, die sie tatsächlich können. Als es zu schneien anfing und er die Tochter auf dem Schlitten zur Kita ziehen wollte, wies sie auf das Risiko hin, dass die Autofahrer den Schlitten übersehen und denken könnten, er wäre einfach nur so spazieren, und in den Schlitten mit der Tochter hineinrasen. Ja, sagte er. Ein gewisses Risiko ist bestimmt vorhanden. Wenn die Autofahrer blind sind. Aber blinde Autofahrer sind wirklich sehr, sehr selten. Als sich die ersten Eiszapfen an den Dächern bildeten, suchte sie noch einmal den Link zu diesem Artikel über die Mutter, die auf der Drottninggatan spazieren ging, als ein Eiszapfen in ihren Kinderwagen fiel und das Kind starb und die Mutter einen Schock erlitt und die Baugenossenschaft, der das Haus gehörte, anschließend von der Versicherung der Mutter verklagt wurde. Jaja, sagte er, nachdem er den Artikel gelesen hatte. Und was soll ich mit dieser Information anfangen? Sollen wir das Haus nicht mehr verlassen, sobald es friert? Sollen wir versuchen, nicht zu dicht an den Häusern entlangzugehen? Sollen wir uns nur noch auf offenen Feldern bewegen? Sollen wir einen Helm mit Visier in Babygröße kaufen? Sie seufzte. Jetzt mal im Ernst, sagte er. Wir müssen doch leben. Er verstand sie nicht. Er verstand nicht, dass die Welt voll war von Bügeleisen, Haifischflossen, Legoreifen, Plastikkugeln, giftigen Imprägnierungsmitteln, Bücherstapeln, Pädophilen, Entführern, Kindsmördern, Eiszapfen, Sonne, Kälte, zu großen Wurststücken, nicht durchgebratenen Hähnchen, Scheren, Türspalten, Autotüren, Aufzugtüren, Bleistiften, normalen Stiften, Schraubenziehern. Und Türrahmen. Denn ein Freund hatte von diesem Vater in Belgien erzählt, der seiner Tochter das Genick gebrochen hatte, weil er sie in einem Türrahmen in die Luft gewirbelt hatte. Und Kühlschrankmagneten. Denn ein anderer Freund hatte von einem Kind erzählt, das Magneten gegessen hatte, worauf der Darm nichts mehr verdauen konnte und das Kind gestorben war. Dasselbe passiert, wenn sie eine Batterie verschlucken. Du hast die falschen Freunde, sagte der Vater. Und du bist komisch, erwiderte sie. Denn das war er. Je mehr Zeit sie miteinander verbrachten, desto klarer wurde ihr, dass er ihre Kinder nicht als reale, lebendige Wesen wahrzunehmen schien. Er filmte sie, fotografierte sie, machte ihnen Komplimente und versuchte ihnen das Alphabet und die Uhr beizubringen und danke zu sagen, noch bevor sie Hund und Katze sagen konnten. Aber gleichzeitig nahm er die ganze Zeit diese Distanz ein, er war hier und doch woanders.

Sie liegt auf dem Sofa. Er ist in einem illegalen Club in irgendeinem Industriegebiet. Sie schaut auf ihr Handy. Er vögelt mit einer bibliophilen Stand-up-Comedian in einem fremden Bett. Sie denkt an gekochte Spaghetti. Er liegt auf einer Intensivstation im Koma. Sie schüttelt den Kopf. Nein. Er ist auf dem Weg nach Hause. Komm nach Hause. Komm nach Hause. Ich kann nicht mit dir leben. Ich kann nicht ohne dich leben. Also komm jetzt nach Hause. Komm nach Hause.

☽ ☽ ☽

Ein Großvater liegt wach auf dem Küchensofa und blinzelt. Er blickt zur Wand über der Küchentür, weil die Familie dort in der alten Wohnung eine Uhr hatte. Aber hier gibt es keine. Um herauszufinden, wie viel Uhr es ist, muss er aufstehen und auf die digitale Anzeige des Backofens gucken. Er schleicht sich ins Wohnzimmer. Die Freundin des Sohnes schläft auf dem Sofa, sie liegt auf der Seite und drückt ihr Handy an sich wie einen Teddybären. Ihre Locken liegen auf dem Kopfkissen ausgebreitet. Sie ist so jung und schön, dass es wehtut, sie anzusehen. Aus dem Raum, der eigentlich das Schlafzimmer der Eltern ist, dringen merkwürdige Geräusche, als er durch die Tür späht, sieht er den Einjährigen, der zur Ruhe zu kommen versucht, er ist unter das Kopfkissen geraten und presst seinen Kopf zwischen die Gitterstäbe seines Bettchens. Jetzt wimmert er, und der Großvater streckt seine Hand zu ihm hinein und versucht ihn zu beruhigen. Er macht psssst und streicht mit den Fingern über seine kleinen Augenlider. Er summt dieses Lied, das er immer für seine eigenen Kinder gesungen hat. Unglaublich, aber es wirkt, der Einjährige atmet ruhiger, er sinkt wieder in den Schlaf. Der Großvater bleibt am Bett stehen. Plötzlich wird er unsicher, wo er sich gerade befindet und in welchem Jahr, wer da im Bett liegt und wer er selbst ist. Er schleicht aus dem Zimmer. Als er die Tür öffnet und aus dem Flur Licht hereinfällt, hört er ein heiseres Flüstern vom Bett. Opa? Singst du mir kein Lied? Die Vierjährige taucht mit wirrem Haar im Bett der Eltern auf. Der Großvater schleicht wieder zurück in die Dunkelheit. Er sagt, natürlich singe er auch für die Vierjährige ein Lied. Was für eins willst du denn hören? Das über Zogoo und Zlatan und das Bob-Rennen. Aha, sagt der Großvater. Was ist das für ein Lied? Papa singt das immer, flüstert die Vierjährige mit einer beunruhigend wachen Stimme. Man darf den Sport wählen, den Zogoo und Zlatan machen sollen. Manchmal tauchen sie, manchmal angeln sie, manchmal spielen sie Ballonbaseball, manchmal laufen sie Schlittschuh. Okay, okay, wispert der Großvater mit seiner leisesten Stimme, in der Hoffnung, die Vierjährige würde ihn nachahmen. Wie geht das Lied? Manchmal fahren sie ins Weltall, manchmal machen sie einen Wettkampf, wer am höchsten springen kann. Gut, ich werde es singen, flüstert der Großvater und späht zu dem Einjährigen hinüber, der sich im Gitterbett bewegt. Opa? Ja? Ich habe Hunger. Hunger? Jetzt? Es ist mitten in der Nacht. Alle schlafen. Aber ich habe ein Loch im Bauch, und wenn man ein Loch im Bauch hat, kann man nicht schlafen. Wer sagt das? Mein Bauch sagt das. Na gut, meint der Großvater. Dann komm.

Sie schleichen aus dem Schlafzimmer, am Wohnzimmer vorbei in die Küche. Der Großvater schließt die Türen, um den Einjährigen und die Mutter nicht zu stören. Worauf hast du denn Appetit? Die Enkelin denkt nach. Der Großvater öffnet und schließt Schränke, die Stapel von Gläsern und zueinanderpassendes Porzellan enthalten und viermal dieselbe Kaffeepackung. Sie haben Essensvorräte, als stünde ein Krieg bevor. In dem, was aussieht wie ein Besenschrank, findet er haufenweise Nudeln, geschälte Tomaten, Thunfischdosen und Mais in Pappschachteln. Hinter einer anderen Tür verbergen sich unzählige Töpfe, vier, fünf, sechs Stück aus demselben rostfreien Material, und die Deckel hängen in einem Extrafach an der Seite. In einer Küchenschublade stehen Gläser mit Kräutern. Eine andere Schublade ist voller Stifte und Tesafilm und dieser bunten Plastikklammern, mit denen man Tüten verschließt, damit keine Luft hineinkommt. Gummibänder gibt es aber keine, denkt der Großvater. Was war eigentlich an Gummibändern verkehrt? Sie haben keinen Platz weggenommen. Sie kosteten so gut wie nichts. Sie ließen sich überallhin transportieren. Sie gingen nie oder nur selten kaputt. Sie haben genauso gut funktioniert wie diese großen, sicher irrsinnig teuren Plastikdinger, die nur erfunden wurden, um den Leuten das Geld aus der Tasche zu ziehen. Wonach suchst du?, fragt die Vierjährige. Ich weiß nicht, antwortet der Großvater. Weißt du, worauf mein Bauch besonders großen Hunger hat? Ein bisschen heiße Milch?, schlägt der Großvater vor. Ja, aber am liebsten möchte mein Bauch Popcorn haben, sagt die Vierjährige. Popcorn? Hm. Mein Bauch sagt, er hat Riesenhunger auf süßes Popcorn mit Kokosgeschmack. Die Vierjährige zeigt ihm, wo die Tüte steht, ganz oben im Küchenschrank neben der Gefriertruhe. Darfst du denn sonst auch nachts süßes Popcorn essen? Mhm, antwortet das Enkelkind. Obwohl es das erste Mal ist, dass ich nachts süßes Popcorn esse. Der Großvater und die Enkelin krabbeln nebeneinander auf das Küchensofa. Sie essen süßes Popcorn und schauen aus dem Fenster. Guck mal, es schneit, sagt der Großvater. Ich habe einen Snowracer, sagt die Vierjährige. Den habe ich zum Geburtstag gekriegt. Als ich vier geworden bin. Nächstes Mal werde ich fünf. Richtig, sagt der Großvater. Kommst du auf meine Feier? Mal sehen, antwortet der Großvater.

Er würde wirklich nicht so weit oben wohnen wollen. Einbrecher können vom Dach hereinklettern. Man bekommt Schwindel. Und auf dem Balkon weht der Wind zu stark. Opa? Mhm? Du bist echt nicht dünn. Das stimmt. Dein Bauch ist überall richtig rund. Du hast recht. Aber deine Beine sind nicht so rund. Nein. Es ist vor allem der Bauch. Allerdings. Der große Bruder von Malcolm aus der Kita, der ist ganz, ganz dick. Dicker als ich?, fragt der Großvater. Nein, antwortet die Vierjährige und lacht. Nicht?, fragt der Großvater. Nein, wirklich nicht, sagt die Vierjährige und stopft sich eine Handvoll süßes Popcorn in den Mund.

Eine Freundin, die eine Mutter und eine Tochter ist, wird mit einem Ruck wach. Hat sie überhaupt geschlafen? Nein, sie kann gar nicht geschlafen haben. Sie ist sicher nur kurz eingenickt. Sie meinte, sie hätte Stimmen gehört, aber das muss Einbildung gewesen sein. Sie wirft einen Blick auf ihr Handy. Sie akzeptiert, dass sie nicht wieder einschlafen kann. Jetzt ist es zu spät. Sie kann ihre Versuche genauso gut aufgeben und aufstehen. Diese Einsicht führt dazu, dass sich ihr Körper entspannt und sie erneut einschläft.

)))

Ein Großvater trägt seine vierjährige Enkelin zurück ins Bett. Bist du jetzt satt? Mhm, jetzt fühlt sich mein Bauch viel besser an, antwortet die Vierjährige. Aber ich glaube, es ist besser, wenn ich in meinem Bett schlafe statt in Mamas. Welches ist denn dein Bett?, fragt der Großvater. Die Vierjährige zeigt ihm den Weg ins Kinderzimmer. Sie ist müde und könnte bald schlafen. Sie muss nur erst noch Pipi. Und ein bisschen Wasser möchte sie auch haben. Und eine Gutenachtgeschichte. Was für eine Geschichte? Die Vierjährige kommt mit einem dicken Ausklappbuch über das Weltall zurück. Das können wir nicht ganz lesen, sagt der Großvater. Aber halb, sagt die Vierjährige. Sie fangen an zu lesen. Der Großvater sagt, dass die Erde ein großer, runder Steinbrocken ist, der im Weltall herumschwebt, und der Mond ein steiniger Ball, der um die Erde kreist, und die Sonne ein Stern, der Planeten alles Licht und alle Wärme spendet, sie ist eine massive Kugel voller explodierender Gase und riesengroß, eine Million Mal größer als die Erde. Mehr als tausend?, fragt die Vierjährige. Ja. Eine Million ist mehr als tausend, antwortet der Großvater und liest weiter. Er sagt, dass die Sonnenstürme Gaswirbel sind, die sich schnell um sich selbst drehen. Er erzählt, dass Spikulen dynamische Strahlströme sind, die hochgeschossen werden und dann wieder herunterfallen. Er sagt, dass die Erde mehr als tausendmal in den Jupiter hineinpassen würde. Mehr als tausend?, fragt die Vierjährige. Mhm, antwortet der Großvater. Ist das in echt wahr?, fragt die Vierjährige. Ja, antwortet der Großvater. Wow, sagt die Vierjährige. Der Großvater erzählt von den Ringen des Saturns, von den Sandstürmen des Mars, von den Gaswolken der Venus und den Winden des Neptuns. Er erzählt vom Krebsnebel und vom Katzenaugennebel und von der Wagenradgalaxie, die vor Millionen Jahren gebildet wurde, als zwei Galaxien zusammenstießen. Die Vierjährige schweigt. Der Großvater blickt zu ihr hinunter. Ihre Augen sind weit aufgerissen. Bist du müde?, fragt der Großvater. Sie schüttelt den Kopf. Der Großvater liest mit leiser Stimme weiter. Er liest von Sputnik und Apollo, Cassini und Hubble, Almas und Sojus. Er blättert um und zeigt alle Experimente, die auf dem Mars stattfinden: Die Raumsonde Viking I, die 1976 landete, der Opportunity-Rover, der seit 2004 dort ist, die Curiosity, die 2012 kam. Von wem hast du dieses Buch?, fragt der Großvater. Von Papa, antwortet die Enkelin. Sie hebt den Kopf. Wo ist Papa? Papa kommt bald, sagt der Großvater. Aber wo ist er?, fragt sie. Er kommt bald, sagt der Großvater und kehrt wieder zum Weltraumbuch zurück.

Schließlich schläft die Vierjährige doch ein. Sie liegt mit dem Kopf auf dem Brustkorb des Großvaters. Sie atmet in kleinen Zügen. Der Großvater blickt auf die Enkelin hinab. Sie sieht dem Sohn so ähnlich. Und der Tochter. Er ist er selbst vor dreißig Jahren. Er bleibt ganz regungslos liegen. Wenn er sich nicht bewegt, gibt es vielleicht eine Chance, mit allem noch mal von vorn anzufangen. Er schließt die Augen. Zum ersten Mal seit vielen Jahren schläft er eine ganze Nacht ohne Fernseher.

Als eine Freundin aufwacht, ist es halb acht. Sie kann es kaum glauben. Sie sieht auf ihr Handy. Sie schüttelt den Kopf. Sie hat das Gefühl, alles wäre nur ein komischer Traum gewesen. Das Gefühl verstärkt sich dadurch, dass es draußen so hell ist. Sie steht vom Sofa auf und blickt hinaus. Die Baumkronen sind weiß. Die Tannen sind weiß. Die Bürgersteige sind weiß.

Die Baumstämme sind nur von einer Seite weiß, als wären sie von einer ungeduldigen Person mit weißem Puder bestäubt worden.

Sie hört Stimmen aus der Küche. Einige wunderbare Sekunden lang versteht sie, dass ihr Freund zurück ist. Er hatte einen kurzen Aussetzer, musste für ein paar Stunden durch die Gegend fahren und hatte vergessen, sein Handy aufzuladen, und jetzt sitzt er wieder mit den Kindern in der Küche. Sie geht hinaus. Hallo Mama, ruft die Vierjährige. Opa ist hier! Der Einjährige sitzt auf seinem Plastikstuhl und isst Cornflakes mit der Hand. Wie lange seid ihr schon wach?, fragt die Mutter. Wo ist Papa?, fragt die Vierjährige.

☽ ☽ ☽

Ein Großvater und eine Enkelin haben Hände, die nach süßem Popcorn riechen, als sie in der Morgendämmerung aufwachen. Sie schleichen sich in die Küche, um die Mutter nicht zu wecken. Als der Einjährige zu weinen anfängt, schleicht der Großvater zurück und holt auch ihn. Die Vierjährige zeigt ihm, wo die Windeln und Feuchttücher liegen. Was sind Feuchttücher?, fragt der Großvater. Weißt du nicht, was Feuchttücher sind? Das ist wie Papier, aber nasses Papier, erklärt die Vierjährige. Der Großvater wechselt die randvolle Windel des Einjährigen und setzt ihn in den Hochstuhl in der Küche. Er öffnet die Tür zum Wohnzimmer, um zu fragen, was die Kinder zum Frühstück bekommen, aber irgendetwas an den Augenringen der Freundin und ihrem verkrampften Griff um das Handy halten ihn davon ab, sie zu wecken. Stattdessen geht er wieder zurück und räumt den Kühlschrank aus. Er holt Ketchup und Butter und Käse heraus, er nimmt Tomaten, Gurke und Brot und etwas, von dem die Vierjährige behauptet, es wäre Milch, obwohl Haferdrink auf der Packung steht. Ui, so viel Frühstück, sagt die Vierjährige. Sag mir, was du haben willst, und ich kümmere mich drum, sagt der Großvater. Wo ist Papa?, fragt die Vierjährige. Möchtest du ein Brot mit Butter und Käse?, fragt der Großvater.

Ein Großvater, der ein Vater ist, sollte eigentlich nach Hause gehen und sich umziehen. Doch als die Mutter der Kinder erwacht, versteht er, dass sie ihn braucht. Sie ist ein nervliches Wrack. Sie läuft in ihrem Morgenmantel und einem sehr dünnen Nachthemd durch die Gegend, ohne darüber nachzudenken, dass er dort auf dem Sofa sitzt und ihren Körper sieht, als sie sich bückt, um Essen vom Boden aufzuwischen. Was sie auch macht, sie behält immer das Telefon in der Hand. Der Großvater beruhigt sie. Er erklärt, dass es keinen Grund zur Sorge gibt. Mein Sohn würde nie irgendwelche Dummheiten machen, sagt er. Was denn für Dummheiten?, fragt die Freundin. Ich meine, er ist ein guter Mann. Ein anständiger Mann. Ein ehrlicher Mann. Du glaubst vielleicht, dass er bei einer Prostituierten ist? Oder die Nacht bei einer Geliebten verbracht hat? Das glaube ich nicht. Ich bin mir sicher, dass er jeden Moment auftaucht. Die Freundin sieht ihn an. Sie scheint beruhigt zu sein. Danke für die tolle Unterstützung, sagt sie. Nichts zu danken, erwidert der Großvater. Habt ihr vielleicht einen Kaffee für mich? Mach dir deinen Kaffee gefälligst selbst, sagt sie. Hat er richtig gehört? Er beschließt, es ihr nicht übelzunehmen. Sie ist nicht sie selbst. Sie trägt eine Menge Aggressionen in sich, die sie nicht unter Kontrolle hat. Die arme Kleine. Sie kann noch nicht viel im Leben durchgemacht haben, wenn es sie so mitnimmt, dass ihr Freund mal ein bisschen Spaß haben will und vergessen hat, sich zu melden.

Eine Freundin, die eine Mutter ist, nimmt sich frei und meldet die Vierjährige in der Kita krank. Sie kann sich nicht überwinden, heute vor die Tür zu gehen, und gleichzeitig ist es vollkommen unmöglich, hier zu bleiben, weil alles sie daran erinnert, dass er nicht da ist. Jetzt gehen wir Schlitten fahren, sagt sie mit einer munteren Stimme, die schräger klingt als ein verstimmtes Klavier, zur Vierjährigen. Sie hofft, der Großvater versteht den Wink und lässt sie in Ruhe. Sie hat nicht die Kraft, auf zwei Kinder und ein Riesenbaby aufzupassen. Doch der Großvater ist kein Mann, der einen Wink versteht. Er würde den Wink selbst dann nicht verstehen, wenn er ihn anspringen und in die Nase beißen würde. Als sie sagt, dass die Kinder und sie jetzt in den Park gehen, zieht auch der Großvater Mantel und Schuhe an. Kommst du auch mit, Opa?, fragt die Vierjährige. Nein, Opa geht jetzt zu sich nach Hause, sagt die Freundin. Ach was, kein Problem, sagt der Großvater. Ich komme gern mit. Ich habe sowieso nichts vor.

Sie hört sich selbst seufzen. Doch wenn sie ganz ehrlich zu sich ist, muss sie sich eingestehen, dass man die Wohnung tatsächlich ein bisschen leichter verlassen kann, wenn zwei Erwachsene mithelfen. Der Großvater angelt die Kinderfäustlinge hervor, die hinter die gelbe Kommode im Flur gefallen sind, er hilft der Vierjährigen, die Schneeanzughosen über die Winterstiefel zu ziehen. Soll der auch mit?, fragt er und hebt einen Helm vom Boden auf. Ja, danke, antwortet sie und setzt der Vierjährigen den Helm auf. Das ist mein Fahrradhelm, erklärt die Vierjährige. Mein richtiger Schlittenhelm ist in der Kita. Hast du zwei Helme?, fragt der Großvater. Mhm. Aber der andere ist schwarz. Und rund. Der Großvater und die Vierjährige gehen ins Treppenhaus, sie helfen sich gegenseitig, der Großvater trägt den Snowracer und die Schlitten, die Vierjährige trägt die Schnüre dazu. Bist du verletzt?, fragt die Vierjährige. Nein, antwortet der Großvater. Mir tun nur ein bisschen die Füße weh. Nichts Ernstes.

❯ ❯ ❯

Ein Großvater, der einmal ein Vater war, hat seit dreißig Jahren nicht mehr auf einem Schlittenhügel gestanden. Als sie aus dem Treppenhaus kommen, muss er blinzeln, damit seine frischoperierten Augen nicht von all dem Weiß geblendet werden. Sie treten in eine neue Welt hinaus. Die Schneeräumfahrzeuge haben es noch nicht bis hierher geschafft. Der Schnee liegt in großen, flirrenden Wehen auf den Fußwegen. Der Einjährige darf auf seinem kleinen Schlitten sitzen, die Vierjährige steigt auf ihren Snowracer. Sie ziehen die Kinder zum Schlittenhügel, man hört nichts als ihre knarzenden Schritte, und diese allumfassende Stille, die sich einfindet, wenn der erste Schnee die Stadt überrumpelt, wenn die ganze weiße Watte die Welt isoliert und man das Gefühl hat, in einem Tonstudio herumzuspazieren. Wie schön das ist, sagt er. Aber wirklich, sagt sie. Oben im Wäldchen bleiben sie stehen. Erst sehen sie eine Ricke. Dann zwei Rehböcke und weiter entfernt ein kleines Kitz. Die Vierjährige und der Einjährige sind beide ganz verzaubert von den zarten braunen Tieren, die einsam in all dem Weiß stehen. Seht ihr sie?, flüstert die Mutter. Ist das eine Elchfamilie?, flüstert die Vierjährige. Es ist eine Rehfamilie, flüstert die Mutter. Als sich eines von ihnen bewegt, bewegen sich alle, sie federn über den Boden, innerhalb von Sekunden sind sie verschwunden. Einmal habe ich siebenundzwanzig Schnecken gesehen, sagt die Enkelin zu ihrem Großvater. Siebenundzwanzig? Irre. Wo denn? Da drüben auf der Treppe, antwortet die Vierjährige und zeigt auf eine Steintreppe. Ich war mit Papa da. Es hatte geregnet.

Wo ist Papa? Der kommt bald, sagt der Großvater. Erzähl mir doch mal, welche Tiere du schon gesehen hast. Ich habe alle Tiere gesehen, die es gibt, sagt die Vierjährige. Ich habe Kaninchen und Katzen und Hunde und Dinosaurier gesehen, und einmal, als ich mit Papa von Noa nach Hause gelaufen bin, habe ich ein Eichhörnchen gesehen, das ganz tot war. Ganz tot?, fragt der Großvater. Sie nickt. Ganz, ganz tot.

Der Schlittenhügel liegt auf der anderen Seite des Waldstücks. Die erste Abfahrt ist langsam, weil der Schnee erst glatt gepresst werden muss, dann geht es schneller. Die Vierjährige fährt allein, erst auf dem Snowracer, dann auf dem Schlitten, dann auf dem grünen Po-Rutscher. Der Einjährige hockt vergnügt auf seinem Schlitten und sieht zu. Auf seiner Oberlippe glitzert der Rotz. Ohne nachzudenken, streckt der Großvater die Hand aus, wischt den Rotz mit dem Finger weg und schüttelt ihn im Schnee ab, es ist eine Geste von früher, in einem anderen Leben gehörte sie zur Routine, jetzt erscheint sie ihm fremd und doch vertraut. Als er den Kopf hebt, bemerkt er, dass die Mutter ihn mit einem Blick ansieht, in dem beinahe so etwas wie Wärme liegt.

Opa?, ruft die Vierjährige. Willst du nicht auch Schlittenfahren? Ich habe keinen Helm, antwortet er. Willst du dir meinen ausleihen? Ich glaube, der ist zu klein, sagt er. Verstehst du, was er gerade macht?, fragt die Mutter. Wer? Dein Sohn. Hast du deinen Kindern je so was angetan? Er denkt nach. Weißt du, dass ich zwei Töchter hatte? Sie nickt. Er räuspert sich. Zu meiner ersten Tochter habe ich den Kontakt verloren. Was ist passiert?, fragt sie. Das Leben ist passiert, sagt er. Erst das Leben. Und dann der Tod.

Er bleibt schweigend stehen. Er will sagen, dass die Mutter an allem schuld war. Seine erste Frau hatte keine Grenzen gesetzt. Sie gab der Tochter alles, was sie haben wollte. Sie stellte keine Forderungen. Und dann kam es, wie es kommen musste. Er dagegen tat alles für seine Tochter. Er fuhr sie ziemlich oft besuchen, mindestens alle anderthalb Jahre. Jedenfalls am Anfang. Oft brachte er ihr Geschenke mit. Dreimal lud er sie hierher ein. Sie durfte bei seiner neuen Familie wohnen. Er bezahlte ihr Flugticket. Er spendierte ihr alle Mahlzeiten. Beim ersten Mal lief es wunderbar. Beim zweiten Mal ganz okay. Obwohl sie einen kleinen Teenie-Aufstand probte, als er ihr verbot, in einem absurd kurzen schwarz-weißen Kleid in den Park zu gehen. Beim dritten Mal hatten sie sich schon seit vielen Jahren nicht mehr gesehen, und als sie in die Ankunftshalle kam, waren ihre Augen tot. Sie redete zu schnell. Sie umklammerte ihre Handtasche. Am zweiten Tag war sie erkältet. Am Frühstückstisch lief ihr die Nase. Beim Mittagessen war sie verschwunden. Er fuhr in die Stadt und fand sie am Sergels Torg. Was machst du hier?, fragte er. Nichts, antwortet sie. Jetzt fahren wir nach Hause, sagte er und packte sie am Arm. Sie aßen zu Abend. Seine Exfrau versuchte das Schweigen am Esstisch mit Fragen über die Architektur in Marseille zu brechen. Die Tochter antwortete einsilbig. Als sie das Wasserglas hob, zitterten ihre Hände. Sie sagte, sie hätte eine Grippe. Dann stand sie auf und legte sich auf die Matratze, die sie im Schlafzimmer des Sohnes platziert hatten. Sie lag mehrere Stunden lang wach. Der Vater betrachtete sie durch das Fenster des verglasten Balkons. Sie zitterte. Ihr Körper zuckte auf dem Bett hin und her. Sie sah aus wie ein Hampelmann. Erst dachte er, es wären Fieberkrämpfe, dann bemerkte er, dass sie sich kratzte. An den Armen, am Haaransatz, den Oberschenkeln. Sie riss und kratzte, und der Sohn wurde wach. Er setzte sich im Bett auf, erst mit einem amüsierten Blick, als würde er denken, es wäre ein Spaß, sie würde eine Pantomime vorführen oder Luftgitarre spielen.

Dann sah er ängstlich aus. Der Vater, der noch kein Großvater war, verstand. Er hatte am Seufzertunnel schon Ähnliches beobachtet. Er ging hinein und hielt sie fest. Er rief ihre Mutter an und erzählte es ihr. Ihre Mutter leugnete es. Sie sagte, die Tochter habe ein paar Probleme gehabt, aber jetzt sei sie clean, hätte schon seit über einem halben Jahr keine Spritze mehr angerührt. Sie ist gerade auf Turkey, im Schlafzimmer meines Sohnes, erwiderte er. Die Mutter legte auf. Sie fand, es wäre nicht sein Recht, sie oder ihre Tochter zu kritisieren. Inzwischen hatte die Tochter angefangen zu schreien, sie wälzte sich gequält, sie spuckte Galle und bekam Durchfall, und als es ihnen gelang, sie von der Matratze hochzuziehen, blieb ein dunkler Abdruck ihres Körpers zurück. Sie fuhren mit ihr in die Notaufnahme, damit sie einen Entzug machte, aber sie wollte so schnell wie möglich wieder nach Hause, sie sagte, sie sei in einem Entwöhnungsprogramm, sie habe einen Sponsor und einen Coach und wolle den nächsten Termin nicht verpassen. Er brachte sie zum Flughafen. Er nahm ihr das Versprechen ab, nie wieder zu fixen. Sie versprach es. Er sagte, Drogen würden den Körper kaputt machen, und wenn du so weitermachst, wirst du zu früh sterben. Sie versprach es. Er sagte, wenn sie sich noch einmal einen Schuss setzen würde, wäre sie nicht mehr seine Tochter. Was würde das für einen Unterschied machen?, fragte sie. Dann verabschiedeten sie sich. Es war das letzte Mal, das er sie traf. Jedenfalls das letzte Mal, dass er sie traf und sie als seine Tochter betrachtete. In den darauffolgenden Jahren hatten sie keinen Kontakt. Ein Bekannter sah die Tochter aus einer Methadonklinik kommen. Ein anderer Bekannter sah sie oder ein Mädchen, das ihr ähnlich war, auf dem Boulevard Michelet in Bahnhofsnähe in ein rotes Auto steigen. Er versuchte sie zum Aufhören zu bewegen, indem er sich nicht mehr meldete. Dann reiste er hin, um die Konfrontation mit ihr zu suchen. Er stellte sich vor ihren Hauseingang und wartete. Als sie in den Sonnenschein trat, konnte er nicht begreifen, dass sie es war. Seit ihrer letzten Begegnung war sie um dreißig Jahre gealtert. Ihre Beine waren wie von einem roten Spinnennetz überzogen und von Kratern, die wie Brandnarben von Zigaretten aussahen. Er ging ihr einen ganzen Tag lang nach. Sie traf ein jüngeres Mädchen mit kurzen Haaren, das ihr einen Stoffbeutel übergab, der garantiert Drogen enthielt. Sie ging ins Kino, um sich in Ruhe einen Schuss zu setzen. Sie trank Kaffee mit einem bärtigen Mann, der sehr gut ihr Zuhälter hätte sein können. Als sie wieder allein war, gab sich der Vater zu erkennen. Er zog sie in ein Taxi und fuhr sie zur Mutter. Sie leistete keinen Widerstand. Ihr war klar, dass das Spiel aus war. Er begleitete sie nach oben. Er erzählte alles. Er berichtete, wo sie gewesen war, mit wem sie Geschäfte gemacht hatte, er sagte zur Mutter, sie solle in den Stoffbeutel schauen, wenn sie Beweise dafür bräuchte, dass die Tochter immer noch fixe. Ich bin seit fünf Jahren völlig clean, sagte die Tochter. Hast du meine Tochter verfolgt?, fragte die Mutter. Unsere Tochter, sagte er und kippte den Stoffbeutel aus. Bücher und DVDs landeten auf dem Boden. Das Heroin war schon aufgebraucht. Die Spritzen hatte sie weggeworfen. Wie kannst du es wagen, einfach aus unserem Leben zu verschwinden und dann wiederaufzutauchen und meine Tochter zu verfolgen?, fragte die Mutter. Du kommst zehn Jahre zu spät, sagte die Tochter. Es ist nie zu spät, erwiderte der Vater. Ich bin krank, erklärte die Tochter. Sie nannte den Namen der Krankheit. Der Vater sagte Wörter, die er nie wieder würde zurücknehmen können. Er verließ die Wohnung, ohne sich von der Frau, die nicht mehr seine Tochter war, zu verabschieden.

☽ ☽ ☽

Eine Freundin, die eine Mutter ist, steht auf einem Schlittenhügel und betrachtet eine Vierjährige, die beide Beine in die Luft streckt, damit der Po-Rutscher Fahrt aufnimmt. Guck mal, was für ein Supertempo, ruft sie und fährt fünf Meter am Stück, bevor sie lachend in den Schnee kippt. Neben ihr steht der Großvater der Kinder. Plötzlich erwähnt er seine erste Tochter. Was ist eigentlich zwischen euch passiert?, fragt sie. Das Leben ist passiert, antwortet er. Erst das Leben. Und dann der Tod.

Er bleibt schweigend stehen. Sie wartet auf eine Fortsetzung. Es kommt nichts. Er öffnet mehrmals den Mund, unterbricht sich dann aber. Der Wind pfeift. Hattest du ein gutes Verhältnis zu deinem Vater?, fragt die Freundin in einem Versuch, das Thema zu wechseln. Keine Antwort. Ich habe getan, was ich konnte, sagt der Großvater. Ich bereue nichts. Dann verstummt er. Sie sieht ihn an. Seine Lippen zittern. Er sieht unendlich alt aus. Die Vierjährige bemerkt, dass etwas nicht stimmt. Frierst du, Opa? Ja, Opa friert, sagt sie. Wir sollten langsam wieder nach Hause gehen. Fahr noch ein letztes Mal. Noch dreimal, weil ich drei Jahre alt war, entgegnet die Vierjährige. Okay, dann eben noch dreimal. Nein, viermal, weil ich vier bin. Nein, du fährst noch dreimal, dann gehen wir, ruft die Mutter.

Sie blickt auf ihr Handy. Keine verpassten Anrufe. Keine Nachrichten. Sie schließt die Augen. Sie atmet tief ein und betet zu Gott, Allah, Buddha, Zeus, Thor, Odin und Tupac, dass das Auto auf dem Parkplatz steht, wenn sie vom Schlittenhügel zurückkommen.

Ein Großvater hat seiner Enkelin geholfen, alle nassen Klamotten über den Handtuchtrockner im Bad zu breiten. Jetzt hängen dort der Schneeanzug, die Strümpfe, der Pullover und die lange Unterhose. Alles bis auf den Schlüpfer und das T-Shirt!, sagt die Vierjährige glücklich. Die Mutter hat ein schnelles Mittagessen gemacht, aufgebratene Nudeln und Thaigemüse in Kokossoße. Der Großvater mag Süßes, aber keine süßen Nudelsoßen, Nudelsoßen müssen Hackfleisch oder Hühnchen enthalten, geschälte Tomaten und Lorbeerblätter. Trotzdem strengt er sich an, alles aufzuessen. Anschließend setzt er sich mit der Vierjährigen vor den Fernseher. Sie schauen einen Zeichentrickfilm über Dinosaurier. Littlefoot macht einen langen Spaziergang mit seinen Dinosaurierfreunden, um einen Vater zu retten, der in der Nähe eines feuerspeienden Vulkans unter einem Baumstamm eingeklemmt ist. Die Vierjährige erklärt mit ernster Stimme, dass die Scharfzahndinosaurier andere Dinosaurier fressen. Die Mutter geht ins Schlafzimmer und bringt den Einjährigen ins Bett. Am Esstisch wäre er beinahe über seiner Schüssel eingeschlafen, er hat sich die Augen gerieben und mit dem Kopf gewackelt wie ein müdes Pferd. Jetzt scheint er zu allem bereit außer schlafen. Sie hören ihn brüllen, lachen, auf und ab hüpfen und zwischendurch, wenn er eine Weile verstummt war, muhen wie eine Kuh. Am Ende wird es still im Schlafzimmer. Die Mutter schleicht auf Zehenspitzen hinaus. Sie schließt die Tür, Millimeter für Millimeter.

Ich gehe einkaufen, flüstert sie. Er müsste eigentlich mindestens eine Stunde schlafen. Wahrscheinlich sogar anderthalb. Der Großvater nickt und hebt den Daumen. Erst als sie der Vierjährigen einen Abschiedskuss gegeben hat und im Treppenhaus verschwunden ist, wundert sich der Großvater, warum sie jetzt einkaufen muss. Die ganze Küche ist mit Lebensmitteln vollgestopft. Und der Sohn war doch auch gestern einkaufen? Warum kann sie nicht einfach das verwenden, was da ist? Littlefoot bedeckt sich mit Trollkraut, damit er stinkt und die Scharfzähne seinen Geruch nicht erkennen, erklärt die Vierjährige und zeigt auf den Fernseher. Schlau, sagt der Großvater.

☽ ☽ ☽

Eine Freundin, die eine Mutter ist, rennt zur U-Bahn. Sie hält die Karte bereit, als sie sich den Schranken nähert, und kriegt gerade noch so eine Bahn in die Stadt. In Liljeholmen steigt sie aus, und weil die nächste Straßenbahn erst in neun Minuten kommt, nimmt sie den Pfad am See entlang. Sie weicht Hundebesitzern mit großen Kopfhörern aus und Rentnern, die sich auf ihre Rollatoren gesetzt haben, um die Sonne zu genießen. Ob er da sein wird? Er muss da sein. Es ist der einzige Ort, an dem er sich ihrer Vorstellung nach aufhalten kann. Wenn sie in einer Krisensituation auf die Idee käme, ihre Familie zu verlassen, würde man sie hier finden. Schließlich hat hier alles angefangen. Sie ist sich sicher, er wird auf den Klippen stehen und sie kommen sehen. Er wird winken. Er wird lachen. Er wird etwas sagen wie: Ich freu mich so, dich zu sehen. Sie wird nicht zurückwinken. Sie wird seinen Gruß nicht erwidern. Sie wird ihm eine Ohrfeige verpassen. Ihm das Knie in den Schritt rammen. Ihm gegen das Schienbein treten und ihn zu Boden ringen, und wenn er dort liegt und winselt, wird sie ihm erklären, dass sie sofort die Kinder einpackt und abhaut, wenn er sie noch einmal so behandelt. Dass sie verschwindet. Für immer. Sie überquert den leeren Spielplatz, kreuzt die Gleise und steigt den Hang zum Aussichtspunkt hinauf. Die Pflastersteine sind glatt. Die Schilder von

Schnee bedeckt. Ein Auto ohne Winterreifen versucht vergebens, sich mit heulendem Motor vom Parkplatz zu kämpfen. Sie sieht schon von weitem, dass die Klippen verlassen sind. Die Aussicht ist da, die Brücke und die Inseln und die Wälder und die Wassermassen. Aber nicht er. Auf dem Bürgersteig parkt ein weißer Lieferwagen mit einem gelben Gummischlauch, der in den Boden reicht. Es gab Probleme mit dem Abfluss, erklärt ein Typ mit orangefarbenen Ohrenschützern. Alles in Ordnung mit Ihnen? Sie nickt und geht wieder. Aber diesmal ist niemand da, der ihren Rücken den Hang hinab verschwinden sieht.

Ein Großvater, der ein Vater ist, versucht zu verstehen, warum seine Enkelin nicht aufhören kann, von ihrem Vater zu reden. Anfangs war das noch goldig. Jetzt nervt es allmählich. Alle fünf Minuten fragt die Tochter, wo der Vater ist. Was der Vater gerade macht. Ob der Vater nicht bald nach Hause kommt. Dann will die Enkelin Ballonbaseball spielen, was anscheinend bedeutet, dass man einen aufgeblasenen Luftballon herumschubst, ohne dass er den Boden berührt. Weißt du, wer diesen Sport erfunden hat?, fragt die Enkelin. Ich würde tippen, es war dein Papa?, fragt der Großvater. Mmh. Obwohl Papa und ich ihn zusammen erfunden haben, sagt die Vierjährige. Kommt Papa heute Abend wieder? Ja, ganz bestimmt. Woher weißt du das? Ich weiß es einfach, sagt der Großvater und geht zum Fenster, um auf den Parkplatz zu sehen. Jetzt kommt er. Bald kommt er. Ein Schlüssel wird im Schloss herumgedreht, die Vierjährige ist im Flur, noch bevor der Ballon auf dem Boden landet. Als sie sieht, wer es ist, bricht sie in Tränen aus, die Mutter nimmt sie auf den Schoß, sie sagt, dass sie den Vater auch vermisst, er aber bald kommt. Woher weißt du das?, fragt die Vierjährige. Ich habe es im Gefühl, antwortet sie. Dem Großvater ist unwohl. Die Vierjährige heult wie ein Baby. Er fragt sich, wer der Vierjährigen beigebracht hat, so überempfindlich zu sein. Es muss ihr Vater gewesen sein. Schläft er immer noch?, erkundigt sich die Mutter. Wie ein Stein, antwortet der Großvater. Danke, sagt die Mutter. Gern geschehen, sagt der Großvater und greift nach seinem Mantel.

)))

Eine Freundin kommt nach Hause in einen Flur, in dem die Schuhe des Vaters noch genauso fehlen, wie als sie ging. Die Vierjährige hat sich den ganzen Tag zusammengerissen. Jetzt kann sie nicht mehr. Sie zerfließt in ihren Armen. Sie weint eine Viertelstunde lang. Die Mutter tröstet sie. Sie winkt zum Abschied dem Großvater, der endlich beschlossen hat, nach Hause zu gehen. Jetzt ist sie allein mit denen, die am wichtigsten sind. Mit denen, die sie niemals im Stich lassen wird. Der Einjährige wacht auf. Sie gehen in die Küche und bereiten einen gluten- und zuckerfreien Bananenkuchen zu. Der Einjährige steht auf dem hohen weißen Hocker neben der Spüle und lässt ständig ein und dieselbe Dattel in eine durchsichtige Nuckelflasche fallen und angelt sie wieder heraus. Die Vierjährige schält und zerdrückt braun gewordene Bananen. Die Mutter legt das Telefon beiseite und versucht, bei dem, was sie machen, präsent zu sein. Das ist jetzt wichtiger als alles andere.

Als der Kuchen halb zusammengerührt ist, hört sie den Schlüssel im Schloss. Die Tür geht auf, und das Erste, was sie sieht, ist die blaue Farbe einer großen, knisternden Ikeatasche. Dann sieht sie ihn. Er trägt zuerst die Ikeataschen herein. Vier Stück, voller Lebensmittel, sie sieht eine große Packung Klopapier, mehrere Windelpakete, Pappteller und Servietten und einen Karton mit zehn Tüten Hafermilch. Papa, kreischt die Vierjährige und rennt in den Flur hinaus, um ihn zu umarmen. Hallo, mein Schatz sagt er und geht in die Hocke, um den Duft vom Hals der Tochter einzuatmen. Wo warst du?, fragt die Vierjährige. Einkaufen, antwortet der Vater. Aber es hat so lange gedauert, sagt die Tochter. Manchmal dauert das Einkaufen eben lange, sagt der Vater. Es war unglaublich voll.

Er zieht die Schuhe aus und hängt seine Jacke auf. Er schleppt die Tüten in die Küche und fängt an, die Lebensmittel auszuräumen. Er ist unrasiert und rotäugig. Er trägt noch dieselben Sachen wie gestern. Sie sagt kein Wort. Schweigend essen sie zu Abend. Die Einzige, die redet, ist die Vierjährige, sie redet über Fußball, Roboter und dass Opa gesagt hat, sie wäre ein Weltraumengel. War Opa hier?, fragt der Vater. Er hat hier übernachtet, erklärt die Vierjährige. Er ist wirklich dick. Dicker als Malcolms großer Bruder. Muuuh, macht der Einjährige und kippt seinen vollen Teller auf den Boden.

Eine Schwester, die eine Mutter ist, hat im Handy eine Liste mit Punkten erstellt, die sie noch vor dem Wochenende erledigen muss. Sie muss die Presseleitung von Unilever kontaktieren, um die letzten Details der Knorr-Kampagne abzustimmen, die in der nächsten Woche startet. Sie muss vier wichtige Mails beantworten, die Einladung zur Hochzeit einer Freundin annehmen und ein Paket mit Schuhen zurücksenden, die sie im Internet gekauft hat. Und morgen wird sie ihn, der ihr Freund ist, aber noch nicht bereit, Vater zu werden, in der Gynäkologischen Klinik treffen, damit sie gemeinsam das Leben beenden, das in ihrem Bauch heranwächst. Aber es ist kein Leben. Ein Leben wird es erst nach der zweiundzwanzigsten Woche, wenn man keine Abtreibung mehr vornehmen darf, wenn der Fötus außerhalb des Bauchs überleben könnte. Bis dahin ist der Fötus kein Fötus. Er ist ein Teil von ihr, und das, was morgen passiert, ist keine große Sache. Es ist ein Eingriff, um etwas wegzumachen, das sie nicht mehr haben möchte. Wie wenn man einen Mitesser ausdrückt oder einen entzündeten Blinddarm herausnimmt. Im Aufzug auf dem Weg zur Wohnung schickt sie eine Nachricht an ihren Sohn. Ein Lied, in dem es darum geht, dass die Welt voller Liebe ist. Sie meldet sich immer noch, mindestens jeden zweiten Tag. Entweder per Mail oder SMS. Er antwortet nie.

Sie kommt in eine Wohnung, die genauso still ist, wie als sie ging. Sie erinnert sich, wie wütend sie war, wenn sie nach Hause kam und merkte, dass ihr Sohn ihre Sachen durchwühlt und einfach ihr iPad genommen hatte, um darauf zu spielen, ohne sie um Erlaubnis zu fragen, oder auf der Jagd nach Münzen ihre Trainingstasche durchsucht hatte. Inzwischen erscheint es ihr unfassbar, sich über so etwas aufzuregen. Sie schämt sich beim bloßen Gedanken daran, dass sie ihn manchmal angefaucht hatte, nur weil er nicht nachgeben wollte, wenn sie es ihm verbot, Chips zum Frühstück zu essen. Jetzt würde sie alles darum geben, nach Hause zu kommen und eine Spur von ihrem Sohn zu finden, seine ungewaschenen, zerknitterten Strümpfe auf der Heizung, seine schmutzige Kappe auf dem Boden, seine Schulbücher in einem ungeordneten Haufen auf dem Küchentisch. Ein vergessenes Glas Kakao mit den Abdrücken seiner fettigen Butterfinger und einer dicken braunen Schmiere am Boden. Brotkrümel. Ein hartgewordener, schwitzender Käse.

Jetzt stammen alle Spuren in der Wohnung von ihr. Sie ist diejenige, die mit Schuhen hineingeht, um noch schnell ihre Kopfhörer zu holen, und Abdrücke auf dem Boden hinterlässt. Es ist ihr einsames, trauriges Frühstück, das noch auf dem Küchentisch steht. Und es macht keinen Unterschied, wie viele Saftgläser sie benutzt, wie viele Leute sie zum Essen einlädt, wie lange ihr Freund schon hier schläft. Es ist trotzdem offensichtlich, dass nur ein Mensch hier wohnt und ihre Spuren nicht so lebendig sind wie die ihres Sohnes. Sie vermisst seinen Geruch, nach Park und Schweiß und diesem Deo, das eigentlich ihr gehörte, dessen Geruch ihm aber so gut gefiel, dass er es sich immer lieh.

Sie hängt ihren Mantel auf einen Bügel, zieht die Schuhe aus und geht in die Küche. Sie sollte etwas kochen, aber es gibt nichts Langweiligeres, als für sich allein zu kochen. Sie öffnet den Kühlschrank und räumt ein paar Reste heraus. Sie vermisst die Sachen, die sie nur kaufte, weil er sie mochte. Ketchup. Marmelade. Wurst. Hotdog-Brötchen. Eingelegte Rote Bete. Ihr Handy klingelt. Sie geht wie selbstverständlich davon aus, dass es etwas Berufliches ist, streckt sich danach und meldet sich mit ihrer Arbeitsstimme, die streng ist und sofort signalisiert, dass sie zwar gerade sprechen kann, aber nicht alle Zeit der Welt hat.

Doch dann ist er es. Ihr Sohn. Sie hört es an seinem Atem. Sie hört es an der leicht verstopften Nase. Sie hört es an den Hintergrundgeräuschen. Zehn Sekunden schweigen sie nur und lauschen dem Atem des anderen. Sie weiß, dass er es ist. Sie weiß es einfach. Sie wird es immer wissen. Mama?, fragt er. Ja, mein Liebling, sagt sie. Ja, mein liebster geliebter Liebling. Was ist? Wo bist du? Geht es dir gut? Was kann ich für dich tun? Wo bist du? Er sammelt sich. Versucht etwas zu sagen. Sie hat seine Stimme schon seit über einem Jahr nicht gehört, und trotzdem klingt er so klein, seine Stimme ist tiefer, aber auch heller. Mama, hast du jemanden zu mir geschickt? Was? Wen denn? Was meinst du? Wovon redest du? Dein Bruder war heute bei mir an der Schule, antwortet der Sohn. Hast du ihn darum gebeten? Sie schweigt. Sie weiß nicht, was sie glauben soll. Ein kurzer Gedanke: Zeichnet er das Gespräch auf? Ist das etwas, was in einem späteren Gerichtsverfahren gegen sie verwendet werden kann? Hält sich sein Vater im Hintergrund bereit, um ihm Regieanweisungen zu geben? Nein. Denn wenn der Vater im Hintergrund ist, klingt die Stimme des Sohnes wie von Mauern umgeben. Wovon redest du, mein Schatz, sagt sie. Natürlich nicht. War mein Bruder bei dir? An deiner Schule? Wann denn?

In der Mittagspause, antwortet der Sohn. Er ist mit dem Auto auf den Schulhof gefahren. Ach du Scheiße, sagt die Schwester. Was wollte er denn da? Er hat gesagt, er will mit mir reden. Er hat mich aufgefordert, auf den Beifahrersitz zu klettern, und dann hat er die Türen von innen verriegelt und mindestens eine Viertelstunde auf mich eingelabert. Er wirkte so ein bisschen ... Der Sohn sucht nach dem richtigen Wort. Psychisch labil.

Psychisch labil, denkt die Schwester und lächelt. Mein Sohn benutzt Wörter wie psychisch labil. Noch vor kurzem ist er in Windeln durch die Gegend geturnt und hat im Flur sein eigenes Spiegelbild geküsst, und jetzt wohnt er bei seinem Vater und hat ein eigenes Handy und benutzt Wörter wie psychisch labil. Was genau meinst du mit labil?, fragt sie, denn solange sie über alles Mögliche reden können, müssen sie nicht über sich reden, das spürt sie, und aus diesem Grund ist sie bereit, so lange zu reden, bis die Welt untergeht.

Ich weiß nicht, antwortet der Sohn. Er hat nach Schweiß gerochen. Er war unrasiert und hat ganz gehetzt erzählt, dass er sein Handy verloren hätte und die ganze Nacht rumgefahren wäre und ... Man konnte irgendwie nur schwer nachvollziehen, was er wollte. Das verstehe ich, sagt sie. Aber wie gut, dass du anrufst und mir das erzählst. Du brauchst dir jedenfalls keine Sorgen um ihn zu machen. Ich werde mich um alles kümmern. Hat er noch was gesagt? Er hat ein paarmal gesagt, dass man eine gute Beziehung zu beiden Elternteilen aufbauen muss, weil man nie weiß, wem von beiden man wirklich vertrauen kann. Das hat er gesagt?, fragt die Schwester. Mhm, sagt der Sohn. Glaubst du, dass es stimmt?, fragt sie. Das kommt wohl drauf an, meint er. Ob die Eltern nett oder blöd sind. Dann sind Selma und Nicky vorbeigekommen, sie haben mich in seinem Auto gesehen und an die Scheibe geklopft und gefragt, ob alles okay wäre. Wer sind denn Selma und Nicky? Die gehen in meine Klasse. Selma ist ein Jahr älter, sie musste wiederholen, weil ihr Vater aus Australien kommt. Die Mutter kann den logischen Zusammenhang zwischen der wiederholten Klasse und dem australischen Vater nicht ganz nachvollziehen, aber sie sagt nichts, sie genießt es einfach nur, seine kieksende Stimmbruchstimme zu hören, die so erwachsen und kindisch zugleich klingt.

Ich wollte jedenfalls nur hören, ob du ihn geschickt hast, sagt der Sohn. Auf keinen Fall, sagt die Schwester. Aber ich bin sehr froh, dass du angerufen hast, und ich werde ihn mir mal vorknöpfen. Er hat wirklich nicht das Recht, einfach zu deiner Schule zu fahren, ohne vorher mit mir zu reden. Wie gesagt wirkte er wirklich psychisch labil, sagt der Sohn, und die Schwester lächelt erneut, als sie hört, wie sein Mund diese Silben formuliert, die er in der Schule aufgeschnappt haben muss oder in irgendeiner Fernsehserie oder vielleicht auch bei seinem Vater.

Hast du das Papa erzählt?, fragt sie und bereut es, als sich der Sohn verändert, seine Stimme schottet sich ab, er hat wieder diesen abweisenden Ton, wie damals, bevor er auszog.

Noch nicht, sagt er. Sie schweigen. Soll ich es lieber nicht machen?, fragt er. Wie du willst, antwortet sie. Du bist groß genug, um so was selbst zu entscheiden. Okay. Tschüs. Tschüs. Ich liebe dich, sagt sie, aber da hat er schon aufgelegt. Sie bleibt noch lange mit dem Telefon am Ohr stehen.

FREITAG

Ein Freund, der niemals Vater werden wird, lebt nicht sein richtiges Leben. Dies ist nur eine Wiederholung. Ein schlechtes Remake. Eine Fortsetzung, die niemals hätte produziert werden sollen. Morgen früh muss er eine Sportstunde in der 9 B geben, aber in diesem Moment steht er schwankend auf der Skeppsbron. Sein einer Kumpel pinkelt hinter eine Bushaltestelle. Der andere versucht, zwei Mädels zu überreden, noch ein bisschen mit ihnen weiterzufeiern. Die eine ist die Türsteherin. Die andere ist eine Statue. Es liegt jetzt an ihm, Schlimmeres zu verhindern, weil er am nüchternsten ist, er hat einen Job, zu dem er morgen gehen muss, er hat zu viele Semester Filmwissenschaft studiert, und er weiß, dass der richtige Nachtbus in dieser Richtung fährt. Auf jetzt. Seine Freunde folgen ihm widerwillig. Der eine stützt sich an einer Wand ab. Der andere verstrickt sich in eine sinnlose Diskussion mit dem Fahrer eines illegalen Taxis. Der Freund hat seine Kumpels seit mehreren Monaten nicht gesehen, und sie müssten unendlich viel zu bereden haben, aber das Einzige, was er erzählen will, kann er nicht ansprechen. Er möchte sagen, dass seine Freundin schwanger ist. Dass sie sich für eine Abtreibung entschieden hat. Dass sie sich eigentlich heute Abend sehen wollten, sie dann aber nicht an ihr Handy ging und das nur eines bedeuten kann. Sie hält an ihrem Beschluss fest. Der Mensch in ihrem Bauch wird nie geboren werden. Sie haben sich die ganze Woche gestritten, und sie hat wieder und wieder angedeutet, er wäre ein Loser. Seine Gene wären es nicht wert, weitergeführt zu werden. Sie will sich schnellstmöglich von dem frei machen, was er ist, und wenn der Eingriff vorbei ist, kann sie dieses Experiment beenden und weitergehen, er wird zu einer Klammer in ihrem Leben, einem zufälligen Sidekick, an den sie zurückdenken und sich wundern wird, was sie sich eigentlich dabei dachte. Wer war dieser komische tätowierte Typ, der Eisenstein, Renoir und Truffaut namedroppen konnte?, wird sie denken. Er, der zur Vorbereitung auf seine Abschlussarbeit über Temporalität vollkommen freiwillig Marclays 24 Stunden langen *The Clock* gesehen hatte. Ist das wahr?, fragte sie, als er es erzählte. Der Film ist 24 Stunden lang? Er hatte genickt. Aber ich habe ihn in fünf Teilen gesehen, sagte er. Und im Vergleich zu Warhols *Empire* kam er mir richtig kurz vor. Wie lang ist der? So um die acht, sagte er. Stunden? Er nickte. Und, wie war er? Eher na ja, aber er hatte was, antwortete er. Obwohl es nur eine feste Kamera gibt, die auf das Empire State Building gerichtet ist, wird man irgendwie hineingesogen. Es hat was Hypnotisches, derart gelangweilt zu werden. Er war wie *The Clock*, nur umgekehrt.

Der Nachtbus, den sie zu erreichen gehofft hatten, fährt an ihnen vorbei. Der eine Kumpel sackt auf dem Bürgersteig in sich zusammen. Der andere steckt sich eine Kippe an und zeigt dem Busfahrer den Finger. Wenn das in diesem Tempo so weitergeht, werden sie erst gegen Weihnachten zu Hause sein. Der Freund, der niemals Vater werden wird, sinkt in die Hocke. Mein Vater war Busfahrer, sagt er zu seinen Freunden. Als wir einmal den Bus von Gröna Lund nach Hause genommen haben, hat meine Mutter den Fahrer gegrüßt. Kennst du den?, habe ich gefragt. Das war euer Vater, hat sie gesagt. Seine Freunde hörten zu. Mein Bruder und ich haben uns nach vorn geschlichen und noch mal genau geguckt. Da saß er hinter dem Lenkrad, und ich war so verdammt stolz, als ich ihn gesehen habe, obwohl wir uns seit mehreren Jahren nicht begegnet waren. Obwohl er uns grün und blau geschlagen hat, als wir klein waren. Da saß er und hat beschleunigt und gebremst und den Touristen die Türen aufgemacht. Es wird still. Seine Kumpels sehen sich an. Sie brechen in Gelächter aus. Das hast du doch geträumt, sagt der eine Kumpel. Wie eine Szene aus einem Film, sagt der andere. Nein, ihr Idioten, sagt er, der niemals Vater werden wird. Es stimmt. Genau so war es.

Sie erreichen die Bushaltestelle. Sie fahren schweigend nach Hause. Nachdem sie sich verabschiedet haben, denkt der Freund an das, was seine Kumpels mit einer Filmszene vergleichen. Es ist genau das Gegenteil von einer Filmszene. Es ist eine Szene, die im Film nie funktionieren würde, weil sie so überdeutlich, so romantisch, so zufällig ist. Der Vater geht in Rauch auf und verwandelt sich in ein Schwarzweißfoto in der Vitrine. Er wird zu einem Schatten im Flur. Er wird ein Superheld, mit dem man im Kindergarten angeben kann. Ein vom Aussterben bedrohtes Tier, das man im Park vorführen kann, wenn es mal zu Besuch kommt, immer Hand in Hand, sein Arm wie eine Leine, damit niemand auf die Idee kommen kann, er wäre der Vater von jemand anders. Nach der Scheidung sehen sie sich vielleicht jeden dritten Monat. Dann noch seltener. Der Vater wohnt noch in derselben Stadt, gründet aber eine neue Familie und fängt als Busfahrer an, und eines Tages fährt er seine Familie von Gröna Lund ins Stadtzentrum. Die rote Farbe des Busses ist wie ein Symbol für die unsterbliche Liebe zwischen Eltern und Kindern, aber auch für das Blut, das sie verbindet, den roten Hass, der sie auseinandertreibt, die rote Wut, die es so schwierig macht, wieder zu verzeihen, die rote Leidenschaft, die den Vater und die Mutter zusammenführte. Die schwarzen Gummireifen stehen für das Material, das die Gefühle einschließt, das Unebenheiten ausgleicht, aber auch vor eventuellen Blitzeinschlägen schützt. Der Vater muss einem Fahrplan folgen, das Leben hält nicht an, die Kinder müssen einen Knopf drücken, damit die Türen aufgehen, müssen die Geborgenheit der familiären Umarmung verlassen, in die Kälte hinausgehen, nur in Gesellschaft der Mutter. Die Söhne übernehmen endlich die Kontrolle über ihr Schicksal. Die Mutter wird bald tot sein, der Vater wird sich frei fühlen, dabei muss er seine vorgegebene Strecke einhalten, er kann nicht mal kurz parken und auf die Toilette gehen, wann er will, er muss immer weiterfahren, weiter und weiter.

Ein Sportlehrer, der eigentlich Filmwissenschaftler ist, sieht auf sein Display. In fünf Stunden beginnt seine erste Unterrichtseinheit. In acht Stunden werden sie sich in der Klinik sehen. Aber das spielt keine Rolle. Er muss jetzt loslegen. Er wird heute Nacht seine Abschlussarbeit fertig schreiben. Er wird nicht aufgeben. Wenn er nur endlich diese Arbeit los ist, wird die Doktorarbeit aus ihm heraussprudeln wie Milch aus einem Euter, wie Lava aus einem Vulkan, wie Wein aus so einem Touristenweinschlauch, den er seinen Freunden als Geschenk von seiner Interrailreise nach Spanien mitbrachte und der so lange ein lustiges Trinkgefäß war, bis man verstanden hatte, dass jeder Wein, der länger als ein paar Sekunden darin gelagert hatte, ein starkes Aroma von Gummi und einen Nachgeschmack von Plastik besaß. Er sieht seinen Hauseingang, er beschleunigt seine Schritte, er spürt den Schwung, er ist kein bisschen müde, er hat alles drauf, es gibt kein Thema, das er besser beherrscht, er hat alle Filme gesehen, sämtliche

Sekundärliteratur gelesen, er muss sich nur einen Tee kochen und an den Computer setzen und alles aus sich herausströmen lassen, morgen ist die Arbeit fertig, in ein paar Wochen wird seine Bewerbung um eine Doktorandenstelle erfolgreich sein, Professor Koskinen wird ihn persönlich anrufen und ihn bitten, sofort bei ihm zu promovieren. Ein so einzigartiges und faszinierendes Thema hatten wir schon seit Jahren nicht mehr, sagt der Professor. Unser Institut braucht Sie. Ich brauche Sie. Bitte, bitte, kommen Sie sofort zu uns. Ich bin gerade bei der Arbeit, erwidert der Freund. Was denn für eine Arbeit?, fragt Professor Koskinen. Ich arbeite als Sportlehrer. Er arbeitet als Sportlehrer!, ruft Professor Koskinen den anderen zu, die im selben Raum warten wie er und den Atem anhalten. Wir bestellen ein Taxi, sagt der Professor. Wir müssen sofort darüber reden, wie Sie das aufziehen sollten, was Sie hier als Abschlussarbeit im Fach Filmwissenschaft präsentieren, was im Hinblick auf Ihre interessanten Thesen über Zeitreisen, Parallelwelten und eine Ausdehnung der Temporalität aber ebenso gut das Potenzial zu einem fächerübergreifenden Großprojekt hätte. Im Aufzug zur Wohnung hat er bereits gekündigt und mit dem Schreiben begonnen, als der Aufzug hält, ist er fertig, es wird mucksmäuschenstill am Institut, als er die Arbeit einreicht, die Leute können nicht glauben, dass es wahr ist, seine Konkurrenten knirschen mit den Zähnen, Professor Koskinen applaudiert, die Disputation besteht daraus, dass er von drei externen Professoren über den grünen Klee gelobt wird, der eine bricht in Tränen aus, die nächste sagt, sie hätte noch nie einen so geistreichen Text gelesen, der dritte sitzt einfach nur mit einem verschmitzten Lächeln da und schweigt, dann steht er auf, drückt die Hand des Freundes und sagt: Danke. Er wird eingeladen, Vorlesungen in den USA zu halten, Berkeley und Harvard prügeln sich darum, wer ihn als Gastprofessor bekommt, die Festspiele von Cannes fühlen sich geehrt, als er zusagt, den Vorsitz der Jury zu übernehmen, und nichts von alledem wäre passiert, wenn er nicht einmal vor vielen Jahren von dieser Frau verletzt worden wäre, die behauptet hatte, seine Freundin zu sein, und dann beschloss, sein Kind umzubringen. Er schaltet den Computer ein. Er stellt den Wasserkocher an. Er sucht die letzte Version seiner Arbeit und schläft mit dem Kopf auf dem Küchentisch ein, noch ehe das Wasser kocht.

Eine Schwester, die eine Mutter ist, hat sich mit ihrem Freund an den Parkbänken zwanzig Meter neben dem Eingang verabredet. Sie möchte, dass sie beide zusammen hineingehen. Sie möchte, dass die Sprechstundenhilfen und Krankenschwestern und Ärzte und vor allem die anderen Frauen im Wartezimmer sehen, dass sie zu zweit hinter dieser Entscheidung stehen. Sie ist nicht allein. Ich komme mit, sagte ihr Freund, als sie von ihrem Beschluss erzählte. Auch wenn ich dich anflehe, dass du bitte, bitte, doch zur Vernunft kommen sollst. Aber sie ist sich ihrer Sache sicher. Dieses Kind wegzumachen heißt nicht, dass sie kein anderes Kind bekommen können. In einiger Zeit. Wenn sie es wirklich wollen. Ein Kind willkommen zu heißen ist unwiderruflich, ein Kind abzutreiben ist es nicht. Doch auf dem Weg zur Klinik kommen ihr dennoch Zweifel. Was ist, wenn sie es bereut? Ein Kind bereut man nie, sagten die Leute zu ihr, als sie beim ersten Mal schwanger war und ihr Exmann anfing, sich merkwürdig zu benehmen. Und sie hatten ja recht. Unabhängig von allem, was passiert war, hatte sie ihre Entscheidung, das Kind zu behalten, nie bereut. Oder gab es Situationen, in denen sie tief in ihrem Inneren daran zweifelte, ob sie sich richtig entschieden hatte? Nie. Ist sie kurz davor, jetzt einen Fehler zu machen? Was ist, wenn sie keine Kinder mehr bekommen kann? Sie muss es ein letztes Mal mit ihm besprechen, mit ihm, der nicht ihr Exmann ist, sondern ein viel netterer, ehrlicherer und besserer Mensch. Deshalb schickt sie ihm eine Nachricht und bittet ihn, eine halbe Stunde eher zu kommen. Sie stellt sich vor, dass er schon da ist, wenn sie kommt, und auf die Knie geht und sie bittet, das Ganze noch einmal zu überdenken, er erinnert sie daran, dass er sie liebt, dass er für immer mit ihr zusammen sein will und der Mensch, den sie erschaffen würden, eine Chance verdient hätte. Sie kommt zu den Parkbänken. Er ist nicht da. Er hat nicht auf die Nachricht geantwortet. Sie setzt sich. Sie schreibt ihm erneut. Sie versucht anzurufen. Sie sieht auf die Uhr. Es wird zwanzig vor. Viertel vor. Wo bist du?, schreibt sie, als es fünf vor ist. Um drei Minuten vor ruft er an, er hat eine kratzige Stimme, er sagt, bei der Arbeit gebe es eine Krisensituation, ein Schüler habe einen anderen bedroht, der Rektor sei hier, die Polizei unterwegs, er müsse dableiben und dieses Chaos in den Griff bekommen. Es tue ihm schrecklich leid, nicht dabei sein zu können, aber gleichzeitig wisse er sowieso nicht, ob er eine große Unterstützung sei, denn er fühle sich ein bisschen kränklich, und wie sie wisse, hätte er ja immer schon ein bisschen Panik vor Krankenhäusern und Spritzen gehabt. Aber er schickt ihr ganz viel gute Energie und hofft, dass sie sich bald wiedersehen. Sie bleibt ganz still sitzen. Sie legt auf, ohne sich zu verabschieden. Sie steckt das Telefon in ihre Handtasche und geht durch die Glastür. Eine Sprechstundenhilfe lächelt sie an und fragt, ob sie sie sei. Für eine Sekunde ist sie unsicher. Dann nickt sie und geht weiter ins Wartezimmer.

❯ ❯ ❯

Es ist Freitagvormittag, und ein Großvater, der ein Vater ist, macht sich bereit, die U-Bahn zum Cityterminal und den Bus zum Flughafen zu nehmen. Er packt die Sachen ein, die er im Sonderangebot gekauft hat. Hemden von Dressman, Hosen von Grosshandlarn, Blusen und Kinderklamotten von H&M, Kinderschuhe von Deichmann. Nichts davon ist für ihn. Alles soll zu einem fairen Preis, ohne Aufschlag, an seine Kontakte in einem anderen Land weiterverkauft werden. Er hebt die Plastiktüten auf. Er hebt die Kleiderbügel auf. Er hebt die Etiketten auf, kratzt aber die roten Angebotsschilder ab. Er streicht den vorletzten Tag in seinem selbstgemachten Kalender und stopft alles Essbare in die Tasche, die er als Handgepäck mitnehmen wird. Äpfel, Apfelsinen, Müsli, Sauermilch, zwei Päckchen Bohnen, eine halbe Gurke, einen halb verspeisten Käse, ein Paket Schnittbrot und eine Dose Makrelen in Tomatensoße. Dann nimmt er ein Plastikgefäß mit Deckel und schüttet vier Fünftel des Instantkaffees aus dem Glas hinein.

Anschließend sichert er die Reisetasche mit einem Hängeschloss. Der Flug geht um 19 Uhr. Gegen Mittag ist er bereit, die Wohnung zu verlassen. Er möchte mindestens vier Stunden vorher da sein. Er mag keinen Stress. Am Flughafen gibt es Fernseher, und er hat sowieso nichts Besseres vor. Es ist halb zwölf, als er draußen auf der Straße ein Auto hupen hört.

Ein Sohn, der ein Vater ist, sitzt im Auto vor dem Büro. Er will nicht hochgehen. Er will nicht entdecken, dass sein Vater das Büro im selben Zustand wie immer hinterlassen hat. Er will den Einjährigen auf dem Rücksitz nicht wecken und die Treppe hochtragen, damit er den Turm aus Pizzakartons, die Häufchen abgeschnittener Fingernägel auf der Arbeitsplatte in der Küche, die Schuppen von der Fußfeile im Bad nicht sehen muss. Außerdem dürfen sich Kinder dort momentan gar nicht aufhalten, solange die Maßnahmen zur Kakerlakenbekämpfung noch anhalten. Der Kammerjäger hatte sich ausdrücklich erkundigt, ob in der Wohnung auch Kinder lebten, und als der Vater es verneinte, verteilte er noch ein bisschen zusätzliche Giftcreme auf dem Boden im Badezimmer, auf den Küchenregalen, hinter der Mikrowelle und in der Lücke zwischen Kühl- und Gefrierschrank. Wobei. Seltsamerweise will der Sohn auch nicht hochgehen und entdecken, dass der Vater geputzt hat. Er ist sich nicht ganz sicher, warum. Vielleicht weil es zeigen würde, dass Menschen sich ändern können. Oder vielleicht eher, weil es zeigen würde, dass er diese Fähigkeit bereits all die Jahre besessen hatte, aber nur bereit war, sie auch einzusetzen, wenn er einer konkreten Bedrohung ausgesetzt wurde.

Der Sohn hupt, um zu signalisieren, dass er da ist. Der Vater kommt auf den Balkon. Was willst du?, fragt der Vater. Ich wollte mich verabschieden, antwortet der Sohn. Dann komm doch hoch, sagt der Vater. Ich kann nicht, erwidert der Sohn und deutet auf den Rücksitz, wo der Einjährige liegt und schläft. Warte kurz, ich komme runter. Bring deinen Koffer mit, sagt der Sohn. Ich kann dich zum Flughafen fahren. Der Vater bleibt zwei Sekunden zu lange auf dem Balkon stehen. Ich komme sofort, sagt er. Ich muss nur erst fertig packen.

Der Vater kommt mit seinem prallvollen Koffer herunter. Du bräuchtest wirklich mal einen neuen Koffer, bemerkt der Sohn. Kauf mir einen zum Geburtstag, erwidert der Vater. Der Sohn hievt das Gepäck in den Kofferraum, setzt sich hinters Steuer, sieht in den Rückspiegel, blinkt und biegt auf die Straße. Denk an den toten Winkel, mahnt der Vater. Ich habe an den toten Winkel gedacht, sagt der Sohn. Du musst aber richtig dran denken, sagt der Vater. Nach einem U-Turn fahren sie in Richtung des Kreisels.

Was ist das denn?, fragt der Vater. Mein Ersatzhandy, antwortet der Sohn. Was ist mit dem anderen passiert? Kaputtgegangen, sagt der Sohn und steckt das Telefon in ein Seitenfach, damit er es nicht sehen muss. Das Auto ist aber dreckig, kommentiert der Vater. Ich werde es putzen, sagt der Sohn. Es riecht nach Fisch. Ich werde es putzen, wiederholt der Sohn. Man muss sein Eigentum pflegen, sonst geht es kaputt, sagt der Vater. Der Sohn biegt rechts ab, dann wieder rechts und auf die Autobahn. Wenn du das nicht reparieren lässt, wird sie irgendwann zerspringen, bemerkt der Vater und zeigt auf den Steinschlag in der Windschutzscheibe. Dann musst du die ganze Scheibe austauschen. Das ist nur ein kleiner Steinschlag, sagt der Sohn. Jetzt, ja, sagt der Vater. Aber da wird ein großer Riss draus. Warte nur, du wirst schon sehen, wer am Ende recht hatte. Der Sohn fährt auf die rechte Spur. Hast du Lakritz gegessen?, fragt der Vater. Wieso? Wenn deine Mutter Lakritze gegessen hat, hat sie immer Pickel davon bekommen. Ich habe in letzter Zeit schlecht geschlafen, sagt der Sohn. Seit wann denn? Die letzten vier Jahre, antwortet der Sohn. Fahr mal ein bisschen schneller, sagt der Vater. Wir haben nicht den ganzen Tag Zeit. Geht dein Flug nicht erst in ungefähr sechs Stunden?, fragt der Sohn. Es schadet nichts, rechtzeitig vorher da zu sein, erklärt der Vater. Stress ist schlecht für den Magen. Der Sohn sieht in den Rückspiegel, blinkt und fährt auf die linke Spur. Denk an den toten Winkel, sagt der Vater. Ich bin derjenige, der hier fährt, und ich habe an den toten Winkel gedacht. Du musst aber richtig dran denken.

Bitte!, sagt der Sohn. Können wir eine Sache versuchen? Nur heute. Diese Fahrt dauert eine Dreiviertelstunde. Können wir in dieser Zeit versuchen, ein Gespräch zu führen, in dem du mich nicht kritisierst. Als kleines Experiment. Wir probieren es aus. Jedes Mal, wenn du etwas sagst, denkst du vorher nach, und wenn du irgendetwas sagen wolltest, das man als Kritik an mir auffassen könnte, sagst du es nicht. Wollen wir das versuchen? Du bist derjenige, der Fehler an mir sucht, sagt der Vater. Also gut, sagt der Sohn. Jetzt hast du mich auch dafür kritisiert. Wollen wir es noch einmal versuchen? Ab sofort? Keiner von uns kritisiert den anderen. Dann gucken wir mal, ob wir das schaffen. Eine Dreiviertelstunde. Wir sollten es schaffen. Der Vater schaut aus dem Seitenfenster. Der Sohn konzentriert sich auf den Verkehr. Zweimal sieht er aus dem Augenwinkel, wie der Vater den Mund aufmacht und etwas sagen will, dann aber stumm bleibt.

Ein Großvater, der ein Vater ist, befindet sich im Schockzustand. Zum ersten Mal in der Weltgeschichte hat ihm sein Sohn angeboten, ihn zum Flughafen zu bringen! Das ist völlig unglaublich. Dies ist sein Glückstag. Er sollte sich ein Los kaufen. Stattdessen setzt er sich auf den Beifahrersitz und macht ein paar lustige Witze. Sein Sohn lacht nicht. Er versteht sie falsch. Er glaubt, seine Witze wären als Kritik gemeint. Was war eigentlich gestern los?, fragt der Großvater. Was meinst du?, fragt der Sohn. Du bist einkaufen gefahren und dann einfach verschwunden? Ich hatte ein paar wichtige Sachen zu erledigen, sagt der Sohn. Der Großvater nickt. Er versteht das. Er war auch einmal ein Vater. Manchmal gibt es Sachen, die dringend erledigt werden müssen, und dann muss man sie erledigen. Worum es sich genau dreht, geht weder Väter noch Freundinnen etwas an. Brauchst du Geld?, fragt er und klopft sich auf die Brusttasche. Nein, sagt der Vater. Brauchst du Muskeln? Der Großvater spannt seinen Bizeps an. Der Sohn lacht. Nein, danke. Inzwischen hat sich alles geregelt. Sie fahren schweigend weiter. Ich hatte das Bedürfnis abzuhauen, sagt der Vater dann. Mehr war es nicht.

Der Großvater ist beruhigt. Es gefällt ihm, dass der Vater ihm nicht alles erzählen will. Das bedeutet, dass er erwachsen genug ist, um zu verstehen, dass man manche Sachen besser für sich behält.

☾ ☾ ☾

Ein Sohn, der ein Vater ist, sieht die Schilder, auf denen die Kilometer bis zum Flughafen weniger werden. Bald werden sie da sein. Bald werden sie sich verabschieden. Bald ist es zu spät. Der Sohn blinkt rechts, biegt von der Autobahn ab und fährt an den Rand. Was machst du da?, fragt der Vater. Der Sohn schaltet die Warnblinkanlage ein und lässt den Motor laufen, damit der Einjährige auf dem Rücksitz nicht von der plötzlichen Stille wach wird. Papa, beginnt er. Du kannst hier nicht halten, sagt der Vater. Papa, wiederholt er. Was fällt dir ein, es ist lebensgefährlich, hier zu halten, uns kann jeden Moment jemand reinfahren. Papa, sagt der Sohn noch einmal. Hör mir genau zu. Ich wollte gestern abhauen. Aber ich konnte nicht. Ich habe mich zurückgesehnt. Ich brauche meine Kinder. Verstehe, sagt der Vater. Und jetzt fahr. Du hast viel kaputtgemacht, sagt der Sohn. Aber immerhin bin ich noch nicht kaputt genug, um meine Familie zu verlassen. Dafür danke ich dir. Der Vater bleibt schweigend sitzen. Wir hatten in all den Jahren so manche Konflikte, sagt der Sohn.

Du hattest Konflikte, sagt der Vater. Und wir haben beide Sachen gesagt und getan, die wir, glaube ich, bereuen, sagt der Sohn. Ich bereue nichts, sagt der Vater. Aber ich möchte, dass du eines weißt, schließt der Sohn. Ich ... verzeihe dir. Jetzt fahr, sagt der Vater. Wir verzeihen dir. Was heißt wir?, fragt der Vater. Ich und meine Schwestern, antwortet der Sohn. Der Vater schweigt. Er sieht weg. Seine Schultern zucken. Er gibt seltsame Laute von sich. Der Sohn blickt starr geradeaus, bis es vorbei ist. Jetzt fahr, sagt der Vater. Und denk an den toten Winkel.

Ein Sohn, der ein Vater ist, und ein Vater, der ein Großvater ist, erreichen den Flughafen. Der Vater parkt, der Einjährige wird wach und räkelt sich. Sie gehen zusammen zum Check-in. Haben Sie schon online eingecheckt?, fragt die Frau hinter dem Schalter. Das ist mein Sohn, erklärt der Vater. Er hat mich heute hergefahren. Einen netten Sohn haben Sie, sagt die Frau. Und, haben Sie schon eingecheckt? Nein, sagt der Großvater. Ich kann nicht selbst einchecken. Ich bin Analphabet. Er lacht über seinen lustigen Witz. Der Sohn lacht auch. Die Frau hilft ihm beim Einchecken. Möchten Sie Ihren Koffer sicherheitshalber in Folie einpacken? Dieser Koffer hat dreißig Jahre lang so überlebt und wird es auch jetzt tun, sagt der Großvater.

Sie gehen zusammen zur Sicherheitskontrolle. Der Einjährige blinzelt zu den hohen Decken des Flughafengebäudes hinauf. Muuuh, sagt er, als er einen Zöllner mit Drogenspürhund sieht. Der Großvater beugt sich zu seinem Enkel hinab. Er küsst ihn auf die Wange, dreimal hintereinander. Und dann noch dreimal. Ich werde ihn vermissen, sagt der Großvater. Er wird dich auch vermissen, sagt der Vater. Nächstes Mal müsst ihr versuchen, euch ein bisschen öfter zu sehen. Aber wirklich, sagt der Großvater. Er steckt die Hand in die Tasche und zieht einen Fünfhunderter heraus. Für das Benzin. Das ist zu viel, sagt der Vater. Dann nimm das, was übrig bleibt, und kauf deiner Tochter davon Fußballstrümpfe. Das werden aber viele Fußballstrümpfe. Sie hat es verdient, sagt der Großvater.

Der Großvater und der Vater umarmen einander und küssen sich auf die Wangen, dreimal hintereinander. Wir bleiben in Kontakt, sagt der Sohn. Auf jeden Fall, sagt der Vater. Gib mir Bescheid, wenn du gelandet bist, sagt der Vater. Klar, sagt der Großvater. Du weißt, was sonst passiert. Was denn?, fragt der Großvater. Ich mache mir Sorgen. Mach dir keine Sorgen. Mache ich aber. Du denkst zu viel nach, sagt der Großvater. Kannst du mir nicht einfach versprechen, eine Nachricht zu schicken?, fragt der Vater. Du bist zu sensibel. Das ist alles, worum ich dich bitte. Eine kleine Nachricht, wenn du gut ankommst. Okay, sagt der Großvater. Ich meine es ernst, sagt der Vater und fühlt sich wie ein Sohn. Ich werde eine Nachricht schicken, sagt der Vater und lächelt. Wenn du dich nicht meldest, werde ich mich rächen, sagt der Vater, halb im Scherz. Wie denn?, fragt der Großvater. Indem ich über alles schreibe, antwortet der Vater. Tu das, sagt der Großvater. Schreib ein Buch über den Sohn, der seinen geliebten Vater auf die Straße setzt. Es wird eher eine Geschichte über einen Vater, der über seine Familie verfügt wie über einen Besitz, erwidert der Vater. Sie lächeln sich an. Den letzten Satz sagt er nie. Sie sagen einfach nur Mach's gut. Der Großvater geht zur Sicherheitskontrolle. Der Sohn, der ein Vater ist, bleibt neben dem Gepäcktrolley stehen. Er wartet darauf, dass sich der Vater umdreht und winkt. Der Großvater dreht sich nicht um. Der Sohn nimmt die Schlüssel nie an sich. Der Großvater schreibt nie eine Nachricht. In fünf Monaten und achtundzwanzig Tagen werden sie sich wiedersehen.

Am Abend fährt der Sohn, der ein Vater ist, im Büro vorbei. Er ist auf alles vorbereitet, als er das Sicherheitsschloss aufsperrt und die Tür öffnet. Der Müll ist entsorgt. Der Boden sauber. Das Klo geputzt. Alle Pizzakartons bis auf einen sind weg. Der Großvater hat sogar gespült. Unglaublich. Kein einziger Kakerlakenkadaver, den er aufsammeln muss, was wohl bedeutet, dass das Gift und die Fallen wirken. Der Sohn kann die Post durchgehen, die in Stapeln gesammelt wurde, kann Quittungen sortieren, Kontoauszüge drucken und Abschlüsse vorbereiten. Er muss einfach nur anfangen. Bald wird er loslegen. Doch als Erstes geht er in die Küche und stellt den Wasserkocher an. Er nimmt einen Teebeutel und stellt eine Tasse heraus. Auf dem Küchentisch liegt ein weißer Zettel. Es ist die Handschrift seines Vaters. Er hat nicht geschrieben: *Bis bald.* Nicht: *Danke.* Nicht: *Ich liebe dich.* Er hat eine Reihe von zehn Zahlen notiert und alle bis auf die letzte durchgestrichen.

Der Sohn wirft den Zettel in den Mülleimer unter der Spüle. Sein Handy klingelt. Einmal. Zwei. Drei. Er meldet sich. Die aufgewühlte Stimme seiner Schwester sagt, dass ihr Sohn sich gemeldet hat und dass mit ihrem Freund Schluss ist, der nie ihr Freund war, und dass sie heute Morgen abgetrieben hat, ohne es zu bereuen. Wo bist du?, fragt der Sohn, der nicht sein Vater ist. Ich komme.

DANKE
K und T
Diane Bimont
Daniel Sandström, Albert Bonniers Förlag
Sarah Chalfant, The Wylie Agency

Aus Verantwortung für die Umwelt haben sich die Rowohlt Verlage zu einer nachhaltigen Buchproduktion verpflichtet. Der bewusste Umgang mit unseren Ressourcen, der Schutz unseres Klimas und der Natur gehören zu unseren obersten Unternehmenszielen. Gemeinsam mit unseren Partnern und Lieferanten setzen wir uns für eine klimaneutrale Buchproduktion ein, die den Erwerb von Klimazertifikaten zur Kompensation des CO_2-Ausstoßes einschließt.

Weitere Informationen finden Sie unter:

www.klimaneutralerverlag.de